COLLECTION « LES ETRANGÈRES »
DIRIGÉE PAR FRANÇOISE TRIFFAUX

Le Poids de l'eau, Anita Shreve, 1997
Mauvaise mère, A. M. Homes, 1997
Appelle-moi, Delia Ephron, 1997
Un été vénéneux, Helen Dunmore, 1998
De l'autre côté du paradis, Dawn Turner Trice, 1998
Les Consolatrices, Nora Okja Keller, 1998
Le Don de Charlotte, Victoria Glendinning, 1999
L'Africaine, Francesca Marciano, 1999
La Femme perdue, Nicole Mones, 1999
Ils iraient jusqu'à la mer, Helen Dunmore, 2000
Céleste et la chambre close, Kaylie Jones, 2000
Cafard, vertiges et vodkas glace, Kate Christensen, 2000
Un seul amour, Anita Shreve, 2000
Le torchon brûle, A. M. Homes, 2001
Malgré la douleur, Helen Dunmore, 2001
Oublier Cuba, Ivonne Lamazares, 2001
Nostalgie d'amour, Anita Shreve, 1994, rééd. 2001
Pénélope prend un bain, Gohar Marcossian, 2002
Fuji nostalgie, Sara Backer, 2002
Ultime rencontre, Anita Shreve, 2002
Je ne suis pas là, Slavenka Drakulić, 2002
La Faim, Helen Dunmore, 2003
L'Envers du miroir, Jennifer Egan, 2003
Casa Rossa, Francesca Marciano, 2003
Petite musique des adieux, Jennifer Johnston, 2003
La Maison du bord de mer, Anita Shreve, 2003
Les Insatiables, Diane McKinney, 2003
L'Égale des autres, Laura Moriarty, 2004
Imani mon amour, Connie Porter, 2004
L'Objet de son désir, Anita Shreve, 2004
Les Petits Avions de Mandelstam, Helen Dunmore, 2005
Jours de fièvre et d'attente, Annie Ward, 2005
Une lumière sur la neige, Anita Shreve, 2005
Dix mille amants, Edeet Ravel, 2005
Dépendances, Kaylie Jones, 2006
Fleurs de Ya-Ya, Rebecca Wells, 2006
La Femme assise, Caroline Adders
Un mur de lumière, Edeet Ravel, 2
La Petite Robe bleue, Doris Dörrie

LA MAISON
DES ORPHELINS

DU MÊME AUTEUR

Dans l'ombre de Zennor, Autrement, 1995
Un hiver enchanté, Autrement, 1996
Un été vénéneux, Belfond, 1998 ; Pocket, 1999
Ils iraient jusqu'à la mer, Belfond, 2000 ; Pocket, 2003
Malgré la douleur, Belfond, 2001 ; Pocket, 2003
La Faim, Belfond, 2003 ; 10/18, 2005
Les Petits Avions de Mandelstam, Belfond, 2005

HELEN DUNMORE

LA MAISON DES ORPHELINS

Traduit de l'anglais
par Marc Amfreville

belfond
12, avenue d'Italie
75013 Paris

Titre original :
HOUSE OF ORPHANS
publié par Fig Tree, an imprint of Penguin Books, Londres

Si vous souhaitez recevoir notre catalogue
et être tenu au courant de nos publications,
vous pouvez consulter notre site internet,
www.belfond.fr
ou envoyer vos nom et adresse, en citant ce livre,
aux Éditions Belfond,
12, avenue d'Italie, 75013 Paris.
Et, pour le Canada,
à Interforum Canada Inc.,
1055, bd René-Lévesque-Est,
Bureau 1100,
Montréal, Québec, H2L 4S5.

ISBN 978-2-7144-4263-5

À Frank

1

Finlande, 1902

Chaque hiver, une épidémie de fièvre se déclarait à la Maison des orphelins. Chaque année, Anna-Liisa prenait peur en voyant le nombre des cas augmenter et faisait appeler le Dr Thomas Eklund. Il savait qu'elle vivait dans la terreur du typhus, depuis qu'enfant elle avait connu les ravages causés par ce fléau. Il avait beau faire de son mieux pour la rassurer, elle continuait à lui adresser des billets portant la mention URGENT en énormes lettres capitales.

Et donc, il finissait par se déplacer. Certaines directrices d'orphelinat ne se seraient pas donné la peine d'envoyer des messages ou même de demander à un médecin de passer voir les enfants. Que la maladie prospère, si c'était la volonté de Dieu ! Elles préféraient présenter des comptes sains plutôt que d'acheter des médicaments. Il ne faisait pas payer ses visites ; il n'avait jamais rien réclamé. Ce n'était pas de la charité mais du bon sens. Une multitude d'enfants dans un espace restreint, mal nourris malgré les efforts d'Anna-Liisa : des victimes toutes désignées pour les virus.

Il connaissait des orphelinats où une partie de la nourriture destinée aux pensionnaires était revendue au profit des responsables, mais Anna-Liisa était honnête. Les enfants recevaient leur dû. On leur servait de la bouillie de flocons d'avoine et du pain noir, du lait écrémé et un peu de fromage, de la soupe… Pendant l'été, ils allaient cueillir des baies et des champignons, comme tout le monde.

Cela ne suffisait pas à bien les nourrir. Les rations étaient insuffisantes, et les plus faibles n'avaient même pas droit à leur part. Un gamin à la bouche envahie d'aphtes devait manger son pain dur trempé dans de l'eau chaude, mais cela n'était possible que si une des filles plus âgées le prenait en affection. Sinon, on le laissait gémir, pleurer et recracher son pain. En prime, il recevait une gifle pour avoir gâché de la nourriture. Les aînés volaient de la bouillie d'avoine dans les assiettes des petits et ne se faisaient jamais prendre. Anna-Liisa était une brave femme, mais elle ne faisait guère montre de subtilité. À moins qu'elle n'ait pas voulu se fâcher avec les plus grands qui se chargeaient de l'essentiel du ménage et de l'entretien.

Ils n'avaient personne sur qui compter, ces gosses aux visages émaciés et fatigués, avec la tuberculose, la syphilis et Dieu sait quoi d'autre dans leurs gènes. La Maison des orphelins était à son avis un vrai nid à microbes, installé en plein cœur de la ville de surcroît. Personne n'avait songé à cacher l'orphelinat comme un secret honteux. Il suscitait même peut-être une certaine fierté. Thomas se réjouissait d'habiter à dix kilomètres du centre, en pleine forêt. Cela lui évitait au moins de passer tous les jours devant la Maison des orphelins.

Les enfants venaient de toute la région, de fermes qui avaient eu raison de la santé de leurs parents, de villages où on conservait encore une chance de marier sa fille si l'on faisait disparaître le fruit de son péché, et même, ces temps-ci, de la lointaine Helsingfors. Une théorie récente voulait que, si l'on retirait un enfant de l'atmosphère viciée de la ville pour lui faire respirer l'air pur de la campagne, il ait de meilleures chances de devenir un domestique ou un ouvrier agricole bien dressé et digne de confiance, plutôt que de se retrouver à faire le trottoir ou à commettre toutes sortes de délits.

Et avec une émigration telle qu'on n'en avait jamais connu, les familles étaient en proie à une confusion sans précédent. Il arrivait qu'on laisse un enfant aux soins de sa grand-mère à Helsingfors, sans doute dans la perspective de le faire venir en Amérique quand la famille serait bien installée. Mais ensuite la grand-mère mourait, ou les choses en Amérique tournaient mal, ou bien encore survenait une maladie trop chère à soigner…

Un enfant n'arrivait jamais là sans une longue histoire derrière lui. La Maison des orphelins était faite d'un unique édifice en pierre, étroit mais solide, et bien entretenu. Il ne pouvait s'empêcher de l'examiner attentivement chaque fois qu'il y venait, comme s'il avait été responsable des fuites dans le toit ou des cadres de fenêtre gauchis.

La croûte de neige avait une trentaine de centimètres d'épaisseur, mais elle commençait à mollir et prenait une teinte grisâtre. La glace qui fondait sous les avant-toits tombait goutte à goutte. Elle se solidifierait à nouveau pendant la nuit, mais l'inexorable processus avait commencé. Ce long dégel espéré et craint à la fois. Ce qu'il dévoilerait dans un premier temps, ce serait seulement de l'herbe brune et de la boue, mais très vite tout se mettrait en marche. Les bourgeons de lilas enfleraient et les oiseaux piailleraient et se querelleraient dans les buissons, s'ébattant dans le vacarme de la saison des amours. De rares filaments d'un vert vif trouveraient bientôt leur chemin dans l'herbe brune. Il fallait affronter tout cela chaque année et l'on finissait par s'y habituer – découvrir tout ce que la neige a dissimulé ;

tout ce qui a souffert ou s'est abîmé et requiert une intervention immédiate.

De toute façon, il faut bien que ça arrive, se dit-il. *Tic tac tic tac*, faisaient les gouttes d'eau en s'égrenant sur la neige. Là où elles s'étaient enfoncées, la surface semblait percée de cratères. Il leva la main vers la chaîne de la sonnette.

Il ne le savait pas encore, mais il allait rencontrer la fillette pour la première fois. Même s'il ne s'intéressa guère à elle ce jour-là. Voici comment les choses se passèrent.

Il monta l'escalier jusqu'au vaste grenier tout en longueur où Anna-Liisa avait rassemblé les enfants malades, à l'écart des autres, par peur de la contagion. Huit lits étaient alignés là. Dans un frémissement de sa longue robe, Anna-Liisa le précéda dans la pièce. « Silence, maintenant. Cesse de pleurer ! Le docteur est venu te voir. Il te soignera si tu es sage. »

Mais les pleurs ne s'arrêtèrent pas. C'étaient ceux d'une toute petite fille allongée sur le dos, les genoux remontés jusqu'à la poitrine. Elle gardait les yeux fermés. Il s'approcha d'elle, rabattit le drap, et lui mobilisa doucement les genoux. Les pleurs de la petite redoublèrent tandis qu'il examinait le ventre gonflé et les éruptions de boutons. Il lui prit le pouls, qu'il trouva faible et rapide. Elle avait la peau brûlante et sèche, et s'était oubliée sur l'alèse de flanelle. Ses selles n'étaient qu'une mince coulée de liquide nauséabond. Ses yeux paraissaient enfoncés dans leurs orbites creuses. Il lui pinça gentiment la joue.

« Elle a besoin d'eau. Est-ce qu'elle accepte de boire ?

— Non, répondit Anna-Liisa. Elle ne peut pas tenir son verre et il n'y a personne pour rester auprès d'elle. J'essaie moi-même quand j'ai une minute.

— Apportez-moi une cuiller. Une petite. Une cuiller à sel suffira. »

Il souleva la tête de la fillette. Ses cheveux étaient tout collés et sentaient la souris. Il aurait fallu les lui couper, mais Anna-Liisa ne suivait pas la coutume consistant à tondre les orphelins. Il repoussa les mèches du visage émacié et approcha la petite cuiller des lèvres parcheminées. Un peu d'eau pénétra dans la bouche, puis s'échappa par les commissures. Anna-Liisa avait raison, il fallait quelqu'un pour veiller sur elle. Sans une telle aide, elle risquait de mourir. Alors qu'on pouvait la sauver.

Il perçut un mouvement à l'autre extrémité de la longue pièce et se retourna. Une fille de douze ou treize ans passait avec énergie entre les petits lits un balai dont le manche paraissait plus haut qu'elle.

« Que fait cette enfant ici ?

— C'est vous, docteur Eklund, qui m'avez expliqué que la propreté était un facteur essentiel.

— N'empêche qu'elle ne devrait pas être ici. Elle risque de tomber malade elle aussi.

— Mais elle a déjà eu cette maladie. Une des premières à l'attraper. Elle s'est remise en deux ou trois jours. Elle n'en a pas l'air, mais elle est robuste. »

Il regarda plus attentivement la fillette et, comme si elle se rendait compte de l'intérêt que le médecin lui portait, elle redoubla de vigueur dans son ménage. Elle se pencha vers un plat empli d'eau, y plongea la main et répandit les gouttes sur les planches pour empêcher la poussière de voler. Elle s'empara de nouveau du balai et le plongea sous un lit. Malgré sa morphologie de maigre, elle paraissait inhabituellement énergique pour une orpheline.

« Je ne l'ai jamais vue, n'est-ce pas ?

— Vous l'avez sûrement croisée, elle est chez nous depuis un an ou plus, ils nous l'ont envoyée d'Helsinki », ajouta Anna-Liisa, avec cet air lourd de sous-entendus qui, souvent, ne sous-entendait rien du tout.

Soudain, une idée lui vint à l'esprit.

« Approche, dit-il. Oui, oui, toi. Pose un peu ce balai. »

Elle appuya le manche contre le mur, jetant un coup d'œil en direction d'Anna-Liisa pour vérifier qu'elle ne faisait rien de mal. Elle marcha vers lui, s'essuyant les mains à son tablier. Jupe grise, tablier et bonnet de grossier calicot, et galoches qu'Anna-Liisa achetait en gros à un prix spécial et qui n'étaient jamais à la bonne pointure. Les orphelins enveloppaient leurs pieds dans des chiffons, comme des soldats russes. Elle ressemblait à tous les autres, mais le Dr Eklund avait été immédiatement certain de ne l'avoir jamais vue. C'était à cause de sa façon de se mouvoir, quelque chose de vif et de libre dans l'allure : elle semblait ne pas avoir encore appris à être orpheline.

« Parfait. Approche encore. Ne crains rien. »

Elle ne paraissait pas du tout effrayée, en fait. Elle avait la peau claire, l'arête du nez et les pommettes saillantes. Elle le regarda bien en face. Ses yeux vert pâle ne reflétaient aucune expression, comme si elle savait déjà se protéger derrière un masque contre les intrusions.

« Elle pourrait rester ici, au chevet de cette enfant, et la faire boire, dit-il à Anna-Liisa. Regarde, voici comment il faut s'y prendre. » Il souleva de nouveau la tête de la petite malade. « Tu tiens la cuiller comme cela. Tu touches doucement ses lèvres, juste là. Elle va ouvrir la bouche. Tu lui en donnes un tout petit peu chaque fois, sinon elle risque de vomir. Tu crois que tu peux le faire ? Tu te sens assez patiente ? »

La gamine hocha la tête.

« Et puis, elle est toute sale. Est-ce que tu pourrais changer la flanelle, et lui faire un brin de toilette ?

— Ils sont tous sales, commenta-t-elle. Tous. Ils ont tous besoin d'être changés. »

Il ne parvint pas à déterminer si elle voulait dire qu'il ne servait à rien d'en nettoyer une seule alors qu'ils avaient tous besoin de soins, ou s'il fallait penser à s'occuper de tous, maintenant que la décision était prise pour celle-ci. Mais il sentit une force en elle, quelque chose qui exigeait une réponse de sa part.

« Je sais, dit-il. Nous allons faire notre possible.

— Toutes les flanelles ont été changées ce matin, intervint Anna-Liisa, sur la défensive. En ce moment même, Sirkka est en train de les faire bouillir dans la lessiveuse en cuivre. On a à peine lavé les draps qu'ils sont déjà sales à nouveau. »

Il hocha la tête, satisfait. Il lui avait dit l'hiver précédent de faire bouillir les flanelles et les draps, et elle s'en était souvenue.

« Elle pleure parce qu'elle a mal », remarqua soudain la fillette, en observant l'enfant malade. « La douleur, elle part de son ventre. Je sais ce qu'il faut faire. » Et elle se pencha vers elle et entreprit de frotter l'abdomen tout gonflé avec un léger mouvement circulaire. « On frotte comme ça, vous voyez, et ça la réchauffe. Après, elle a moins mal.

— Tu as raison, fais cela aussi », approuva-t-il. Effectivement, la petite semblait s'apaiser. Ses pleurs se transformèrent en un faible gémissement. Ce n'était pas la chaleur qui la calmait, c'était le contact de cette main.

« Fais-la boire autant que tu pourras. Garde-la propre et frotte-lui le ventre si cela lui fait du bien. Demain, on essaiera un peu d'eau sucrée. »

Elle fit oui de la tête et s'agenouilla auprès du petit lit, la cuiller à la main.

« Est-ce que vous auriez un tabouret qu'on pourrait mettre là ? demanda-t-il à Anna-Liisa. Puisqu'elle va s'occuper de cette enfant, il lui faudra pouvoir s'asseoir à son chevet. »

Il fit le tour de la pièce, passant d'un lit au suivant. Les autres n'allaient pas si mal, pensa-t-il. Ils étaient souffrants et affligés, mais ils survivraient. Tous réussissaient à boire.

Ils paraissaient indifférents, les yeux fixés sur le plafond, ou recroquevillés dans un état de stupeur. Tous avaient les mêmes cheveux emmêlés, les mêmes croûtes jaunes autour des yeux, le même teint de cire.

« Ils ont pris leurs flocons d'avoine ce matin, enfin, ceux qui en ont voulu, expliqua Anna-Liisa.

— Parfait ! Je vais vous faire envoyer une infirmière. Il y a ici beaucoup plus de travail que vous ne pouvez en assumer. Le conseil d'administration couvrira la dépense. »

Elle lui jeta un regard empli de reconnaissance. Elle avait peut-être deviné qu'il paierait l'infirmière de sa poche, mais il valait mieux n'en rien dire. Anna-Liisa préférait l'idée d'une décision positive du conseil d'administration. Elle aimait les choses faites dans les règles. Car si on commençait à se demander quel était le devoir personnel de chacun envers ces enfants, où s'arrêterait-on ?

Si je me posais cette question, se dit-il, je finirais sûrement par ne plus venir les voir, pour m'épargner ce genre de culpabilité. Anna-Liisa, elle, travaille à leurs côtés, elle mange à leurs côtés, elle dort à leurs côtés. Elle fait tout ce qu'elle peut.

« Et comment va Mme Eklund ? » s'enquit respectueusement la directrice en le raccompagnant à la porte.

« Parfaitement bien, je vous remercie », répondit-il mécaniquement, mais les mots lui irritèrent la bouche au passage, parce qu'il savait que ce n'était pas vrai. Malgré son caractère ombrageux, à sa façon, son épouse Johanna était une brave femme. Elle ne lui en disait rien, mais parfois, il se rendait compte qu'elle souffrait. Elle rédigeait de longues lettres à sa fille, leur fille ; et elle lui jetait des regards de défi quand il entrait dans la pièce alors qu'elle écrivait.

S'ils avaient encore partagé un lit, il aurait tout deviné. Il aurait respiré la nature du mal sur sa peau et dans sa transpiration pendant son sommeil. Il aurait vu les signes et les changements qu'elle lui cachait. Elle avait envoyé ses vêtements à la couturière pour les faire retoucher, il le savait. Elle avait perdu du poids, tous ces derniers mois. Les tendons saillaient sur son cou, et ses poignets semblaient énormes et lourds tant ses avant-bras avaient maigri.

Elle dormait dans la chambre à l'autre bout du couloir désormais, la chambre de Minna. Parfois, il se réveillait la nuit, sortait en silence sur le palier, et fixait la porte de loin. Il avait l'impression de l'entendre arpenter le plancher. Mais la porte de l'ancienne chambre de Minna restait obstinément close.

« Vous avez bien dormi, ma chérie ? lui avait-il demandé le matin même.

— Évidemment. Est-ce que je n'ai pas toujours très bien dormi ?

— Si quelque chose n'allait pas, vous me le diriez ?

— Bien sûr. Pourquoi ne pas vous en parler ? Vous êtes médecin, après tout », avait-elle répondu, avec une insistance glacée sur le mot « médecin ».

Pourquoi l'avait-il appelée « ma chérie » ? Pas étonnant qu'elle l'ait regardé comme cela. C'était une femme courageuse. Elle n'avait même pas crié quand Minna était née. Il aurait voulu qu'elle crie, pour alléger ses souffrances, mais pas question. Il n'avait jamais oublié la colère dans ses yeux quand il s'était approché de son lit, impuissant à la soulager.

« Oui, elle va bien, dit-il à Anna-Liisa. Je repasserai demain matin. Cette fille que vous… celle qui balayait… Comment s'appelle-t-elle ?

— Eeva.

— Donnez-lui une tasse de café ce soir, avec beaucoup de sucre. Elle en aura besoin pour rester éveillée. Si la petite passe la nuit, alors elle a une chance de s'en tirer.

— Ces enfants manquent de résistance, dit Anna-Liisa.

— Il leur manque surtout une mère. Ne le prenez pas mal, Anna-Liisa. Ce n’est pas contre vous que je le dis.

— Nous faisons ce que nous pouvons.

— Je le sais. Et si vous êtes à nouveau inquiète ce soir, n’hésitez pas à me faire appeler. »

2

« Vous allez prendre une maison en ville. C'est évident. »

Lotta paraissait totalement sûre d'elle. Il l'avait fréquemment remarqué depuis la mort de Johanna : ses amis semblaient en savoir plus que lui-même sur la façon dont il devait mener sa vie. Pour lui, l'avenir paraissait suspendu tel un de ces draps blancs que l'on trempe dans le désinfectant avant de les accrocher au seuil de la chambre où repose un malade contagieux. Lotta, elle, semblait le lire aussi clairement qu'une carte routière.

« Vous croyez ?

— Si vous avez le moindre bon sens, c'est ce que vous ferez. Il est temps que vous abandonniez cette énorme bâtisse. Louez-la, si vous trouvez preneur, et dénichez-vous une maison en ville.

— Ma chère Lotta, la mienne me convient parfaitement. »

Elle posa les yeux sur lui. « Absolument pas. Vous êtes malheureux ici. Errant de pièce en pièce, sans savoir que faire de vous-même. Et cela n'a rien d'étonnant.

— Bien. » Il posa les mains sur la table en écartant les doigts. « Lotta, Lotta. » Parfois, cela lui faisait du bien de prononcer son nom tout simplement. Sa plus vieille amie, ou presque.

« Oui, vous êtes malheureux, reprit-elle avec fermeté. Et la question est de savoir combien de temps vous avez prévu que cela dure. Vous pouvez encore vivre une vingtaine d'années, Thomas !

— C'est vrai, vous n'avez pas tort. Vingt ans, et même quarante. J'ai un cœur très solide. Aucun problème d'estomac. Quelles perspectives d'avenir ! »

Elle tapota sur le bois de la table. « Ne dites pas de choses pareilles ! » Elle semblait vraiment en colère maintenant, il s'en rendait compte. Elle se tenait droite comme un I, fidèle à elle-même, les épaules en arrière, la colonne vertébrale aussi raide que possible. Chaque matin, quand elle sortait du lit, les douleurs commençaient. Ce feu dans ses articulations auquel il ne pouvait rien, pas plus que n'importe quel médecin, d'ailleurs. Il en serait toujours ainsi, quel que soit le nombre de cures qu'elle pourrait faire dans des stations thermales, quels que soient les médicaments qu'elle prenne, les choses continueraient à empirer. Elle le savait. Pendant que moi, songea-t-il, je suis là, avec mon cœur solide et mon estomac parfait, encore capable de marcher trente-cinq kilomètres si je le souhaite.

« Vous feriez mieux d'aller vivre sous un autre climat, Lotta. Vous avez l'argent qu'il faut. Vous pourriez passer les hivers dans le sud de la France. Louer une maison et vous dorer au soleil, sous les amandiers. »

Elle secoua la tête, comme à son habitude.

« Non, personne ne peut avoir deux vies. La mienne est ici, en Finlande. Que pourrais-je bien faire dans le sud de la France ? De plus, c'est la place que Dieu m'a assignée. »

Elle le croyait sincèrement, il le savait. Ce n'étaient pas des paroles en l'air, un vernis de sainteté sur une vie bien lustrée. La religion n'était pas non plus pour Lotta une façon simple d'empêcher les autres de faire ce que bon leur semblait, et de vivre la vie qu'ils auraient voulu choisir…

Non. Il ne fallait pas penser à cela.

« Pourquoi, à votre avis, Dieu a-t-il voulu que vous viviez ici, Lotta ? » Il ne lui avait jamais posé cette question, mais après l'avoir observé avec acuité, elle se rendit compte que son intérêt était sincère.

« Pour prendre soin de vous, répondit-elle. Non, non, ne plastronnez pas. Vous n'êtes pas la seule raison. Pour prendre soin de vous, d'Erika et de Simon, pour rendre la maison agréable aux domestiques, pour organiser des ventes de charité, et aussi pour m'ennuyer, pour croire que je suis capable de peindre des paysages alors que c'est faux, pour veiller les gens quand ils sont à l'agonie et ennuyer mes amis en les tarabustant sur l'endroit où ils choisissent d'habiter et sur la façon dont ils décident de se gâcher la vie. Et puis pour être l'épouse de Karl.

— Comment va Erika ? » s'enquit-il, pour faire diversion. Erika était la nièce de Lotta, pas très heureuse dans son mariage, mais comblée d'avoir donné naissance au petit Simon.

« Erika et Simon vont à Saint-Pétersbourg. Frans doit s'y rendre pour affaires. Il s'est montré très généreux pour sa garde-robe d'été, alors elle est ravie. Enfin, pour l'instant. »

Ce don si particulier qu'avait Lotta d'aimer les gens tout en les connaissant pour ce qu'ils étaient, songea-t-il. Elle était également incapable de se réjouir du malheur de quiconque.

« Mais c'est de vous que nous parlions », dit Lotta d'un ton ferme. Ses petits yeux foncés étaient posés sur lui avec insistance. Le même air exactement que quand elle s'était relevée du chevet de Johanna, juste après son dernier souffle. Elle lui avait croisé les bras sur la poitrine. Minna était tombée à genoux à côté du lit, les mains crispées sur le drap.

Elle ne voulait pas regarder, elle ne voulait pas voir que sa mère était morte.

Dieu merci, les yeux de Johanna étaient clos. Il n'avait pas eu à lui fermer les paupières. Il aurait dû passer de l'autre côté du lit pour relever Minna, glisser le bras autour de ses épaules et la faire sortir de la pièce. Mais l'espace qui les séparait lui avait semblé aussi solide qu'une cloison de fer.

« Thomas. Nous étions en train de parler de vous et de cette maison. Pourquoi rester ici ? Elle est trop grande pour vous seul, et isolée. Vos amis ne peuvent pas venir en visite, pour vous sortir un peu de vous-même. Tout serait tellement différent si vous veniez habiter en ville. Une des maisons près de l'église vous conviendrait parfaitement. Ce serait tellement mieux en tout cas que vivre comme vous le faites, loin de tout.

— Je me sens bien ici.

— Je le sais. Mais cela ne vous vaut rien. Vous allez devenir…

— Oui ?

— Bizarre. Enfermé dans votre coquille. *Mais qui habite cette grande et vieille maison au milieu des bois ? Oh, c'est le manoir du Dr Eklund. Personne ne le voit jamais. Il lui arrive d'errer dans les parages à la nuit tombée.* »

Il éclata de rire. « Cela n'arrivera pas, Lotta. J'ai mon travail. Mais vous avez raison de dire que cette maison est trop vaste pour moi. Je vais fermer le deuxième étage et installer ma chambre et mon bureau au rez-de-chaussée. Jenny ne veut pas rester, et Kirstin ne tardera pas à la suivre. Une fille suffira largement à faire tout le travail nécessaire pour un homme seul. J'enverrai le linge à laver au-dehors, et Matti continuera à s'occuper du jardin et de l'écurie, comme d'habitude. Il n'y a besoin de rien d'autre.

— Tout cela ne m'a pas l'air bien gai.

— Je suis veuf, Lotta. Pourquoi voudriez-vous que les choses aient l'air gai ?

— Et Minna ? »

Il détourna le regard. Le loquet de la fenêtre n'avait toujours pas été réparé. Johanna lui avait demandé de s'en charger plusieurs mois auparavant, de cette voix froide et cassante qui entendait être obéie. Il avait oublié. Minna et Johanna n'oubliaient pas ce genre de détails.

« Je ne pense pas qu'elle viendra très souvent, maintenant que sa mère est morte. »

Lotta gardait le silence. Elle savait aussi bien que lui qu'il avait raison.

Mais pourquoi pensez-vous que Dieu a voulu vous faire vivre ici, Lotta ?

Pour prendre soin de vous.

Lotta avait veillé Johanna jusqu'au dernier instant. Elle lui avait croisé les doigts. Moi, j'en étais incapable. Impossible de lui toucher les mains, alors qu'elles étaient encore chaudes et douces, et de les sentir sans résistance entre les miennes tandis que je les lui aurais placées sur la poitrine. Il y avait là quelque chose de trop définitif. Je m'étais senti honteux de pouvoir me lever et m'en aller alors que Johanna, elle, gisait là pour toujours.

Johanna avait de très beaux seins. Je me rappelle ce jour, dans la salle à manger de la maison de son père, j'étais entré ct on l'avait placée à côté de moi. Elle gardait les yeux baissés. Elle portait une robe sombre avec un col haut et rond. De temps à autre, elle retenait son souffle, et sa poitrine se soulevait.

Je ne savais pas alors que si elle respirait avec peine, c'était parce qu'elle avait pleuré pendant des heures dans sa chambre avant le dîner. Elle était amoureuse d'un misérable individu qui se jouait d'elle et la manipulait, la laissant lui témoigner son amour pour mieux la repousser. Il existe des hommes comme ça, et des femmes aussi, pour se comporter ainsi. Et elle se retrouvait là, la respiration difficile, pleine de chagrin et de rage, ce que j'ai mis plusieurs mois à comprendre. Aussi souvent que je l'osais, je jetais un coup d'œil sur la plénitude de ses seins sous cette étoffe sombre qui brillait un peu, à peine en fait, mais juste assez pour que la lumière s'y accroche quand ils se soulevaient et retombaient.

C'est ainsi que nous nous sommes mariés, Lotta, et qui s'étonnerait de ce que nous ayons été malheureux ? Je passais par là, et Johanna comprit dès le premier jour que j'étais fou de ces seins et que je ne serais satisfait que quand ils seraient miens. Elle ne se le serait sûrement jamais dit de façon aussi crue. Elle m'épousa aussi vite qu'elle le put, pour que l'autre ne devine jamais, qu'il ne sache jamais le mal qu'il lui avait fait. Personne n'en sut d'ailleurs jamais rien et Johanna souriait, si belle dans sa robe de mariée. Une victoire, même si la seule personne à en souffrir fut elle-même. Tel était le principe qui guida Johanna toute sa vie. Gagner, et, si c'était impossible, refuser de montrer les pertes subies.

Non, je n'aurais jamais pu croiser les mains de Johanna sur sa poitrine. Je n'en avais pas le droit, de toute façon. Vous pensez que Dieu a voulu que vous viviez ici pour veiller sur moi, Lotta, mais vous en seriez moins sûre si vous saviez quelle sorte d'homme je suis au fond.

« Donc, vous êtes décidé à garder cette maison, reprit Lotta. Entendu. Et vous avez besoin d'une bonne pour faire la cuisine et le ménage. Une seule fille suffira à faire tout cela ?

— Je vous l'ai déjà dit. La plus grande partie de la maison va être fermée. Je ne dînerai pas ici plus de trois ou quatre fois par semaine.

— Quelle perspective déprimante ! Enfin… peu importe. Pensons aux détails pratiques. Où comptez-vous dénicher cette fille ?

— Je n'en suis pas encore là, Lotta.

— Hum… Pourquoi pas l'orphelinat ? On donne de bonnes habitudes aux gamines là-bas, et de plus, sa famille ne lui manquerait pas.

— Bonne idée », répondit-il lentement. Cette fille… Eeva. Il entendit à nouveau le frottement de son balai sur le plancher. La petite malade avait survécu. Anna-Liisa s'était étonnée de la ténacité d'Eeva. Ce n'était pas une nuit mais trois qu'elle avait passées, perchée sur ce petit tabouret, donnant à l'enfant ses cuillerées d'eau.

« Et figurez-vous, docteur Eklund, vous n'allez pas le croire, mais cette petite malade a été adoptée ! Oui ! Une excellente famille – des paysans. La femme n'a pas d'enfants, alors qu'ils sont mariés depuis dix ans, et elle a vu par hasard notre petite Annika un dimanche à l'église. Une fois rétablie, elle s'est révélée très jolie, vraiment très jolie. C'est toujours comme ça. On choisit les jolies petites filles et les garçons nous restent sur les bras jusqu'à l'âge d'être mis au travail. »

Anna-Liisa parlait d'un ton enjoué, comme si nul ne pouvait rien à la marche du monde.

« Alors, Eeva ne la voit plus du tout ? demanda-t-il.

— Oh, non ! Dieu du ciel, pourquoi la reverrait-elle ? La petite Annika a sa vie, maintenant, et nous ne voulons surtout pas la retenir. Les familles n'aiment pas penser à l'enfant tel qu'il était *avant*, vous voyez, docteur, dans son orphelinat, avec tout ce que cela implique. Ils préfèrent se dire que c'est le leur, et c'est bien naturel, surtout quand il s'agit d'une jolie petite fille comme Annika, qui ferait la fierté de n'importe quelle maman.

— Je suppose que vous n'avez pas tort. »

Mais sans doute la fillette au balai n'était-elle plus là. Elle avait vraisemblablement trouvé une place. Tout cela s'était passé un an auparavant, voire plus ; oui, Johanna commençait à peine à être malade.

« Il y a une fille qui ferait bien l'affaire, dit-il à Lotta. Elle aurait précisément l'âge qu'il faut. Elle paraissait pleine d'énergie, et docile.

— C'est exactement ce qui vous conviendrait, acquiesça Lotta. Il vaut mieux une enfant sans aucune expérience, que vous pourrez modeler à votre guise, plutôt qu'une petite madame qui croit tout savoir et ne fera rien de ce que vous lui demanderez. »

Il hocha la tête pour empêcher Lotta de se lancer sur l'un de ses sujets favoris.

« Je passerai voir Anna-Liisa et je lui demanderai si la fille est disponible, dit-il.

— Quel est son nom ? J'ai peut-être entendu parler d'elle ?

— C'est peu probable. Elle avait été envoyée ici depuis Helsingfors, c'est un nouveau plan qu'ils ont mis en place. Je sais qu'elle se prénomme Eeva, mais je n'ai jamais entendu son nom de famille.

— Eeva ? » Lotta sembla mesurer l'effet produit par ce prénom. « Est-ce que vous ne préféreriez pas une fille qui parle suédois ? »

Surpris, il repensa à la scène. Anna-Liisa s'était exprimée en suédois, par politesse envers lui. Et la fille aussi, il en était presque sûr.

« Elle parle suédois, et elle le comprend parfaitement. De toute façon, j'aime parler finnois. C'est dans l'air du temps », ajouta-t-il en souriant. Lotta, il le savait, parlait très mal cette langue, et était très agacée par tous les efforts de finnisation. *Nous sommes des Finlandais suédois, comme nous l'avons toujours été, et je ne vois pas pourquoi ça changerait*, répétait-elle sans cesse.

Pas tout à fait toujours, aurait-il voulu répondre. *Nos ancêtres ne sont-ils pas venus de Suède à un moment ou à un autre ?* Mais s'il plaisantait à ce sujet, Lotta deviendrait rouge d'agacement et rétorquerait : *Tout le monde est venu de quelque part un jour, si on remonte assez loin, Thomas, et vous le savez très bien. La langue finnoise n'est-elle pas originaire d'Inde ? C'est notre place ici, tout autant que la leur.*

« En tout cas, cette enfant aura sans doute déjà été placée », conclut-il.

En fait, non, même si elle était plus âgée qu'il ne l'avait cru. « Elle a eu seize ans en janvier » lui dit Anna-Liisa, en prenant le café. Donc la fillette maigrichonne en avait déjà quinze lorsqu'il l'avait vue en train de balayer le plancher. Étrange qu'on n'ait pas réussi à lui trouver une famille.

« Il est vrai que ce n'est pas courant », dit Anna-Liisa, de l'air satisfait et rassurant d'une femme qui en sait plus qu'elle n'en dit. « Une autre tasse de café, docteur Eklund ? Pour certaines raisons, nous avons jugé préférable qu'elle continue à travailler ici au-delà de l'âge habituel. On peut dire qu'elle ne ménage pas sa peine, dans l'ensemble. » La voix d'Anna-Liisa traîna sur ces derniers mots, et il se demanda ce qu'elle sous-entendait. « Oui, elle est rude à la tâche et elle a l'esprit vif », poursuivit Anna-Liisa, d'un ton plus catégorique, désormais plus sûre du terrain sur lequel elle avançait. « Inutile de lui expliquer les choses deux fois. Depuis un an, je lui apprends à cuisiner et à faire des conserves. Elle sait déjà comment sécher et mettre à macérer les champignons et les concombres, et préparer des confitures.

— Parfait !

— Vous trouverez peut-être que parfois… Bref, Eeva aime n'en faire qu'à sa tête. Ce n'est pas qu'elle discute, mais sa façon de vous regarder dans les yeux n'est pas tout à fait correcte, et je le lui ai dit à de nombreuses reprises. »

Manifestement sans résultat, songea-t-il.

« Elle aime les petits. Elle les aide à se laver, à s'habiller, à faire leur lit. Cela fait partie intégrante de ses tâches.

— J'espère qu'elle ne trouvera pas que les choses manquent d'animation chez moi. Il n'y a plus que Matti qui s'occupe du jardin et des écuries, et la vieille Agneta qui vient régulièrement du village pour faire le gros du ménage. Mais ils ne vivent pas sur place.

— Que les choses manquent d'animation ? Non, non, je ne crois pas qu'elle s'en plaindra. C'est bien mieux pour elle, docteur, que la Maison des orphelins, et une telle chance ! Nos filles ne sont pas nombreuses à dénicher une aussi bonne place. J'en ai expédié une pas plus tard que ce matin, une fillette plus jeune qu'Eeva, dans une ferme, avec cinq enfants de moins de six ans qui vous ramènent de la boue de l'aube au crépuscule, comme vous vous en doutez, et où il n'y a pas d'autre servante. C'est la vie, rien que de juste et de normal, mais je suis tout de même contente qu'Eeva se voie offrir cette opportunité.

— À propos de ce que vous appeliez “certaines raisons”, y a-t-il quelque chose que je devrais savoir ? »

Anna-Liisa prit un biscuit à la cardamome. Elle avait les joues en feu.

« La question s'est posée de son environnement moral, là d'où elle venait, à Helsinki. Helsingfors, je veux dire », s'empressa-t-elle de corriger par égard pour son hôte suédois. « Vous voyez ce que je veux dire. Il y avait des *considérations spéciales.* On a pensé qu'il valait mieux pour elle quitter la ville et s'éloigner des mauvaises influences qu'elle risquait de subir. Quand on me l'a envoyée, on m'a dit de ne pas lui chercher de place avant ses seize ans.

— Elle les a eus, m'avez-vous dit.

— Oh, je suis sûre qu'il n'y aura aucun problème, maintenant que je sais qu'elle va chez vous. C'est quand on les expédie dans une ferme, ou même une maison de ville avec des jeunes gens qui rôdent aux alentours, que l'on peut s'inquiéter. On profite d'elles, et avant qu'on ait eu le temps de dire ouf les voilà qui ramènent un enfant à leur mère. » Anna-Liisa éclata d'un rire aussi bruyant qu'inattendu. « Ou plutôt, comme elles n'ont pas de mère, elles reviennent vers nous, et tout recommence. Elles disent qu'elles veulent garder le bébé, elles supplient et font toutes sortes de promesses qu'elles sont bien sûr incapables de tenir. Et ensuite, ce n'est pas facile de leur trouver à nouveau une bonne place. Alors elles partent à la dérive, et le plus souvent, la situation se répète. Vous hésitez entre rire ou pleurer, n'est-ce pas ?

— Non, pas vraiment. » Il regarda attentivement la directrice. Que pensait-elle de tout cela, au fond ? Elle n'était pas mariée. Vierge, sans doute. Et pourtant, ce rire – comme si tout ce qui avait trait à la conception de ces bébés était une vaste plaisanterie qui divertirait son invité.

« Vous serez heureuse d'apprendre que Matti approche de la cinquantaine et qu'il a les jambes tout arquées.

— Oh, mais elle n'oserait jamais rien tenter sous votre toit ! C'est une fille intelligente, on peut lui reconnaître ça, pas du genre à causer sa propre perte. Je vais la faire appeler.

— Attendez une seconde », dit-il, non sans brusquerie. Il ne se sentait pas encore prêt à voir Eeva. Les paroles échangées sur la jeune fille restaient suspendues dans l'air comme du linge sale à une corde. « Réglons d'abord les détails pratiques. Quand viendra-t-elle ? Quels seront ses gages ? A-t-elle besoin de vêtements ? Il faut m'excuser, je n'ai pas l'habitude de ces choses. C'est Johanna qui s'occupait des affaires domestiques.

— Mais bien sûr. Je le dis toujours, c'est plus difficile pour l'homme, quand il reste seul. Un peu comme un bébé dans le ventre de sa mère. »

Il se laissa aller en arrière dans le fauteuil, pris d'une envie soudaine de fermer les yeux. Pourquoi éprouvait-il toujours ce sentiment – une espèce de honte, de malaise –, comme s'il avait fait quelque chose de mal et qui risquait de le mettre au ban de la société locale si la vérité éclatait au grand jour. Le visage rond et ridé d'Anna-Liisa rayonnait de sympathie. Elle avait étendu une nappe sur la table et servi des biscuits confectionnés de ses mains. Il savait que ces demi-heures passées à prendre le café avec lui dans la blancheur si nette de son petit salon lui étaient précieuses.

Sa vie était tout entière consacrée au travail, dont les soins qu'elle prodiguait aux enfants ne constituaient qu'une infime partie : il lui fallait satisfaire le conseil d'administration, flatter les visiteurs, montrer bruyamment sa reconnaissance à quiconque expédiait un fagot de bois ou un sac de pommes de terre à la Maison des orphelins, faire en sorte que telle grosse femme d'un fermier se sente généreuse quand elle prenait un enfant pour le faire travailler comme un esclave de l'aube au crépuscule pour presque rien, et conduire son troupeau de jeunes âmes à l'église luthérienne deux fois tous les dimanches afin que la ville puisse la jauger au vu de leurs vêtements, de leur propreté et de leur bonne conduite.

Mais il comprenait ses difficultés ; ou en tout cas, pour une raison mystérieuse, elle pensait que c'était le cas. Elle pouvait lui parler des épidémies de teigne ou de rougeole, d'une enfant qui refusait de communiquer et qui détournait le regard même quand on lui prenait le visage entre les mains, d'une fille qui connaissait les pires jurons de la terre, et des petits qui tendaient les mains pour qu'elle les prenne dans ses bras chaque fois qu'ils la voyaient. Mais elle ne leur cédait pas, et ils perdaient cette mauvaise habitude pour toujours. *Il faut qu'ils apprennent, mais parfois, c'est dur.*

Le pâle soleil d'hiver tombait sur le plancher ciré, le tapis rouge foncé, le poêle en faïence. Avril le mois prochain, le printemps arrivait. Un an plus tôt, il avait appris que Johanna était condamnée. Les saisons passent, et rien ne peut arrêter la roue du temps. Cette fois, l'idée de l'énergie renaissante lui était une sorte de soulagement. Les choses se produiraient, qu'il le veuille ou non. Il ne pouvait pas davantage résister à cette force qu'à celle de la mort. Le pouvoir de la vie nouvelle passerait à côté de lui s'il ne parvenait pas à l'entraîner comme une vague.

Mais le printemps y réussirait peut-être. La vie pouvait repartir. Il n'était pas coupable au point de devoir se cloîtrer à jamais. Johanna était morte. Il commencerait une nouvelle vie. Sans attendre que Minna vienne lui rendre visite.

Il eut envie de se lever et de marcher dans la pièce. Quelle révélation, quelle découverte ! Après la mort, il y avait la vie. Quelle vérité pouvait résonner à ce point comme une évidence, une évidence imbécile ? Et pourtant, auparavant, il ne l'avait pas compris, jusqu'à ce moment précis dans la Maison des orphelins.

Il voyagerait davantage, prendrait une part plus active aux affaires du monde. Il rédigerait de manière plus systématique des fiches sur ses cas intéressants, lirait les revues médicales, y contribuerait même parfois. Comment en était-il venu à penser que tous les fruits de la vie étaient réservés aux autres, ceux qui étaient d'une certaine façon plus actifs ou les méritaient davantage ?

Il travaillerait dans le grand salon situé à l'arrière de la bâtisse, son écritoire face à la fenêtre. Cette pièce deviendrait son nouveau bureau. Elle offrait la plus belle vue de la maison : le regard descendait le long d'une petite déclivité plantée de lilas, de bouleaux et de cerisiers, puis en pente plus abrupte jusqu'au fond de la crevasse où serpentait la rivière en été. Bientôt l'eau dégèlerait. Un matin, il serait surpris de l'entendre couler. Les premiers temps, elle semblait jaillir avec un fracas terrible, puis on s'habituait. De l'autre côté du torrent, la forêt couvrait l'autre rive et faisait de l'horizon une ligne déchiquetée. Encore sombre en ce moment, cendrée par l'hiver, mais même les épicéas et les mélèzes lâcheraient avant longtemps des salves d'un beau vert brillant. Et, en direction de l'est, la forêt et encore la forêt, que l'on marche une journée, une semaine ou un an. L'idée même de cette immensité l'emplissait de joie.

Johanna n'aimait pas la forêt. Elle avait voulu qu'il coupe les bouleaux et les cerisiers. Ils gâchaient la vue, disait-elle. Tous ces arbres qui touchaient de si près la maison lui donnaient l'impression d'être encerclée. Oppressée.

Il s'était emparé de la hache de Matti et avait fait une encoche dans l'écorce d'un jeune saule. Il avait vingt ans de moins alors et il était robuste. L'arbre regorgeait de sève, son tronc en était tout luisant. Il calcula mal l'angle d'attaque et il fit une entaille grossière. Excité par cette boucherie, il releva trop vite sa hache et frappa encore, sans bien voir ce qu'il faisait. Il manqua l'encoche et la lame glissa le long du fût. Pour un peu, il se la serait plantée dans le pied.

« Laissez-moi faire, docteur, dit Matti derrière lui. Ce genre de tâche n'est pas pour vous.

— Je veux finir », répliqua Thomas. Il brandit sa hache, encore et encore, matraquant le tronc jusqu'à ce qu'il se fende dans une bouillie informe. Tout un fatras de bois vert et humide, brisé en éclats. Inutilisable pour quoi que ce soit, mais il avait presque réussi à traverser le tronc. Les branches sifflaient et craquaient. Enfin, en chancelant, l'arbre s'affaissa sur les branches du bouleau voisin, écrasant ses rameaux au passage. Impossible de distinguer l'un de l'autre désormais.

« Fais venir des hommes du village, dit-il à Matti. Il faut arracher tous les arbres de ce carré. Ils pourront garder le bois et je les paierai généreusement pour leur peine. Je vais marquer ceux qu'il faut abattre. »

Armé d'un seau de chaux et d'un pinceau, il avait signalé chaque tronc. À la fin, les arbres exhibaient tous cette empreinte blanche, tandis que dans le vent leurs feuilles vert tendre frissonnaient. Ils n'avaient pas la moindre idée de ce que ces marques blanches signifiaient. Il avait caressé l'écorce sèche d'un cerisier. La sève était en train de monter ; de toutes ses forces, elle irriguait de vie les branches pour que poussent rameaux, feuilles et fruits.

Les souches furent déterrées et on planta du gazon. Johanna avait son panorama.

Il travaillerait à son bureau près de la fenêtre. Tout serait silencieux. Il n'entendrait que le grattement de sa plume sur le papier tandis qu'il noterait diverses observations avant de les raturer. Matti serait dans le jardin, appelant la vieille Agneta. Et puis peut-être un bruit de pas dans le hall, léger et vif sur les lattes du plancher. Il lèverait les yeux. Il regarderait la forêt et son cœur à nouveau s'apaiserait, parce que la forêt est éternelle.

Les choses manqueraient sans doute d'animation, mais peu à peu elle apprendrait peut-être à s'y plaire.

Sur son ordre, Agneta avait fermé l'étage des chambres. Celle qui avait autrefois été sa chambre et celle de sa femme ; celle de Minna où Johanna était morte ; la « nursery », attenante à leur ancienne chambre, qui n'avait jamais eu qu'une seule occupante ; la chambre d'amis, et son ancien bureau-dressing. Tous les meubles avaient été recouverts de draps et les portes verrouillées, sauf celle de la salle de bains qu'il avait fait aménager dans la quatrième chambre. La plus belle de toute la région, avec une immense baignoire royale à quatre pieds en forme de griffes, et un élégant petit sofa sur lequel Johanna aimait à s'asseoir après son bain. Il préférait le sauna, mais la salle de bains était utile quand, rentrant à la maison, il avait envie de se déshabiller et de faire disparaître de sa peau les odeurs d'une journée entière de visites.

La jeune fille dormirait au deuxième étage, dans ce qui était autrefois la mansarde de Kirstin. Il avait demandé à Agneta de la nettoyer à fond et de la préparer. C'était une chambre petite sans être exiguë. Il avait commandé un matelas neuf pour le sommier en fer après qu'Agneta lui eut dit que Kirstin avait souillé l'ancien. Il y avait un lavabo, un tapis, une table et une chaise, et au mur un tableau représentant saint Jean-Baptiste.

Il monta vérifier que tout avait été préparé la veille de l'arrivée de la jeune fille. Oui, Agneta s'était parfaitement acquittée de sa tâche. Les draps fleuraient bon le propre, le plancher avait été récuré. La fenêtre donnait à l'est, comme le salon du rez-de-chaussée. Cela faisait des années qu'il n'était pas venu à cet étage. Étrange de s'apercevoir combien la forêt paraissait plus proche vue d'ici. Le jardin de Johanna semblait dérisoire.

Pourvu qu'elle ne soit pas une de ces filles qui prennent peur dès qu'une souris trottine dans le grenier. Et qu'elle ne craigne pas de rester seule la nuit dans la maison quand on l'appellerait pour une visite urgente.

Il souleva les draps pour regarder le matelas. Oui, c'était bien ce qu'il avait commandé. De la bonne qualité. Il avait dit à Agneta de s'en assurer.

Elle allait vivre dans cette maison. Elle serait désormais chez elle ici, cette orpheline qui aurait pu finir plus ou moins n'importe où. Elle se pencherait à cette fenêtre et sentirait les lattes de ce plancher sous ses pieds nus. À mille lieues de grandir dans une ville qui se développait si vite aujourd'hui qu'on y comptait déjà plus de quatre-vingt mille âmes.

3

Il faisait une chaleur étouffante dans la chambre de Brigitta Nordström. À son chevet, Thomas lui prenait le pouls. La pièce sentait encore l'accouchement mais l'odeur du sang ne paraissait déjà plus très fraîche.

Tant qu'il était avec une patiente, il ne remarquait jamais ces choses. Il n'avait perçu cette odeur que parce qu'il était sorti un bref moment de la pièce. Après la naissance du bébé et l'expulsion du placenta, il s'était rendu compte d'une certaine compression de sa vessie et pouvait désormais sans danger quitter les lieux quelques minutes.

L'air lui parut froid et pur tandis qu'il traversait la cour en direction des cabinets. Il respira la puissante odeur de pin qui montait du dépôt de bois tout proche. Dans le hangar, la scie couinait et mugissait. Le son ne s'était pas arrêté une seconde pendant tout l'accouchement. Il prenait conscience de temps à autre de ce chœur mécanique qui donnait la réplique aux grognements et aux gémissements de sa patiente.

Lorsqu'il revint dans la chambre, l'odeur lui assaillit les narines avec une force qui le fit presque suffoquer. Les effluves ferreux du sang, les remugles âcres de la transpiration générée par l'effort et les relents des excréments qui s'étaient échappés de son corps en même temps que le bébé. Il restait à la recoudre. Il respira un grand coup. Une fois encore, toute la réalité de l'accouchement l'enveloppa comme un voile.

Il n'y avait pas de bébé près du lit. On l'avait emporté au rez-de-chaussée, pour qu'il ne dérange pas. Encore un garçon, profondément endormi après ce qu'il venait de subir. Il avait le visage marqué et le crâne en pointe. Thomas était inquiet et il avait examiné attentivement le nouveau-né, mais il ne portait aucune trace de dommage sérieux. Il agitait les bras, tendait ses muscles et vagissait comme il faut. Costaud, comme son père. Un beau garçon, selon l'expression consacrée, qui avait induit un accouchement pénible et dangereux ; la mère était même trop épuisée pour regarder son petit.

Le mari se tenait à présent derrière Thomas. À l'endroit où il se trouvait quand le médecin avait quitté la pièce. Les pieds écartés, il regardait sa femme, la bouche ouverte, comme s'il s'étonnait de ne pas la voir se relever et se rendre utile. Elle travaillait dans le bureau de la scierie quand les contractions avaient commencé. Depuis deux jours, elle avait un gros rhume et elle toussait. Elle ne s'était pas arrêtée pour autant, le travail ne pouvait attendre.

Les tâches les plus lourdes pourtant ne lui incombaient plus. Elle s'occupait de la maison, des enfants, et des livres de comptes. Elle avait même une aide, en la personne de Silja qui frottait les planchers et se chargeait de la lessive. Elle n'avait jamais rien à soulever de plus lourd qu'un sac de farine pour faire le pain. Les jours de dur labeur étaient loin désormais. Son mari gagnait de l'argent, ça oui, il gagnait enfin de l'argent après toutes ces années de vaches maigres où il avait fallu emprunter pour lancer l'entreprise et où Brigitta avait dû charrier le bois comme un homme quand ils manquaient de main-d'œuvre.

Les enfants leur étaient venus tard. Lui avait commencé à s'inquiéter, se demandant si elle n'avait pas quelque chose qui clochait. Mais elle lui avait donné trois garçons coup sur coup. Cette année, l'année précédente et celle d'avant. Trois beaux garçons. Une fois cette question réglée, on peut commencer à rêver d'avoir une fille.

« Restez tranquille, madame Nordström. Il ne faut pas encore bouger. »

Les paupières de la femme restèrent closes. Elle était épuisée. Un accouchement long et difficile, suivi par une hémorragie, heureusement pas très grave et désormais endiguée. Le bébé s'était présenté par le siège. Il aurait pu être retourné si on l'avait appelé avant, mais c'était la première fois qu'il revoyait sa patiente depuis son accouchement précédent. L'homme regardait manifestement à la dépense. Elle allait mettre plusieurs mois à recouvrer ses forces. Thomas jeta un coup d'œil par-dessus son épaule en direction du mari. Il lui demanderait de sortir dans une minute, pendant qu'il recoudrait la plaie, mais d'abord, il devait lui expliquer quelque chose en présence de sa femme.

« Il ne faut plus qu'elle en ait d'autre. Elle a eu de la chance de s'en sortir cette fois. »

L'homme regarda Thomas comme s'il avait perdu la raison. « Qu'est-ce que vous voulez dire, docteur ?

— Regardez-la.

— Mais dans une semaine ou deux, elle ira mieux, pas vrai ?

— Pas si elle retombe enceinte.

— Je comprends pas bien ce que vous me dites. »

Oh, mais si, tu m'as compris, songea Thomas. Dix mois entre ce bébé et le dernier. Tu étais déjà repassé par là avant même qu'elle ait cessé de saigner. Fouaillant ta femme comme un sanglier une laie.

Brigitta Nordström s'était laissée aller sur le dos, les jambes soulevées par des oreillers et le pied du lit également surélevé, comme il l'avait exigé. Elle avait le teint cireux et grisâtre. Mais nul doute qu'elle entendait leur conversation. Il voulait qu'elle n'en perde pas une miette. Il voulait qu'elle sache.

« Trois beaux garçons, ça ferait la fierté de n'importe qui, reprit-il, avec une admiration calculée qui lui parut sonner faux.

— Mais il faut aussi une fille pour s'occuper de vous quand vous vous faites vieux, dit Nordström comme s'il parlait d'une table dont il aurait eu besoin pour manger.

— Vous avez une femme, dit Thomas. Mais si vous continuez comme ça, vous allez la perdre. Et alors qui s'occupera de vos fils ? »

L'homme sembla réfléchir. Thomas eut l'impression d'avoir marqué un point, mais très vite, l'égoïsme reprit le dessus. « D'accord, docteur, mais un homme, ça a ses besoins, pas vrai ?

— Nous pouvons en parler, répondit Thomas. Mais pas tout de suite. Demandez à votre bonne de monter. Comment s'appelle-t-elle, déjà ? Silja, c'est ça ? Je vais avoir besoin d'aide. Et quand je serai parti, je veux qu'elle reste avec votre femme, et qu'elle lui amène le bébé quand il réclamera sa tétée. Mme Nordström ne doit pas quitter ce lit avant que je l'y autorise, et je compte sur vous pour me faire appeler en cas de problème. Si par malheur elle recommence à saigner – le visage de Nordström se plissa comme s'il se demandait pourquoi il était obligé d'entendre tout ça –, alors soulevez un peu plus le pied du lit, mettez de la glace dans un chiffon de flanelle propre aussi vite que possible, et demandez à Silja de le presser contre l'endroit où ça saigne jusqu'à ce que j'arrive. Dans un cas pareil, vous pouvez me faire appeler à n'importe quelle heure du jour ou de la nuit. Je reviendrai demain et croyez-moi, je me rendrai immédiatement compte si votre femme a mis le pied hors du lit. Demandez à Silja de monter tout de suite et je vais lui donner mes instructions. »

Il n'y avait pas d'autre méthode possible avec un type comme Nordström. Il fallait se montrer ferme. Sans cela, si sa femme disait qu'elle était prête à descendre lui préparer son dîner, il serait capable de la laisser faire. Thomas éprouva un sentiment familier d'impuissance et de lassitude. Il l'envahirait totalement s'il ne réagissait pas. Il ne pouvait rien faire de plus, et peut-être que cela n'arrangerait rien, de toute façon. Après son départ, que se passerait-il ? Nordström, irrité et plein de frustration, s'en prendrait à quelqu'un. Et quelle victime était mieux indiquée que sa femme, à qui il devait ce sermon du médecin ?

« Vous avez de l'eau-de-vie ?

— Pour quoi faire ?

— Pour votre femme.

— Elle en boit jamais, déclara Nordström avec fierté. Elle fait partie de la Ligue antialcoolique.

— Là, c'est dans un but médical. Elle est à bout de forces.

— Elle y touchera pas, je vous dis.

— Demandez tout de même à Silja de monter la bouteille.

— Buvez-en donc un petit verre, docteur. Il vous a donné du fil à retordre, mon fils, pas vrai ? » Nordström parlait avec fierté, comme si le sang et les douleurs de sa femme étaient un hommage à sa propre virilité. Un beau garçon de plus, peu importe si cela avait failli la tuer.

Non, songea Thomas. Il n'allait pas s'emporter contre cet homme.

Il fit plusieurs points de suture pour recoudre les chairs déchirées, tandis que Silja lui tenait la lampe ainsi qu'il le lui avait demandé. C'était une fille massive, avec un air tout aussi obstiné que son maître. Il aurait pu être son père.

« Cette lampe ne doit pas bouger », dit-il sèchement. Silja regardait sa patronne d'un air bovin. Sans doute ces Nordström la faisaient-ils travailler dur. Elle avait les mains rouges et à vif.

Il finit de recoudre. Son mari avait raison, Mme Nordström refusa l'eau-de-vie, même quand il lui expliqua que c'était un médicament. Elle détourna la tête sans un mot lorsqu'il approcha le verre de ses lèvres. Il n'allait tout de même pas la forcer.

Thomas redescendit au rez-de-chaussée. « Je repasserai demain », dit-il au mari. L'homme le regarda de ses petits yeux rusés et avares et hocha la tête. « Quand même, docteur, vous ne connaissez pas ma femme… »

Thomas appuya la jointure de ses doigts contre son front pour se débarrasser de la tension qui l'avait envahi. Ses paupières se refermèrent un instant, effaçant la pièce et l'homme. Des étincelles rouges se mirent à danser dans d'épaisses ténèbres de velours. Il aurait préféré rester dans ce noir, mais il lui fallait ouvrir les yeux.

« Elle est pas du genre à faillir à son devoir, ajouta Nordström. Souvenez-vous de ce que dit le Livre : "Tu accoucheras dans la douleur." »

Alors ne me faites pas appeler quand elle sera enceinte du quatrième, songea Thomas, mais il décida de ne rien dire. Il pouvait donner libre cours à sa colère, mais une fois qu'il aurait prononcé ces mots, l'homme les garderait gravés dans son cerveau. Ils nourriraient sa rancœur. Il laisserait sa femme mourir dans son lit sans appeler au secours, et dirait ensuite que le docteur n'avait pas voulu venir.

Sur le seuil de la maison, Thomas respira de nouveau l'odeur de résine de pin.

Je ne vais pas accepter d'argent, décida-t-il. Je lui dirai de faire un don à l'église pour remercier Dieu d'avoir laissé la vie à sa femme. Ça va le rendre furieux. Il marchait vite, tout heureux d'entendre le craquement de ses bottes sur les plaques de glace déjà moins résistantes.

« Vous ne devriez pas aller rendre visite à vos patients à pied, lui répétait souvent Johanna. Cela diminue le respect qu'ils vous portent. Vous devriez aller à cheval ou prendre la voiture.

— Le temps de seller le cheval et de le sortir de l'écurie, et j'ai déjà parcouru la moitié du chemin.

— Ce n'est pas la question, Thomas. Un médecin ne doit pas arriver les bottes crottées. »

Mais un jour, un patient lui avait dit : « Je sens le printemps, docteur, c'est vous qui l'avez amené. » Rien d'étonnant, dans ces chambres confinées de malades qui sentaient l'urine, la transpiration et les médicaments.

La scierie se trouvait à un kilomètre de chez lui. Il serait de retour en un quart d'heure en marchant vite. Et il avait précisément envie de marcher vite. Le parcours entre les maisons des patients semblait être ses seuls moments à lui, quand Johanna…

Non, il n'allait pas se mettre à penser à Johanna.

Le soleil baissait à l'horizon. On l'apercevait encore, gros et rouge entre les arbres. Il donna un coup de pied dans une plaque de glace qui se brisa comme du verre. Au-dessous, la neige semblait fragile et poreuse. De la neige de fin d'hiver. Bientôt, il n'y en aurait plus. Le printemps approchait, et cette année, il le redoutait moins.

Il réparerait la balancelle de Johanna. Il suffisait de changer la toile. Il pourrait le faire lui-même. Et les soirs d'été, il y lirait tranquillement, en fumant pour éloigner les moucherons.

Soudain, une image l'assaillit. Il s'immobilisa. Johanna encore, qui fronçait les sourcils de concentration en enduisant d'huile de citronnelle les poignets dodus de Minna pour lui éviter les piqûres de moucherons. Tandis que Johanna rebouchait la bouteille, Minna s'était enfuie d'entre les jambes de sa mère, où celle-ci la retenait prisonnière. L'enfant s'était précipitée vers la balancelle et jetée sur le siège la tête la première, ses jupons de dentelle relevés sur ses jambes, ses mollets ronds débordant de ses petites bottines serrées.

« Je suis cachée !

— Elle croit, parce qu'elle ne nous voit pas, que nous ne la voyons pas non plus », avait dit Johanna, le visage adouci par la joie. Pendant un instant, ce plaisir les avait unis : l'enfant qu'ils partageaient, la vie qu'ils partageaient.

Il se mit à trembler à ce souvenir, comme un chien qui sort de l'eau, et il hâta le pas vers la maison en se frayant un passage dans la neige.

4

Eeva dans la cuisine. Eeva apprenant la solitude après les pièces envahies d'enfants à la Maison des orphelins.

Le robinet fuyait. Elle regardait la goutte suivante suinter et enfler peu à peu. Elle devenait toute ronde et demeurait en suspens quelques secondes, comme si elle pouvait décider de rester là à sa guise. Mais bien sûr, elle finissait par s'allonger et par tomber. Eeva prit une rondelle de pomme séchée et la mangea. Pas vue, pas prise.

On l'avait dépouillée de toute intimité pendant deux ans. C'était délibéré, une partie du plan qui devait lui faire oublier son identité pour la transformer en orpheline prête à l'embauche. Personne n'était jamais seul. Même les vêtements n'avaient pas de propriétaire. Quand ils revenaient de la lessive, il se formait toujours une vaste mêlée pour dénicher quelque chose à sa taille.

La première fois qu'elle s'était retrouvée dans la cuisine du docteur, elle avait pratiquement oublié la sensation de marcher dans une pièce en n'entendant que les bruits de son propre corps, de ses mouvements et de sa voix. Elle leva les bras au-dessus de sa tête et les laissa retomber. Puis elle les étira à l'horizontale aussi loin qu'elle put, tirant sur les doigts jusqu'à en avoir mal.

Personne ne la voyait. Personne pour demander ce qu'elle faisait.

« C'est tranquille ici, avait dit le docteur. Tu vas peut-être trouver cela un peu étrange au début. »

Au son de sa voix, elle n'était pas parvenue à déterminer s'il s'excusait de ce calme ou lui énoncait simplement un fait avec l'idée qu'elle devrait bien s'y habituer. Donc, elle n'avait rien répondu.

Eeva alluma les lampes. Elle aimait cela. Des différents globes de verre, un flot chaud et doré se répandit dans la pièce. On ne lésinait pas sur la lumière dans cette maison, elle l'avait déjà compris. Personne ne lui avait demandé de faire attention à la consommation d'huile. Son employeur lui avait expliqué qu'elle ne devait pas hésiter à allumer les lampes. Elle pouvait aussi prendre une chandelle dans le tiroir chaque fois que c'était nécessaire. Anna-Liisa avait dit qu'elle aurait le droit de terminer les bâtons de cire entamés dans sa chambre, mais le docteur l'avait autorisée à utiliser des bougies neuves. Elle avait son propre bougeoir, en étain, et elle y brûlait les chandelles jusqu'à la moitié, ensuite elle les cachait dans son tiroir, avant d'en récupérer une nouvelle dans la réserve. Comme ça, elle en aurait toujours quelques-unes d'avance pour lire, au cas où le docteur changerait d'avis.

En gravissant les marches de l'escalier, elle tenait haut son bougeoir et éclairait les vastes couloirs. Eeva ne craignait pas le silence, ou la solitude des pièces fermées aux meubles recouverts de draps à l'étage des chambres, juste sous le grenier où elle vivait. Allongée dans son lit, elle aimait au contraire penser à tout ce vide. Ainsi, personne ne pouvait l'atteindre.

Il a de l'argent, pensait-elle. Quand on a de l'argent comme lui, on n'a même pas besoin d'y penser. C'est aussi naturel que la lumière, que la chaleur. Il était né avec, et cet argent serait encore là après sa mort. Elle s'en rendait compte à la façon dont il se mouvait dans l'espace. Où qu'il soit, il se sentait protégé et indépendant, elle le voyait bien.

À son avis, il n'avait jamais eu froid, à moins qu'il n'ait choisi de sortir dans l'air glacé pour une raison ou pour une autre. Sa peau avait un grain serré et fin : il avait toujours mangé à sa faim et toujours eu bien chaud. Ses yeux n'étaient pas brouillés et il n'avait pas besoin de les plisser pour parcourir le journal. Il lisait parfaitement sans lunettes.

Elle connaissait exactement son âge. Il ignorait qu'elle le savait. Anna-Liisa avait confié à Eeva que le docteur et elle étaient nés la même année.

« Mais bien sûr, je ne le connaissais pas à cette époque. Nous ne fréquentions pas ce genre de familles. Mais j'en suis peu à peu venue à devenir plus proche de lui… » Elle lissa son tablier d'un air satisfait. Anna-Liisa, Eeva le savait, avait quarante-sept ans. Donc le docteur était vieux, beaucoup plus vieux que son père. Mais lui n'allait pas mourir encore. Il vivrait très longtemps, et à sa mort, on le mettrait dans le caveau de la famille Eklund, auprès de sa femme. Jamais il ne resterait seul ou inconnu.

Le Dr Eklund avait une femme qui était morte et une fille qui habitait Turku, une ville qu'il appelait Åbo parce que c'était un Finlandais suédois. Les Finlandais suédois représentaient le haut du panier, et possédaient presque tout. Les Russes n'y avaient rien changé, même si aujourd'hui c'étaient eux qui faisaient la loi en Finlande. Son père lui avait expliqué le rôle joué par les Finlandais suédois sous le joug russe.

Toutes les choses qu'il lui avait enseignées étaient comme autant de pierres précieuses conservées dans un coffre où personne ne pouvait les voir. Comme un éclair, la colère de son père illumina sa mémoire.

« Les Russes veulent nous transformer en serfs, Eevi, comme ils l'ont déjà fait avec les paysans en Estonie. Et ces

Suédois les aideront, tant qu'ils ne s'attaqueront pas à leur position. Ils n'ont aucune loyauté à notre égard, alors qu'ils sont censés être nos compatriotes. Il faut que tu comprennes, Eevi, que les ouvriers ne comptent vraiment pas pour ces gens de la haute. On n'est là que pour les servir. »

Il était le seul à l'appeler Eevi.

« C'est quoi, un serf, papa ?

— Quelqu'un qui ne s'appartient pas. Il faut que tu saches ces choses. C'est comme ça qu'ils vivent en Russie, comme des esclaves attachés à leur terre. Le servage a été aboli, enfin, c'est ce qu'ils prétendent, mais moi je peux te dire qu'il n'y a pas eu grand changement. Les Russes avaient dit qu'ils n'amèneraient pas leur système ici, mais maintenant ils ont changé d'avis, et les Suédois ne pourraient pas les arrêter, même s'ils le voulaient. Et de toute façon, ils ne veulent pas. Ils appellent ça la "russification".

» Écoute-moi bien, Eevi, c'est important. Ceux de la haute, les classes dominantes, comme nous on les appelle, ils seraient même capables d'aider une puissance étrangère contre leur propre pays pour protéger leurs intérêts personnels. Ou leurs intérêts de classe. Tu comprends ce que je veux dire par là ? »

Elle hocha la tête.

« C'est bien. Les choses que je te dis, ne les oublie pas. Garde-les au fond de toi. »

Il avait commencé à tousser. Recroquevillé près du poêle, trop près de la chaleur. Elle n'aurait jamais supporté d'être si près, mais son père était toujours gelé. Il avait froid aux os, remarquait-il, comme un simple fait, non un sujet de plainte. Sous sa chemise, ses côtes saillaient. Sans sa tuberculose, ils auraient émigré tous les deux. Ils seraient partis en Amérique pour commencer une nouvelle vie. Il y avait des milliers de Finlandais aux États-Unis maintenant, des villes entières, qui gardaient leur langue et leurs coutumes.

On leur donnait plus de terres qu'ils n'auraient pu rêver d'en posséder au pays. Son père le lui avait raconté quand elle était toute petite, six ou sept ans peut-être, avant de tomber malade, alors qu'il pensait encore pouvoir partir.

« Tu apprendras l'anglais, Eevi. Je ne veux pas que tu vives dans un ghetto comme les juifs. Si les Finlandais veulent vivre dans des villes finlandaises, alors pourquoi s'en aller ? Nous, on ira à New York. Tu apprendras l'anglais. Tu iras à l'école, comme il faut. Il y en a qui te diront qu'en Amérique tout est facile, qu'il suffit de se baisser pour ramasser de l'or dans les caniveaux. Mais c'est faux. Ça n'est comme ça nulle part. Il y a partout des systèmes. Seulement, en Amérique, chacun est son propre maître. Pas de tsar là-bas, ou de grands-duchés. »

Il avait marqué une pause, elle s'en souvenait parfaitement. Il avait posé la main sur ses cheveux, et continué à parler comme pour lui-même. « Et même si pour toi ça n'arrive jamais, ça arrivera peut-être pour tes enfants. »

Inutile de rêver d'entrer en Amérique quand on a la tuberculose. Ils ont des médecins qui examinent tout le monde dès que le bateau arrive au port. Ils vous auscultent la poitrine et vous font tousser. Et en cas de maladie contagieuse, ils vous renvoient, ils ne vous laissent même pas aller jusqu'aux services d'immigration. Et vous voilà reparti pour la longue traversée qui vous ramène au pays, tout votre argent envolé et rien de gagné. Son père le savait parfaitement. Il lui expliquait tout, c'était sa façon de faire. Il l'avait élevée comme ça, sans rien lui cacher de la vie.

Eeva ne se souvenait même pas de la mort de sa mère, et sa tante avait habité avec eux jusqu'à son mariage. Eeva avait alors sept ans et pouvait déjà se débrouiller pour la cuisine. Son père travaillait aux chantiers navals. Sans contrat, la plupart du temps. Parfois il y avait de l'argent, et parfois non. À un moment, il avait décroché un emploi permanent, mais les patrons ne l'aimaient pas.

Son père connaissait tout le monde. Il était respecté. Il y avait parfois des réunions à la maison, et les gens allaient et venaient, jetant parfois un coup d'œil sur les cahiers d'Eeva qui étudiait. Ils regardaient tout étonnés les opérations que son père avait préparées pour elle, ou un texte en suédois qu'elle apprenait par cœur. Son père lui disait que les langues étrangères étaient la clef de la liberté, qu'elles lui permettraient de franchir les frontières qui divisaient le monde ouvrier. Ces frontières servaient les intérêts des classes dominantes. Il fallait qu'elle apprenne le suédois et le russe, et par la suite, il trouverait un moyen de lui faire étudier l'anglais, qu'il ne pouvait pas lui enseigner lui-même. L'instruction lui donnerait la liberté.

Il parlait bien russe, parce que des années auparavant il avait travaillé à Saint-Pétersbourg, bien avant de se marier. Comme de très nombreux Finlandais, il était allé où il y avait du travail. Là-bas, il n'avait pas vécu avec ses compatriotes, même si la communauté finlandaise y était importante. Il avait cohabité avec des Russes et appris leur langue. Il s'était fait des amis, de vrais amis qu'il voyait encore. Certains des hommes qui venaient à la maison étaient de ceux-là, et il parlait leur langue avec eux, traduisant en finlandais quand les camarades ne comprenaient pas.

Parfois, ces conversations en russe semblaient à Eeva enveloppées d'un épais brouillard. Elle ne parvenait pas à distinguer des mots, encore moins à en comprendre aucun. D'autres jours, le brouillard se levait, et elle saisissait une bribe de sens. Pratiquement sans qu'elle s'en rende compte, elle apercevait désormais avec clarté des pans de plus en plus vastes du paysage. Son père lui récitait du Pouchkine aussi souvent qu'il lui récitait des extraits du Kalevala, la grande épopée finnoise. Pouchkine avait été condamné à l'exil par le tsar, et contraint par la ruse à un duel où il avait trouvé la mort. Rien n'était conforme aux apparences.

Ils restaient près du poêle, son père sur sa chaise en bois, Eeva sur un tabouret à ses pieds. Le visage dans l'ombre, il fixait le poêle sans paraître le voir.

Mon talisman, protège-moi,
Protège-moi en ces temps de persécution,
En ces temps de remords et de détresse,
C'est un jour de peine que je t'ai reçu.

Il répétait le dernier vers, rêveusement, tendant la main pour caresser les cheveux d'Eeva. « "C'est un jour de peine que je t'ai reçu"…

— C'est moi, ton talisman ? » demanda Eeva. Il sursauta et abaissa le regard vers elle.

« Pourquoi tu dis ça ?

— Parce que maman est morte quand je suis née.

— Non. Ce n'est pas de ça que le poème parle. »

Certains des amis de son père ne savaient même pas lire. Elle s'en rendait compte à la façon dont ils fixaient avec respect les pages qu'elle étudiait et commentaient : « C'est bien. Parfait. Tu seras comme ton père, toi. Tu sauras le pourquoi du comment. »

Elle restait tranquillement dans son coin pendant les réunions. Son père posait la bougie tout près d'elle pendant qu'elle étudiait, même si cela laissait les hommes dans la pénombre. Quelquefois il y avait aussi des camarades femmes, mais moins souvent. Les voix s'élevaient et retombaient dans l'ombre, en dehors du champ de lumière d'Eeva. Parfois un nouveau venu s'arrêtait au milieu d'une phrase, jetait un coup d'œil en direction de la petite, et son père disait : « Pas de problème. Elle comprend. Elle ne répète rien. »

Elle savait, avant même de s'en rendre compte, que ce qui se passait dans l'appartement ne devait pas transpirer à l'extérieur. Une intuition aussi forte que celle qui lui faisait comprendre que le feu brûle. Petite, elle n'écoutait même pas ce qui se disait. Il lui en était sans doute resté quelque chose en mémoire, cependant, parce qu'elle se rendit compte plus tard que ces mots lui étaient familiers, et les idées également. Comme des vêtements qu'elle aurait portés avant de savoir les enfiler toute seule.

Khrani menya, moi talisman,
Khrani menya, vo dni gonyen'ya.

Il répétait les paroles d'abord en russe, puis en finnois. Elle récitait après lui, façonnant les mots un à un dans sa bouche.

Le docteur allait bientôt rentrer, pensa-t-elle. Le bébé à la scierie était né, la vieille Agneta s'était précipitée pour le lui dire. Agneta aimait cette excitation qui entoure les naissances.

« Ses draps étaient trempés de sang ! raconta-t-elle avec entrain à Eeva. Encore heureux qu'ils en aient mis une vieille paire. C'est ça qu'il faut faire quand les draps sont usés : les garder pour le jour où tu auras un bébé. » Agneta n'avait pas d'enfant et il était bien peu probable qu'elle en ait un jour. Elle vivait avec son frère, et faisait le ménage chez les uns et les autres, les manches relevées pour montrer la force de ses biceps. On l'appelait « la vieille Agneta », alors qu'elle n'était pas si vieille, simplement parce que la fille de son frère portait le même prénom.

Eeva se retourna vers le fourneau où la soupe mijotait. À son arrivée, il lui avait dit qu'il aimait la nourriture simple.

Un dîner de soupe et de harengs marinés lui convenait parfaitement. Il terminerait par des fruits au sirop.

En été, lui avait-il dit, ils faisaient pousser leurs propres légumes et salades. Matti lui avait montré la partie du jardin située le plus au sud, bien abritée, où les arbustes fruitiers attendaient leur heure sous la neige, tout emmaillotés de paille. Le jardinier lui avait expliqué que le Dr Eklund faisait venir de l'étranger des graines qu'on ne trouvait pas ici. Parfois elles poussaient, parfois non. Matti aurait préféré s'en tenir à ce qu'il connaissait, mais il devait reconnaître que c'était intéressant de voir des salades rouges ou des radis à peau noire. Le docteur était un grand spécialiste des cloches et des claies, et il adorait être le premier de la saison à avoir ses propres salades sur la table. Il envoyait alors triomphalement quelques laitues à Mme Eriksson. Chaque année, ils faisaient la course pour savoir qui aurait ses salades avant l'autre, et le docteur aimait gagner.

De la nourriture simple. De la soupe, des harengs marinés avec une conserve de chou rouge, et elle avait fait cuire quelques rondelles de pommes séchées de la réserve. La soupe semblait endormie dans sa casserole. Elle la remua et une bulle monta à la surface. De la soupe d'orge au jambon, onctueuse et luisante. Il était resté beaucoup de viande sur l'os du jambon. Les gens qui vivaient dans des maisons comme celle-ci appelaient ça de la nourriture simple.

Elle devinait qu'on avait dû autrefois préparer de bons petits plats dans cette cuisine, à voir tous les ustensiles posés sur les étagères ou accrochés aux clous. Batteries de casseroles de toutes tailles en cuivre épais, tamis et passoires, cuillers encastrées les unes dans les autres, cuit-vapeur, poissonnières et moules à gâteaux. Il y avait même des choses dont elle ignorait l'emploi, des instruments à la tête assez large pour assommer un homme, des sondes et des pinces qui ressemblaient aux instruments de la sacoche du docteur. Il y avait des tasses et des verres mesureurs, des rouleaux à pâtisserie et des louches. Des rangées et des rangées de couteaux, certains énormes et menaçants, certains si affilés qu'ils semblaient susceptibles de vous découper le cœur sans que vous vous en rendiez compte. Et des plats de service. Quelques-uns assez grands pour contenir un cygne rôti, d'autres dans lesquels deux cuillerées de caviar auraient débordé.

L'argenterie était rangée dans les profonds tiroirs en chêne du vaisselier. Pas très élégante, mais massive. Les couteaux étaient enveloppés dans du feutre qui sentait la limaille de fer. Un rémouleur venait les affûter régulièrement, avait dit le docteur. Elle n'avait pas besoin d'y toucher.

Il y avait des étagères de très fine porcelaine exposée dans des vitrines, mais elle n'avait pas à s'en charger non plus. La vaisselle en faïence suffisait pour le quotidien.

Un jour, Eeva prit une assiette dans l'une des vitrines. Elle la tint dans la lumière : le jour passait au travers tant la porcelaine était mince, et résistante à la fois. Rien à voir avec la faïence, même si celle-ci était déjà très différente de la grossière terre cuite qu'on utilisait à la Maison des orphelins.

Elle examina attentivement l'assiette. De délicates silhouettes d'un bleu pur et intense échangeaient des gestes gracieux. L'une d'elles était sans doute une bergère, parce qu'un agneau grassouillet reposait à ses pieds. Un homme en bas de soie la saluait, une main sur l'estomac et l'autre glissée dans son dos, les doigts écartés. Des arbres agitaient leur feuillage au-dessus de leurs têtes, et une petite rivière sinuait d'un bord à l'autre de l'assiette.

Elle l'approcha encore et découvrit plus de détails. Un nœud de ruban sur le chapeau en paille de la bergère. Un nœud similaire – mais pas tout à fait identique – sur les chaussures de l'homme. Le lacet était dénoué, et l'extrémité traînait sur l'herbe. Le petit personnage allait tomber quand il se redresserait après son salut et se remettrait à marcher.

Si l'assiette tombait sur le carrelage de la cuisine, elle se briserait. Elle la tenait en équilibre entre ses deux index. Seule la légère pression évitait l'irréparable. Elle regarda fixement l'assiette, tentant de l'amener à se décider. Est-ce qu'elle voulait tomber ou rester en place ?

Non, pensa-t-elle. Elle était seule responsable de ce choix. Elle pouvait agir sur le cours des choses. Elle hocha la tête en direction des deux petits personnages gesticulants, puis elle posa l'assiette sur la table, l'essuya avec un chiffon humide, et la reposa dans sa vitrine. Le petit homme peint resta figé dans sa position, toujours courbé et les doigts écartés. Jamais il ne trébucherait sur son ruban dénoué.

« Tu n'iras jamais nulle part », lui dit Eeva. Il aurait peut-être préféré se briser. Voler en éclats et connaître la liberté.

Le docteur arrivait. Elle entendit la porte d'entrée s'ouvrir, puis son pas dans le hall. Elle souleva le couvercle de sa marmite et un nuage de vapeur monta jusqu'à son visage, lui mettant les larmes aux yeux. Jambon, pois cassés, oignons, orge, carottes et une pincée de sauge séchée. Elle remua la soupe.

Et je suis là, pensa-t-elle, au milieu de nulle part. Des arbres partout, qui agitent leurs branches et murmurent jour et nuit, ou que de temps à autre le vent vient fouetter avec violence. Au-delà de la ville se trouvait le lac, complètement gelé, immense étendue blanche qui se noyait à l'horizon dans le ciel blanc. Il courait sur des kilomètres, et là où la neige avait libéré la glace les gens venaient patiner, semblables à des araignées. Cela lui faisait tourner la tête de penser à la distance qui la séparait d'Helsinki. Mais s'il le fallait, elle pourrait y retourner à pied. Des jours et des jours, peut-être un mois ou plus encore, mais elle finirait par y arriver. Elle avait quelques amis à Helsinki. Oui, sa vie était là-bas, la vraie vie qui cognait en elle et ne la laissait pas en paix.

Anna-Liisa disait qu'il fallait oublier son existence d'avant. Recommencer, loin des mauvaises influences. Eeva savait ce qu'elle voulait dire par là. Elle parlait des amis dont Eeva avait été éloignée. Anna-Liisa n'en savait rien personnellement, sinon les mensonges que lui avaient dits les gens d'Helsinki en l'amenant à la Maison des orphelins. Elle ne pensait même pas qu'Anna-Liisa ait entendu le nom de Lauri. Mais on lui avait raconté l'histoire. Et cette face de carême avait tout gobé.

Toutes ces petites conversations que la directrice de l'orphelinat aimait avoir avec les plus grandes le dimanche, quand les autres étaient couchés. Elle ne parlait que de tentation et de pureté, de la façon dont les hommes ne pouvaient pas s'en empêcher, ils étaient faits comme ça, mais c'était le rôle de la fille de savoir les tenir à distance. Elle se penchait en avant et leur disait solennellement qu'elles devaient rester sur leurs gardes. Les hommes avaient des besoins incontrôlables une fois que leur désir était éveillé.

Anna-Liisa faisait partie de la Ligue antialcoolique. Elle leur parlait de ces familles dont la femme savait préserver l'unité en interdisant les boissons fortes dans sa maison. Des femmes qui avaient jeté la vodka aux orties, même si, à cause de cela, leurs maris les avaient battues comme plâtre. Mais ces mêmes hommes avaient fini par se repentir.

Les filles la regardaient à leur tour, leurs yeux dissimulant des choses qu'Anna-Liisa ne connaîtrait jamais. Elles ne disaient rien.

« Il se peut que quelques-unes d'entre vous se marient, si c'est la volonté de Dieu. Mais quoi qu'il advienne, votre devoir, c'est de travailler dur à l'endroit où Dieu vous aura placées. Pour Lui montrer votre gratitude ainsi qu'à ceux qui vous ont donné une maison ici et qui ont assuré votre formation. Nous vous trouvons de bonnes places, les filles, et nous espérons que vous nous ferez honneur. »

Elle regardait tour à tour leurs visages. Elle croit à ce qu'elle dit, songeait Eeva. Elle pense sincèrement qu'elle a rendu service à Kirsti en l'expédiant dans une ferme où elle devra ramasser des pommes de terre, s'occuper des trois marmots et faire le ménage de la cave au grenier. Et tout ça, pour le salaire le plus bas possible, dont un tiers ira directement à la Maison des orphelins pour payer la formation reçue. Elle est réellement assez stupide pour croire qu'un esclavage pareil empêchera Kirsti de tourner comme sa mère. Mais Kirsti saisira la première chance de s'enfuir, elle retournera à Turku. En route pour le port, et tout sera dit. Quand Anna-Liisa apprendra la nouvelle, elle présentera ses excuses aux fermiers et dira que parfois, on n'arrive pas à vaincre les « mauvaises prédispositions ».

Lorsque son petit discours était terminé, Anna-Liisa leur lisait des passages de la Bible. Elle lisait lentement, avec de longues pauses pour reprendre son souffle, et sa voix ronronnait jusqu'à ce qu'on s'affaisse sur son tabouret, la tête retombant de fatigue. Anna-Liisa adorait l'histoire de Marthe et de Marie. Elles étaient toutes des Marthe, travaillant d'arrache-pied dans l'ombre, gardant la maison propre pour Notre-Seigneur et s'assurant qu'un bon repas chaud l'attendait pour préserver Ses forces.

Les doigts d'Eeva se refermèrent sur les poignées de la marmite. C'était brûlant mais elle tint bon. Ces poignées n'étaient pas plus chaudes que le fourneau devant lequel son père restait prostré. Elle ne lâcherait pas. Ils l'avaient emmenée et avaient tenté de faire d'elle une orpheline, mais ça n'avait pas marché. Elle était toujours Eeva. Au fond d'elle, là où le joyau de la colère de son père étincelait, elle était Eevi.

5

Elle se réveilla en sursaut. Un bruit, quelque part. Des pas. Elle prêta l'oreille, nerveuse et tendue, aux aguets. L'obscurité et le silence s'approchaient de son lit sur la pointe des pieds, plus près, toujours plus près...

Assise sur son séant, les mains crispées sur l'oreiller posé derrière elle. L'odeur âcre de sa transpiration lui collait à la peau. Elle repoussa des mèches de cheveux moites et enchevêtrées.

Un mauvais rêve, c'est tout. Cela lui arrivait parfois. Kirsti la battait à cause de ça. Leurs lits étaient côte à côte, et Kirsti n'avait qu'à allonger le bras pour lui assener un coup de poing. « Arrête de crier, Eeva ! » Ça lui était égal, même quand Kirsti lui faisait un bleu. Elle était heureuse qu'on l'ait réveillée.

Mais elle était dans la maison du docteur. Pas de Kirsti. Toute frissonnante, Eeva resserra sur elle sa chemise de nuit. Dans son rêve, quelqu'un arpentait le silence. Chaque maison produit ses propres bruits, se dit-elle, c'est seulement que je ne connais pas encore tous ceux d'ici. Le jour, ça va, mais la nuit, je ne sais plus où je me trouve.

Elle passa les bras autour de ses genoux. Elle avait froid, elle était gelée malgré la sueur. Elle s'étreignit plus fort encore. Soudain, elle releva sa chemise de nuit et lécha la peau nue de ses genoux. Un goût salé et apaisant. Elle était toujours la même. Elle n'avait pas déserté son propre corps et ne le ferait jamais. Elle s'appartenait.

Non, pas question de rester dans le noir, même si elle n'avait pas peur. Elle allait se lever. Si elle descendait sans faire le moindre bruit, elle pourrait dénicher quelque chose à manger dans la cuisine. Il faudrait qu'elle pense à garder un quignon de pain et un morceau de fromage dans sa chambre, avec les bouts de chandelles, mais elle avait peur des rats. Quand elle aurait quelque chose dans l'estomac, elle retrouverait son calme.

Eeva alluma sa chandelle et ramassa ses sous-vêtements de la veille jetés sur le plancher. C'était tellement bon de laisser tomber les choses par terre, de les chiffonner, de leur donner des coups de pied si l'envie vous en prenait. Personne ne montait jamais jusqu'à sa chambre, pas même Agneta. À la Maison des orphelins, les galoches devaient être bien alignées sous la chaise. Il fallait plier soigneusement ses vêtements, avec les dessous bien cachés sous le reste.

Elle enfila sa jupe, son chemisier en calicot et son gilet de laine grise. Elle avait soif et elle prit dans sa main un peu de l'eau qu'elle avait préparée pour sa toilette du matin. Elle releva ses cheveux en chignon. Après avoir mangé quelque chose, elle ne retournerait pas se coucher, au cas où le cauchemar aurait l'intention de revenir. Elle lirait dans la chaleur de la cuisine. Il vaut mieux ne pas dormir après un rêve pareil, résolut-elle.

Ses mouvements étaient lents, parce que le cauchemar restait niché au plus profond d'elle-même, triste et lourd. Il attendait pour revenir qu'elle ait fermé les yeux. De quoi avait-elle rêvé ? D'un bruit de pas. Cela n'avait pourtant rien d'effrayant quand les gens passaient leur vie à marcher dans le monde entier. À la cuisine, elle se ferait chauffer une tasse de lait, y émietterait quelques morceaux de pain noir et saupoudrerait le tout de sucre. Le docteur ne remarquait jamais ce qu'elle prenait. Elle avait entendu parler de maisons où on marquait le pain et aussi le pot de lait pour être sûr que personne n'y avait touché. On y gardait aussi le sucre sous clef, disait-on.

Une fois habillée, Eeva s'agenouilla près du lit, souleva le matelas et glissa la main dessous, sur les lattes du sommier. Ses doigts savaient trouver les trois livres qui s'y trouvaient cachés. Elle palpa les couvertures avant d'en choisir un.

Trois parmi tous les livres que son père possédait, une cinquantaine pour le moins. Il en avait vendu plusieurs pour acheter des médicaments. Ceux-là étaient les seuls qu'elle avait pu emporter lorsqu'ils étaient venus la chercher chez Lauri. Elle les avait cachés sous ses vêtements puis sous son matelas à la Maison des orphelins, exactement comme maintenant. Kirsti le savait, parce qu'elle voyait Eeva lire en cachette. Elle l'aurait volontiers dénoncée, mais elle aussi avait ses petits secrets. Parfois, Eeva lui donnait des morceaux de pain pour lui faire plaisir. Elle ne disait jamais pourquoi, mais Kirsti acceptait le marché tacite. Elle avait une façon de tenir le pain enveloppé dans ses doigts tellement serrés qu'on ne le voyait même pas. Même à table, elle le tenait comme ça. Et si on faisait mine de regarder de plus près, on avait droit à un coup d'œil furieux.

Le doigt d'Eeva toucha la couverture usée et toute lisse du livre qu'elle cherchait. Il était relié de cuir bleu, avec le titre en lettres dorées sur le dos, même si l'or avait pâli à force de manipulations. C'était le volume de Pouchkine, celui que son père avait acheté à Saint-Pétersbourg quand il était jeune. Il l'avait rapporté en Finlande et toujours gardé près de lui, où qu'il aille. C'est dans ce livre qu'il avait appris à lire à sa fille et ils en avaient tourné toutes les pages ensemble, à un moment ou à un autre.

Elle laissa retomber le matelas. Le rêve s'emparait d'elle à nouveau, et elle ne parvenait pas à le repousser. Elle serra fort le livre entre ses doigts, le brandissant pour se protéger, tel un bouclier, mais le cauchemar réussit à l'atteindre.

Oui, c'était de son père qu'elle avait rêvé. Il était allongé dans son lit, son nez émergeant telle la proue d'un navire, ses yeux bruns enfoncés dans les orbites. Ses cheveux s'étalaient en désordre sur l'oreiller. Sa voix avait changé. Elle était craquelée et râpeuse, et il fallait qu'Eeva se penche pour l'entendre. Un remugle fétide montait de ses lèvres.

« Je ne te sers plus à rien, dit-il. Je suis un raté.

— Mais qu'est-ce que tu veux dire, papa ? » demanda-t-elle, terrorisée. Jamais il ne parlait ainsi.

« Tout ce que j'ai fait. »

Il marqua une pause pour reprendre son souffle. Sa main impuissante martelait faiblement la couverture.

« Ma vie est finie. Voilà. C'est tout. » Il la regarda froidement, comme il ne l'avait jamais regardée, comme s'il ne l'aimait pas.

« J'ai gâché ma vie.

— Oh non, papa, non ! »

Elle ne pouvait plus soutenir ce regard. Elle tomba en avant et, en larmes, elle enfouit son visage dans la couverture grise. Au bout d'un moment, elle entendit une nouvelle fois sa voix.

« Eeva, ma petite. Regarde-moi. »

Elle releva à peine la tête, comme si voir son visage entier était au-dessus de ses forces.

« Je vais te quitter. Tu le sais. »

Mais il la fixait comme s'il était à la fenêtre d'un wagon et que le train ne veuille pas partir, tandis que, sur le quai, elle agitait la main sans relâche avec un beau sourire figé. Tous deux auraient voulu que le train parte pour mettre fin à ce supplice.

« Encore quelques jours, et tout sera fini pour moi. »

Il avait prononcé ces mots avec une étrange satisfaction. Il n'avait pas de pitié pour lui-même, et aucune pour elle. Il ne lui avait jamais parlé ainsi.

« Ne pleure pas », dit-il, et elle se rendit compte que des larmes roulaient le long de ses joues et lui coulaient dans les oreilles.

« Je n'ai rien à te laisser », poursuivit-il d'un ton détaché qui la tailla comme un couteau. « Le jour même où on m'emportera, le propriétaire sera là pour te mettre à la porte. Tu iras chez Mika. Tu t'es toujours bien entendue avec son fils, Lauri. Tout est arrangé. Mika a été très bon pour moi », ajouta-t-il avec le même sourire glacial et figé.

« Mais c'est ton ami, papa ! protesta-t-elle. Ils sont tous nos amis. »

Elle aurait voulu tout ramener à sa mémoire : tout ce pour quoi il avait toujours vécu. Ils s'appartenaient tous les uns aux autres, unis par des liens plus forts que ceux du sang. Solidarité, union, fraternité. Elle aurait voulu lui jeter ces mots au visage, des mots qui habitaient son esprit quasiment depuis qu'elle avait été conçue.

« Oui, murmura-t-il, pour ne pas la contrarier et avec une grande lassitude. J'aurais dû mieux préparer ton avenir. Mais il est trop tard maintenant. »

Ce n'était pas un rêve. Ou alors seulement en partie. Certaines de ces choses s'étaient vraiment produites. La nuit, elles lui revenaient et lui trottaient dans la tête. Lauri le savait. Il l'entendait pleurer dans le noir et il s'approchait de son lit.

Elle ne pouvait pas tout raconter à Lauri. Elle ne pouvait pas risquer que Mika apprenne un jour que son père, qu'il admirait tellement, avait parlé ainsi. Mika aurait dit qu'elle salissait la mémoire de son père. Il l'aurait peut-être chassée. Il l'avait prise chez lui non pas parce qu'elle était Eeva, mais à cause de tout le reste : la solidarité, l'union, la fraternité.

Lauri avait passé le bras autour des épaules d'Eeva, respectueux de sa peine. Il n'avait pas essayé de lui prodiguer des paroles d'apaisement. Il avait seulement passé un bras lourd sur ses épaules, pour lui faire sentir que, quoi qu'il arrive, elle ne s'envolerait pas vers les ténèbres qui avaient englouti son père.

« Lauri.

— Quoi ?

— Rien. »

Le bruit de pas dans son rêve était le sien à elle. Après la mort de son père, le silence l'avait enveloppée. Mika était resté à son chevet. Eeva s'était levée et mise à marcher, de la fenêtre à la porte, de la porte à la fenêtre. Le claquement de ses semelles sur le plancher était tout ce qu'elle s'autorisait à entendre. Elle n'avait plus qu'à tourner sur elle-même et à arpenter une nouvelle longueur. La seule façon de ne plus penser.

Eeva descendit l'escalier du grenier ses chaussures à la main, et s'arrêta pour tendre l'oreille. Rien. Personne ne dormait à l'étage des chambres. Imaginez un peu, toute cette surface inoccupée ! Le premier étage de la maison du docteur était à lui seul trois fois plus vaste que l'appartement qu'elle partageait avec son père.

« Ce n'est pas une grande demeure, avait dit le docteur quand elle était arrivée. Je vis simplement.

— Oui », avait été sa seule réponse.

Elle reprit sa descente dans l'escalier sombre jusqu'à la cuisine. Les étroites marches en bois lui parurent accueillantes. La chaleur du fourneau montait à sa rencontre, accompagnée de légers relents du repas du soir.

Une fois dans la cuisine, elle enfila ses chaussures et alluma une autre chandelle. Et pourquoi pas, se dit-elle, comme on se lance un défi. Pourquoi rester sans lumière ? Pourquoi ne pas verser toute la crème du lait dans ma tasse ?

Elle but lentement le lait et elle le trouva savoureux et bien épais. Elle émietta son pain noir, fit tomber les morceaux dans le liquide, et les laissa tremper et gonfler. Ensuite le sucre, puis un saupoudrage de cannelle prise sur l'étagère à épices. Elle respira le parfum qui montait du mélange et se mit à manger, plus vite qu'elle ne l'aurait voulu mais elle ne pouvait s'en empêcher. Bientôt elle eut tout avalé, mais elle ne se sentait pas encore repue.

Pourtant, il valait mieux ne pas en prendre davantage. Il ne semblait jamais rien remarquer, mais peut-être prenait-il note de chaque chose, peut-être avait-il compté tous les bocaux de conserve rangés dans le cellier. Et sinon, cette femme qui venait fourrer son nez partout l'avait sans doute fait à sa place. Il l'appelait Lotta, mais son nom était Mme Eriksson. Elle entrait dans cette cuisine comme chez elle, avec ses yeux perçants, et elle l'observait sans émettre le moindre commentaire. Dans sa tête cependant, les remarques devaient se bousculer, Eeva le savait. Elle lisait ces regards qui disaient : « Le docteur n'est qu'un homme, il ne connaît rien à rien. Mais moi, pas question de me tromper. »

Eeva s'imaginait Mme Eriksson toute nue. Quand elle était petite, Lauri lui avait dit que c'était une bonne chose à faire lorsqu'on la réprimandait, et il avait raison, ça marchait à tous les coups. Il devait y avoir des marques profondes dans sa chair, à cause des corsets. Elle avait l'une de ces peaux presque bleues à force d'être blanches qui se marquent facilement, et des cheveux blond cendré de Suédoise.

Tandis qu'elle songeait à Lotta toute nue, des pensées malveillantes se pelotonnèrent en elle et vinrent lui lécher le cœur comme un chat. Le rêve était loin maintenant. Comme ç'aurait été bon de se faire un café, mais l'arôme pouvait le réveiller. Il y a des gens qui parviennent à sentir le café dans leur sommeil.

Elle s'assit devant la table, approcha sa chandelle et ouvrit son livre.

Quelque chose avait réveillé Thomas, il ne savait pas quoi. Il tendit la main, alluma la chandelle et approcha sa montre de ses yeux. Quatre heures du matin. Inutile d'essayer de se rendormir maintenant.

Il roula sur le dos, repensant à l'accouchement de Mme Nordström. Au cours des phases finales du travail, elle ne cessait de tenter de rouler sur elle-même et de se mettre à quatre pattes, grommelant et ahanant comme une bête. Silja en avait été toute choquée.

Lui aussi d'ailleurs. À eux deux, ils l'avaient remise dans une position plus stable, allongée sur le dos. Mais elle avait hurlé de douleur et arqué le dos.

Peut-être… peut-être la position qu'elle avait choisie valait-elle mieux pour elle. Cela allégeait sans doute la pression qui s'exerçait sur sa colonne vertébrale. Mais comment s'occuper d'une femme à quatre pattes comme un chien ?

Il se retourna dans son lit, revoyant une à une les images de l'accouchement.

Plus tard, en revenant de la salle de bains, il s'approcha de la fenêtre et ouvrit les volets. Il faisait encore nuit.

L'obscurité était partout, les ténèbres de l'hiver se pressaient dans son dos. Il était impatient que cela se termine. Au moins, il pouvait décider que sa nuit à lui était finie et commencer sa journée. Il allait descendre à la cuisine se faire du café, puis il s'assiérait à son bureau.

En avançant dans le couloir de la cuisine, il remarqua un rai de lumière sous la porte. Il s'immobilisa, cachant la lueur de sa chandelle pour s'en assurer. Oui, quelqu'un était debout. Cela ne pouvait être qu'Eeva. Mais pourquoi s'était-elle levée si tôt ? Elle ne pensait tout de même pas qu'il attendait d'elle qu'elle se lève à quatre heures, comme dans une ferme !

Non. Eeva n'est pas une fille de la campagne. Elle vient d'Helsingfors, tu te rappelles ? Elle doit avoir un problème. Elle est peut-être malade, à moins qu'elle n'ait le mal du pays. Elle semblait déjà tellement habituée à la maison qu'il avait du mal à se rappeler qu'elle était là en fait depuis très peu de temps.

Il se sentit envahi de sympathie. Elle se levait la nuit, tout comme lui, et ne parvenait pas à se rendormir. Quelles pensées se bousculaient dans sa tête ? Elle était si légère et si vive qu'on avait du mal à imaginer en elle quelque pesanteur secrète. Il ne lui avait jamais vu l'air malheureux.

Il tendit la main vers la poignée de la porte mais suspendit son geste. Il allait l'effrayer. De plus, il portait une vieille robe de chambre en laine dont Johanna disait que c'était une honte et qu'il aurait dû la jeter à la poubelle. Non, pas question d'ouvrir cette porte.

Mais il lui fallait tout de même s'assurer qu'elle allait bien. Elle vivait sous son toit, après tout. Et elle était à peine plus âgée qu'une enfant. Plusieurs années de moins que Minna. À la pensée de sa fille, ses paupières se crispèrent de douleur.

Il sortirait faire le tour de la maison et vérifierait par la fenêtre de la cuisine. Les volets seraient fermés, mais il y avait un trou dans un nœud du bois au travers duquel il espionnait sur la pointe des pieds la vieille Gudrun préparant le gâteau au gingembre quand il était petit. Si elle était en train de fredonner des psaumes, il savait que cela valait la peine d'aller mendier une cuiller de la préparation. Le trou d'autrefois était sans doute encore là. Il faisait régulièrement repeindre les volets pour ne pas avoir à les changer.

Il allait seulement vérifier que tout allait bien.

Thomas tira les verrous de sa propre maison comme un voleur. Bien huilés, ils glissèrent facilement et silencieusement dans leur logement. Il sortit dans le froid, resserrant le cordon de sa robe de chambre autour de sa taille. Les semelles en cuir de ses chaussons dérapèrent sur le gel de la nuit. En marchant vite pour que ses pas ne fassent pas craquer la neige, il contourna la bâtisse. La lumière des étoiles suffisait pour dévoiler le contour des arbres, le sol blanc et la masse de sa demeure. La fenêtre de la cuisine se trouvait à côté de la porte de derrière. Il y avait là un petit porche en bois et un perron sur lequel se tenait Gudrun en été pour écosser ses petits pois.

Il s'approcha du mur de la fenêtre et avança prudemment, comme si la jeune fille risquait de le voir. Mais c'était impossible. Il était dans le noir, et elle dans la lumière. Même les volets ouverts, elle aurait eu du mal à discerner sa présence.

La nuit, on fermait toujours les persiennes. Il ne savait pas vraiment pourquoi. Il ne faisait que suivre l'exemple donné par il ne savait combien de générations. Peut-être son grand-père avait-il décidé qu'il fallait les fermer. Même les nuits d'été, c'était la dernière tâche avant le coucher, quand il faisait encore jour dans le jardin. Les crochets qui maintenaient les volets contre le mur étaient détachés, quelqu'un se penchait à la fenêtre, les tirait à lui, et glissait la lourde barre de fer. Les embrasures étaient profondes, il était donc possible de laisser les fenêtres ouvertes pour que l'air circule même avec les persiennes fermées. C'était ainsi que cette maison avait été conçue, il y avait très longtemps, par des hommes auxquels il ressemblait.

Autrefois, on disait qu'un loup affamé pouvait se jeter contre les fenêtres à la recherche de nourriture. Et puis, il y avait des voleurs dans la forêt en ce temps-là. Et Thomas s'en tenait aux vieilles coutumes, nécessité ou pas.

Il retournait toutes ces pensées dans sa tête pour retarder le moment de coller son œil au trou. Le froid glacé lui enveloppait les jambes. Il fallait qu'il soit fou pour sortir comme ça. Il s'assurerait qu'elle allait bien puis courrait se recoucher pour se réchauffer.

Il se pencha en avant. D'abord, il ne vit rien, mais ensuite, il se déplaça légèrement et son œil trouva le mince rai de lumière. Il se colla contre le volet pour élargir son champ de vision. Elle était là. Assise face à lui à la table de la cuisine, le dos au fourneau, le menton appuyé sur les poings. Elle avait les yeux baissés et les sourcils froncés par la concentration. Il tendit le cou, mais ne réussit pas à distinguer ce qui se trouvait devant elle sur la table. Puis sa main bougea, il distingua le mouvement d'une page que l'on tourne, et il comprit. Elle lisait. Eeva lisait paisiblement dans sa cuisine, au beau milieu de la nuit.

Il en fut saisi. Elle paraissait si studieuse. Jamais il n'avait surpris un air aussi concentré sur le visage de Minna, durant toutes ces années où les tuteurs s'étaient succédé. Que pouvait-elle bien lire ?

Comme si elle l'avait entendu penser, Eeva leva les yeux. Il tressaillit, mais ce n'était pas lui qu'elle regardait. Un moment de réflexion intense lui avait fait lever les yeux, c'était tout. Ce moment passé, ses yeux s'abaissèrent à nouveau vers la page.

Il s'ágissait sans doute d'un roman de gare comme les affectionnent les domestiques. Il avait à moitié envie d'y croire. Pourquoi dans ce cas aurait-elle relevé la tête, comme illuminée de l'intérieur ? C'était pourtant la même Eeva qui lui faisait sa soupe et frottait ses planchers avec un balai.

Mais s'il ne s'agissait pas d'un roman à l'eau de rose, pourquoi avait-elle eu soudain cet air-là ?

En tout cas, il faisait trop froid. Il ne pouvait plus rester là à l'espionner.

6

Lotta était venue laver la porcelaine. Rien à faire, Thomas ne pouvait l'en empêcher. Elle lui avait annoncé clairement ses intentions :

« La porcelaine de votre mère, Thomas. Il faut la nettoyer au moins une fois par an. Et le beau service anglais de Johanna aussi, bien sûr », s'empressa-t-elle d'ajouter. Elle parlait de la porcelaine anglaise que Johanna avait achetée et préférait. Pauvre Lotta, elle ne pouvait jamais cacher ce qu'elle pensait.

« Je viendrai jeudi, décida-t-elle. J'apporterai mon savon liquide. J'aurai besoin de trois grands saladiers, d'un pan de mousseline pour la faire sécher et d'une grande quantité d'eau bien chaude. Vous pouvez le dire à votre bonne.

— D'accord.

— Elle s'appelle Eeva, n'est-ce pas ? poursuivit Lotta, qui le savait parfaitement.

— Oui, Eeva. Peut-être qu'en vous regardant faire, Lotta, Eeva pourra apprendre à nettoyer cette porcelaine elle-même la prochaine fois.

— Cela m'étonnerait beaucoup, dit sèchement Lotta. Ma mère n'aurait jamais songé à laisser une domestique nettoyer sa porcelaine, et moi pas davantage. Je serai là à dix heures jeudi matin. »

« Eeva.
— Oui ?
— Mme Eriksson viendra jeudi à dix heures pour nettoyer la vaisselle.
— Nettoyer la vaisselle ? Mais je m'en occupe.
— Non, non, les pièces en porcelaine qui se trouvent dans les vitrines, dit-il en les désignant d'un mouvement de la tête.
— Oh !
— Elle a une technique particulière, apparemment. Elle apporte son propre savon, mais elle aura besoin de trois grands saladiers et d'une grande quantité d'eau bien chaude, Eeva, ainsi que d'un pan de mousseline pour mettre le tout à sécher.
— On ne manque jamais d'eau chaude ici.
— Je le sais.
— Je pourrais très bien le faire. Elle n'a pas besoin de se déplacer. »

Eeva observa les petites figurines peintes sur les assiettes délicates comme pour les jauger. Elle n'avait encore cassé aucune assiette. Elle avait choisi de ne pas le faire.

« On a toujours procédé de cette manière, dit Thomas.
— Est-cc quc votre femme descendait à la cuisine pour laver cette vaisselle elle-même ? »

Il réfléchit un instant. « Non, je ne crois pas. Je pense que Mme Eriksson s'en chargeait, même alors.
— Dans ce cas-là… » Eeva haussa les épaules, s'empara d'une nouvelle pomme de terre et se mit en devoir d'en arracher les yeux. « Si c'est une tradition… »

Il faillit sourire devant la ruse déployée par la jeune fille. Elle avait retourné la situation de telle manière qu'il ne s'agissait plus de Lotta qui venait nettoyer la porcelaine parce qu'elle n'avait pas assez confiance dans la servante pour lui confier cette tâche, mais d'Eeva qui respectait une tradition, comme elle aurait respecté celle d'un Papou des îles Trobriand. Elle pelait les pommes de terre à une vitesse incroyable. Ses joues commençaient à se remplir, se dit-il. La ligne de ses maxillaires était plus douce, l'arête de son nez moins aiguë.

Mme Eriksson astiquait la porcelaine comme un prêtre derrière son autel, pensa Eeva. Elle se tenait debout face à la table, sans avoir retiré son chapeau de velours gris orné d'une rose de la même étoffe et de la même couleur. Son col à jabot était serré. Eeva lui avait proposé un tablier, mais elle avait refusé. « Ce ne sera pas nécessaire, Eeva. »

Effectivement, elle n'en avait nul besoin. Elle travaillait sans hâte, sans éclaboussures d'eau savonneuse, sans gouttes perdues. Chaque pièce de porcelaine était soigneusement plongée dans l'eau, frottée avec une brosse douce que Mme Eriksson avait également apportée, puis déposée dans le premier saladier de rinçage, et enfin dans le second. Ensuite, elle plaçait la porcelaine à égoutter sur des chiffons de mousseline.

Elle avait des mains carrées. Avec des mains pareilles, se dit Eeva, elle aurait pu accomplir n'importe quelle besogne. Mais elles étaient également pâles et leur peau paraissait douce, parce qu'elle portait constamment des gants. Eeva les regarda s'emparer d'une tasse, d'une sous-tasse, puis d'une délicate assiette à dessert. Cela ne semblait pas déranger Mme Eriksson qu'elle reste là à l'observer. Peut-être pensait-elle qu'Eeva apprendrait quelque chose en regardant.

« Vous voulez que j'essuie celles-là ? demanda docilement Eeva, connaissant d'avance la réponse.

— Non, ce n'est pas la peine, Eeva, répondit gentiment Mme Eriksson. Mais j'aurai bientôt besoin d'eau chaude. »

Eeva prit le saladier d'eau tiède et savonneuse et alla en jeter le contenu dans l'évier. Le liquide était encore presque limpide. Pourquoi faire l'effort de nettoyer cette porcelaine ? se demandait Eeva. Personne ne l'avait utilisée. Elle reposa le saladier sur la table. Mme Eriksson mesura une cuillerée de savon liquide qu'elle versa dedans, puis Eeva ajouta un broc d'eau brûlante suivi d'un demi-broc d'eau froide. Mme Eriksson testa la température.

« Mets-y la main, Eeva, proposa-t-elle ensuite généreusement. Tu pourras te rendre compte de ce qu'est une bonne température. »

Eeva plongea la main dans l'eau savonneuse. « Je vois, dit-elle. Merci, madame. Maintenant je saurai comment doit être l'eau lorsque je laverai ma propre porcelaine un jour. »

Lotta lui lança un regard acéré. Cette petite venait-elle de se montrer insolente ? Non, certainement pas. Elle semblait sérieuse, presque concentrée. Pauvre enfant, pensait-elle vraiment qu'un jour elle posséderait des objets pareils ? C'était bien le problème avec ces orphelinats. Les enfants y perdaient tout sens des réalités de la vie.

« Ce service appartenait à la mère du Dr Eklund. Et auparavant, à sa mère à elle.

— Eh bien, il est drôlement vieux, fit Eeva. Une chance que rien ne se soit cassé.

— Ma chère petite, pourquoi crois-tu que je suis venue jusqu'ici pour m'en occuper ? De la porcelaine comme celle-ci, Eeva, c'est un héritage. Elle possède une vie propre, pourrait-on dire. » Et elle sourit à sa propre fantaisie.

« Alors on ne s'en sert jamais ? Je veux dire, pour manger.

— Le docteur préfère ne pas l'utiliser », répondit Lotta.

On frappa à la porte de derrière, et Eeva alla ouvrir. Ce n'était que Matti qui venait prendre son infusion de gingembre. Il préférait cela à toute autre boisson. Rien de tel pour se réchauffer l'estomac. Le docteur achetait les racines tout spécialement. Eeva avait appris à les peler puis à les découper avant de les broyer et de les plonger dans de l'eau brûlante en ajoutant du sucre.

Matti avait juré qu'il ne toucherait plus une goutte d'alcool depuis qu'il s'était endormi dans une congère en rentrant chez lui après une fête bien arrosée. Si le Dr Eklund, de retour d'une visite, ne l'avait pas trouvé là, il aurait eu les doigts et les orteils gelés. Et alors, que serait-il advenu de lui ? Cela faisait quinze ans que Matti n'avait pas touché une bouteille, et il ne s'en portait que mieux.

Il recula sur le pas de la porte et, désignant du menton le dos de Mme Eriksson, il articula en silence les mots : « Qu'est-ce qu'elle fait là ? »

« Mme Eriksson est venue faire la vaisselle, répondit Eeva à haute et intelligible voix. Tu n'entres pas pour te réchauffer un peu, Matti ? » Il buvait toujours son infusion près du fourneau.

« Non, pas aujourd'hui, s'empressa-t-il de répondre. Non, Eeva, je crois qu'aujourd'hui, je vais rester dans ma cabane. » Et il tourna les talons.

Elle doit ensuite sécher chaque pièce, pensa Eeva. Elle est encore là pour des heures.

« Bon, je ferais mieux de m'y mettre, moi, dit-elle à haute voix. J'ai un jambon à cuire.

— Bien sûr, Eeva, fais ton travail », dit Mme Eriksson, comme si Eeva était sa servante.

Eeva alla prendre le jarret qu'elle avait mis à dessaler toute la nuit et entreprit d'y planter des clous de girofle.

« As-tu des feuilles de sauge pour le bouillon ? s'enquit Mme Eriksson.

— Non.

— Mme Eklund avait une délicieuse recette de jambon cuit. Laisse-moi réfléchir. Elle copiait toutes ses recettes dans un cahier rouge qu'elle rangeait habituellement dans la cuisine… Je ne le vois pas. Saurais-tu où il se trouve, Eeva ?

— Jamais vu. »

Mon Dieu, que cette enfant a l'air boudeur. « Eh bien, cherche, cherche un peu, il faut bien qu'il soit quelque part. Mme Eklund possédait une magnifique collection de recettes. Tu pourrais les essayer.

— Le Dr Eklund dit qu'il aime la nourriture toute simple.

— Effectivement, il le dit. Mais ce que les hommes disent, c'est une chose, et ce qu'ils aiment, c'en est une autre. »

La petite note d'ironie dans cette déclaration attira l'attention d'Eeva. « Pourquoi ? demanda-t-elle. Pourquoi est-ce qu'il dirait qu'il aime la nourriture toute simple si ce n'était pas vrai ? Il a beaucoup d'argent.

— Je ne pense pas que la situation matérielle du Dr Eklund soit notre affaire, Eeva. »

Eeva baissa de nouveau les yeux vers son jambon, lassée par cette conversation. Mme Eriksson sortit bientôt la dernière tasse du saladier et l'ajouta à la série qui attendait d'être séchée.

« Je vais tout de même jeter un coup d'œil pour voir si je ne retrouve pas ce cahier de recettes… » Elle fit le tour de la cuisine, inspectant chaque étagère. « Ah, on dirait que… oui, le voici, derrière cette balance. Attends un peu que je retire la poussière. » Elle s'empara d'un chiffon et épousseta le cahier en question aussi soigneusement qu'un objet en porcelaine, puis elle l'ouvrit et se mit à tourner les pages.

« C'est bien ce que je pensais. La voici : *Jambon cuit aux épices*. Je pense que tu serais capable de réussir celle-ci, Eeva. Viens voir, je vais te montrer. »

À contrecœur, Eeva abandonna son jambon, et s'approcha de Mme Eriksson qui lui montra toute une liste d'ingrédients : « *Clous de girofle*, ça, tu les as. *Racine de gingembre, quatre-épices, cassonade…* »

La gamine restait sans réaction, regardant la page d'un œil vide.

« Eeva, demanda Lotta gentiment, est-ce que tu sais lire, ma petite ? »

Elle rougit violemment et répondit : « Un peu seulement.

— Aucune importance », dit Lotta avant de replacer le cahier sur son étagère.

Il fallait faire quelque chose pour Eeva. Elle en parlerait à Thomas. Elle regardait la fille planter ses derniers clous de girofle dans le jambon. « Du jambon aux clous de girofle. Je suis sûr que le docteur va aimer ça, dit-elle. Bien, il faut que je termine de sécher la porcelaine. »

Enfin le service en porcelaine reprit sa place derrière les vitrines, et elle quitta les lieux. Le jambon mijotait doucement, et un parfum de clou de girofle montait de la marmite avec la vapeur. Eeva boirait un peu du bouillon pour son souper, avec une tranche de viande. Elle en avait l'eau à la bouche. D'un geste vif, elle plongea la main dans un bocal, en retira une poignée de raisins secs qu'elle enfourna aussitôt. Certains lui collèrent aux dents et une douleur fulgurante lui transperça la mâchoire. Elle avala, replaça le bocal exactement là où il se trouvait. La vaisselle était dans sa vitrine, tout comme avant. Ses petits personnages peints. La bergère au sourire distant avec son gros mouton.

« Est-ce que tu sais lire ? » lui demanda Eeva, en s'approchant si près de la paroi que le verre s'embua. « Est-ce que tu sais lire, ma petite ? »

Lotta se tenait tout près du bureau de Thomas et elle enfilait ses gants. Il l'avait remerciée d'être venue et lui avait proposé de prendre le café, mais elle le savait impatient de se remettre au travail. Il y avait un livre ouvert sur la table. Elle y jeta un coup d'œil mais détourna vite le regard. Bien sûr, un médecin se devait d'étudier de telles choses.

« Votre servante, commença-t-elle. Eeva. C'est vraiment dommage qu'elle ne sache pas lire.

— Eeva ne sait pas lire ?

— Vous l'ignoriez ? J'étais en train de lui montrer une recette de Johanna et je me suis aperçue qu'elle ne pouvait en déchiffrer un traître mot.

— J'ai toujours trouvé moi-même l'écriture de Johanna assez difficile à comprendre, fit-il observer.

— Je vous en prie, Thomas. Vous connaissez son cahier rouge. De si excellentes recettes. Ce serait très utile à Eeva de pouvoir le lire. Même vous, mon cher, vous finirez par vous lasser des harengs marinés et du jambon cuit à l'eau. Il faut faire quelque chose.

— Vous avez raison, Lotta.

— D'accord, d'accord, je m'en vais. Je sais que vous mourez d'envie de vous retrouver seul avec vos livres. » Et elle regarda son bureau avec un respect mêlé d'aversion qui le fit presque éclater de rire. Mais son amie n'aurait pas été contente qu'il s'esclaffe à ses dépens.

Une fois Lotta partie, il s'assit à nouveau à son bureau, et laissa son regard se perdre par la fenêtre. Pourquoi Eeva avait-elle menti ? S'il lui posait la question, est-ce qu'à lui aussi elle mentirait ? C'était ridicule. Qu'avait-elle à gagner en prétendant qu'elle ne savait pas lire ? Il allait sonner et, quand elle entrerait, il le lui demanderait tout net. *Mme Eriksson me dit que tu ne sais pas lire, Eeva. Est-ce le cas ?* Non. *Est-ce vrai ?* Il verrait bien ce qu'elle répondrait.

Le souvenir du moment où il l'avait espionnée par le trou du volet lui fit serrer les poings. Non, il ne lui poserait pas la question. Si elle possédait des secrets, c'était son droit de les garder.

L'odeur des clous de girofle lui mit l'eau à la bouche. Elle n'avait nul besoin de ce satané livre de recettes. Il revoyait Johanna, maintenant, toute droite devant son écritoire, copiant la recette d'une amie dans son propre cahier, de son écriture haute et étrangement illisible. D'autres fois, elle prêtait son cahier pour que d'autres puissent le recopier. Elle avait bientôt acquis une réputation de bonne cuisinière. Elle savait y faire, Johanna, et il avait bien de la chance.

Si Eeva possédait un cahier, qu'écrivait-elle dedans ?

7

Ces nouveaux corsets étaient confortables, vraiment très confortables. Tellement plus agréables que ceux qu'elle devait porter jeune fille. Sa bouche se contracta au souvenir du regard inquiet que lui avait jeté Karl quand, avec maladresse, il lui avait passé le bras autour de la taille le jour de leurs fiançailles. À quoi s'attendait-il ? Dieu seul le savait. Elle était là, comprimée à étouffer dans cette carapace de fer. Lotta était robuste. Une ossature puissante, disait sa mère, tout en inventant des façons astucieuses de dissimuler une partie ou une autre de ce corps massif.

« Elle tient cela de votre côté de la famille », commentait-elle, accusant du regard son père, un grand et bel homme. Mais ce qui était parfait pour un homme ne convenait pas nécessairement à une jeune fille.

Ah ! la torture des ballerines et des bottines ajustées ! Ces rayures verticales soigneusement choisies pour cacher la masse de la poitrine et des hanches. Les jupes et les vestes toutes simples, en tissu sombre et bien coupées, étaient ce qui lui allait le mieux, mais Lotta était jeune et avait envie que cela se voie. Le pire c'étaient les corsets, qui lui donnaient envie de vomir à peine son repas terminé. Pas même assez de place pour respirer. Ces bruits que produisait son estomac, pensa Lotta, se rappelant les âcres gargouillis et grondements qu'elle ne parvenait pas à dissimuler ces jours où Karl venait lui faire sa cour. Heureusement, il avait toujours été un peu sourd. Elle avait mis très longtemps à s'en rendre compte. Elle avait d'abord profondément admiré son air de sérénité absolue, le mur de silence dont il savait entourer ce qu'elle croyait être de profondes méditations. Lorsqu'elle risquait un commentaire timide et qu'il ne réagissait pas, elle rougissait de la banalité de ses propos.

Tout cela avait changé. Dieu sait que tout cela avait complètement changé ! La jeune oie gauche et enthousiaste, sans complaisance pour elle-même, n'avait pas eu la moindre chance de survie. Elle n'existait plus. Et depuis des années, songea Lotta en boutonnant son col. Elle redressa la tête et tira les épaules en arrière. La douleur était infime aujourd'hui. Elle ne sentait presque rien. Elle corrigea la position de sa colonne vertébrale. Un bon jour. Sa jupe bleu marine de bonne coupe tombait parfaitement. Elle était plus élégante maintenant qu'à dix-sept ans. Des jupes simples, des chemisiers à col montant, sa veste en peau de phoque ou ses fourrures, et des bottes parfaitement à sa pointure. Elle se souciait surtout de la coupe et de la qualité des étoffes.

Elles s'étaient fanées, toutes ces belles filles. Elle les avait dévorées des yeux, ces longues années où elle s'affamait par souci de sa taille, avec la même fascination qu'un homme. Mais elle n'était pas un homme. Elle était une femme, trop peut-être. Des seins lourds, des cuisses qui frottaient l'une contre l'autre. En été, ses combinaisons étaient trempées de sueur. Sa mère lui avait appris à utiliser de l'eau de Cologne pendant ses règles, mais elle craignait toujours de sentir mauvais. Trop femme et pas féminine, pensait-elle. Elle ne possédait aucune des grâces qui, Dieu merci, avaient déserté ces mêmes jeunes filles avec le temps.

Tout cela était fini et ne reviendrait jamais. Certaines femmes en concevaient du regret, Lotta, non. Aujourd'hui, elle s'était trouvée. Elle avait même l'impression, la douleur mise à part, d'être retombée en enfance. Elle avait aimé être une petite fille. Aux longues jambes couvertes de bleus et d'égratignures parce qu'elle relevait ses jupes pour gambader à son aise dès qu'elle s'éloignait de la maison. Elle courait, escaladait, sautait, rampait. Lotta était inconsciente, un vrai garçon manqué, que d'ailleurs les garnements admiraient et qui se moquait royalement des autres filles. L'été, elle nageait dans le lac, et l'hiver, elle patinait dessus. Un jour, elle se fendit le crâne en plongeant dans un trou d'eau trop peu profond. Une autre fois, elle réveilla un nid de guêpes et se fit piquer trente-deux fois. Elle montait un vieux poney robuste et rêvait que c'était un pur-sang.

Jusqu'à ses treize ans, elle connut la liberté. Ses parents la laissaient agir à sa guise. Quand on a cinq enfants, on les laisse se dépenser en été et on essaie de leur apprendre un peu quelques manières durant les longs hivers. Mais même en décembre, Lotta sortait, soigneusement emmitouflée, pour construire des igloos.

Et puis tout avait changé. Sa sœur aînée, Astrid, s'était transformée en jeune fille. Cela s'était produit si vite. Ses mains s'étaient affinées, ses cheveux brillants s'empilaient maintenant en un superbe chignon. Elle adopta une façon de courir qui tenait plus du trottinement qu'autre chose. Elle avait un jour posé son pied nu à côté de celui de Lotta, et le pied de sa sœur était plus grand, plus large, alors qu'Astrid avait trois ans de plus. Astrid avait souri et, pour la première fois, Lotta comprit qu'être plus grande, plus forte et plus courageuse n'allait pas suffire.

Quoi qu'il en soit, Karl l'avait tout de même épousée. Il avait commencé à venir régulièrement à la maison, et en un rien de temps, tous échangeaient des sourires complices, comme s'ils avaient déjà deviné quelque chose qu'elle ne savait pas. Astrid passa ses bras frais et parfumés autour de son cou et lui dit : « Oh, Lotta ! Je suis si heureuse ! » Ils s'étaient mariés et Karl avait découvert ce qui se cachait sous les chemisiers à rayures verticales soigneusement choisis et les brodequins qui lui écrasaient les pieds.

Même aujourd'hui, seule dans sa chambre, dans le secret de sa propre maison, Lotta tressaillit, et elle enfouit son visage entre ses mains. C'était là même qu'elle s'était retrouvée allongée sous la tente immaculée de sa chemise de nuit blanche. Ils avaient réussi tant bien que mal à faire ce qu'ils étaient censés faire, ce pour quoi ni l'un ni l'autre ne possédait de mots. L'ensemble lui était apparu comme une sorte de lutte, silencieuse et maladroite.

« Bon, avait-il dit ensuite, je pense que je vais aller lire un peu. » Et il était parti, lui laissant le soin de faire disparaître les taches et tout ce qui poissait.

Elle s'était lavée à l'eau froide parce qu'elle était trop timide pour sonner afin d'obtenir de l'eau chaude.

Pas d'enfants. Non. Tout cela, c'est terminé, et la douleur de cet échec a disparu. De la même manière que les jolies filles avaient fini par vieillir et disparaître, les bébés moites et talqués qu'elle n'osait jamais prendre dans ses bras avaient grandi et étaient devenus des adultes ordinaires, tels que le monde en produisait depuis le début des temps. Lotta avait sous les yeux suffisamment de fils décevants et de filles boudeuses pour se consoler.

Ses propres enfants ne leur ressembleraient jamais. Ils s'élançaient à vive allure sur leurs longues jambes fines, ils s'appelaient l'un l'autre ou bien se précipitaient vers elle pour un baiser rapide et passionné avant de retourner en courant vers leurs jeux. Ils étaient toujours deux, rien que deux. Et ils ne ressemblaient ni à Karl ni à elle.

Le rêve ne s'était jamais réalisé, mais à présent, cela ne rendait ces enfants que plus vrais. Lotta croyait tout de même que tout aurait été possible. Aujourd'hui, elle aurait pu aller consulter un médecin. Pas à cette époque-là. Elle baissa les yeux, tapota la table de son index. Non, elle n'y serait pas allée. Mais elle aurait tout de même pu se retrouver enceinte. Elle se souvenait d'une nuit où elle avait cru qu'elle allait en concevoir un.

Elle dormait profondément. Elle avait chaud. C'était une nuit de juillet et l'été était particulièrement brûlant. Elle s'était réveillée. Leur lit était en désordre parce qu'ils avaient repoussé les draps durant leur sommeil. Sa chemise de nuit était remontée. Karl dormait, allongé sur le dos, tout nu. Son visage paraissait sévère et distant, et pour la première fois, elle sentit monter en elle une vague d'émotion qui n'avait rien à voir avec lui ou avec elle. Rien à voir avec les sentiments qu'elle éprouvait pour le Karl qu'elle avait épousé, teintés comme ils l'étaient de douleur et de déception.

Elle comprit qu'elle n'avait jamais eu de désir pour lui, ni même su que cela pouvait se produire. Elle ne mit aucun nom sur cette émotion, et s'interdit de penser à cette sensation presque douloureuse d'ouverture au centre de son corps, cette partie d'elle-même qui n'avait pas de nom non plus et à laquelle il ne fallait jamais songer. Pendant un moment, elle se demanda si ses saignements n'étaient pas venus à l'avance, deux semaines trop tôt, en l'occurrence. La douleur était si vive. Elle toucha un pli de sa chemise de nuit entre ses cuisses pour s'en assurer. Non, non, aucune tache. Rien qu'une moiteur. Elle se mit sur le flanc, appuyée sur un coude. L'air chaud de la nuit lactée s'éclaircissait avec les premières lueurs de l'aube.

« Karl, murmura-t-elle. Karl ! » Ses seins vinrent frotter les replis de sa chemise de nuit et leurs pointes se mirent à lui picoter. Mais il gisait là, immobile, le visage pareil à un masque en bois.

« Karl », répéta-t-elle, un peu plus fort. Elle s'approcha de lui et passa une jambe sur son bassin. Très doucement, elle se glissa au-dessus de lui, mais en s'appuyant sur les coudes pour retenir son propre poids. Sa chemise de nuit s'était relevée encore plus haut. Elle la gênait et Lotta la fit remonter au-dessus de sa taille. Elle n'aurait pas pu l'ôter complètement sans se mettre debout, à cause de tous ces boutons au niveau du col. Elle avait encore trop de pudeur pour poser les yeux sur « cette partie » de Karl, mais elle sentit qu'elle frémissait. Pour la première fois, elle éprouvait une grande curiosité pour cet endroit de son corps, et pour Karl lui-même. Ça allait se produire, et cette fois, ce ne serait pas comme toutes les autres. Elle sentait qu'elle s'ouvrait comme une fleur. Elle était moite, comme ces bébés dans les bras des autres femmes. Karl allait s'en rendre compte. Voilà comment les choses devaient se passer, elle en était résolument persuadée. Toutes les autres fois, quelque chose n'allait pas. Elle fit osciller son corps, laissant ses seins lui effleurer le torse.

Soudain, il ouvrit les yeux. Il fixait la pénombre sans la voir distinctement, puis son regard se fit plus clair. Il eut l'air abasourdi, et même effrayé.

« Mais que faites-vous ? demanda-t-il avec rudesse.

— Rien. » Assurément, il allait se rendre compte que cette fois-ci était la bonne. Elle ne pouvait pas le lui expliquer, mais il allait le sentir. Toutefois, le visage de Karl semblait peu à peu revêtir l'expression qu'il arborait au grand jour. Il s'agita avec impatience, comme s'il voulait se débarrasser du poids de Lotta. « Quelle heure est-il ?

— C'est l'aube.

— Pourquoi m'avez-vous réveillé, Lotta ? »

Sa voix était cassante, sèche comme un staccato. Comme s'il avait peur. Il la repoussait avec des mots.

« Je ne sais pas. Je me suis réveillée, et je vous ai vu, allongé là… », dit-elle. Il sourcilla à la manière d'un juge. Elle prit soudain conscience du ridicule de sa position, à califourchon sur son mari et les fesses à l'air (enfants, ils répétaient ces mots, « les fesses à l'air », et ça les faisait rire aux éclats), avec Karl qui essayait de se dégager, mais elle était trop forte pour lui. Cette fois, il fronça carrément les sourcils.

« Lotta, vous êtes vraiment une mule. Je dors à côté de vous toutes les nuits que Dieu fait. Y a-t-il une bonne raison pour me réveiller comme ça à l'aube ? »

Mais cette partie, cette partie de lui qui n'avait pas de nom, continuait à frémir, s'allongeait sur le côté, et maintenant se redressait…

Il jeta un coup d'œil irrité vers le bas de son corps, dissimulé par toute cette chair moite de femme.

« Lotta, gémit-il d'un ton grognon, je ne peux pas bouger. »

Elle roula immédiatement sur le dos. Il jeta les pieds hors du lit, se leva comme un automate et marcha à pas cadencés vers la porte. Elle vit son long dos pâle s'éloigner et ses jambes s'ouvrir et se refermer comme des ciseaux.

Elle rabaissa sa chemise de nuit jusqu'en bas, la serrant autour de ses chevilles et l'entortillant comme pour se protéger. Maintenant elle n'avait plus de jambes, ses longues jambes robustes que personne ne voulait voir. Ses hanches aussi étaient cachées ainsi que ces *fesses à l'air* qui les faisaient hurler de rire quand ils étaient petits. « Lotta, tu es vraiment une mule », murmura-t-elle, en rougissant de colère et de honte.

Cela ne s'était jamais reproduit. Après ce matin-là, elle était restée parfaitement immobile tandis qu'il plantait cette chose en elle, de moins en moins souvent d'ailleurs, et puis ce fut tout. Jamais elle ne se trahit plus par le moindre mouvement. Karl avait son atelier, et elle son jardin et beaucoup d'autres choses. La maison à tenir, Erika, Simon. Et bien sûr, Thomas. Elle prononça leurs prénoms dans cet ordre, même dans le secret de ses pensées, donnant ainsi la dernière place à Thomas, comme il se devait.

« Oh oui. Thomas Eklund, un si vieil ami de la famille. Nous essayons de garder un œil sur lui. Les hommes sont si peu doués pour vivre seuls. »

Karl ne se souciait évidemment pas le moins du monde de Thomas, non plus d'ailleurs de quiconque. Peut-être quelque chose ne tournait-il pas rond chez son mari, quelque chose de grave, et pas seulement de déplaisant. Quelqu'un pouvait-il vraiment avoir aussi peu de sentiments que Karl et rester tout de même humain ? Il aimait son bois, cela, il fallait le reconnaître. Cette façon qu'il avait de frotter doucement un morceau d'olivier avec son pouce avant de se mettre à le sculpter. Il caressait toujours ses sculptures. Et quand il les avait terminées, il ne pouvait renoncer à les toucher. Il s'approchait des étagères, comme inconscient de ce qu'il faisait, et prenait entre ses mains une pièce après l'autre.

« Johanna est morte. » Ces mots paraissaient toujours aussi étranges et sonnaient faux. Johanna était son amie, à la façon dont les femmes peuvent parfois être amies, sans que les unisse une affection véritable. Lotta avait fait tout ce qu'elle pouvait durant sa maladie. Pendant de longues heures, elle l'avait veillée la nuit, interrogeant sa conscience en se demandant si ce soin qu'elle prenait de Johanna était exempt de tout soupçon, au moment où elle sentait sa chair faillir. Pouvait-elle être sûre de ses propres motivations ? Ne se réjouissait-elle pas de sentir la faiblesse de son amie, alors que Johanna avait toujours si magistralement mené maison, mari et enfant ?

En fait, ses intentions étaient pures, Lotta en était sûre aujourd'hui. Johanna avait changé, mais elle aussi. Minna et elle l'avaient aidée à s'asseoir, à boire, à se soulever maladroitement dans son lit, au prix de douleurs infernales, pour qu'on puisse lui glisser le bassin. Thomas avait trouvée une excellente infirmière, évidemment, mais Johanna l'avait prise en grippe dès les premiers jours. Elle qui avait toujours été si rationnelle murmurait avec violence à l'oreille de Minna : « Ne me laissez pas seule avec elle. Promettez-moi de ne jamais me laisser seule avec elle. »

Et elles avaient obéi. Lotta avait saisi entre les siennes la main amaigrie de Johanna qui ne l'avait pas retirée. Elle semblait faire moins de cas de Thomas que de sa fille ou même de son amie. Il était passé de l'autre côté de sa ligne d'horizon, se dit Lotta, comme si Johanna était un bateau voguant vers le large.

Pendant ces quelques jours, elle avait aimé Johanna.

Thomas. Thomas seul dans cette maison, faisant couvrir les meubles de draps blancs. Il devrait venir habiter en ville, pensa une fois de plus Lotta. Bien sûr, cette maison dans la forêt est le berceau de sa famille, bien sûr, il y a toujours vécu. Mais cela ne lui valait rien. Cette servante qu'il s'était dénichée – quel était son nom, déjà ? Eeva –, comment pourrait-elle faire tourner une maison pareille toute seule ?

Eeva. Lotta se rappelait parfaitement ce prénom. *Le Dr Eklund dit qu'il aime la nourriture toute simple.* Trop indépendante. Elle allait mettre du désordre partout. Ça ne marchait jamais, ces filles de la ville qu'on expédiait à la campagne. L'idée qu'une vie plus rustique exerçait sur elles une saine influence était une erreur. Les filles comme Eeva s'accrochent à ce qu'elles sont. Sur ce point, et sur ce point seulement, Lotta était d'accord avec les jésuites : *Amenez-nous les enfants avant qu'ils aient sept ans.*

Qu'avait-il bien pu arriver à Eeva avant ses sept ans ? se demandait Lotta, et d'obscures pensées lui venaient à l'esprit. Elle essayait de se les taire par charité, mais rien n'y faisait. Elle s'imaginait la même Eeva, mais plus petite, au courant de tout et complice. *Elles apportent la ville avec elles, où qu'elles aillent.* Et les idées politiques qui circulaient aujourd'hui à Helsingfors étaient contagieuses. Une fois exportées vers la campagne, elles se répandaient et s'enracinaient facilement dans la terre vierge. *Il a beaucoup d'argent.* Imaginez un peu, une enfant pareille, faire une observation aussi insolente.

Mais ce n'est pas une enfant. Non. Thomas ne s'en est pas rendu compte, mais elle commence à avoir l'air nettement plus âgée, maintenant qu'on la nourrit convenablement. Une jeune femme qui n'en fait qu'à sa tête, voilà ce qu'est Mlle Eeva.

Mais elle ne sait pas lire. Vraiment, on devrait plutôt la plaindre. Ignorante, sans éducation : pas étonnant qu'elle s'exprime de façon insolite. *Mme Eriksson est venue faire la vaisselle.*

Je vais m'arranger pour qu'elle apprenne à lire.

Le sentiment de faire le bien lui était familier et constituait une valeur sûre. Mais il ne pouvait complètement éliminer la gêne ressentie durant ces quelques heures passées avec Eeva dans la cuisine. Oui, Lotta se sentait mal à l'aise, elle devait le reconnaître.

Elle s'approcha de son miroir. Grande et soignée. Si enflammé que fût son dos, elle continuerait de se tenir droite. On pouvait dire qu'elle était maintenant une dame élégante. Toute trace de l'adolescente maladroite et impatiente d'autrefois avait disparu. À eux deux, Karl et elle avaient enterré cette jeune fille. Alors pourquoi, face à Eeva, chez Thomas, s'était-elle à nouveau sentie gauche et trop robuste, comme déplacée dans la cuisine de son plus vieil et plus cher ami ?

Elle devait conseiller à Thomas de faire attention. Il n'avait pas toujours l'esprit très pratique. C'était sans doute une bonne action de prendre à son service une fille comme Eeva et de lui donner une chance, mais elle abuserait de sa générosité s'il ne se méfiait pas. *Il a beaucoup d'argent.* Ce n'étaient pas seulement les mots, mais quelque chose de dur et de libre dans le ton qui n'était pas convenable. Lotta s'imagina en train de lui dire : *Il vous faut respecter les réalités sociales, mon cher Thomas. Vous ne faites aucun bien à cette petite en lui donnant des idées.* Partout, elle le savait, le même feu couvait. Une colère impatiente et rebelle contre l'ordre des choses. Un vent qui souffle de Russie, songea Lotta, comme tous les extrêmes. Il nous faut regarder en direction de l'ouest, vers la Suède. Vers cette société parfaitement organisée qui a renoncé à son empire sans rien perdre de son identité.

Longtemps auparavant, cette rébellion aurait pu trouver en elle un écho. Plus maintenant. Elle avait appris la dure leçon de la réalité. Les gens avaient leur nature, et on n'y pouvait rien changer. Lotta, comme jardinière, avait appris à respecter le soleil, le vent, la pluie, les gels tardifs et dévastateurs. Elle avait appris à se soumettre à leur loi. Elle n'avait pas connu l'amour, mais elle avait eu autre chose.

Nous devons nous adapter, se dit Lotta. Il nous faut nous conformer à la réalité, et ne pas nous attendre que la réalité se conforme à nos désirs. Le visage d'Eeva lui restait clairement en mémoire. Les paupières tombantes, les lèvres serrées, le débit soudain rapide de ses paroles. Cette fille était en colère. Peut-être avait-elle le droit de l'être. Il faudrait tout de même la surveiller. Une description parue dans les journaux lui vint soudain à l'esprit. Assurément, on ne pouvait pas l'appliquer à une fille comme Eeva, une orpheline sans instruction. Mais quelque chose dans son esprit faisait le rapprochement, en dépit du sens commun. Une fautrice de troubles. Une agitatrice, entendait-elle une voix lui dire, avec la certitude factuelle d'un article de journal. Thomas avait fait entrer une petite agitatrice dans sa cuisine.

8

Pourquoi avait-elle menti ? Pourquoi avoir dit à Lotta qu'elle ne savait pas lire ? La question le troublait encore aujourd'hui, des semaines plus tard.

C'était le printemps maintenant. Le printemps véritable. La neige avait fondu, la terre brune et triste était émaillée de pousses vert tendre. Partout, l'eau filait et gargouillait, les oiseaux chantaient, la boue suintait, la sève montait. Chaque année, l'élan du printemps se faisait plus fort, plus mystérieux. Enfant, il le tenait pour acquis. Il retirait ses bottes et pataugeait pieds nus dans la boue le long du torrent.

Mentir n'est jamais anodin. Il avait menti à Johanna, et ce mensonge avait eu une influence sur toute sa vie, comme une drogue que le sang achemine vers chaque partie du corps. Le pouvoir d'un mensonge pouvait être immense. Et il ne l'avait pas su. Il avait menti en hâte, par culpabilité, parce que c'était la seule chose qui lui était venue à l'esprit. Il n'avait jamais pensé qu'il serait homme à devoir apprendre le poids d'un mensonge sur une vie. Il avait menti à Johanna et trahi Minna. Le tout n'avait duré que vingt secondes, mais le mensonge s'était propagé comme un poison dans les veines de leurs trois vies.

L'eau bouillonnait autour des instruments. Thomas était très méticuleux pour la stérilisation de ses outils de travail, il y veillait personnellement. Combien de fois avait-il vu des instruments hâtivement plongés dans l'eau chaude, puis essuyés avant d'être réutilisés ? Quand l'infection s'installait, le médecin avait déjà décampé, et la plupart des patients étaient trop ignorants pour en deviner la cause ou accuser le praticien.

Eeva lui mentirait-elle s'il lui posait la question ? *Je n'ai jamais appris à lire.* Il revoyait son visage penché sur son livre dans la cuisine, si concentré, si passionné. Un visage d'étudiante, pas de domestique. Il avait été ébahi par cette autre Eeva, cette autre personne qui vivait sous son toit sans qu'il en soupçonne l'existence. Sous son toit, où les souris continuaient à grouiller malgré toutes les fois où on avait lancé le chat à leur poursuite. Est-ce qu'elle lisait là-haut aussi quand elle avait terminé sa longue journée ?

Peut-être était-ce quelque chose dans l'attitude de Lotta qui avait amené Eeva à mentir. Lotta était si rigide, si pleine de certitudes. Oui, il y avait quelque chose d'arrogant dans les certitudes de Lotta. La jeune fille ne voulait sans doute pas qu'on sache tout d'elle. Elle avait peut-être menti pour se dérober à l'examen de Lotta. D'une certaine façon, il éprouvait une certaine sympathie pour la jeune fille, comme un sentiment de connivence. Lotta était si sûre d'elle. *Vous allez vous trouver une maison en ville. Mais bien sûr que si. Au moins, Thomas, vous avez le réconfort de vous dire que vous avez fait tout ce que vous pouviez pour Johanna. Aucun médecin, aucun mari n'aurait pu en faire davantage.*

J'en ai fait plus à Johanna que vous ne le soupçonnez, Lotta. Je ne vous dis pas tout, même si vous êtes ma plus vieille amie. Je veux que vous me croyiez meilleur que je ne suis. Parce que j'ai peur.

Mais cela n'avait aucun sens de mentir pour dissimuler qu'on savait lire. S'il lui posait la question et qu'elle lui mente à lui aussi, la forcerait-il dans ses retranchements ?

Les instruments étaient prêts. Il les déposa sur un torchon blanc et propre pour les faire refroidir. Le mensonge, pensa-t-il, c'est comme une infection. On peut en mourir.

« Je vous conduis à l'étage, docteur Eklund », dit la servante dont il avait oublié le nom.

Il pénétra dans la chambre de l'enfant. Henrik était appuyé contre des oreillers tandis que sa mère, assise à côté de lui, lui tenait les mains avec la force d'une émotion qui menaçait d'étouffer lentement le petit. Il fallait la faire sortir de cette pièce.

« Parfait, Henrik, maintenant je vais soulever ta jambe avec ces oreillers pour la mettre dans la bonne position. »

Les draps étaient propres, la chambre semblait irréprochable.

« Je n'aurais peut-être pas dû vous appeler, docteur Eklund », dit la mère, saisie par la panique en sentant que le moment approchait. « D'ici quelques jours, ça va sans doute s'arranger tout seul.

— Je ne pense pas, dit Thomas. Il faut percer ce furoncle. Henrik se sentira beaucoup mieux après. »

La peur de la mère était en train de gagner l'enfant. Il se tenait tout raide, bandant ses muscles contre la douleur anticipée. Pauvre gosse, il n'avait pas beaucoup de chance. Eczéma, bronchite, plusieurs semaines au lit chaque hiver, et maintenant une série de furoncles parmi les plus virulents que Thomas ait jamais vus sur un enfant. Des applications de compresses chaudes n'y avaient rien changé. Le pire se trouvait sur la jambe gauche, infecté et tout rouge, refusant obstinément d'éclater et de libérer son poison. Thomas craignait que le pus ne pénètre dans le corps et n'aille infecter le système sanguin.

Henrik avait les paupières lourdes et la langue chargée. Il n'était pas très résistant, après ce long hiver.

« Madame Brenner, je voudrais que vous alliez chercher votre domestique, s'il vous plaît. Il faudrait qu'elle maintienne la jambe d'Henrik immobile. Tu ne voudrais pas que ta jambe tremblote comme de la gelée, pas vrai, Henrik ? À moins, bien sûr, que tu n'aimes la gelée ? »

Le gamin lui adressa un pâle sourire. C'était un brave petit, malgré sa mère.

« Oh, mais non ! Je ne peux pas laisser Henrik ! Il a besoin de moi à son côté, n'est-ce pas, mon chéri ?

— Pas question. J'ai une tâche importante à vous confier, madame Brenner. Je voudrais que vous descendiez préparer de vos mains une potion pour Henrik en suivant cette ordonnance. »

Il lui tendit le papier. « Deux cuillers à dessert de confiture de framboises, le zeste et le jus de deux citrons, une cuiller à café de vodka au poivre…

— De la vodka au poivre ! Pour un enfant de cet âge ?

— Oui, de la vodka au poivre. Une cuiller à café. C'est un très bon remontant. Mixez bien tous les ingrédients, laissez reposer cinq minutes, puis ajoutez la même quantité d'eau bouillante et apportez-moi le mélange. Mais faites monter la servante avant de commencer. »

Allait-elle enfin décamper ? Il l'observa attentivement. Elle regarda le papier qu'elle tenait à la main, avant de tourner les yeux vers Henrik puis vers lui. Elle n'avait pas confiance, pas vraiment. Mais elle se leva avec lenteur.

« Je reviens le plus vite possible, mon chéri. Maman va te préparer une boisson.

— Très bien », dit Thomas d'un ton encourageant. Henrik ne pipait mot et ne fit aucun geste pour la retenir.

Enfin, elle quitta la pièce. Il adressa un clin d'œil au petit. « Ça n'a pas l'air fameux, n'est-ce pas, du jus de citron, de la vodka et de la confiture de framboises, je suis sûr que tu commençais à t'inquiéter. Mais tu ne vas pas le boire. J'ai fait ça pour occuper ta mère pendant que tous les deux, on règle les choses sérieuses. Tu n'as besoin de personne pour te tenir la jambe. Maintenant, ne bouge plus. Ça va faire mal, mais pas tant que ça. »

D'un geste vif, il badigeonna la peau infectée avec de la teinture d'iode. Le gamin serra les dents et gémit un peu. Thomas s'empara alors de son scalpel en gardant les yeux fixés sur ceux du petit puis, très vite, il se pencha sur la jambe, l'immobilisant de la main gauche tandis que, de la droite, il approchait le scalpel.

« Respire un bon coup, Henrik. »

C'était fini. Le pus jaillit. Il l'épongea avec un chiffon propre, massant doucement la chair autour du furoncle pour qu'il se vide peu à peu. Des larmes coulèrent sur les joues pâles de l'enfant.

« On y est presque, Henrik, je te félicite. Tu as déjà eu des choses plus graves à supporter, je le sais.

— Je le sais », répéta mécaniquement Henrik, avec une résignation de vieillard qui émut Thomas alors que les larmes l'avaient laissé indifférent. « En fait, je me trouve très courageux.

— Je suis d'accord. Je vais le dire à ta mère.

— Une nuit, alors que j'avais très mal à la poitrine, je me suis dit : *Est-ce que je vais continuer à respirer ?* Et je me suis répondu : *Tu as intérêt, Henrik !*

— C'est un très bon conseil que tu t'es donné. Maintenant, nous allons mettre un pansement sur cette jambe. »

Il leva les yeux et aperçut la servante sur le pas de la porte qui le regardait avec étonnement.

« Madame avait dit que je devais lui tenir la jambe.

— C'est terminé. Descends tous ces pansements et fais-les brûler. Non, attends une minute. Est-ce que tu aurais par hasard des coupures ou des égratignures sur les mains ? Montre-moi. »

La jeune fille étendit ses mains larges. « Parfait. Maintenant, avant de changer ces pansements sur la jambe d'Henrik, il faudra que tu te laves les mains, dans de l'eau bien chaude, avec du savon. Frotte-toi soigneusement les ongles et les mains avec une brosse, rince-les et sèche-les avec une serviette propre. Recommence après les soins, chaque fois. Et ne crois pas que, parce que je ne serai pas là, je ne saurai pas si tu as oublié ou non. Je m'en rendrai tout à fait compte. Aujourd'hui et demain, il faudra lui appliquer des compresses, et les changer toutes les quatre heures en même temps que le pansement. Je vais laisser une ordonnance. Tu m'as bien compris ?

— Oui. Il faut que je me lave les mains et que je les sèche. Vous voulez pas le dire à Madame ? Moi, j'ai rien qu'un morceau de savon et il faut que je m'en serve aussi pour mon linge. Si je l'use, on m'en donnera pas d'autre.

— Je vais en parler à Mme Brenner. Ne t'inquiète pas pour cela. N'épargne pas le savon. »

La mère était déjà de retour, tenant fièrement la mixture de framboise et de vodka au poivre à bout de bras. Elle se mordillait la lèvre inférieure. Thomas adressa un nouveau clin d'œil à Henrik, puis lui prit le pouls. Mme Brenner attendit respectueusement, le verre à la main, qu'il ait fini de compter.

« Très bon rythme cardiaque, Henrik. Vous savez, madame Brenner, je crois qu'après tout, il n'aura pas besoin de cette potion. Elle pourrait bien même être un peu trop stimulante pour lui.

— Mais alors, que dois-je en faire, docteur ? demanda-t-elle, très déçue.

— Ce breuvage m'a l'air parfait. Vous avez suivi mes instructions à la lettre. Mais vous pouvez tout simplement… le jeter. Finalement, l'action stimulante de la vodka au poivre se révèle inutile. C'est un garçon raisonnable, votre Henrik. Il va se remettre parfaitement. »

Sornettes, balivernes et billevesées, se dit-il en quittant la maison. Où en était-il arrivé ? Toutes ces grandes idées qui l'animaient autrefois, ce désir de se tenir toujours à la pointe du savoir médical. Et voilà à quoi il en était réduit : à faire préparer à une mère trop anxieuse un mélange de confiture de framboises et de vodka tandis qu'il perçait un furoncle. Un parmi la centaine de furoncles, abcès et panaris qu'il aurait à traiter dans les mois à venir. Le printemps était la pire des saisons. Les défenses immunitaires étaient au plus bas. Un beau régime d'ulcères variqueux, de suppurations diverses, de blessures qui refusaient de se fermer : voilà de quoi il vivait. Il songea à l'expression de fierté qui se peignait sur le visage de certains patients, tandis qu'ils retiraient lentement les pansements confectionnés par leurs soins pour lui montrer leurs plaies suintantes. Il les soignait, leur prescrivait des fortifiants et écoutait la litanie de leurs douleurs, et puis, l'été revenait.

Thomas hâta le pas. Il se faisait tard et il avait mal au dos. Il se sentait vieux et fatigué. Quarante-sept ans ! L'inépuisable énergie qu'il n'avait même pas conscience de posséder tant il la prenait pour acquise s'était soudain réduite. Et quand on n'a plus la santé, alors plus rien ne va, se dit il avec un humour amer. Peut-être cela était-il aussi vrai d'autres choses que de la santé. « Vous avez l'air fatigué aujourd'hui, docteur. Il faut prendre soin de vous. Aucun d'entre nous ne rajeunit, vous savez. »

À quarante-sept ans, le printemps est une saison difficile. Toute cette montée de sève, la neige qui fond et la végétation qui pousse. Peut-être le goût de tout cela lui reviendrait-il avec la véritable vieillesse. Il avait vu des personnes âgées, tout à fait heureuses de leur sort, assises sur leur perron aux premiers jours de mai, qui ne faisaient rien d'autre que tendre le visage vers le soleil.

Demain, je demanderai à Matti de préparer le sauna, se dit-il. Oui, c'était bien ce dont il avait besoin. Il sentait déjà la chaleur, l'odeur desséchée de bois et de résine, le jet de la vapeur qui faisait pleurer ses yeux. Le sauna craquait comme un organisme vivant. Et il resterait là assis, aveuglé, des gouttes de sueur lui obstruant les paupières et dévalant le long de sa poitrine. Il irait au sauna, et toutes les pensées qui le perturbaient s'en iraient avec cette transpiration. Que cette chaleur le pénètre au plus profond !

Juste après le sauna, il marcherait jusqu'au torrent et se laverait dans l'eau glacée de la fonte des neiges. Il n'était pas assez profond pour s'y baigner, mais on pouvait s'agenouiller dans le courant et s'asperger la tête et les épaules. Le froid vous coupait le souffle. Le sauna se trouvait dans le bois de bouleaux, près du torrent, et on ne le voyait pas de la maison. Oui, c'est ce qu'il allait faire. Et ensuite, à nouveau un bain de vapeur dans lequel il se prélasserait tout son saoul.

Puis il rentrerait à la maison dans sa robe de chambre, enfilerait des vêtements propres, et il s'assiérait à son bureau avec un verre de vodka et une cigarette. La saveur exquise de cette première cigarette après le sauna ! Différente de toutes les autres ! Presque épicée. Il tirerait de grosses bouffées et expulserait de gracieux tourbillons de fumée. Le seul moment où il réussissait des ronds parfaits, c'était après le sauna. Et ensuite, la vodka, à la consistance légèrement huileuse et dont le feu embrasait toutes les fibres de son corps. Le sauna et la vodka au même effet purificateur.

Il était né dans ce sauna. Sa mère avait suivi la coutume ancestrale. Elle était finlandaise après tout, même si elle s'était si bien assimilée que beaucoup la prenaient pour une Suédoise. Elle avait un lit sculpté magnifique, une chambre vaste et confortable, et un médecin était venu d'Åbo pour l'assister, mais elle était restée inflexible. Son enfant naîtrait dans le sauna, parce que c'était plus sain.

Elle avait eu tout à fait raison. D'instinct ou par héritage culturel, elle avait su ce qui était maintenant admis par la majorité du corps médical : les bébés qui naissaient dans un sauna avaient de meilleures chances de survie, parce que c'était un endroit propre, presque stérile, purifié par des années de chaleur intense. Et leurs mères présentaient moins d'infections puerpérales. Nous savions tout cela autrefois, pensa Thomas, mais ensuite nous nous sommes débrouillés pour l'oublier.

Pendant plusieurs heures ce matin de juin, sa mère avait arpenté le petit bois de bouleaux, puis elle s'était allongée sur le banc, dans l'obscurité et les senteurs de pin du sauna, et elle l'avait mis au monde. La nurse de Thomas, qui avait assisté à la scène, le lui avait raconté. L'accouchement s'était passé sans douleurs ni complications. Elle était faite pour avoir des enfants. Mais Dieu ne lui donna que cette unique chance. Peut-être avait-Il ses raisons.

Sa mère avait dû causer un scandale. Sans doute avait-elle fait froncer plus d'un sourcil en se comportant comme « une des nôtres », disait la nurse. Mais elle avait eu raison. Et le soir même, elle se relevait et, Thomas dans les bras, elle rentrait à la maison. C'était comme si elle avait su intuitivement qu'elle n'aurait jamais d'autre enfant et qu'elle devait tout faire pour assurer la survie de celui-ci.

Ils avaient une volonté farouche, les gens de cette génération, se dit-il. Ils ne doutaient pas. Ils savaient ce qu'était la vie et quelle était leur place. Tout le contraire de nous.

Matti frappa à la porte de derrière, tandis qu'Eeva versait une bouilloire d'eau brûlante sur des cristaux de soude dans l'évier pour déboucher les canalisations.

« Le docteur a pris son sauna, déclara Matti. Il préfère ne pas entrer parce qu'il a retourné la terre et que ses bottes sont toutes crottées.

— Il veut quelque chose ?

— Non, il est rentré à la maison, dit Matti, comme s'ils n'avaient pas été tous les deux aussi dans cette même maison. Il va sans doute s'offrir un petit verre. C'est son habitude.

— Il boit ? demanda Eeva, surprise.

— Boire ? Non, non, pas comme tu l'entends, non. Mais il aime son petit verre de vodka après le sauna, comme tout le monde. Enfin, ce que je voulais dire, c'est que le sauna est encore tout chaud.

— Oh ! Et tu crois que ça le dérangerait ?

— Ben, il en saura rien, pas vrai ? Et puis moi, je te dérangerai pas. Je rentre chez moi, maintenant. Il était bien bon, ce pain au café que tu m'as donné ce matin, Eeva. T'es une drôle de bonne cuisinière.

— Merci, Matti », répondit-elle, avec un sourire. Le jardinier était facile à vivre. Jamais il ne s'imposait. Si on lui donnait une part de gâteau, il était content. Si on ne lui en donnait pas, ça lui était égal. Il travaillait comme un âne, cet homme, mais jamais il ne semblait s'agiter.

« Le printemps va vraiment commencer, maintenant, dit-il en levant les yeux. Tu seras contente de pouvoir un peu sortir de ta chambre, quand l'été sera là.

— Dis-moi, Matti. Tu n'es jamais allé à Helsinki, toi ?

— Moi, j'ai jamais été nulle part. »

Elle ne parvint pas à déterminer s'il s'en réjouissait ou si, au contraire, il le regrettait.

Une fois Matti parti, elle sortit dans le jardin. Il avait raison, le ciel avait pris une légère teinte vert pâle, un peu comme la chair d'une pomme pas encore mûre. Du beau temps s'annonçait. On sentait le printemps.

Elle n'était pas sûre d'avoir envie de cette sensation. Ce qu'elle voulait, c'était le vacarme et la poussière d'Helsinki. Retrouver leur appartement plein de fumée et d'échos de voix. Même chez Mika régnait la même atmosphère familière. Pamphlets, réunions, lectures, arguments martelés comme un steak sur une planche de bois, des amis de Saint-Pétersbourg qui apparaissaient et s'évanouissaient comme ils étaient venus, apportant et semant des idées nouvelles qui germaient ou se desséchaient et tombaient en poussière. Eeva n'avait pas entendu formuler la moindre idée depuis qu'elle avait quitté Helsinki. Personne n'avait d'idées à la Maison des orphelins. On se serait attiré des ennuis.

Elle adorait Helsinki l'été, quand tous les gens riches étaient partis pour leur résidence secondaire, et que la cité leur appartenait, à eux, les ouvriers. Plus jamais elle ne connaîtrait ces promenades de fin de soirée, lorsque son père rentrait du travail. C'était avant qu'il ne tombe malade. Elle trottinait à ses côtés, parfois lui tenant la main, parfois prenant un peu d'avance pour explorer les alentours. Il la laissait courir, soulevant la poussière avec ses solides petites chaussures qu'il ressemelait et réparait lui-même. Ils parcouraient les grands espaces pavés du port, passant devant les gros bateaux et admirant la mer, que le soir rendait soyeuse et illuminait de belles teintes jaunes. Il aimait ramasser une poignée de rameaux de bouleau pour en humer la sève. Il les lui mettait sous le nez. « Respire fort, Eevi, c'est bon pour toi. » Et ils marchaient toujours plus loin, et il la ramenait à la maison juchée sur ses épaules. Il était robuste alors, fort comme un chêne, avec ses cheveux qui s'échappaient de sa casquette. Il était petit mais il lui semblait immense.

Il aurait dû être plus grand. Il le lui avait dit un jour. « Regarde les gens dans la rue, Eevi. Ceux qui sont bien habillés, ceux qui ont de l'argent. Ils sont plus grands que nous. Même leurs gosses sont plus grands. Et tu sais pourquoi ? »

Elle avait secoué la tête.

« C'est parce qu'ils mangent mieux. Leurs enfants ont du beurre, du lait et de la viande autant qu'ils en veulent, alors ils grandissent plus. N'oublie jamais ça, Eevi. Quand moi j'étais gamin, un jambon séché nous faisait deux hivers, on le bouillait et on le rebouillait sans arrêt. C'est pas ça qui fait grandir. Regarde-les, Eevi, quand ils rentrent dans leurs grands magasins ou qu'ils attendent leurs voitures. Regarde-les bien et souviens-toi. »

Elle n'avait pas oublié. Elle avait grandi, depuis son arrivée dans la maison du docteur, où on mangeait comme il faut. Il y avait encore de la viande accrochée à l'os du jambon dans sa soupe. Elle avait dû défaire l'ourlet de sa jupe. Son corsage la serrait.

Oui, elle irait au sauna. Pourquoi pas ? Le sauna n'était pas seulement pour le maître. Matti l'avait pratiquement dit. Elle se sentait lasse et elle avait mal partout. Elle irait chercher ces sous-vêtements tout propres que Mme Eriksson lui avait donnés dans un baluchon, avec une robe et un corsage à rayures bleues. À peine usés. En bien meilleur état en tout cas que les vêtements qu'Eevi avait apportés. Après le sauna, elle essaierait tous ses habits propres.

Elle resterait dans la vapeur aussi longtemps qu'elle le voudrait. Quand on conduisait les orphelins au sauna public une fois par semaine, il fallait toujours faire vite parce qu'ils étaient si nombreux. Oui, elle se baignerait dans la vapeur aussi longtemps qu'il lui plairait, personne n'allait l'en empêcher.

9

Non, la deuxième cigarette n'était jamais aussi bonne que la première. Le goût était parti. Mais là, il en avait fumé six. Le cendrier, plein à ras bord, pouvait en témoigner. La pièce était envahie de fumée et son verre était vide.

Thomas souleva la bouteille. Mais jusqu'où était-elle remplie au départ ? Il n'en savait rien.

Ce qu'il allait faire, c'était un petit tour dehors à l'air frais. Le soleil était déjà bas dans le ciel, mais il y aurait encore de la lumière pendant un certain temps. Une promenade le remettrait d'aplomb.

Il ne boirait plus. Il ne buvait pas vraiment, d'ailleurs. Il n'avait jamais bu. Sauf en de très rares occasions, pour défier Johanna, pour se réfugier en un lieu où elle ne s'aventurerait jamais. Il pouvait compter sur les doigts d'une main les fois où il s'était vraiment enivré.

Le sentiment de détente procuré par le sauna s'était peu à peu évanoui. Il était à nouveau en proie à ses petites frustrations quotidiennes. Non que la dernière cigarette ne lui eût pas semblé bonne, ou que le dernier verre de vodka l'eût déçu. Si seulement il avait pu repartir de zéro ! En se promenant un peu, dans l'air frais du bois de bouleaux, par exemple, peut-être parviendrait-il à retrouver ce chaud sentiment de détente. Il lui fallait échapper à ces pensées amères qui le menaçaient de leurs griffes acérées. Il n'était pas vieux, et le temps certainement pas encore venu de dire que le combat était terminé et qu'il avait perdu la partie. Il n'avait que quarante-sept ans.

J'ai peut-être encore une vingtaine d'années à vivre, se dit-il. Il se tenait debout devant son bureau, les paumes appuyées avec force sur le sous-main en cuir. Et pourquoi ? Pourquoi je vis ? Pour faire le bien, c'est ça ? C'est ce que je m'imagine faire ?

Il abaissa le regard vers ses mains. Elles étaient encore fortes et souples. Des mains de médecin. Il y avait dans ces doigts des techniques qu'il lui avait fallu toute une vie pour maîtriser. Il leur devait de bons diagnostics.

Elle n'en avait pas voulu, pensa-t-il, les doigts soudain crispés. Elle ne voulait pas de mes mains sur son corps. Jamais, jamais. C'est toujours moi qui m'avançais vers elle, vers le parfum de sa peau. Tout est fini maintenant, tout… Rien ne sert d'y repenser. Elle est morte. Enterrée.

Mais il était impossible que Joanna repose sous terre, s'y soit intégrée. Ce qu'il y avait en elle de spécifique n'avait pas pu se dissoudre comme ça. Elle marchait toujours avec une telle fermeté, une telle décision. En présence d'un obstacle qu'elle ne pouvait pas contrôler, elle changeait simplement de route. Elle avait éveillé en lui une trop forte attirance ; c'est ce qui l'avait dégoûtée de lui. Et aujourd'hui il était vieux, desséché, las, et plus rien de tout cela n'avait d'importance.

Il tourna la tête pour regarder par la fenêtre. Ils étaient là, ses arbres magnifiques. Les bouleaux regorgeaient d'une sève qui, au printemps, montait sous la chair opaline et rosée de l'arbre. Sa mère avait coutume de lui en lier chaque année un petit fagot.

Ma mère est morte, songea-t-il. Ma mère est morte, et Johanna aussi. Même la vieille Katariina est morte. Voilà ce qui arrive quand on approche de la cinquantaine. Les gens qui vous connaissaient enfant ont disparu. Et on recense de plus en plus de visages connus parmi ceux des défunts. Autrefois, tu ne dénombrais que quelques morts parmi tes proches – un grand-père et quelques domestiques – mais aujourd'hui tu comptes autant d'amis morts que vivants. Et puis, peu à peu, l'un après l'autre, tu te rends compte qu'il commence à y avoir plus de morts que de vivants. Forts et possessifs, ils font la ronde autour de toi.

Les enfants, c'est ce qui vous maintient fermement du côté des vivants. Mais Minna... Non, il n'allait pas se mettre à penser à Minna. Et pas non plus à Johanna. Ce petit fagot de rameaux de bouleaux que sa mère lui avait offert un matin de juin avait autant de réalité que le reste. Accroche-toi à cela.

Il sortit dans l'air pur du soir. Comme la maison dans son dos lui semblait paisible, près de s'enfoncer dans la nuit. Eeva allait bientôt allumer sa chandelle, pour lire là où elle pensait que personne ne viendrait la surprendre. Les assiettes de Johanna luisaient dans leurs vitrines. Johanna ne les reverrait jamais, mais Lotta continuait de faire la différence : « Les assiettes de Johanna » et « les assiettes de votre mère », disait-elle. Pour elle, l'histoire des biens et de leur acquisition constituait une véritable religion. Toutes fragiles qu'elles étaient, ces assiettes avaient survécu aux deux femmes. Elles lui survivraient à lui aussi. Ces petits personnages qui gesticulaient avec des sourires malicieux et qu'il n'avait jamais aimés. C'est Minna qui aurait dû en être propriétaire désormais. La prochaine fois qu'elle viendrait, il lui proposerait de les emporter.

La prochaine visite de sa fille n'était pas prévue de sitôt, il le savait parfaitement, assez tôt néanmoins pour ne pas susciter de commérages sur la façon dont elle abandonnait son pauvre veuf de père. Minna avait le même respect des conventions que sa mère, et la même force qu'elle. Elle pouvait se montrer implacable, quand elle le voulait.

Cesse de broyer du noir, se reprocha-t-il. Il ne faut pas te laisser aller à gémir sur ton sort, ou tu ne seras bientôt plus d'aucune utilité à personne. Pourquoi accuser Minna ? Rien de ce qui s'est passé n'est sa faute.

Il faisait plus clair au-dehors qu'il ne l'avait cru. L'air était doux, humide et léger. Il le huma avec avidité. On décelait un léger parfum de céleri : effectivement, il était en train de fouler aux pieds de l'herbe à Robert. Il marchait lentement, profitant pleinement de la fraîcheur du soir. Tout ce qu'il sentait, voyait ou entendait était à la fois d'une acuité étonnante et perdu dans le lointain. Il avait bu trop de vodka, voilà tout, et était comme emmitouflé dans un manteau d'alcool. Une sensation agréable, maintenant qu'il se retrouvait en plein air.

Heureusement, Lotta n'était pas là pour le voir. Ce n'était pas toujours facile de ne pas la décevoir. Le Thomas qui était l'ami de Lotta était un inconnu pour lui-même, et il n'était pas certain d'avoir envie de faire sa connaissance. Capable, et même brillant, dévoué à sa profession et à ses patients, digne dans le chagrin – non, assurément, Lotta ne pouvait pas croire en un Thomas pareil, si ?

« Et si elle y croit, elle n'en est que plus aveugle », murmura-t-il, en trébuchant sur une racine.

Les genoux de son pantalon étaient maculés de boue. Quelle importance ? Il suffirait de passer un coup de brosse. Et si ça ne partait pas, il en avait d'autres. Beaucoup d'autres pantalons, des paires et des paires, rangées dans cette armoire monumentale qui sentait le camphre et les tricots de laine entassés. Son cœur battait à se rompre. Il s'immobilisa pour reprendre son souffle.

Et là, entre les minces fûts des bouleaux, il aperçut la porte du sauna, ouverte. Il faillit crier : « Hé, vous là-bas ! Où vous croyez-vous ? » Mais il s'arrêta tout net en voyant de qui il s'agissait. C'était la jeune fille. Elle ouvrit grand la porte et sortit dans la clairière. Elle resta un instant immobile, scrutant le ciel. Sa peau était toute rougie par la vapeur, ses cheveux mouillés lui tombaient sur le cou et les épaules. Il ne pouvait détourner son regard.

Il se l'était représentée comme une enfant. Ou bien peut-être avait-il fait semblant de croire que c'était le cas. Eh bien non. Certes, elle était encore bien maigre : il lui faudrait se remplumer. Mais son corps nu était sans conteste celui d'une femme. Il était suffisamment près pour voir les pointes de ses seins durcir lorsque l'air frais les caressa.

Elle demeura un moment immobile puis s'avança entre les arbres en direction du torrent. À peine fut-elle entrée dans la futaie que les ombres dissimulèrent sa chair si blanche.

Elle avait disparu. Il vit les feuilles des buissons s'ébouriffer à l'endroit où elle était passée. Il tenta de l'apercevoir, de l'entendre encore. Ce son était peut-être celui qu'elle produisait en s'éclaboussant d'eau. Elle n'avait pas crié de surprise ou de plaisir à ce contact glacé. Il se l'imagina là où elle devait se trouver maintenant, au même endroit que lui une heure plus tôt. Accroupie dans un trou peu profond, elle recueillait sans doute l'eau dans ses paumes et s'en aspergeait. Se baignant dans le courant rapide des remous bruns et gelés, exactement comme il l'avait fait lui-même. Il eut l'impression que c'étaient ses propres cuisses que les vagues de froid piquaient, acérées comme des épines.

Il avait envie d'avancer. Il pouvait se déplacer sans un bruit. Il ne la dérangerait pas, il ne l'effraierait pas. Il fallait qu'il en voie plus. Il fallait qu'il la voie.

Non. Il se retint. Si elle l'apercevait, tout serait fini. Affolée, elle courrait jusqu'à la maison, jusqu'à sa chambre sous les toits. Elle ferait un baluchon de tout ce qu'elle possédait et partirait dès le lendemain. Elle raconterait à Anna-Liisa ce qui s'était passé, et on lui trouverait une nouvelle place. Anna-Liisa ne dirait pas un mot, parce que après tout, ce ne serait que la parole de cette fille contre celle du docteur. Ce serait néanmoins Eeva qu'elle croirait. Elle avait suffisamment d'expérience.

Il s'empêcha donc de la suivre, le dos appuyé contre le tronc d'un cerisier. L'écorce était sale. Elle allait tacher ses vêtements. Le crépuscule se glissait parmi les arbres, épais et bleu à présent. Bientôt, il ferait nuit. Elle n'allait sûrement pas s'attarder bien longtemps. Il n'entendait rien que le gargouillis du torrent. Peut-être lui était-il arrivé quelque chose. Et si elle avait glissé et s'était blessée sur les rochers ? Si elle s'était cogné la tête et gisait dans l'eau ? Il devait l'aider ; après tout, il était médecin.

Mais non, espèce d'idiot, se dit-il. Son manteau de vodka devenait bien ténu. Il ne lui tenait plus chaud. Il ne s'était pas rendu compte qu'il avait tellement transpiré. La sueur était froide maintenant, et sa chemise lui collait à la peau. Avait-il vraiment vu la petite ? Cette image d'un corps nu filant entre les arbres semblait à peine réelle. Tout cela n'était-il qu'un effet de l'alcool et un mirage de lumière ?

Décidément, l'écorce de ce cerisier était dure et sale. Qui aurait cru que de si jolies fleurs blanches et des fruits aussi ronds et luisants pouvaient en sortir ? Il avait accepté de couper ces arbres pour faire plaisir à Johanna. Mais pas tous. Même Johanna ne pouvait pas prétendre que ce bosquet de cerisiers lui gâchait le paysage. Elle n'avait jamais aimé cette partie sauvage de leur parc, mais c'était celle que lui préférait. Les flaques marécageuses près du cours d'eau, le parfum de la menthe d'eau, les petits iris jaunes qui y fleurissent vers la fin du printemps, la mauve sauvage et les myosotis épars, les grenouilles qui coassaient, avec toutes ces ribambelles d'œufs translucides. Il avait coutume de se pencher et d'observer les filaments de vie qui commençaient à trembler quand les têtards se mettaient à se développer.

Et puis à l'été, il y avait les hautes tiges de l'osier en fleur. Enfant, il se roulait dans ce marais, écrasant la végétation, heureux de se vautrer encore et encore dans la boue et la vase. Il ramassait des fraises sauvages dans la clairière. Il mâchonnait des feuilles de menthe d'eau, faisait s'envoler les graines des épilobes et passait des heures à observer les grenouilles. Il n'avait jamais connu sa femme aussi intimement qu'il connaissait toutes les caresses, tous les parfums et les contours de ce torrent et de ses marécages, de ces cerisiers et ces bouleaux.

Peut-être aime-t-elle cet endroit elle aussi, se dit-il. Eeva. C'est sans doute pour cela qu'elle s'attarde aussi longtemps. Il se l'imagina accroupie dans le torrent, la tête relevée, aux aguets comme une biche, puis plongeant les mains dans l'eau.

Il venait de renoncer à l'apercevoir à nouveau quand elle apparut. Un merle s'envola des buissons sur son passage, ses ailes battant les feuilles en signe de protestation pour avoir été ainsi dérangé. La jeune fille traversa la clairière en courant. Ses bras enserraient de près son corps qui tremblait de froid, dissimulant son ventre et ses seins. Elle ouvrit la porte du sauna et s'engouffra à l'intérieur. Elle n'avait pas détecté sa présence. Elle ne saurait jamais qu'il l'avait surprise.

Eeva retournait se baigner dans la vapeur. Ça lui était égal qu'il fasse nuit. Lui non plus n'en aurait eu cure. La chaleur sèche et résineuse allait l'envelopper et réchauffer son corps gelé. Elle soupirerait, s'allongerait sur le banc et laisserait la vague bienfaisante la submerger. Ensuite, elle retournerait sans doute vers le torrent, lorsqu'elle aurait bien transpiré et serait rouge comme une écrevisse. Ses pieds fouleraient avec agilité l'herbe et la terre mouillée. Des traînées de boue resteraient accrochées à la peau pâle de ses pieds.

La porte du sauna était fermée. Ordinaire et familier, pareil à des milliers d'autres. Mais elle s'y trouvait. Ce sauna n'était désormais plus seulement le sien, il s'était converti en un espace mystérieux et secret qui appartenait à Eeva. Même si la porte était close et si elle ne pouvait absolument pas le voir, il restait sous la protection du cerisier, doublement caché dans la nuit qui tombait. Il voulait surtout ne pas l'effrayer.

Il était né là, dans ce sauna qui semblait être devenu celui d'Eeva. Sa mère avait ouvert la porte d'un geste violent lors de la dernière étape de l'accouchement, et grimpé sur le banc pour lui donner naissance. La vieille Katariina l'avait suivie à l'intérieur, et avait refermé la porte au nez de son père. C'est là qu'il avait ouvert les yeux, pour découvrir ce bois de pin noueux et le visage de sa mère, encore cramoisi par l'effort, le blanc de ses yeux strié de minuscules vaisseaux éclatés. Katariina savait si bien raconter que ces histoires étaient devenues ses propres souvenirs.

« Et ensuite, tu t'es glissé à l'air libre, comme un poisson. Tu n'as pas causé le moindre ennui à ta mère. Incapable d'attendre que je te lange pour te prendre dans ses bras. Non, il fallait qu'elle t'ait tout de suite contre elle, nu comme un ver. »

Comme il avait été gêné, à huit ans, quand Katariina avait dit « nu comme un ver ». Il avait craint qu'elle n'aille raconter l'histoire à tout le monde. Mais ça lui avait aussi fait plaisir.

À huit ans, il n'avait pas la moindre idée de la façon dont naissent les enfants. Après des années et des années durant lesquelles il avait aidé des mères à accoucher, il en savait un peu plus. Le bébé était sans doute tout sanguinolent et recouvert d'une substance grasse et blanchâtre. Sa couleur bleue avait viré au rouge tandis qu'il prenait ses premières inspirations. Il avait sans doute uriné en poussant son premier cri. Mais sa mère, toujours si ferme et digne avec sa taille fine et ses jupes longues, n'avait pas eu la patience de l'attendre. Elle s'était emparée de cette petite créature sale et gluante, elle l'avait posée toute nue sur sa poitrine.

Mais il ne pouvait pas entrer dans le sauna en ce moment. Il devait rester dehors.

10

Si elle savait lire, elle savait aussi écrire. Il allait la tester.

« Eeva, je me disais que tu avais sans doute des amis. Que tu voulais peut-être communiquer avec eux. »

Elle resta parfaitement immobile, un bol de pois cassés entre les mains. Lentement, elle le reposa sur la table de cuisine. Elle ne répondit rien.

« Je veux dire que tu aurais peut-être envie de leur écrire une lettre.

— Écrire une lettre ? Mais…

— Je te paierai les timbres », s'empressa-t-il d'ajouter, pour la prendre de vitesse. Il craignait qu'elle ne lui dise la même chose qu'à Lotta. *Je ne sais pas lire. Je ne sais pas écrire.*

« Je sais que tu es orpheline, mais peut-être as-tu des amis. Des parents éloignés ?

— Oui, fit-elle, mais comme si elle se parlait à elle-même. J'ai un ami.

— Si tu veux lui écrire, je pourrai envoyer la lettre pour toi la prochaine fois que j'irai en ville. »

Elle s'essuya les mains à son tablier et le regarda. « Pourquoi ?

— Parce que je veux t'aider, Eeva.

— Oh ! »

Il pensait qu'elle ne dirait plus rien, mais soudain, en le regardant droit dans les yeux, elle ajouta : « À la Maison des orphelins, on n'avait pas le droit d'écrire des lettres.

— Je le sais.

— Personne n'a eu de mes nouvelles depuis des années. Ils me croient sans doute morte. »

Avait-elle vraiment dit cela ? La colère dans sa voix le fit presque reculer.

« Anna-Liisa veut bien faire. Elle pense qu'il vaut mieux couper tous les ponts, expliqua-t-il hâtivement. Certaines filles, tu le sais, ont été soustraites à de très mauvaises influences. Tu es trop jeune pour comprendre. Ça paraît dur à accepter, mais c'est pour votre bien. »

Les mains d'Eeva se crispèrent sur un pli de son tablier. « Elle croit que le mieux est de nous arracher à tout », dit-elle.

Elle semblait n'attacher aucune importance à ce qu'elle lui disait. Il se sentit soudain complètement stupide. Elle ne paraissait pas trop jeune pour comprendre quoi que ce soit, en fait, son visage exprimait la sagesse. Il y avait tout de même des choses qu'elle n'était pas censée savoir, pensa-t-il.

« Anna-Liisa est une personne bonne, poursuivit-il, convaincu de la nécessité de faire valoir son point de vue. Sa tâche n'est pas simple. Tu ne sais pas de quoi certaines de ces filles ont dû être éloignées. »

Il pensait à l'inceste. Des familles entassées pour dormir dans une pièce unique. Des frères et sœurs dans un même lit, des pères trop proches de leur fille. Les enfants des prostituées à qui on enseignait leur futur métier.

Il avait soigné un enfant au dos marqué à jamais de brûlures de fer à repasser. « Cela a été fait délibérément », lui confia Anna-Liisa, ses lèvres de commère exceptionnellement pincées, les yeux pleins d'une compréhension de la vie dont il ne l'aurait pas crue capable. « Il y a des gens qui prennent plaisir à ce genre de choses. »

Eeva le regardait avec une expression étrange. Impatiente, avec une nuance de pitié dans les yeux, comme un adulte qui attend qu'un enfant comprenne. Il se demanda soudain quelle avait pu être l'expérience de cette jeune fille. À quoi Eeva avait-elle été arrachée ?

« Pourquoi voulez-vous m'aider ? » demanda-t-elle. La question tomba soudain comme une goutte d'eau, puis glissa lentement dans le silence. Il se sentit incapable de lui répondre. Il ne savait même pas ce qu'elle avait voulu dire. Est-ce qu'elle se moquait de lui en lui disant qu'elle savait qui il était et ce qu'il voulait ? Il ne pouvait que tâtonner.

« Parce que je suis responsable de toi. Parce que tu vis sous mon toit et que je veux que tu sois... »

Elle ne remplit pas la pause qu'il avait marquée.

« Heureuse. Ou au moins pas malheureuse, dit-il enfin.

— Je travaille bien, pas vrai ? Je fais tout ce qu'il y a à faire, non ?

— Ne sois pas stupide, Eeva. Je ne me plains pas de ton travail. Tout ce que je dis, c'est que je voudrais que tu te sentes... Je veux que tu te sentes chez toi ici.

— Chez moi, c'est à Helsinki. »

Il avait envie de la secouer. « Je le sais. C'est de là que tu viens. Mais pour l'instant tu es ici. Ta vie est ici aujourd'hui. Tu n'es pas dans la salle d'attente d'une gare.

— Vous croyez que j'attends quoi ? demanda-t-elle vivement.

— Je n'en sais rien. Pour l'amour du Ciel, Eeva, je ne te veux aucun mal. Je dis seulement que tu vis ici maintenant. Nous ne sommes pas en train de parler de l'existence d'une autre fille, mais de la tienne. Ta vie t'appartient et tu n'en auras pas d'autre. C'est un crime de laisser passer ne serait-ce qu'un jour sans le vivre pleinement. Alors, si je peux te faciliter un peu l'existence…

— Mais pourquoi ? En quoi ça vous regarde ? Pourquoi est-ce que vous voulez faire quelque chose pour moi ? Je ne suis rien pour vous.

— Tu te trompes.

— Je ne suis qu'une servante. »

Elle était en colère maintenant et ne parvenait pas à le dissimuler. Elle avait envie de l'invectiver. Les mots se bousculaient dans sa tête, assez forts pour briser toutes les assiettes de la cuisine. *Ne me parlez pas comme mon père. Vous ne lui arrivez pas à la cheville. Pas à la cheville, vous m'entendez.*

« Vous n'êtes pas mon père », souffla-t-elle, d'une voix si basse qu'il n'était pas sûr de l'avoir bien entendue. Son visage était marqué par la colère et la douleur. Il avait envie de la prendre dans ses bras, comme il le faisait autrefois pour réconforter Minna.

« Le souvenir de ton père est sacré, dit Thomas, aussi doucement que possible. N'en parlons plus. »

Elle avait les yeux brillants et il crut un instant qu'elle allait pleurer, au lieu de quoi elle dit, d'une voix blanche mais désormais sans hostilité : « D'accord. »

Ils se regardèrent. Comment allaient-ils regagner la terre ferme, le docteur et Eeva, la servante qui travaillait aux cuisines ? C'était comme une partie d'échecs qui aurait mal tourné, songea-t-il. Ils ne pouvaient se déplacer que suivant des règles précises. Si un pion refusait d'avancer d'une case après l'autre, en s'arrêtant là où il devait s'arrêter, voilà ce qui arrivait. Les frontières explosaient et les pièces gisaient dans le plus grand désordre. Eeva était une toute jeune fille, lui un homme mûr. Elle avait l'âge de sa fille. Elle était même plus jeune. Et cela rendait les choses pires encore.

Il allait lui dire de faire ses paquets et de s'en aller, pensait-elle. Il répéterait à Anna-Liisa ce qu'elle lui avait dit. *Vous ne lui arrivez pas à la cheville. Pas à la cheville.* Avait-elle vraiment prononcé ces mots ? Non, elle n'avait pas pu dire ça à haute voix. Ils avaient seulement résonné dans sa tête. Il l'aurait giflée, jetée dehors sur-le-champ.

Il pouvait encore la renvoyer. S'il disait à Anna-Liisa qu'elle ne faisait pas l'affaire, Eeva ne trouverait plus jamais aucune place.

Et alors, qu'arriverait-il ? Sur la route avec son baluchon, à des kilomètres de tout lieu habité. Ces arbres partout, cette forêt qui l'enserrait de tous côtés. Pas le moindre magasin où voler de quoi manger si elle était vraiment désespérée. Aucune importance. Je peux toujours marcher jusqu'à Helsinki, s'il le faut. Ça prendra des jours et des jours, mais je suis forte. Et puis je retrouverai Lauri, et lui, il m'aidera.

Elle s'imaginait devant la porte de fermes, pourchassée par les chiens. Les paysans penseraient qu'elle était une mauvaise fille, une mendiante, ou pis encore. Je trouverai toujours du travail en chemin, il y aura bien quelque chose que je pourrai faire.

On peut dire qu'ils sont malins. Ils vous apprennent à être servante, et rien d'autre. Pas question de vous enseigner quelque chose qui pourrait vous aider à y échapper. Mais elle savait lire et écrire, et elle apprenait vite. Il y avait des femmes qui travaillaient dans des bureaux, aujourd'hui ; des sténodactylographes, on les appelait. Elles tapaient à la machine dans de grandes pièces claires et propres, et elles avaient leur dimanche libre. Elle les avait vues se presser vers leur travail, à Helsinki.

Mais elle n'avait pas l'allure qu'il fallait pour être employée dans un bureau. Elle ne possédait pas les vêtements nécessaires et ne pouvait se les acheter. Impossible de décrocher ce genre de poste sans une apparence irréprochable et la formation adéquate. Or, comment présenter cette apparence irréprochable si on n'avait pas encore le travail, et l'argent qui allait avec ? Ne perds pas ton temps avec des idées d'emploi de bureau, Eeva. Tu trouveras sans doute du travail dans une usine, quelque part à Helsinki.

Il la regardait toujours fixement, comme s'il avait voulu lire dans ses pensées.

« Va écrire ta lettre, Eeva, et je m'occuperai de la poster.

— Je suis en train de faire une soupe de pois cassés », objecta-t-elle. Elle voulait lui faire sentir qu'il serait perdu si elle n'était pas là pour lui préparer sa soupe. Il n'avait aucune idée de l'endroit où étaient rangées les choses, dans cette cuisine. Même Mme Eriksson connaissait mieux les lieux que lui.

« Je veux dire, quand tu auras terminé. »

Elle s'était remise à son travail. Il faillit lui dire : *Eeva, Mme Eriksson me dit qu'elle a l'intention de t'apprendre à lire. Pourquoi lui avoir dit que tu ne savais pas ? Moi, je sais que c'est faux.*

Mais les mots restèrent dans sa tête. Son lourd tablier de calicot lui enserrait étroitement la taille. Elle se hissa sur la pointe des pieds pour attraper une passoire sur l'étagère du haut. Cette jupe disgracieuse était trop courte pour elle. On voyait ses fines chevilles, et le bas de ses mollets habillés d'une laine grise pleine d'accrocs et toute feutrée. Soudain, il repensa aux bas de Johanna, en fil d'Écosse très fin, et en été en soie, parfaitement ajustés, pour l'infime partie qu'il en avait vue, songea-t-il avec amertume. Et puis, les petits mollets rebondis de Minna, dans leurs jambières de bonne laine. Johanna pinçait doucement les bords des chaussures de la petite, pour s'assurer que ses pieds en pleine croissance n'étaient pas à l'étroit. S'ils l'étaient, il fallait tout de suite acheter de nouvelles chaussures. Des bottines en cuir souple à boutons. Il laissait tout cela aux soins de Johanna. Il était fier de voir qu'elle savait tout ce dont l'enfant avait besoin à chacun des stades de sa vie.

Les gros godillots d'Eeva semblaient trop grands pour elle. C'est pour cela que ses semelles claquaient lorsqu'elle se déplaçait. Les chaussures glissaient et son talon se soulevait avant de retomber à sa place à l'intérieur de la chaussure. Elle arpentait donc sans cesse la cuisine d'un pas pesant. Oh, mon Dieu, se dit-il, on dirait qu'elle porte des sabots, c'est de là que vient l'expression « marcher comme une paysanne ».

Ses mouvements restaient néanmoins très fluides. Il ne pouvait s'empêcher de la regarder. Elle posa la passoire sur la table et y versa les pois cassés. Son front se plissa de concentration tandis qu'elle triait les pois pour éliminer ceux qui paraissaient noirs ou racornis. Il se dit que son front ressemblait à la surface d'un lac, prompt à changer au moindre souffle de vent. Et comme ses doigts étaient agiles ! Elle était habile de ses mains, et on s'apercevait immédiatement que l'intelligence guidait chacun de ses gestes. Elle avait le front haut et bombé, et la peau très pâle après ce long hiver. Il devait cesser de l'observer. Il devait quitter cette pièce.

Je veux t'aider, Eeva. Là-haut dans sa mansarde, elle retira la bassine et le broc de la petite table et s'assit. Il lui avait prêté un porte-plume avec une plume en acier, et un encrier chinois blanc empli d'encre noire. Elle avait trouvé quatre feuilles de bon papier, du buvard et une enveloppe.

Peut-être voulait-il seulement qu'elle écrive une lettre afin de pouvoir la lire. Son père lui avait tout appris des indicateurs. Ceux de la police, du gouvernement : ils étaient partout. Ils vous surveillaient pendant des années si nécessaire, accumulant les preuves et faisant ensuite leur rapport à leurs maîtres. Son père était sur leurs listes, pour sûr. Sans doute y figurait-elle aussi, parce qu'elle était sa fille.

Elle se rappela une réunion dans leur appartement, il y avait très longtemps. Elle n'avait jamais vu cet homme auparavant, mais ça ne voulait rien dire. Les gens allaient et venaient, ils lui offraient une pomme et lui caressaient les cheveux, ou bien lui montraient des tours de cartes.

Elle avait tout de même senti une certaine tension dans la pièce. Son père parlait haut et clair, il présentait l'inconnu qui souriait volontiers et tentait de serrer la main de chacun. « Nous avons ici ce soir un ami de Saint-Pétersbourg. Des camarades lui ont fait une lettre de recommandation. » Elle remarqua quelque chose d'étrange. Son père avait dit « un ami ». Quand des nouveaux arrivaient, on ne les appelait généralement pas « amis » mais « camarades ».

La soirée avança. L'homme demeurait assis près du poêle comme s'il devait y rester toujours. Mika était là, et Lauri jouait au vingt-et-un avec Eeva. Ils jouèrent encore et encore, et personne ne leur dit qu'il était l'heure de dormir. Le Grand Juha était là aussi, ainsi qu'Eero. Ils entouraient l'étranger. Les grosses mains de Juha étaient plantées sur ses cuisses. Elle s'asseyait souvent sur l'un de ses genoux, et il jouait à être un ours sauvage et il fallait qu'elle se cramponne pour ne pas se laisser désarçonner. Il avait une barbe très fournie, et des poils sur le dos des mains : il ressemblait donc un peu à un ours, et la terreur se mêlait à l'excitation du jeu.

Mais ce soir-là, pas question de jouer à l'ours. Lauri et Eeva ne cessaient d'échanger des regards furtifs, chacun se demandant si l'autre avait compris ce qui se passait. Si Lauri n'avait pas été là, elle aurait pris peur. Les hommes parlaient, mais en fait, ils ne disaient rien. Le nouveau posait des questions d'une voix sonore et chaleureuse. L'air était lourd de fumée de cigarette et ils ne cessaient de remplir de vodka le verre de l'étranger, même s'il disait : « Non, non, camarades. J'ai assez bu. » Ils ne le laissaient pas refuser. Il fallait qu'il vide son verre mais elle remarqua qu'Eero et le Grand Juha ne vidaient pas le leur.

Il disait « camarades », mais pas eux. Ses questions étaient de plus en plus complexes et elles ne voulaient plus rien dire. Elle comprenait à sa voix qu'il était ivre. Quand on avait l'impression que la langue d'un homme était trop épaisse pour sa propre bouche, c'est qu'il était saoul.

Il était tard quand il se leva pour partir. Il tituba et étendit la main pour retrouver son équilibre, et elle crut qu'il allait s'agripper à elle. Elle se pencha vers Lauri, mais Eero et le Grand Juha s'étaient déjà saisis de lui, chacun par un bras. Ils lui dirent : « Tout doux, l'ami, tu devrais pas essayer de marcher comme ça tout seul, on va t'aider. »

Et ils l'aidèrent effectivement à sortir de l'appartement. Son père leur tint la porte et les regarda s'éloigner.

Beaucoup, beaucoup plus tard, alors que Lauri et elle étaient endormis dans son lit au fond de la pièce, on frappa à la porte. Quelques coups très légers, mais cela la réveilla. Lauri était tout recroquevillé et seule sa tête dépassait des draps. Son père se leva de sa chaise près du poêle. Il n'était même pas allé se coucher ! Il avait dû allumer une nouvelle chandelle.

L'ombre de son père avança le long du mur tandis qu'il allait ouvrir la porte. Elle entendit un murmure de voix sur le palier, puis le Grand Juha entra dans la maison. Il avait l'air encore plus grand que d'habitude, avec son épais manteau et son chapeau enfoncé si bas qu'on ne lui voyait presque pas le visage. Mais c'était lui, elle en était sûre. Elle connaissait sa voix, sa silhouette et sa toque en poil de lapin toute dégarnie qu'elle aimait à caresser. La neige faisait comme une fourrure blanche sur ses épaules.

« Alors, c'est réglé ? demanda son père.

— Pas de problème. Il a fait une mauvaise chute sur une plaque de glace et il s'est cogné l'arrière du crâne. À l'heure qu'il est, il cuve sa cuite dans une congère. Un peu loin de tout, alors ça m'étonnerait qu'on le retrouve avant demain matin. Il neige dru, en plus.

— Parle doucement, Juha. Tu vas réveiller les petits. »

L'ours dansa un peu sur ses pieds et de la neige tomba de ses épaules. « Bon, ben j'y vais, grommela-t-il.

— Non, tu restes ici. Pas question d'être surpris en train de te balader dans les rues ce soir. Si on te ramasse, ils pourraient faire le rapprochement.

— Tu as raison. J'aurais dû y penser. Je vais me coucher près du poêle et je partirai aux aurores.

— Tu peux prendre mon lit. Je travaille cette nuit.

— Si t'es sûr… »

Le Grand Juha passa juste à côté de son lit. Elle perçut son ombre et serra les paupières. Il s'arrêta et elle entendit sa respiration, de plus en plus proche tandis qu'il se penchait vers elle. Elle sentit le froid qui s'accrochait à lui et une goutte d'eau glacée lui coula sur le menton. Elle ne bougea pas. Elle garda les yeux bien fermés. Tout doucement, si doucement qu'on n'aurait pas cru Juha capable d'une telle douceur, une main lui caressa les cheveux.

Pourquoi avait-elle repensé à tout cela maintenant ? Même à Lauri, elle n'avait jamais raconté ce qui s'était passé au milieu de cette nuit. Au matin, Juha n'était plus là, et son père préparait la bouillie d'avoine comme d'ordinaire.

Elle voulait écrire à Lauri, mais cette lettre, n'importe qui pourrait la lire. Elle ne révélerait rien d'autre que l'endroit où elle se trouvait et dirait que tout allait bien. Lauri comprendrait. Le docteur avait dit qu'il la posterait pour elle. Elle avait souvent vu ses lettres à lui posées sur la console de l'entrée : certaines attendaient de partir, d'autres d'être lues. Si effectivement elle rédigeait cette missive, si elle trempait sa plume dans l'encre et couvrait la feuille de mots, alors peut-être dans quelques semaines recevrait-elle une réponse.

Lauri devinerait-il ce qu'elle avait envie d'entendre ? Autrefois, ils n'avaient jamais eu besoin de s'écrire. Mika et Lauri venaient chez eux pratiquement tous les jours du vivant de son père. Lauri restait parfois plusieurs semaines. Et après la mort de son père, elle était allée vivre chez Mika et Lauri. Quand ils voulaient échanger quelque chose, il leur suffisait de se le dire.

Le papier était blanc et pur comme de la neige. Elle n'avait pas envie d'y laisser une marque. Blanche et encore intacte, la neige est belle, mais quand elle commence à fondre, il y a un moment d'entre-deux assez laid, avant que le soleil soit assez fort pour la faire disparaître complètement. On a froid, on est malheureux et la boue vous trempe les chaussures. Lauri était si loin. Il croyait sans doute ne jamais la revoir. Que penserait-il quand il recevrait une lettre pareille à une étendue de neige couverte de traces de pas ?

Si tant est que rien ne leur soit arrivé, songea Eeva. S'ils étaient toujours là. L'appartement de Mika avait été fouillé. Ils avaient emporté des livres et des papiers le jour de son arrestation, et emmené Eeva. « Ils trouveront rien », avait murmuré Lauri. Mais ils l'avaient trouvée, elle. Qui était-elle, que faisait-elle là, quelles étaient ses relations avec Mika et Lauri ? De qui était-elle la fille.

Ah !

Mika n'avait aucun droit de les empêcher de l'emmener. Il n'était même pas de sa famille. Un ami de son père, c'est tout. On ne peut pas faire vivre une jeune fille avec un adulte et un garçon de bientôt seize ans. Ce ne sont plus des enfants, ils ne doivent pas partager un lit. De plus, il était en état d'arrestation.

Ils dirent qu'elle courait un danger moral. Elle était tellement stupide à l'époque, elle n'avait même pas compris ce qu'ils voulaient dire. Seulement qu'on lui arrachait tout ce qui était sa vie.

« Je te promets d'aller sur sa tombe toutes les semaines », avait lancé Lauri.

Elle pensait à Lauri tel qu'il était la dernière fois qu'elle l'avait vu. Dans l'appartement, avec ses cheveux en bataille quand il avait retiré sa casquette. Ses yeux gris lançaient des éclairs. Il ne pouvait pas les empêcher d'emmener son père, ou Eeva. Il ne pouvait rien faire. Lauri tenait sa casquette entre ses mains et il la tordait dans tous les sens. Et la dernière image qu'elle gardait de lui était donc celle d'une rage impuissante. Elle savait que Lauri n'était pas en colère après elle, mais c'était dur d'effacer ce souvenir et de se le rappeler tel qu'il était les jours normaux.

Son père, au contraire d'elle-même, n'avait rien contre la colère. « Il faut qu'on soit en rogne, Eevi. Sinon, rien ne changera jamais. Pourquoi tu crois que les prêtres nous disent de prendre notre mal en patience et de nous tenir à notre place, en attendant notre récompense au paradis ? Tout ça, c'est pour nous empêcher d'exiger de meilleures conditions de vie tout de suite. Le paradis, c'est un truc bien pratique pour les classes dominantes. » Son père le lui avait souvent répété.

Quand il était mort, elle avait tenté de toutes ses forces de croire au paradis. Mais elle n'osait pas y croire pour lui, contre sa volonté. Quand Eeva était petite, Mme Peltonen, la voisine, lui avait appris à chanter « Ô brillante étoile ».

Ô brillante étoile, nous louons ta lumière
Le soir en fermant nos paupières,

Nous chantons notre cantique, ô étoile du paradis,
Conduis-nous jusqu'au ciel où tu vis.

Elle avait adoré cette musique et trouvé les paroles magnifiques. Elle l'avait fredonnée à la maison, désirant à moitié qu'il la surprenne en train de chanter.

« C'est quoi cette mélopée que tu nous chantes, Eevi ?

— Un cantique.

— Eh bien, vas-y, chante plus fort, qu'on l'entende un peu. »

Elle avait chanté à haute voix, mais le cantique ne paraissait plus aussi doux que dans sa tête. Son père avait grommelé :

« Et où tu as appris ça ?

— Chez Mme Peltonen.

— Ben elle devrait s'y connaître en étoiles, avec la façon dont le vieux lui cogne dessus. » Il replia son journal. « C'est de la superstition, Eevi. Tout pour que les gens se sentent moins mal dans leur vie et qu'ils n'aient surtout pas l'idée d'en changer. »

Elle s'était sentie effondrée. Elle avait évité Mme Peltonen sur le palier pendant plusieurs semaines, même si elle aimait la bonne odeur de son pain, et sa façon de l'appeler « ma petite princesse ».

Eeva posa la feuille toute droite devant elle et trempa la plume dans l'encrier. Une grosse goutte se forma à la pointe. Elle tapota contre le bord pour faire retomber le surplus. Elle avait oublié le plaisir qu'il y avait à tenir un porte-plume, la façon parfaite dont il se nichait entre vos doigts et semblait vous dicter les mots auxquels vous n'aviez pas encore pensé.

Elle regarda par la fenêtre du grenier. Les arbres défilaient en direction de l'est, là où se trouvait Lauri. Sa ville était toujours là, et ses mots allaient flotter vers elle.

11

Cher Lauri,
Tu vas être surpris d'avoir de mes nouvelles après si longtemps. Je travaille comme domestique chez un médecin veuf. Je lui tiens sa maison. Est-ce que tu as fini par visiter l'endroit que tu disais que tu voulais tellement connaître ? Si tu m'écris à cette adresse, j'aurai ta lettre. Toutes celles qui arrivent à la maison sont déposées sur une console dans l'entrée, pour le docteur.
J'espère que toi et tous tes amis allez bien et que tu ne m'as pas oubliée. Donne mon bon souvenir à ton père.

Ton amie,
Eeva

Ton amie, Eeva. Lauri était malin, il comprendrait qu'elle se sentait surveillée. On les avait tous deux habitués pendant leur enfance à faire attention à ce qu'ils disaient hors de la maison. Il saurait qu'elle ne pouvait pas écrire librement. Il comprendrait ce qu'elle voulait dire en parlant de la console du docteur. Il répondrait avec tout autant de précautions, sachant que sa lettre pouvait être lue par d'autres yeux que les siens.

Mais soudain, tant de prudence lui donna la nausée. Elle recula au fond de son siège, s'éloignant ainsi de sa lettre. Où ça nous mène, tout ça ? se demanda-t-elle. J'envoie une lettre qui ne veut rien dire et Lauri répond par une missive tout aussi insignifiante. Où allons-nous comme ça ? Pourquoi faut-il être aussi prudent si, pour finir, plus rien n'a aucun sens ?

Elle repoussa la lettre sur le côté et prit une autre feuille de papier. Elle allait la réécrire, différemment. Elle demanderait au docteur une avance sur ses gages et paierait elle-même ses timbres. Matti irait la lui poster. Le docteur penserait que c'étaient des lettres d'amour.

Cher Lauri,
Cela fait si longtemps que je ne t'ai pas vu. Parfois, je ne sais même plus à quoi tu ressembles, et quand enfin je m'en souviens, tu as l'air très en colère, exactement comme la dernière fois où j'ai observé ton visage. Tu te rappelles ? Tu voulais te jeter sur eux quand ils m'ont emmenée. Et en mon for intérieur, j'ai pensé : Ne te *bats pas, Lauri, ne leur donne pas un bon prétexte pour te faire du mal.*
Je me demande où tu travailles. Moi, je suis domestique, c'est ce que les filles font toutes en quittant la Maison des orphelins. On nous prépare pour ça. La formation m'a semblé durer des siècles, mais quand j'y repense, c'était en fait une période assez courte.
Je suis toute seule ici, mais il n'y a pas beaucoup de travail. Je ne fais pas le gros ménage, et le linge est envoyé à la blanchisserie. Je travaille pour un docteur qui a perdu sa femme et qui a une fille, mais elle ne vient jamais le voir. Il est suédois. Bref, ce n'est pas une mauvaise place, mais la maison est perdue au milieu de la forêt et la nuit, on n'entend rien d'autre que le vent

dans les feuilles des arbres. Il n'y a aucune lumière et personne dans les environs.
J'ai déjà vécu trois vies. Celle que tu connaissais à Helsinki, celle de la Maison des orphelins et celle-ci. Je ne sais pas combien toi, tu en as vécu. C'est moi qui suis partie, et il est facile d'imaginer que ceux qui sont restés n'ont pas changé, mais je sais que c'est faux. Des choses se sont passées aussi dans ta vie, Lauri, et tu n'es sans doute plus le même. Peut-être que tu ne vis plus dans ton appartement, et que tu ne recevras jamais cette lettre, à moins que la personne qui y vit maintenant ne te connaisse. Tu pourrais vraiment te trouver n'importe où. Est-ce que Mika ne parlait pas de retourner un jour à Saint-Pétersbourg ? C'est peut-être là que tu es.
Il faut que je m'arrête maintenant. Je dois faire cuire des gâteaux pour demain. J'ai failli te raconter tout ce que nous faisions ensemble autrefois, mais ça, je sais que je n'ai pas besoin de te le rappeler. Je sais que tu comprendras que ce n'est pas ma faute si je ne t'ai pas écrit avant, et que je ne pouvais vraiment pas. J'aurais sans doute pu chercher un moyen de me débrouiller pour contourner l'interdiction, mais je n'ai pas réussi.
Tu te rappelles comme ils nous disaient toujours que le monde était en train de changer ? Ici, en tout cas, il n'a pas changé du tout. C'est comme si j'avais fait un bond en arrière d'un siècle entier. Quand je te reverrai, tu ne seras peut-être plus le Lauri de mes souvenirs. Tu n'auras plus ta casquette bleue, et tu ne courras plus un peu plus vite que moi pour atteindre le premier le coin de la rue, et tes cheveux seront sans doute tombés. Tu seras devenu un vieil homme et tu diras : « Mais où étais-tu passée, Eeva ? J'ai arrêté de penser à toi depuis des années. J'ai attendu pendant très longtemps, mais un

jour, il a bien fallu que j'arrête d'attendre. » Et ensuite, tu me montreras tes arrière-petits-enfants.
Mais même si tu ne peux pas répondre à cette lettre, Lauri, garde-la comme un talisman.

Ton amie,
Eeva

Elle cacheta la missive et écrivit l'adresse de Lauri sur l'enveloppe. Ensuite, elle resta un long moment immobile, les yeux fixés sur la fenêtre mais, apparemment, sans rien voir du paysage. Finalement, comme si la décision s'était prise d'elle-même, Eeva saisit une nouvelle feuille de papier et recopia la première lettre qu'elle avait rédigée en changeant le nom de Lauri. Quand elle eut terminé, elle inventa une adresse.

Que font-ils des lettres quand l'adresse portée sur l'enveloppe n'existe pas ? Eeva n'en savait rien, mais elle pensa que sa missive serait rangée quelque part dans un coin du bureau de poste et se couvrirait peu à peu de poussière. Elle allait la confier au docteur. Même s'il l'ouvrait, il ne découvrirait rien.

Thomas tenait entre ses mains la lettre qu'Eeva lui avait donnée à poster. Elle l'avait déjà cachetée et avait écrit l'adresse sur l'enveloppe. Bizarre, il ne se rappelait aucune rue de ce nom à Helsingfors. Mais elle devait savoir ce qu'elle faisait. Sans doute la rue se trouvait-elle dans un de ces nouveaux quartiers ouvriers proches des usines.

Il étudia les mots de l'adresse. Elle avait une jolie écriture. Une écriture de personne instruite, non dépourvue d'une certaine élégance. Comment avait-elle appris à calligraphier ainsi ? Elle avait écrit ces lignes avec la plume qu'il lui avait donnée. C'était son papier, son enveloppe. Mais ces éléments qui lui appartenaient étaient devenus la lettre d'Eeva, exactement à la façon dont la nourriture qu'il lui fournissait pénétrait le corps d'Eeva et devenait partie d'elle.

Il pouvait toujours posséder les aliments, l'encre et le papier, mais jamais il ne serait le maître de ses mots ou de la mystérieuse alchimie qui transformait la nourriture en cette chair qui le tourmentait. Ne te laisse pas abuser, se disait-il. Cette fille était une servante, ses bas étaient troués, et pourtant elle écrivait aussi bien que Minna. À nouveau, il eut l'impression qu'un second être inaccessible vivait, tapi en elle. Quels mots avait tracés cette mystérieuse Eeva ?

Il la voyait aussi nettement que s'il s'était trouvé avec elle dans la mansarde. Il l'imaginait, trempant avec détermination sa plume dans l'encre et commençant à écrire à la surface laiteuse du papier qu'il lui avait offert. Il voyait la façon dont elle se mordillait la lèvre inférieure et relevait ses yeux verts avant de les replonger vers l'intérieur d'elle-même.

Il fallait qu'il sache. Il leva l'enveloppe dans la lumière. Il n'y avait qu'une seule feuille de papier pliée. Thomas distinguait parfaitement le bord sombre de la page à l'intérieur de l'enveloppe. Il pouvait l'ouvrir et s'il la recachetait elle n'en saurait jamais rien.

Non, non, il ne le ferait pas. Quelle sorte d'homme commettrait un acte pareil sous son propre toit ?

Il reposa la lettre d'Eeva sur le plateau d'argent où se trouvaient les siennes. Sa maison l'entourait de toutes parts, avec ses habitudes. Le vestibule avec sa bonne odeur de bois ciré, la console en chêne pour le courrier, les deux chaises à haut dossier sur lesquelles personne ne s'asseyait jamais. Tout cela lui appartenait et l'avait formé. Avant même d'être né, il traversait ce vestibule dans le ventre de sa mère. Eeva était comme l'oiseau du conte, qui voletait d'une extrémité à l'autre de l'entrée, du noir de la nuit au noir de la nuit suivante. Elle était étrangère à ces lieux. Une orpheline, une enfant de nulle part, elle appartenait à ces générations d'hommes et de femmes qui n'avaient jamais rien possédé ni laissé aucune trace de leur passage sur terre.

Elle partira. Elle me quittera et je ne la retrouverai jamais.

Je pourrais la payer davantage. Lui faire donner des cours. Personne n'utilise plus le piano de Minna. Peut-être Eeva aimerait-elle apprendre à jouer ?

Et, comme si Eeva avait déjà appris, il lui sembla entendre les notes s'égrener dans le silence du vestibule. Elle aurait un toucher assuré. Elle serait l'une de ces musiciennes qui semblent suivre un air jusqu'au cœur de la musique.

Il est en train de m'arriver quelque chose, se dit-il. Je deviens fou. Lotta a raison, je ne devrais pas vivre ici, comme ça, tout seul, maintenant que Johanna est morte. Lotta veut que je ferme cette maison et que j'aille vivre en ville. Je devrais peut-être y réfléchir.

Mais il savait déjà qu'il n'en ferait rien. Il éprouva une pulsation de plaisir rien qu'en songeant à tout ce que Lotta ne savait pas et qu'elle ne saurait jamais. Eeva, pensa-t-il. Eeva. En ce moment précis, elle devait être dans la cuisine. Elle devait aller de l'évier à la table, ses talons claquant sur le carrelage. Elle repoussait sans doute une mèche du dos de la main parce que ses doigts étaient pleins de farine.

Eeva était sous son toit. Que Lotta s'enfonce bien cette idée dans la tête, songea-t-il en montrant les dents, dans un sourire que sa vieille amie ne lui connaissait pas.

Eeva confia sa lettre à Matti, avec de l'argent pour le timbre. Elle avait dit au docteur qu'elle avait besoin d'une avance sur ses gages pour ses besoins personnels. Ainsi qu'elle l'avait escompté, il n'avait pas posé de questions. Matti plia la lettre dans la poche intérieure de sa veste.

Ses mains semblaient toujours traiter avec égard ce qu'elles tenaient, comme elles l'auraient fait de quelque chose de vivant, ou qui aurait pu l'être. Eeva avait toute confiance : il posterait sa lettre. Matti ne savait pas lire, mais il admira l'écriture d'Eeva : « Tu écris aussi bien que le docteur. Où est-ce que tu as appris ?

— C'est mon père qui m'a montré.

— Ah ! »

Matti n'était pas un homme de mots. Il ne les lisait pas et ne leur faisait pas confiance. « T'inquiète pas pour ta lettre, Eeva. Je vais m'assurer qu'elle prend bien le chemin qu'elle doit prendre, enfin, autant que possible. »

Sa délicatesse naturelle lui interdisait de demander quel en était le destinataire ou le sujet. Eeva se tenait sur le seuil de la porte de derrière, et le vent tiède du printemps souleva sa robe avant de la plaquer à nouveau contre son corps. Elle portait un tablier blanc tout propre et le soleil brillait si fort qu'ils durent tous les deux se protéger les yeux de leurs mains en visière.

« Ben, c'est pas comme ça que mes carottes vont se planter. La terre est juste comme il faut, elle s'est bien réchauffée. Tout ce qu'on pourra planter un jour comme aujourd'hui, c'est sûr que ça va pousser.

— Je viendrai jeter un coup d'œil à ton potager », dit-elle. Eeva avait soif de grand air. Chez elle, elle aurait marché jusqu'au vaste port venté afin de voir les bateaux en partance pour Stockholm, Tallinn, Brême, Saint-Pétersbourg et toutes ces villes lointaines. Il y avait des routes sur la mer exactement comme sur terre, disait son père. Les émigrants partaient de Hangö, puis ils allaient jusqu'à un port en Angleterre qui s'appelait Hull, et ensuite, ils prenaient les gros paquebots qui faisaient la traversée de Liverpool à l'Amérique. C'était ça, leur route.

La mer et ses odeurs lui manquaient, et puis ce sentiment qu'elle vous donnait que vous pouviez partir n'importe où pour découvrir de nouveaux mondes si le vieux ne vous convenait plus. Matti n'avait jamais vu la mer.

« Maintenant, si tu veux », dit-elle, en dénouant son tablier blanc pour ne pas le salir. Ils firent ensemble le tour de la maison, tout le long du chemin, puis ils franchirent la haie qui séparait le parc du potager. Celui-ci était orienté vers le sud, et planté sur des terrains en pente pour ne pas perdre une goutte de soleil. Il avait cet air ébloui de tous les jardins au printemps, avec sa terre fraîchement retournée et remise en place, ses arbustes fruitiers débarrassés de leur paillage et ses cloches en verre étincelant dans la lumière. La terre que Matti avait creusée et ratissée ce matin même était encore gorgée d'humidité, et d'une teinte plus brune que le carré alentour. La brise passait dessus et achevait de la sécher. Eeva s'agenouilla pour en émietter une motte entre ses doigts. Elle sentait bon. Le soleil et la pluie l'avaient atteinte jusqu'au cœur et l'odeur âcre de l'hiver s'en trouvait adoucie.

« Je n'ai jamais rien fait pousser », dit-elle.

Il la regarda d'un air étonné.

« Non, je t'assure. Pas la moindre fleur.

— Tu es une gamine de la ville, voilà tout, une de ces filles qui mangent des patates toute leur vie sans savoir comment elles poussent.

— On les trouve dans des grands sacs sur le marché, et si on n'a pas d'argent, on ne peut pas en acheter, ça, au moins, je le sais.

— C'est bien ça la différence. Moi, tant que j'ai mon carré de terre, j'ai rien besoin de demander à personne. Tout ce que tu vois là, c'est pour la maison, mais j'ai aussi mon potager à moi.

— Qu'est-ce que tu fais pousser ?

— La même chose qu'ici. Des pommes de terre, du chou, des oignons, des carottes, des betteraves, du fenouil et des concombres. Sauf que je fais pas pousser toutes ces salades rares que le docteur il aime tellement. Des framboises, j'en ai, et des groseilles blanches. Ça, là, tu vois, Eeva, c'est des framboisiers, les sauvages sont plus douces, mais pour la taille, il vaut mieux la variété cultivée. »

Il avait l'air chez lui dans ce potager, se dit Eeva. Comme s'il en était le propriétaire.

« T'es déjà entrée dans notre serre, Eeva ?

— Non.

— Ben ça vaut la peine. Tu veux jeter un œil ?

— D'accord. »

C'était la folie du docteur. Il faisait marcher les poêles de la serre durant tout l'hiver pour protéger ses plantations du gel. Des tuyaux couraient le long des parois, emplis d'eau brûlante. Il avait fait installer ce système, imaginé par des Anglais. Il y avait une vigne, et des agrumes en pots rapportés d'Italie des années auparavant pendant l'été. Matti prononçait le mot « agrumes » avec fierté, et il lui expliqua qu'il signifiait oranges et citrons. Elle ne lui dit pas qu'elle le savait déjà.

Matti ouvrit la porte. L'air était sec et elle sentit l'odeur de terreau, de pots en terre et de soleil prisonnier. Elle discerna aussi le parfum des citronniers. Ils portaient des fruits vert et jaune et, sur les branches, les fleurs s'épanouissaient en même temps. Les feuilles étaient sombres et comme vernies, et les arbres, dans leurs pots, de la taille d'Eeva. Elle huma la senteur des petites fleurs opalines, qui lui parut si entêtante qu'elle en ferma les yeux.

« Ils ont besoin de beaucoup plus d'eau qu'on ne pourrait le croire, même s'ils viennent d'un pays très chaud », dit Matti, qui s'était penché pour examiner le sol. En Italie, ils ont des systèmes d'irrigation, le docteur m'a dit. Il y a été plusieurs fois.

— Qu'est-ce qu'il en fait, de ses citrons ? Dans la cuisine, je n'en ai jamais vu.

— Il s'en sert pour faire des médicaments. Des fortifiants pour le printemps, ce genre de choses. »

Elle glissa la main sous le plus mûr de tous ces fruits et le soupesa avec précaution. Comme c'était étrange de tenir sur sa paume un fruit encore vivant et en train de grandir, et non pas entassé sur une pile, au marché. Ce citron était parfait, comme un modèle de lui-même.

« Tu voudrais y goûter ? » demanda Matti. Et il sortit son canif de sa poche, ouvrit la lame et coupa la tige du fruit. La lame semblait usée et tout émoussée, mais le citron tomba sans difficulté au creux de sa main. « Voilà, Eeva. Il est pour toi.

— Merci, Matti. » Il avait agi si vite qu'elle n'avait pas eu le temps d'arrêter son geste. Qui aurait pu penser qu'il ferait cela ? Elle ne l'en aurait pas empêché de toute façon. Quel bonheur de tenir dans sa main un citron pris sur un arbre vivant, tandis qu'elle était là pour tout voir de cette opération !

« Je me demande quel goût ça a.

— Je vais te le trancher. »

Il épousseta quelques grumeaux de terre qui maculaient une planche de l'étagère, près de la porte de la serre, et y posa le citron. Son canif entama la peau et la chair, et le citron s'ouvrit en deux. Des perles de jus montèrent à la surface, comme des gouttes de transpiration. Elle en prit une moitié, et elle l'approcha de son nez. L'odeur était assez différente de celle des citrons qu'on achetait à l'épicerie. Une fragrance plus parfumée, plus fruitée, et sans aucune acidité. Elle sortit le bout de sa langue et lécha les perles de jus bien mûr.

« J'aime ça, fit-elle.

— Tu devrais le presser complètement, et boire tout le jus. Le citron, ça nettoie le sang.

— Mais toi, tu n'as pas envie d'y goûter ?

— C'est pas vraiment le genre de choses que j'aime, Eeva. »

Et pendant tout ce temps, songeait-elle, sa lettre était dans la poche de veste de Matti, réchauffée peu à peu par la chaleur de la serre. Elle-même se sentait virer au rouge. C'était un peu comme le sauna, la sueur lui piquait la peau, telles un millier d'abeilles. Mais au sauna, on est nu, la peau ressemble à ce citron avec des gouttes de jus dessus.

« Des fois, en hiver, je viens là, rien que pour me réchauffer, dit Matti. Mais je garde toujours la porte fermée au verrou, au cas où quelqu'un entrerait sans crier gare, laisserait la porte ouverte et nous ferait perdre les arbres et la vigne. » Les sarments noueux de celle-ci portaient des bourgeons qui commençaient à s'ouvrir.

« C'est une vraie vigne ? De vrais raisins poussent dessus ? »

Elle avait déjà vu des raisins, mais n'en avait jamais goûté. Elle les avait admirés, installés en pyramides à la vitrine des épiceries de luxe.

« Tu les verras à l'automne. Ils sont beaux, nos raisins, crois-moi. Quand Mme Eklund était encore là, elle les faisait mettre au centre de la table sur un plat blanc, avec le velouté encore dessus. Elle venait ici et elle s'en cueillait quelques grappes pour la table, avec une paire de ciseaux en argent qu'elle avait. Moi, pendant toute la saison, j'en coupais pas une seule.

— Mais aujourd'hui, oui.

— C'est vrai. À moins que tu te mettes à le faire pour moi. J'ai l'impression que c'est plutôt une affaire de femme. Mme Eklund, elle lavait jamais les grappes avant de les mettre sur la table, pour pas qu'elles perdent leur velouté. Elle posait à côté un bol d'eau pour les laver. »

Eeva s'imagina dans cette même serre, lorsque les sarments nus seraient lourds de fruits. Elle ne savait pas très bien comment poussaient les raisins. Pendaient-ils des branches, comme des pommes ?

« C'est sûr que le docteur doit encore avoir ces ciseaux en argent quelque part.

— À quoi ressemblait-elle ? »

Mais il la fixa d'un œil vide, comme si la question n'avait aucun sens pour lui, et elle se sentit gênée de l'avoir posée.

« Je ferais mieux de rentrer », dit Eeva, et elle devina que Matti était soulagé. Il avait envie d'être seul désormais, avec sa serre et sa terre douce et noire qui attendait les graines de carotte. Il avait eu envie de la voir dans ce cadre, et à présent, c'était fini.

Tu n'oublieras pas ma lettre, avait-elle envie de demander, mais elle y renonça. C'était ce qu'on lui avait appris : se taire et attendre.

Des nuages cachaient maintenant partiellement le soleil. Un beau temps de printemps, avec d'abord du soleil et ensuite un peu de pluie. Elle se sentait agitée. C'était la fièvre du printemps, elle le savait. Il fallait manger des salades de pousses d'ortie et de feuilles de pissenlit pour en apaiser le feu. Sinon, on se trouvait un garçon et on allait faire un tour avec lui dans un endroit où on ne risquait pas de vous surprendre. Un frisson lui parcourut tout le corps. Elle n'avait jamais fait ça, elle n'était jamais « sortie », comme ils disaient. « Tu seras instruite, Eevi, avait dit son père. Tu feras quelque chose de ta vie. Tout est en train de changer, et plus le monde changera, meilleur il sera. » Elle s'était tout de même retrouvée à la Maison des orphelins. C'est loin, maintenant j'en suis sortie. Ce n'était qu'une étape. Une étape historique, ajouta-t-elle, souriant au souvenir des phrases qui bourdonnaient à l'arrière-plan tandis qu'elle lisait et étudiait.

Sa lettre partirait pour Helsinki. Elle pouvait faire confiance à Matti pour ça. Il était néanmoins tout à fait possible que Lauri ne lui réponde jamais.

Elle reprit le chemin de la maison.

« Tu ne peux compter que sur toi, ma fille », murmura-t-elle de cette voix rude qu'il lui fallait parfois prendre pour lutter contre sa propre faiblesse. Elle s'arrêta devant un des jeunes bouleaux. Le docteur les avait plantés lui-même, disait Matti, pour remplacer ceux qui avaient été abattus. Les feuilles se dépliaient lentement, vertes et tendres comme elles ne le seraient plus jamais quand le soleil et le vent les auraient durcies. Elle regarda ces taches vertes émaillant le ciel bleu, maintenant à moitié couvert de nuages. Elles étaient là, aussi réelles qu'elle. Elle sentit les mots se charger de vérité au fond d'elle-même. Elle ne pouvait compter sur personne, et sa vie lui appartenait, à elle et elle seule.

12

Ne devrait-elle pas demander son avis à Karl ? Non, ce serait inutile. Karl ne remarquait jamais rien de ce qui se passait. C'était sa force, Lotta s'en était aperçue des années auparavant. Mais peut-être était-ce son devoir d'en parler à Karl. Thomas était un si vieil ami, un ami si cher, et aujourd'hui qu'il se retrouvait seul… (Déjà, elle se racontait l'histoire comme elle la raconterait à son mari.) Il avait traversé une si rude épreuve. D'abord, la mort de Johanna, et ensuite Minna, si froide et si dure, tout le contraire de ce qu'on attend d'une fille. Cela faisait des mois qu'elle n'avait pas rendu visite à son père, et il ne parlait jamais d'aller la voir à Åbo. (Dans un coin obscur de son cœur, Lotta se sentait réconfortée, comme toujours quand les enfants des autres manquaient à leur devoir.)

Oui, elle allait parler à Karl. Sans détour et d'un ton raisonnable. Pas question de mêler trop d'émotion à ce genre de choses. Thomas n'était plus lui-même. Il semblait éviter ses plus vieux amis. Mais Lotta n'allait pas laisser ce sentiment de rejet l'aveugler. Son devoir envers Thomas lui paraissait beaucoup plus important que le fait qu'il ne semblait…

Mieux valait ne pas y penser. Le rôle de Thomas dans sa vie avait brusquement changé ; lui auprès de qui elle avait toujours trouvé chaleur et réconfort était soudain devenu une blessure qu'elle ferait mieux de ne pas titiller.

Elle parlerait à Karl. C'était ce à quoi avaient abouti ses réflexions, et il serait lâche de reculer. Lotta carra les épaules, rentra le ventre et prit le chemin de gravier qui conduisait à l'atelier de son mari.

Elle n'y entrait que rarement. Le spectacle de la longue silhouette maigre de Karl qui disparaissait chaque matin dans l'allée – « son » allée – lui suffisait amplement. Il semblait marcher un peu au hasard, et même errer vaguement, comme s'il ignorait où le portaient ses pas, mais elle n'était pas dupe. Elle savait quelle détermination farouche il mettait à ne vivre que comme il l'entendait. Tranquillement, mais avec beaucoup de force, il façonnait son monde jusqu'à obtenir exactement ce qu'il voulait.

Elle rejeta la tête en arrière et gratta à la porte. Après quelques secondes troublantes, Karl répondit : « Entrez. »

Elle poussa le battant, et la bonne odeur du bois l'enveloppa. Tout le monde adorait cela. Les invités que Karl conduisait dans son atelier restaient plantés là à la humer à pleins poumons. « Oh, quelle merveille ! Quelle chance de travailler ainsi, entouré de tout ce bois magnifique toute la journée ! Comme j'aimerais avoir un tel don ! » Karl expliquait alors que chaque essence a son parfum, de même que sa densité et son grain propre. Il faisait sentir à ses invités tour à tour du pommier, du cèdre et un bois rouge d'Amérique du Sud qui fleurait bon la groseille à maquereau. Lotta ne parvenait jamais à se rappeler son nom. Ils humaient le bois sud-américain, le maintenant tout près de leur nez, comme en extase. « Mais oui, c'est parfaitement exact. On dirait des groseilles à maquereau. »

« Ma chère Lotta, dit Karl d'un ton doucereux. Quelle surprise !

— Il faut que je vous parle, Karl.

— Eh bien, je suis là, parlez-moi tout votre saoul », dit-il, accrochant à ses lèvres un léger sourire soucieux. Qu'était-il en train de faire avant qu'elle frappe ? Apparemment rien. Aucun copeau ne jonchait le sol. Il n'avait même pas enfilé sa combinaison de travail. Il était simplement assis sur son fauteuil en osier, occupé à ne rien faire. Une flèche de douleur remonta le long de sa colonne vertébrale. Elle avait marché trop vite le long de cette allée.

« Je me fais du souci pour Thomas », commença Lotta. Elle était satisfaite de la sérénité de sa voix, et de son choix des mots « je me fais du souci », plutôt que « je m'inquiète ». Karl ne pourrait pas dire qu'elle en faisait trop. *Vous avez là une réaction très disproportionnée, ma chère Lotta. Vous prenez tout cela beaucoup trop à cœur.*

Il resta silencieux, l'air plus inquiet que quelques minutes auparavant.

« Pour Thomas ?

— Oui. Il n'est plus lui-même. Il est malheureux.

— Cela fait combien de temps que Johanna nous a quittés ? demanda Karl comme s'il ne pouvait sincèrement pas s'en souvenir.

— Rien à voir avec Johanna », lâcha un peu trop vite Lotta avant de se reprendre. Karl avait encore réussi à lui en faire dire plus qu'elle ne l'avait prévu.

« Un veuf a bien le droit de se sentir malheureux. On pourrait presque dire que c'est son devoir, murmura Karl. Je vous pleurerais, moi, ma chère Lotta, si vous veniez à mourir. »

Elle le regarda fixement, mais ne répondit rien.

« Pourquoi êtes-vous si *préoccupée* ? » demanda-t-il d'un ton neutre. Elle ne parvenait pas à déterminer si sa question recelait quelque moquerie ou non.

« Thomas est notre plus vieil ami. Il est naturel que je me préoccupe de lui. Il vit tout seul, là-bas, dans les bois, et un homme qui vit seul se laisse parfois envahir par d'étranges idées.

— Je croyais qu'il avait trouvé une fille pour s'occuper de lui.

— Effectivement.

— Alors il n'est pas seul. »

Lotta examina le visage lisse de son mari. Il était toujours confortablement installé dans son fauteuil en osier, les jambes croisées, une main refermée sur sa cheville fine.

« Les hommes ont parfois de drôles d'idées à l'âge de Thomas. Ils se laissent facilement influencer, reprit-elle enfin.

— Et à votre avis, qui risquerait d'influencer notre cher vieux Thomas ? » demanda-t-il, en l'examinant avec une attention soutenue. Un peu comme un chat.

« Vous savez exactement de quoi je parle, Karl. Il n'est ni convenable ni raisonnable pour Thomas de se retrouver seul avec une jeune fille qui est… qui est capable de profiter de sa faiblesse.

— Assurons-nous que j'ai bien compris, Lotta. Thomas a quarante-cinq ans… ?

— Quarante-sept.

— Quarante-sept. Je reconnais mon erreur. Un médecin éminent, qui vient d'une bonne famille, bien établi et très respecté. Cette fille, qui est-ce ?

— Il l'a dénichée à la Maison des orphelins.

— Précisément. Une fille sans nom et sans biens. Quel âge a-t-elle ? Seize, dix-sept ans ? Et pourtant vous dites que c'est Thomas qui est faible. Vous sous-entendez donc que cette fille, elle, est très forte.

— Ce n'est pas ce que j'ai dit.

— Essayons au moins de faire preuve d'un peu de logique, ma chère Lotta. Ce qui vous préoccupe, c'est la faiblesse de Thomas, pas celle de la fille ?

— Vous ne comprenez pas, Karl. On ne peut pas faire confiance à ce genre de fille.

— Je m'incline devant votre savoir en la matière, Lotta. Pour ma part, je n'ai jamais posé les yeux sur elle. Mais je continue de ne pas bien comprendre ce qui vous agite tellement. Thomas ne risque tout de même pas de l'épouser. D'ici un an, elle sera partie vers une nouvelle place, notre ami pensera qu'il a été un peu ridicule, et tout rentrera dans l'ordre.

— Je n'arrive pas à croire que vous puissiez vous montrer aussi cynique, Karl. »

Il haussa les épaules. « Ce n'est pas du cynisme. Je suis seulement réaliste, Lotta. »

Il attendait maintenant qu'elle s'en aille. Elle avait prêté le flanc à ses attaques, et pour rien. Lotta pinça les lèvres.

« Je ne suis pas d'accord. Je ne peux pas laisser Thomas se couvrir de ridicule. Ce genre de choses n'est jamais sans conséquence.

— Faites ce qui vous semble nécessaire. Après tout, Thomas est votre plus vieil ami », et il se leva à moitié de son fauteuil, comme si elle était une visiteuse importune empiétant sur son temps.

Nous vivons ensemble, songea-t-elle, horrifiée, mais nous nous haïssons.

Prestement, elle remisa cette idée dans un coin où elle savait ne pas pouvoir la retrouver facilement. Elle tourna les talons et sortit de l'atelier dans la vive lumière du soleil. Malgré la chaleur de ses rayons, elle se sentit parcourue d'un long frisson.

Elle se tournerait vers Anna-Liisa. Dieu m'a mise sur terre à cet endroit, et il faut que je fasse mon devoir, se dit-elle. Il m'a envoyée ici pour que je prenne soin de Thomas, d'Erika et de Simon. Et de Karl. Dieu ne nous donne à porter aucun fardeau qui excède nos forces. Oui, elle irait la voir, maintenant, tout de suite. Elle saurait bien trouver les mots en chemin.

Lotta mit deux pots de confiture d'airelles rouges dans son panier. Anna-Liisa adorait les douceurs. La confiture d'airelles était toujours tellement appréciée. Je vais en refaire cet été, songea Lotta. Elle supervisait toujours la confection de ses confitures.

Les rues étaient déjà couvertes de la poussière de l'été. Sa robe aurait besoin d'un bon coup de brosse au retour. Oui, Anna-Liisa était une personne sensée. Elles arriveraient sans peine à un accord. C'était elle qui avait envoyé cette fille chez Thomas ; une erreur, mais les choses pouvaient être arrangées.

Soudain, un gamin lui coupa la route. Elle avait failli le renverser parce qu'elle ne regardait pas où elle posait les pieds. L'avait-elle effectivement bousculé ? La chute avait dû être rude mais déjà il se relevait. Comme un petit animal, ne put-elle s'empêcher de penser. Lentement, et non sans douleur, elle se pencha sur lui. Il leva les yeux vers elle, vers l'impressionnante colonne de son corps, et se mit à pleurer, la bouche toute carrée. Il avait le visage sale, les pieds nus, et son pantalon le faisait ressembler à un petit vieillard.

« Tu t'es fait mal ? » demanda-t-elle avec une certaine raideur, en se penchant encore un peu plus en avant, si bien que son ombre désormais l'enveloppait. Elle n'avait guère coutume de parler à des enfants de ce genre. Mais celui-ci continuait à crier. De grosses larmes roulaient le long de ses joues sales, et il se barbouillait tout le visage de morve. Une fillette de sept ou huit ans, manifestement plus âgée que le bambin, s'approcha en courant. Petite et toute maigre, elle se pencha néanmoins vaillamment vers lui et le prit dans ses bras. Elle chancela sous son poids mais il s'accrocha à elle comme un singe, enroulant les bras autour de son cou et les jambes autour de sa taille. La fillette écarta les pieds pour stabiliser sa position et regarda Lotta droit dans les yeux.

« Est-ce qu'il s'est fait mal ? » demanda celle-ci.

La gamine secoua la tête. Elle hissa le petit un peu plus haut. Elle avait l'air si efficace, si sûre d'elle, alors qu'elle n'arrivait même pas à la taille de Lotta. Mais je suis une grande femme, et elle est toute petite. Petite pour son âge, peut-être. Sans doute plus âgée qu'elle ne le paraît.

« Il crie tout le temps comme ça, sauf quand il se fait vraiment mal. Maintenant que je suis là, ça va aller. Il a peur, c'est pour ça. » Et d'une voix différente, une vraie voix de mère, elle dit à l'enfant qui hurlait toujours : « Tout va bien, arrête, maintenant, Frossi est là. »

Frossi ? Quel prénom extraordinaire, se dit Lotta. Elle pense que le petit a peur de moi. Oui, oui, c'est très vraisemblable. Elle chercha une pièce dans son panier et la tendit à la fillette qui la regarda avec des yeux ronds, puis enfouit ce trésor dans un pli de sa jupe.

« Ramène-le à sa mère, conseilla Lotta.

— Maman, elle est au travail. C'est moi qui m'occupe des petits, vous voyez. »

Et la fillette s'en fut, tournant le coin de la rue pour rejoindre un dédale de petites maisons en bois où Lotta n'avait jamais eu l'occasion de pénétrer. Elle se rendit compte que l'enfant ne l'avait même pas remerciée pour la piécette. Aucune importance. Il faut savoir agir de façon désintéressée, se dit-elle.

Anna-Liisa était chez elle. Elle s'apprêtait à prendre le café, dit-elle à Lotta, les yeux tout brillants quand elle découvrit les bocaux. De la confiture d'airelles, sa préférée ! Elle aimait boire son thé à la russe, avec une cuiller de confiture. Mais asseyez-vous, madame Eriksson. Puis-je prendre votre panier ? Vous êtes sûre ? Est-ce que le soleil vous dérange ? Je peux baisser le store, si vous le souhaitez.

Lotta s'assit lentement, précautionneusement. La douleur était vive aujourd'hui. Elle redressa la colonne vertébrale. Une fille nerveuse à l'œil morne qui ne lui inspirait pas la moindre confiance leur apporta un plateau. Le café était excellent, parfumé et brûlant, accompagné de petits biscuits aux amandes que Lotta elle-même n'aurait pas mieux réussis.

« S'il y a une chose qu'elles savent toutes faire quand elles partent, c'est le café », déclara Anna-Liisa. Lotta ne put s'empêcher de penser à toutes les autres choses qu'une fille aurait eu l'occasion d'apprendre avant de quitter la Maison des orphelins. Maintenant qu'elle se trouvait dans le salon d'Anna-Liisa, le sujet d'Eeva n'était pas si facile à aborder. Mais par bonheur, Anna-Liisa se mit toute seule à en parler.

« D'ordinaire, c'est le jour du médecin, dit-elle avec bonhomie. Mais il a eu une urgence. Un accouchement. »

Les regards des deux femmes se croisèrent, puis se détournèrent. L'une de nous est vieille fille, l'autre sans enfant, pensa Lotta. En vérité, Thomas en sait plus que nous deux réunies sur les mystères de la naissance. Quelle idée étrange !

« Il est si bon. Une nouvelle fille est arrivée ici la semaine dernière, avec un très sérieux mal de gorge. Il l'a mise à l'isolement, et il est revenu le soir même, et encore une fois le lendemain. Finalement, ce n'était rien, mais on ne saurait être trop prudent, avec tous ces cas de diphtérie dont parlent les journaux.

— Vous avez raison.

— Je ne sais pas ce que nous ferions sans lui.

— Certes. » Lotta se pencha vers son hôtesse. « Anna-Liisa, il faut que je vous parle de quelque chose de très délicat.

— De délicat ? demanda Anna-Liisa comme si le mot lui était inconnu.

— Oui, de délicat. Vous vous rappelez la fille qui était partie comme domestique chez le Dr Eklund.

— Bien sûr que oui. Mais, madame Eriksson, que voulez-vous dire par "était partie" ? Elle y est toujours, n'est-ce pas ? Elle donne satisfaction, non ?

— Oui, oui, aucune difficulté de cet ordre. Il ne s'agit pas de son travail. Non, cela tient davantage à la nature de sa position. »

Mais Anna-Liisa, manifestement, ne voyait pas où elle voulait en venir. Elle semblait déconcertée. « "La nature de sa position" ?

— Je veux dire que cette fille, Eeva, est très jeune. Elle est habituée à une maison pleine de monde. Et maintenant, elle doit se sentir un peu seule.

— Mais elle n'est pas seule. Le Dr Eklund est là, il vit sous le même toit. »

Lotta laissa le silence retomber, puis s'installer. « Précisément. »

Le teint rose d'Anna-Liisa vira au rouge. « Eh bien… si vous voulez dire… enfin, si vous entendez… Non, non, je refuse de croire une chose pareille du Dr Eklund.

— Bien sûr que non, s'empressa de répliquer Lotta. Ce n'est pas lui qui m'inquiète, c'est elle. Après tout, avec son passé et le genre d'héritage qu'ont toutes ces filles, il y a toujours un risque. Ce que je veux dire, c'est simplement qu'il serait peut-être plus sage si Eeva trouvait une place dans laquelle une maîtresse de maison pourrait la surveiller un peu. »

Anna-Liisa devint cette fois franchement cramoisie. Mais elle n'était pas gênée, comprit Lotta. Elle était furieuse. « Je refuse de croire une chose pareille du Dr Eklund », répéta-t-elle, comme si tout ce que Lotta avait dit entre-temps n'avait aucune importance. « C'est un homme bon. Pas plus tard que la semaine dernière, il a veillé toute la nuit le petit garçon des Makkonen, et vous savez aussi bien que moi que ces gens n'ont même pas de pot de chambre où pisser. Pardonnez l'expression, je suis tellement bouleversée, je ne peux pas croire ce que vous me dites. »

Son accent devenait plus fort, plus lourd. Au fond, cette femme venait d'un milieu ouvrier, malgré son café et son salon. Elle était d'un côté de la barrière, et elle de l'autre. Et soudain, Lotta se rendit compte qu'elle avait été stupide de venir parler avec Anna-Liisa.

« Je ne critique en rien le Dr Eklund, dit-elle avec raideur.

— Je n'en doute pas », rétorqua Anna-Liisa, comme si sa visiteuse était une moins que rien. Mais Lotta décida de ne pas perdre patience.

« Je sais que tout cela est difficile et déplaisant. Croyez-moi, ce sont des sujets que je préférerais ne pas devoir aborder. Mais je ne me pardonnerais jamais si la situation devenait incontrôlable. »

Anna-Liisa restait silencieuse. Mais maintenant, elle réfléchissait, Lotta le devinait. Et elle réfléchissait sérieusement. Anna-Liisa remplit les deux tasses de café et croqua dans un nouveau biscuit. Ses joues étaient encore très rouges, mais quand elle reprit la parole, sa voix s'était apaisée.

« Bien sûr, dit-elle après mûre considération, Eeva grandit. Je lui ai parlé en sortant de l'église, dimanche – j'aime garder le contact avec mes filles –, et j'ai été très surprise de voir combien elle avait changé. Elle était presque…

— Presque quoi ?

— Comment dire ? » Anna-Liisa fronça le sourcil en essayant de se rappeler ce qu'elle avait pensé. « Si je n'avais pas su que c'était notre Eeva de l'orphelinat, je me serais dit : Quelle belle fille !

— Belle ?

— Oui. »

Les deux femmes se regardaient. Lotta avait l'impression qu'Anna-Liisa avait réussi à atteindre sa plus secrète blessure, et qu'elle avait appuyé dessus de toutes ses forces. Elle inspira profondément.

« Cela ne peut plus durer. Il faut qu'elle parte.

— Dans ce cas, vous devrez en parler vous-même au docteur, parce que je refuse de m'en charger. Il n'est pas question que je lui inflige un affront pareil après tout ce qu'il a fait pour nous.

— C'est entendu, je m'en charge. Mais il faut que vous gardiez le secret sur notre petite conversation. »

Lotta s'était levée et dominait maintenant Anna-Liisa de toute sa taille et de tout son statut. La directrice se tairait. Elle n'oserait pas parler si elle ne voulait pas se retrouver sans travail. Dans cette ville, ce que disait Mme Eriksson comptait.

Belle ! Cette fille maigre et rusée comme une belette, avec ses galoches tout usées. C'était uniquement grâce à elle si elle avait quelques vêtements décents à se mettre sur le dos ! Alors que c'était par la faute d'Anna-Liisa qu'elle avait réussi à s'insinuer dans la maison de Thomas. Pas étonnant que maintenant, la directrice essaie de fuir ses propres responsabilités.

Mais il n'en est pas question, se dit Lotta, en baissant les yeux vers ce visage rouge et obstiné. Tu peux dire adieu à ton salon, ton café et ta confiture d'airelles si tu ne fais pas ce qu'il faut.

Ce n'est que plus tard, beaucoup plus tard, qu'elle eut une idée. Elle ne s'était pas encore couchée. Karl avait levé le sourcil mais il ne dit rien. Lotta écrivit une longue lettre à Erika, une longue lettre pleine de petits riens, de tous ces détails insignifiants de la vie quotidienne que la jeune femme affectionnait. Le nouveau pasteur, les progrès du grand nettoyage de printemps, le singe en peluche qu'elle avait acheté pour Simon. Une douzaine de questions précises et pénétrantes sur la santé, les vêtements et la croissance du petit, pour qu'Erika sache bien que rien n'avait été oublié, ni d'elle ni de Simon, depuis qu'ils étaient partis. Mais très peu de questions sur Frans… Non, Frans figurait rarement dans ses lettres, et Karl pas davantage. C'était le statut de femme mariée, et non pas l'homme qu'elle avait épousé, qui faisait la joie d'Erika.

Nous lisons dans le journal des choses tellement alarmantes, ma chère Erika, sur la situation politique à Saint-Pétersbourg. Prends garde à te tenir éloignée de la foule, surtout quand tu es avec Simon. Je n'ai pas besoin de te dire que le tempérament russe est très différent du nôtre. Ils se laissent facilement séduire par les propos des agitateurs.

Lotta reposa sa plume. C'était la même chose partout. Les gens avaient oublié que seul l'ordre rendait la civilisation possible. L'ordre, le sens du devoir, et puis savoir accepter la place que Dieu vous a donnée. Oui, elle croyait de plus en plus fermement en avançant en âge que le Tout-Puissant avait un plan pour chacun, si humble soit-il. Remettre en question l'ordre divin revenait à douter de Sa providence. Cela ne pouvait que conduire au malheur. Des vies déchirées, une société en proie aux tourments d'une agitation permanente, l'envie, la haine et la disparition de tout ce qui faisait le prix de la vie. Et pourtant, il se trouvait des hommes pour vouloir cela. Pis encore, des gens, en ce moment même, complotaient, échafaudaient des projets pour faire advenir ce désordre.

Lotta jeta un coup d'œil furtif alentour comme pour prendre l'un de ces agitateurs sur le fait. Mais tout était calme. Elle laissa son regard se poser sur les meubles chéris et familiers de son petit boudoir, son salon privé où Karl n'entrait jamais. Il y avait là une commode en chêne qui lui venait de sa grand-mère. Elle était dans la famille depuis le XVIe siècle, et le temps l'avait noircie. Elle contenait la bible familiale, des papiers et des lettres. Sa grand-mère lui avait légué cette commode dans son testament, parce que, disait-elle : « Ma petite-fille Charlotta possède en sens inégalé de la tradition familiale et saura préserver notre histoire comme j'entends qu'elle le soit. »

Cela ne s'était pas passé sans frictions, se souvint Lotta avec un pâle sourire. Imaginez un peu, laisser un héritage aussi précieux à Lotta, et non pas aux garçons ou à sa sœur aînée, Astrid ! Mais la commode lui revenait de droit.

Bien sûr, notre bonne fortune est un don du Ciel, et nos pauvres actions n'y peuvent rien changer, songea-t-elle sans vraiment y réfléchir, parcourant des yeux son boudoir chaleureux et confortable. Mais elle n'y croyait pas. Lotta connaissait les valeurs sur lesquelles s'étaient bâties de telles maisons, au fil des générations ; contrôle de soi, altruisme et dévouement au service public. Les hommes de sa lignée avaient assumé leurs responsabilités. Soldats, ils avaient su défendre et accroître leur patrimoine. Les longues batailles qu'ils avaient menées dans leur vie publique requéraient autant de ruse que de détermination.

Où en serait la Finlande sans des hommes comme eux ? Qui d'autre saurait tenir les Russes à distance avec une telle habileté ? Les aïeux de Lotta savaient que la partie était longue et difficile. Des attitudes extrêmes s'opposaient : finnomanie, russification, toutes deux totalement préjudiciables à notre cher pays. D'un côté, le gouverneur général Bobrikov s'était mis en tête de faire de la Finlande une copie de son illustre voisine. Lotta ne supportait pas ce délire slavophile sur la Grande Russie. De l'autre côté, des têtes brûlées croyaient pouvoir défier et vaincre la puissance de l'envahissant colosse. Lotta s'était élevée contre le tsar, comme tout le monde, lors de la publication du Manifeste de février. La menace contre la Constitution finlandaise lui était apparue aussi clairement qu'à tout le monde. Mais elle était réaliste. Pour elle, tout extrémisme était une perte de temps. Et son réalisme lui commandait de composer avec la puissance russe sans la heurter de front.

Et puis, comme si tout cela ne suffisait pas, il y avait des ignorants facilement manipulables qui pensaient le moment approprié pour organiser des grèves, susciter des désordres publics. Ils ne se rendaient pas compte que cela fournirait précisément à la Russie le prétexte qu'elle cherchait pour matraquer encore plus fort la pauvre Finlande et finir par l'avaler pour de bon dans son ventre insatiable. Évidemment, on ne pouvait pas attendre d'un ouvrier analphabète travaillant dans une scierie ou des chantiers navals qu'il comprenne le sens de l'histoire, se dit Lotta. Ils ne voyaient que leurs propres intérêts.

Mais les troubles s'étendaient. Même dans une petite ville comme celle-ci, il se trouvait des agitateurs. Pas plus tard que la semaine précédente, Lotta avait lu dans le journal local que des pamphlets illégalement arrivés d'Helsingfors dénonçaient l'« élite suédoise » pour sa « traîtresse collaboration avec l'oppresseur tsariste N.I. Bobrikov » et appelaient tous les vrais Finlandais à « se soulever et à se libérer du joug russe ». Dans ce même pamphlet, une expression l'avait glacée : on y réclamait « une solution par le sang ».

Ils pensaient que les problèmes du monde pouvaient se régler par le sang. Lotta, elle, savait que c'était faux. La plupart des choses étaient immuables. Elle avait mené de longs combats, priant pour que la sérénité vienne remplacer la terrible colère qui menaçait d'engloutir toute sa vie. Finalement, elle l'avait emporté. Elle était parvenue à se persuader au plus intime d'elle-même que c'était la volonté de Dieu qu'elle reste stérile et mariée à un homme qui non seulement ne l'aimait pas mais semblait parfois…

Dieu ne lui avait toutefois pas donné une existence vide. Il avait reconnu sa patience et l'en avait récompensée. Il lui avait donné Erika, la petite fille d'Astrid. Il avait laissé le miracle se produire et ordonné les choses de telle façon qu'Erika, le merveilleux bébé qui avait volé le cœur de Lotta depuis le tout premier instant, lui retourne cet amour. Elle s'était toujours précipitée dans les bras de sa tante Lotta en souriant, comme si elles partageaient un secret qui leur était propre. En grandissant, Erika s'était tournée vers Lotta chaque fois qu'elle avait rencontré un problème. Astrid avait dit un jour : « Évidemment, quand les enfants atteignent un certain âge, il ne faut plus s'attendre à conserver leur confiance. » Y avait-il du regret dans sa voix ? Lotta n'avait rien répondu. Elle avait gardé pour elle le secret des confidences que continuait de lui faire Erika, même si désormais sa mère, si sereine et si charmante, en était exclue. Et puis aujourd'hui, il y avait Simon, qui était le portrait craché de son père mais dont le caractère, par bonheur, rappelait en tout point celui de sa mère.

Et puis Lotta avait toujours eu Thomas, son plus vieil ami. Comme il aimait se moquer d'elle ! Personne d'autre n'aurait osé rire de Lotta de cette façon, ou lui dire que son nouveau chapeau ressemblait à s'y méprendre à une salade de fruits. Et quand il était las ou soucieux, il savait qu'il pouvait se confier à elle. Il lui parlait de ses cas les plus difficiles. Jamais rien d'indiscret, mais elle savait que cela le soulageait, et elle lui prêtait toujours une oreille attentive.

Comme elle avait mal au dos ! Quand elle tournait la tête, la douleur se crispait sous son crâne. Elle avait trop marché. Mais c'était Dieu qui lui avait donné cette douleur, et s'Il l'avait fait, Il devait avoir de bonnes raisons. La douleur physique était là pour la détourner des tourments de l'esprit.

À ce moment précis, elle sut ce qu'il lui restait à faire. La famille, l'ordre et le devoir l'exigeaient. Il fallait protéger Thomas, contre lui-même si nécessaire. Elle devait faire venir Minna.

13

Thomas ouvrit le couvercle du coffre de chêne et le laissa reposer contre le mur. Toutes les familles ont un coffre comme celui-ci, songea-t-il, plein de vieilleries qui ne servent plus mais qu'on ne se résout pas à jeter. Si votre père et votre grand-père ont gardé l'épée de votre arrière-grand-père, qui porte une tache du sang versé en 1808 sur le fourreau, alors vous ne pouvez que la conserver à votre tour.

« Il y a du sang russe sur l'épée de ton arrière-grand-père », lui avaient-ils dit solennellement, et il avait scruté chaque centimètre carré du métal jusqu'à ce que ses yeux en soient éblouis, mais sans jamais trouver la tache en question.

Si le temps a une odeur, alors ce doit être celle qui vous surprend quand on ouvre ces coffres, se dit Thomas. Le temps était là couché en différentes strates, avec le lourd acier de l'épée gisant au fond. Il souleva un emballage de batiste blanche et un coin de tissu de couleur vive apparut. Eh oui, il était là. Le couvre-lit confectionné par son arrière-grand-mère, peut-être au moment même où son mari enfonçait son épée dans un ventre russe pendant la guerre de Finlande. Elle était très habile de son aiguille, connue pour ses broderies délicates sur les bonnets de baptême et les cols de mousseline. Mais avec ce couvre-lit, elle avait enfreint toutes les lois. Personne n'avait jamais rien fait de pareil. Personne n'aurait voulu.

Il souleva le couvre-lit et le secoua. Il était trop léger pour tenir chaud. Elle l'avait confectionné pour sa beauté, du moins pour l'idée qu'elle s'en faisait, avec des morceaux de soie recueillis sur Dieu sait combien de longues robes usagées. À moins qu'elle n'eût acheté ces soieries chatoyantes rien que pour son couvre-lit. Jamais la digne provinciale qu'elle était n'aurait arboré des couleurs aussi voyantes.

« Un tel travail, et aussi léger sur le lit qu'un soupir ! On n'en sent même pas le poids. »

Il se rappelait avoir entendu quelqu'un prononcer ces mots, non pas comme un compliment, mais comme une critique.

Il allait le donner à Eeva, pour sa chambre au grenier. Il le souleva dans la lumière. Les couleurs n'avaient pas pâli en près de cent ans. Peut-être n'avait-il jamais servi, même en son temps. Il aurait semblé très déplacé dans un intérieur suédois, aussi violent qu'un cri de plaisir pendant un office à l'église.

À quoi pouvait bien penser son arrière-grand-mère en plaçant ce somptueux carré orange à côté de ce rouge cramoisi ? Il n'y connaissait absolument rien, mais cela le troublait, comme un message caché entre les points.

Oui, il allait le donner à Eeva. L'extrémité du couvre-lit débordait du coffre et touchait le sol. Il tâta le chêne noir et se rappela le temps où ce meuble était plus haut que lui. Il s'était mis sur la pointe des pieds pour reposer le menton sur le bord, un jour où sa mère l'avait laissé ouvert. Elle l'avait tiré de là avec colère.

« Tu ne vois pas que ce couvercle pourrait se refermer brutalement ? Que t'arriverait-il alors ? As-tu envie de te faire décapiter ? »

Au fond de son esprit, le couvercle conservait un caractère puissant et maléfique. Il l'associait toujours à une gravure de la guillotine dans l'un de ses livres d'histoire d'écolier. On y voyait la sinistre machine, avec sa lame en biseau encore toute dégoulinante de sang, prête à s'abattre encore. Thomas suivait les contours de la gravure du bout du doigt. La guillotine vibrait d'une énergie maléfique et mortelle. En contrebas, des femmes agitaient leurs aiguilles ou levaient le nez pour se moquer du supplicié. *Les Tricoteuses.* Elles avaient voulu la tête du roi, et elles l'avaient obtenue. C'était le règne de la Terreur, toute forme d'ordre avait été abolie.

Le texte de son livre d'histoire retentissait de colère et d'indignation, comme si le roi venait à peine d'être exécuté et si des charretées entières de braves et malheureux hommes et femmes avançaient encore pesamment vers la guillotine. Les aiguilles des tricoteuses étincelaient toujours, tandis qu'elles regardaient l'ignoble panier où les têtes s'entassaient comme des noix de coco. Sur la gravure, les traits individuels des têtes tranchées apparaissaient très clairement. Tous les yeux n'étaient pas fermés. Si une tête pouvait apercevoir son propre corps, s'évanouirait-elle d'effroi ? Mais une tête était-elle capable de s'évanouir, en l'absence d'un corps, pour s'affaisser ? Et pouvait-elle encore penser et comprendre que ces choses à côté du panier étaient ses bras, ses jambes et ses pieds chaussés des souliers dont les lacets avaient été noués le matin même ?

Et si la tête le voulait, pouvait-elle tirer la langue ?

Ces pensées avaient taquiné Thomas quand il avait huit ans, comme s'il s'agissait de questions d'actualité qu'il aurait un jour à résoudre.

Pauvre vieux coffre. On ne gagnait rien à prendre l'histoire tellement au sérieux. Ce n'était qu'un coffre empli d'objets qui n'existaient plus aujourd'hui que pour lui. S'il n'en prenait pas soin, qui le ferait ? Certainement pas Minna. Je devrais les offrir à Lotta, pensa-t-il. Elle saurait les préserver. Nous sommes tous les deux les derniers rejetons de longues lignées. Lotta, sans enfants, Johanna, morte, Minna, partie. À ma mort, ils videront tout le contenu de ce coffre, couvre-lit, épée, et tout et tout. Minna supervisera peut-être les opérations, mais j'en doute. Elle vendra la maison si elle y arrive, mais je ne vois pas qui voudrait venir vivre ici, aussi loin de la ville. Personne ne l'achètera, et cette vieille demeure tombera lentement en ruine. Les gens du village viendront prendre les rampes, les carrelages et les planchers pour leur usage personnel. Grand bien leur fasse.

Oui, ce pauvre vieux coffre n'avait plus que lui, et il ne s'en souciait pas vraiment. Il voulait le couvre-lit parce qu'il fallait le donner à Eeva. Il voulait que ces flammes violettes, rouge cramoisi et orangées viennent la lécher dans son sommeil et emplissent ses rêves de couleurs. Il connaissait bien ces dortoirs d'orphelinat tout dénudés, et malgré ses bonnes intentions, il ne lui avait pas offert beaucoup mieux avec cette mansarde. Cela allait changer. Eeva devait avoir des chaussures à sa taille et des vêtements dignes de ce nom. Ils devraient être simples et conformes à son statut de domestique, sinon, on se mettrait à jaser, et Lotta viendrait lui « dire un petit mot ».

Dans le secret de sa chambre cependant, elle pouvait posséder de jolies choses. D'abord le couvre-lit, puis un tapis pour le plancher, et puis, pourquoi pas, quelques tableaux ? La maison était pleine de toiles que personne ne regardait jamais.

Aurait-elle assez chaud là-haut l'hiver venu ? On étouffait, sous les toits, en été. Kirstin et Jenny laissaient toujours leurs fenêtres grandes ouvertes les nuits de juillet. Peut-être frissonnaient-elles de froid en janvier ? Mais sans doute Johanna s'en était-elle occupée. Dans cette maison, on avait toujours gardé ses domestiques. Seraient-ils restés s'ils n'avaient pas été contents ? Soudain, il se rappela l'odeur de transpiration qui se dégageait des aisselles de Kirstin les jours de grande chaleur.

Il allait monter le couvre-lit tout de suite et il le déposerait lui-même sur ses couvertures. Il rassembla les volutes de soie. L'étoffe était si légère et si glissante qu'elle semblait près de s'écouler de ses mains pour retourner dans le coffre. Il le déposerait sur le lit d'Eeva et quand elle le découvrirait, ce soir, en allant se coucher, elle…

Non, non. Il ne fallait pas faire une chose pareille. Il ne devait pas entrer dans sa chambre. Si ça commençait ainsi, comment cela finirait-il ? Il ne pourrait s'empêcher d'aller plus loin. Il tomberait à genoux et repousserait les couvertures pour trouver les draps grossiers qui enveloppaient le corps d'Eeva et devaient conserver son odeur. Il enfouirait son visage dans les empreintes que laissait son corps sur le matelas. Il agripperait les draps entre ses poings, si fort que plus personne ne pourrait lui faire lâcher prise. Et quand Eeva aurait fini son ouvrage, elle le trouverait prostré là.

Il avait mal à la tête. Il tenait le couvre-lit serré entre ses mains et le pressait contre son cœur. « Eeva ! » s'écria-t-il à haute voix. Elle était là, tout près.

Non, se dit-il. Non, non et non. Il replia la soie, referma le coffre et reposa le couvre-lit sur le couvercle. Ses doigts tremblaient comme s'il avait nagé trop longtemps dans une eau glacée. Mais il n'avait pas froid, il transpirait.

Il emprunta le couloir qui conduisait à sa salle de bains. Le soleil ne passait déjà plus par la fenêtre mais l'air y était encore chaud. La magnifique baignoire qu'il avait commandée à Stockholm tant d'années auparavant enfonçait avec orgueil ses pieds griffus dans le tapis turc. Le paravent que Johanna avait fait façonner était replié juste à côté. Pas de feu dans l'âtre. Il avait installé cette cheminée pour ajouter à la chaleur du poêle, parce que, en visitant Londres, un jour, il était descendu dans un hôtel où il avait pris un bain à la lumière d'un bon feu.

Le petit sofa recouvert de soie verte avait été repoussé contre le mur. Il revoyait Johanna assise là un jour, enveloppée dans une serviette, ses longs cheveux échappés de leurs barrettes. Elle se séchait après son bain. Deux bougies étaient allumées dans le chandelier posé sur la commode, et le reflet des flammes lui courait sur le dos. Elle s'essuyait les pieds, se penchant avec une gaucherie si inhabituelle qu'elle le toucha davantage encore que sa grâce coutumière. Elle releva les yeux quand il ouvrit la porte et le regarda fixement. Elle resserra la serviette autour d'elle. Mais nous sommes mariés, songea-t-il. C'est ma femme. Elle fronça lentement le sourcil tandis qu'il restait là planté devant elle.

« Fermez cette porte, Thomas, dit-elle enfin. Il y a un courant d'air. »

Il entra dans la pièce. « Johanna », commença-t-il. La lumière des flammes lui dorait la peau. Les fenêtres étaient complètement noires, et pourtant elle n'avait pas fermé les volets. À quoi bon ? Il vit leur reflet dans la vitre. Elle s'était figée et ne le quittait pas des yeux.

« Johanna », reprit-il, et il posa la main sur son épaule nue et nacrée. Elle ne recula pas, mais son immobilité absolue le désarçonna. Ses doigts lui parurent gros et maladroits, comme s'ils n'avaient pas eu leur place auprès d'elle. Ses ongles et les petits poils noirs sur le dos de sa main le dégoûtèrent. Il releva la main, craignant presque d'avoir laissé une marque sur sa peau.

« Il faut que je me prépare, dit-elle. Nous sommes attendus chez les Aström vers six heures. »

Mais aujourd'hui, il faisait encore jour dans la salle de bains. Il jeta un coup d'œil par-dessus son épaule pour vérifier que la porte était bien fermée. Rapidement, il retira ses vêtements et les posa sur le sofa. La psyché était toujours là, son miroir incliné vers le plafond, couvert de poussière. Il ne se regardait jamais dedans, en règle générale, mais cette fois il le redressa jusqu'à ce qu'il lui fît face.

Il s'examina longuement et avec soin, jusqu'à se voir comme étranger à lui-même. Son image dansait sous la couche de poussière. Mon Dieu, quelques poils de son pubis avaient déjà viré au gris. Mais il était encore robuste. Il avait l'habitude des corps nus, et il savait que celui des vieillards rétrécit, que leurs jambes se font grêles et leurs ventres ronds comme des marmites. Il n'en était pas encore là.

Mais il lui était impossible de dire si quelqu'un pourrait encore éprouver pour lui du désir. Johanna, avec sa peau si belle et sa grâce marmoréenne, s'était détournée de lui. Et Eeva… Mais la seule pensée d'Eeva le submergeait d'émotion, comme si elle s'était trouvée dans le miroir au lieu de son propre corps dénudé.

Il détourna le regard puis jeta un coup d'œil furtif entre ses jambes. Son pénis frétilla docilement, comme s'il savait qu'il y pensait. Johanna ne l'avait jamais touché à cet endroit. Elle l'avait laissé de temps à autre « le » glisser en elle, comme on passe un caprice à un enfant, et c'était tout. Une prostituée vous prenait entre ses mains et vous caressait mais l'argent échangé annulait le plaisir du contact ; pas sur l'instant, il devait le reconnaître, mais après.

Et il était là, le sexe plein d'espoir dressé vers son image.

« Ooh, avait gémi Sophie. C'est aussi doux que du satin. Un peu comme du daim peut-être. Ce doit être tellement étrange d'avoir là une chose pareille ! » Elle avait éclaté de rire, et s'était soudain glissée jusqu'au fond du lit – mon Dieu, oui ! ce lit que Johanna avait préparé pour elle dans la chambre d'amis – et avait pressé le visage contre son pénis, comme s'il ne lui suffisait pas de le toucher avec ses mains. Sa peau si tiède, ses joues rebondies et ses belles lèvres entrouvertes. Où Sophie prenait-elle les idées qui lui traversaient la tête ? Une fille issue du même genre de famille qui avait produit Minna, où elle avait reçu exactement la même éducation ! Tout son corps vibrait de vie, de ses boucles aux fossettes de ses genoux en passant par la peau douce de sa poitrine. Elle se plaignit d'avoir de gros pieds et le laissa prendre ses orteils dans sa bouche.

Il ferma les yeux et tendit la main vers son ventre.

Une fois rhabillé, quand il quitta la salle de bains, il avait recouvré son calme. Il passa devant le couvre-lit toujours posé sur le vieux coffre, et se dit qu'il lui faudrait le ranger pour en préserver les couleurs. À moins qu'il ne s'en débarrasse. À l'intérieur de son corps, il éprouvait une sensation de propre et de vide. Il allait acheter une courtepointe pour Eeva, du drap suédois tissé. Selon la tradition de la maison, voilà qui lui tiendrait chaud. Si sa folie recommençait à le titiller, il se répéterait autant de fois qu'il le faudrait qu'elle était sa servante, et qu'il lui devait abri et protection. Jamais il ne lui ferait le moindre mal. Elle pouvait dormir en paix, jamais il ne poserait le pied sur les marches étroites qui conduisaient au grenier.

Une voix d'homme retentit au rez-de-chaussée. Mais Matti dépassait rarement le seuil de la cuisine, à moins d'une tâche précise à accomplir. Il devait s'être produit quelque chose de fâcheux. Il s'approcha de la cage d'escalier et cria : « Que se passe-t-il, Matti ?

— Un télégramme, docteur. Un télégramme est arrivé d'Åbo. »

14

« Ma fille Minna vient passer quelque temps ici », annonça Thomas à Eeva. Il tenait encore le télégramme à la main, comme s'il avait besoin de prouver ses dires en le lui montrant.

Sa première réaction après l'avoir lu n'avait pas été la joie de revoir Minna. Non, il avait commencé par se dire : Maintenant j'ai une bonne raison d'aller parler à Eeva. Lui dire de préparer la visite de Minna. Et il s'était senti envahi de plaisir à l'idée de passer un moment avec elle à la cuisine. Il ne sonnait jamais pour l'appeler. Johanna, elle, sonnait toujours pour faire venir Kirstin ou Jenny, mais maintenant qu'ils n'étaient plus que tous les deux dans la maison, ce système lui paraissait ridicule. Étrange qu'il n'ait jamais eu cette impression avec Kirstin ou Jenny. Il lui avait toujours semblé naturel de les voir s'essuyer les mains, enfiler un tablier propre et accourir à ses ordres.

Il s'était précipité vers la cuisine. Eeva était en train de hacher des oignons. Elle posa son couteau lorsqu'il ouvrit la porte et repoussa la mèche de cheveux qui s'échappait toujours de son chignon et suivait la courbe de sa joue. Mais il devait rester un peu de jus sur ses doigts. Elle se détourna pour se frotter les paupières de ses poings fermés.

« Ne te frotte pas les yeux. Tu dois avoir encore de l'oignon sur les mains, dit-il vivement. Prends ceci. »

Il tira un mouchoir propre de sa poche et le lui tendit.

Elle essuya ses larmes d'un geste hâtif, si brutal qu'il en eut mal pour elle. Il adorait la forme parfaite de ses paupières. Chaque jour, il remarquait quasiment avec terreur un nouvel aspect de sa beauté, au fur et à mesure que son véritable visage émergeait de toutes ces années de faim et de négligence. Après s'être essuyée, elle se tourna vers lui, battant des cils, les paupières rouges, le blanc des yeux injecté de sang. Il faisait très chaud dans la cuisine, et sa peau luisait. Ses cheveux avaient besoin d'être lavés et elle les avait relevés en chignon sans les brosser. Elle devait être pressée. Il dressa mentalement la liste de ses imperfections. Voulait-il qu'elle soit moins belle ? Était-ce vraiment ce qu'il souhaitait ?

« Ma fille Minna vient passer quelque temps ici.

— Quand ?

— Demain. »

Quelque chose clochait dans la façon dont Eeva et lui se parlaient, mais il n'arrivait pas à mettre le doigt dessus. Le ton était familier, mais sans aucune chaleur. Ils ressemblaient à deux cambrioleurs échangeant à voix basse des informations indispensables tout en se passant les outils nécessaires pour forcer une fenêtre. Ils avaient franchi une barrière de sécurité, et à présent ils ne pouvaient plus revenir en arrière.

« Pourquoi vient-elle ? demanda Eeva en regardant le télégramme. Quelque chose ne va pas ?

— Non, non, ce n'est rien qu'une visite.

— Je vais préparer sa chambre, c'est ça ? Je sais ce qu'il faut faire. Agneta m'a tout montré.

— Entendu, entendu. Prépare sa chambre. »

Il regardait fixement le tas d'oignons hachés. Fraîchement coupés, ils étaient encore tout luisants. Il savait qu'il aurait dû s'en aller mais il restait là, pensant que ce couteau était très affilé et qu'elle devrait prendre garde à ne pas se blesser. Eeva reprit le couteau et la mèche de cheveux glissa de nouveau hors du chignon. Il examina attentivement la ligne incurvée de sa joue, ses yeux baissés et la ligne de ses cils. À quoi pouvait-elle bien penser ?

« J'ai posté ta lettre.

— Je sais.

— Peut-être recevras-tu bientôt une réponse. »

Ses yeux jetèrent un éclair avant de se baisser derechef. C'est seulement l'oignon qui lui donne l'air d'avoir pleuré, se rappela-t-il.

Elle, elle vient, pensait Eeva avec colère. Cette fille qui se soucie de son père comme d'une guigne, à ce que raconte Agneta. Mais elle vient quand même, de tout là-bas, à Turku, alors que Lauri ne se donne même pas la peine de me répondre. Les gens comme le docteur, ils ont tout.

Moi, je n'ai rien. Vas-y. Enfonce bien le clou. *Ma fille vient passer quelque temps ici. Ma chère amie, Mme Eriksson, vient t'apprendre à nettoyer la porcelaine.* Mais il ne savait pas que Matti avait cueilli un de ses précieux citrons pour le lui offrir. Et Eeva allait dénicher ces ciseaux en argent, et elle couperait ces raisins dès qu'ils seraient mûrs. Oui, elle prendrait la plus grosse grappe qu'elle pourrait trouver et elle la mangerait là où personne ne risquait de la surprendre. Elle enfouirait ces gros grains dans sa bouche et s'en empiffrerait jusqu'à ce que le jus lui coule sur le menton.

Tout de même, elle aurait bien voulu les partager avec Matti, mais il ne serait sûrement pas d'accord.

Pas question que tu aies ça en plus de tout le reste, pensa-t-elle en jetant un coup d'œil en direction du docteur.

Pourquoi l'avait-il poussée à écrire à Lauri ? Avant cela, elle allait bien, elle ne pensait pas trop souvent à lui, elle n'aurait même jamais osé espérer rétablir le contact avec sa vie antérieure.

« Je vais préparer la chambre.

— Merci, Eeva. »

« Cette petite sotte n'a pas su aérer le matelas comme il faut », grinça Minna. Arrivée à huit heures du soir, elle était montée se coucher immédiatement après le dîner. Elle se sentait fatiguée, expliqua-t-elle. Maintenant, au petit déjeuner, elle avait exactement le même air qu'à son arrivée, comme si, au lieu de dormir, elle avait passé la nuit assise dans sa chemise blanche immaculée, bien droite sur sa chaise, en attendant que les heures passent afin d'avoir enfin avec son père la conversation pour laquelle elle était venue. Il savait déjà qu'elle était là pour quelque chose. Elle avait évité son baiser, lui filant avec habileté entre les doigts. « Quel voyage ! Cette maison est vraiment au bout du bout du monde. »

Comme si elle n'y était pas née et n'y avait pas été élevée ! Comme si elle n'était pas allée cueillir des baies ou ramasser des champignons, ou qu'elle ne se fût jamais endormie en toute sécurité dans sa chambre en oubliant d'éteindre sa chandelle. Mais manifestement, elle ne ressentait aucune nostalgie, aucun désir de toucher les vieux objets familiers ou de sentir les parfums de fruits et de résine qui montaient de la forêt. Pour Minna, cette demeure représentait le passé et n'avait aucune signification actuelle. Elle avait effacé ses années d'enfance comme un maître efface des calculs faux sur une ardoise. Quand son regard clair et imperturbable se posait une seconde sur lui, il avait l'impression d'appartenir lui aussi au passé. Elle ne pouvait pas tout à fait l'effacer, mais elle ne se priverait pas d'essayer.

« Le lit était humide, insista Minna.

— Je suis désolé. Ta chambre n'a pas été utilisée depuis un bon bout de temps.

— Il suffisait d'allumer le poêle et de sortir le matelas au soleil. Ce n'est pas si difficile.

— Je ne crois pas qu'elle aurait réussi à porter ce matelas jusqu'au rez-de-chaussée, ma chérie.

— Oh, pour l'amour du Ciel, elle aurait pu demander à Matti de s'en charger. Il est fort comme un taureau. Non, elle n'a pas voulu se donner cette peine, c'est tout.

— Elle vient de l'orphelinat, Minna. Cette maison est sa première place.

— Je le sais », dit sa fille, et pour la première fois ce matin-là, elle le regarda droit dans les yeux. « Encore un peu de café, père ?

— Non, je te remercie.

— Vous êtes sûr ? Moi, je vais en prendre une autre. Au moins, elle sait faire le café.

— On l'a bien formée à l'orphelinat. Elle travaille dur, Minna.

— Je n'en doute pas », répondit sa fille, d'une voix qui ressemblait tellement à celle de Johanna qu'il ne put s'empêcher de commenter :

« On aurait cru entendre ta mère à l'instant. » Mais ce n'était pas ce qu'il fallait dire.

« Je vous propose de laisser maman en dehors de tout cela », rétorqua Minna en reposant sa tasse sur sa soucoupe avec une telle violence que le liquide trembla sur toute sa surface. Fidèle à elle-même cependant, elle n'en renversa pas une goutte.

« J'ai reçu une lettre, reprit Minna. C'est pourquoi je suis là. Une lettre de Lotta.

— Une lettre de Lotta, répéta-t-il, comme pour mesurer l'absurdité de la chose.

— Oui. Vous le savez, nous n'avons jamais été très proches, mais elle s'est montrée très bonne pour moi pendant la maladie de maman. Et très bonne pour maman aussi. » Elle disait cela comme s'il n'avait même pas été dans les parages.

« Je le sais.

— Non, vous n'en savez rien. Vous ne savez pas ce que cela a représenté pour moi. Lotta est votre amie, je l'ai toujours su. Et elle s'est vraiment pliée en quatre pour nous. »

« Nous ». C'est-à-dire elles deux. Minna et Johanna.

Elle marqua une pause, comme si elle attendait qu'il l'interrompe, mais il ne dit rien.

Ils se regardèrent fixement, unis contre leur volonté par le souvenir de Johanna, morte, la mâchoire pendante. Au tout dernier moment, elle avait eu l'air non pas d'être partie quelque part, mais de quelqu'un à qui l'on avait arraché quelque chose. Et puis, un instant plus tard, cette expression outragée avait disparu et cédé la place à la sérénité, qui sied aux morts.

« Lotta m'a écrit parce qu'elle savait que c'était son devoir. Elle a écrit pour me dire – et Minna ne marqua aucune hésitation – que vous étiez en train de vous ridiculiser avec cette fille. Pour me prévenir que si cela ne s'arrêtait pas, tout le monde en parlerait bientôt dans la région. Une servante, une analphabète !

— Minna ! Mon Dieu ! Comment peux-tu dire des choses pareilles ?

— Cela vous étonne ? Je peux le faire et je le ferai. Il y a trop de choses que j'aurais dû dire et que j'ai tues. À vous, à maman et à tout le monde. Cette fois, je vais les dire, et vous, vous allez m'écouter.

— Mon Dieu, Minna », répéta-t-il, mais cette fois à voix presque basse, comme s'il s'était trouvé dans une maison de verre qui venait soudain de voler en éclats. Il n'osait pas bouger, de peur qu'une pointe aiguë ne vienne le transpercer. Minna. Lotta. Eeva. Leurs trois noms lui résonnaient dans la tête, de plus en plus fort. Lotta avait écrit à sa fille en lui disant qu'elle avait tout deviné du combat secret qu'il était en train de livrer. Ce qu'il avait cru bien caché se trouvait exhibé au grand jour comme une évidence honteuse. Elle avait arraché les hardes dont il se couvrait et l'avait exposé nu au regard de sa fille. Lotta, pensa-t-il. Lotta, comment as-tu pu faire une chose pareille ? Mais il le savait. Il y avait entre eux un marché, comme il en existe dans toutes les relations, et c'était lui qui le premier avait rompu le pacte. Il s'était raconté à lui-même qu'il n'en était rien. Il avait fait semblant de ne pas savoir quels étaient pour lui les sentiments de Lotta. Mais elle s'était montrée plus honnête, et avait glissé toute sa colère et sa douleur dans une lettre expédiée à Minna.

Il soupira profondément. Ce n'était pas Lotta qu'il fallait blâmer. Mais maintenant Minna était là, si ferme, si rigide, si maîtresse d'elle-même, alors qu'elle se consumait de rage.

« Minna, dit-il, tu parles de choses dont tu ne sais rien. Rien ne s'est passé entre moi et… entre moi et cette jeune fille. Quoi que Lotta ait pu t'écrire, elle se trompe.

— Et pourquoi vous croirais-je ? Je vous connais, père. Je sais de quoi vous êtes capable. Vous croyez que j'ai oublié Sophie ? »

Ah, pensa-t-il, nous y voilà. Nous voici enfin au cœur de la question.

Il prit une grande inspiration. « Je n'ai pas oublié Sophie, répondit-il. Mais il va falloir que tu t'expliques un peu plus clairement.

— Sans aucun problème. Il y a longtemps que nous aurions dû aborder le sujet. Sophie était mon amie. Cela ne vous a pas arrêté, n'est-ce pas ? Elle était sous votre toit, mais quelle importance ? Vous n'avez pas pu vous en empêcher. Maman m'a expliqué que les hommes ne peuvent pas se contrôler et qu'il ne faut pas leur en vouloir pour ce qu'ils sont. Mais moi, je n'y crois pas. »

Chacun de ses mots l'atteignait, mais il n'en sentait pas encore l'impact. Cela viendrait plus tard, songea-t-il, en fixant son visage sombre de Méduse. Des contours si nets, si parfaitement dessinés, même quand elle écumait de fureur. Elle ressemblait tellement à sa mère.

« Tu ne sais pas de quoi tu parles, là non plus », dit-il. Il n'avait jamais imaginé que les choses se passeraient ainsi. Il lui avait fallu tellement de temps pour ne plus penser que Minna savait, pour Sophie, tout en étant parfaitement conscient de ce qu'elle avait vu. Pas grand-chose, mais suffisamment. Il avait toujours pensé qu'entendre formuler la condamnation silencieuse de Minna l'aurait achevé. Mais non. Les mots venaient d'être prononcés, maintenant ils étaient là, au grand jour et il pouvait y répondre.

« Tu ne sais rien de ce qui s'est passé entre Sophie et moi.

— Eh bien moi, je crois que si ! explosa-t-elle. Si. Il n'y a d'ailleurs rien à savoir. C'était mon amie, elle séjournait chez nous, et vous… elle… vous avez profité d'elle.

— Je l'aimais.

— Vous ne pouvez pas dire une chose pareille !

— Mais si. C'est la vérité. Immoral, inconvenant, ça n'aurait jamais dû se produire, d'accord. J'étais un homme marié de quarante ans, et Sophie, une jeune fille de dix-huit ans, comme toi. Et je l'aimais. Je ne dirai pas quels étaient ses sentiments, parce que je ne peux pas en être certain. Mais ce n'était pas ce que tu décris. Sophie n'était pas comme cela. Tu la connaissais, Minna, elle était ton amie. Est-ce que quelqu'un avait jamais réussi à faire faire quelque chose à Sophie contre son gré ? *Sophie n'était pas comme toi.* Tu n'aimes pas ça, et je ne m'attends pas à ce que tu aimes ça, d'ailleurs. Ta mère, en tout cas, n'aimait certainement pas ça.

— Ne parlez pas de ma mère.

— On ne peut pas parler sans dire les choses comme elles sont, Minna. »

Minna se tenait aussi droite que Johanna. Elle avait exactement le même port de tête. Tout en elle était immobile et contrôlé, sauf ses doigts qui écrasaient son pain et roulaient de petites boulettes de mie. Elle avait toujours fait cela. Elle jouait avec sa nourriture, puis, quand le contenu de son assiette s'était transformé dans son esprit en autre chose qu'un aliment, elle ne pouvait plus l'avaler.

« Je t'aime vraiment, Minna, déclara-t-il soudain. Je sais que tu n'en crois pas un mot, mais c'est la vérité.

— Vous n'aimez que vous-même, répondit-elle, la voix blanche.

— Tout le monde s'aime, je suppose », dit-il, réfléchissant à la question.

Il les revoyait comme si c'était la veille, les deux jeunes filles dans leurs robes d'été en lin et leurs chapeaux de paille identiques avec des bords tressés. Sophie avait tellement aimé le chapeau de Minna qu'elle s'était acheté le même, et Minna ne lui en avait pas voulu. Elle était incapable de ce genre d'égocentrisme. Minna, grande et brune, et Sophie, avec ses cheveux châtains et son sourire radieux. Elle venait chez eux depuis toujours, pour des périodes d'une semaine, découpant des patrons avec Minna. Elles répétaient leurs leçons de piano et apprenaient l'allemand.

Elle avait marché vers lui prestement et avec vivacité, jetant à peine un coup d'œil vers la porte pour vérifier qu'elle était bien fermée. Elle n'avait plus rien d'une enfant. Elle paraissait prête pour le mariage, cela faisait deux ans qu'on en parlait, et de fait, elle était désormais fiancée. Ils s'étaient étreints très fort et ensuite embrassés à n'en plus finir, tout un flot de longs baisers chauds et profonds qui semblaient les entraîner vers le lit comme la force de la gravité. Mais non. Sophie avait soudain ouvert grand les yeux, éclaté de rire et dit : « Bien ! » comme une femme de deux fois son âge. Elle aurait accepté de le suivre sur le lit dès ce premier jour, il le savait. Avec Sophie, tout semblait si simple, si naturel, et même joyeux. Son extrême jeunesse ne lui apparaissait pas comme une responsabilité, mais comme un plaisir.

« Tu es si jeune », s'était-il exclamé. Les clichés s'échappaient de sa bouche les uns après les autres, et ils étaient tous vrais : « Je t'aime, Sophie, j'ai l'impression de n'avoir touché aucune femme avant toi », « Tu me rends si heureux, je ferais n'importe quoi » – Sophie ne répondait à rien de tout cela, elle se contentait de sourire avec bonheur, comme si tout ce qui se passait était parfait et qu'il ne pût en aller autrement. Elle arrangea ses cheveux et défroissa les plis de sa robe, avant de virevolter devant lui : « Mes cheveux sont comme il faut derrière ?

— Impeccables », répondit-il en lui mordillant la nuque, léchant le duvet déjà salé et humide de transpiration.

« Je me marie en septembre », déclara soudain Sophie la veille du dernier jour de sa visite.

— Je le sais.

— Il est gentil. Je le connais depuis toujours. Je sais que nous serons heureux, c'est facile à deviner.

— Parfait.

— Je ne dirai rien à Minna.

— Non, non, pour l'amour du Ciel.

— Elle ne comprendrait pas, dit Sophie, toute songeuse. Elle prendrait tout au tragique et serait vraiment désespérée. Elle est comme ça, Minna.

— Tu as tout à fait raison.

— Elle est déjà tellement en colère pour vous deux.

— Que veux-tu dire ? »

Sophie haussa les épaules. « Oh, ce n'est pas un secret. Parce que vous n'êtes pas heureux ensemble. »

Les mots semblaient s'être échappés de sa bouche. *Vous n'êtes pas heureux ensemble.* Un simple fait, comme l'odeur de créosote qui montait des balustrades en bois de la véranda. *Ils ne sont pas heureux, tout le monde le sait.*

« Ne prenez pas un air si triste. Ce n'est pas votre faute », dit Sophie. Soudain, elle sourit, prit sa main dans la sienne – deux enfants dans la cour de récréation – et la balança gentiment. « Vous n'êtes pas heureux. Mais vous pourriez l'être.

— Avec toi.

— Non. Moi, je me marie. Vous le savez. Et je rentre chez moi demain. C'est comme ça.

— Mais tu reviendras ?

— Non. Je ne crois pas que ce serait une très bonne idée.

— Tu en as une meilleure ?

— Peut-être. Dans une minute. Attendez… »

C'est à ce moment que Minna était passée sur la véranda qui longeait la fenêtre et qu'en regardant à l'intérieur elle les avait vus. Il s'était retourné pour faire face à Sophie et ils se tenaient toujours les mains, l'air heureux et les lèvres proches. De sa main libre, il avait touché une de ses boucles. C'était tout. Ils étaient tous les deux entièrement vêtus. Minna s'était contentée de les fixer, le regard noir, puis elle avait étendu les mains, comme pour repousser quelque chose, et l'instant d'après, elle avait disparu.

« Tout est fichu », dit Sophie.

« Je suis désolé, dit-il à Minna. Je regrette d'avoir causé la fin de ton amitié avec Sophie.

— Ce n'est pas la perte de cette amitié qui devrait vous désoler.

— Mais vous vous connaissiez depuis toujours. Et aujourd'hui, elle est mariée ; je crois même qu'elle a eu un enfant.

— Deux, rétorqua Minna, vive comme l'éclair. Une fille d'abord, puis un garçon. »

Minna ne voit plus Sophie mais elle n'ignore rien de ce qui la concerne, songea-t-il. Deux enfants, une fille d'abord, puis un garçon.

« On m'a dit qu'elle avait pris pas mal d'embonpoint », ajouta Minna.

Il posa le dos d'un doigt sur sa tasse. Elle était froide. Il avait envie d'un peu de café maintenant, mais il faudrait sonner Eeva.

« Et te voilà, dit-il en se levant. Tout ce chemin ! Je suis heureux de te voir, même si tu n'en crois rien.

— Je vais en ville tout à l'heure. J'ai déjà dit à Matti que j'aurais besoin de la voiture.

— Parfait. Parfait. Les chevaux manquent justement d'exercice.

— Je vais chez Lotta. »

Il l'imagina en train de partir, toute raide et pleine de colère. Elle irait chez Lotta et il ne pourrait pas l'accompagner. « Mais tu vas revenir, n'est-ce pas ? demanda-t-il, la voix pressante. Tu ne resteras pas là-bas ? »

Elle le regarda. « Souhaitez-vous que je revienne, père ?

— Mon Dieu, Minna ! Bien sûr que je le souhaite. Tu es ma fille.

— Sans doute. Mais ce n'est pas cela qui me fera changer d'avis sur ce que je considère comme juste. »

Elle était sa fille, mais il avait toujours pensé à elle comme à la fille de Johanna. Non, ce n'était pas tout à fait vrai. Quand elle était petite, mais déjà plus un bébé, il avait pensé qu'elle pourrait aussi être à lui. À trois ans, c'était une enfant pleine de passion et de colère. Tour à tour illuminée de joie et de rage. Johanna n'aimait pas cela. Elle se retirait, froidement, et demeurait distante tant que Minna ne s'était pas calmée et n'avait pas retrouvé une conduite appropriée. Alors seulement, sa mère acceptait de la regarder et de lui adresser à nouveau la parole. Assurément, la méthode de Johanna avait marché. Mais lui avait aimé la fougue de la petite. Il n'avait pas été gêné le jour où elle s'était jetée, de rage, dans une flaque d'eau et avait battu des jambes jusqu'à ce que la boue vole en tous sens. Il la revoyait parfaitement aujourd'hui, le visage écarlate, furieux et fermé, les bottines martelant le sol. Et Johanna s'était éloignée en indiquant à Kirstin et à Jenny qu'elles ne devaient pas toucher à cette enfant jusqu'à ce qu'elle revienne d'elle-même, grelottant de froid et de honte.

Il l'avait relevée. Il n'aurait pas dû, mais il l'avait fait. Elle était toute raide et déchaînée lorsqu'il l'avait soulevée et serrée dans ses bras pour l'emporter entre les arbres. Elle l'avait d'abord martelé de coups de pied violents, puis de moins en moins convaincants. La forêt acheva de l'apaiser.

Il avait cessé de pleuvoir et le soleil perçait les nuages. Sous le couvert, l'air vibrait d'une chaleur frémissante et lourde de résine. Il marcha longtemps, sa fille entre les bras, sentant peu à peu son corps se détendre au rythme de son pas. Elle pesait déjà un bon poids : Minna avait toujours été une enfant robuste. Ils parvinrent à une clairière et il étendit sa veste sous un mélèze pour qu'ils s'y assoient. Elle était en piteux état de toute façon, maculée de boue par les bottes de la petite et toute mouillée par sa robe dégoulinante.

« Voudrais-tu que je te retire ta robe trempée ? » demanda-t-il, et elle hocha la tête. Il y avait un nombre incalculable de boutons difficiles à ouvrir, mais il finit par y arriver et elle laissa tomber sa robe. Son jupon était mouillé lui aussi. Peu importe. Elle n'attraperait sûrement pas froid par un après-midi pareil. Déjà, elle courait en tous sens, à la poursuite d'un papillon blanc. Elle bondissait d'un épais faisceau de lumière à l'autre et, adossé au tronc d'un arbre, il se reposait, la surveillant d'un œil tout en rêvassant. Quand elle sera plus grande, pensa-t-il, je l'emmènerai pêcher. Ça lui plaira. Et il connaissait tous les meilleurs endroits où ramasser des champignons. Il les montrerait à Minna et elle rentrerait fièrement à la maison, son seau plein à ras bord.

Elle s'était accroupie maintenant, et observait attentivement quelque chose. Une abeille.

« Non, Minna. On ne touche pas une abeille ! »

Elle tourna la tête vers son père, les mains encerclant ses genoux, le visage rayonnant d'une curiosité intelligente.

« Pourquoi pas ?

— Parce qu'elle ne pourrait pas s'empêcher de te piquer. Regarde. »

Il s'approcha et lui montra où l'abeille cachait son dard.

« Elle ne le ferait pas exprès, Minna, parce qu'une abeille meurt après t'avoir piquée. Mais elle ne pourrait pas s'en empêcher si elle prenait peur ou si elle était en colère. »

Elle hocha la tête.

« Tu peux observer les abeilles autant que tu le souhaites, mais n'y touche pas. »

Il retourna s'asseoir au pied de son arbre. À présent, elle ramassait des brindilles, prétendant allumer un feu et chantonnant gentiment. Elle semblait tout à fait heureuse. Il faisait un peu plus frais dans la forêt, même si l'atmosphère paraissait encore bien lourde. Sans doute y aurait-il un autre orage durant la nuit, alors qu'elle serait déjà couchée, et au matin, l'air serait frais et doux. Mais cela lui faisait du bien de courir en jupon. Cette robe était trop serrée.

Elle était là, sa petite fille. C'était comme s'il ne s'en était jamais complètement rendu compte auparavant. J'ai une petite fille. Je suis le père d'une petite fille, pensa-t-il. Pour la première fois, cela lui apparut comme un sac de richesses qui s'ouvrirait peu à peu au fil des années. Quand on lui avait annoncé pour la première fois qu'il avait une fille, il était entré dans la chambre, et elle était là, déjà langée et couchée dans son berceau, toute nette et toute propre, comme la poupée de Johanna. Il ne l'avait pas prise dans ses bras.

Il se faisait tard. Elle allait vouloir quelque chose à manger.

« As-tu envie de rentrer ? lui cria-t-il d'une extrémité de la clairière à l'autre.

— Pas encore.

— Comme tu veux. On peut rester jouer un peu plus longtemps.

— Je joue pas. Je prépare le dîner.

— Bien entendu. Excuse-moi, je n'avais pas bien vu. Est-ce que je pourrai en avoir un peu quand tu auras terminé ? »

Elle hocha la tête et courut chercher d'autres brindilles pour son feu. Toutes ces années à venir, pensa-t-il, envahi par un bonheur soudain, le dos appuyé contre son tronc d'arbre.

Mais les choses ne s'étaient pas passées comme cela, et voilà où ils en étaient, elle et lui, aujourd'hui.

« Je vais nous chercher un peu plus de café, dit-il. Ne pars pas tout de suite, Minna.

— Lotta est très fâchée.

— Oui, je m'en doute.

— Mais cela vous est égal.

— Pas du tout. Lotta est une de mes plus vieilles amies. Ce qu'elle pense m'importe au plus haut point.

— Pas tout à fait assez, cependant. Pas assez, en tout cas, pour vous empêcher de n'en faire qu'à votre tête.

— Mais toi, est-ce que tu n'as pas fait tout ce que tu as voulu ? »

Elle haussa les épaules. « Parmi toutes les choses que j'aurais pu choisir de faire, vous voulez dire ? Parmi toutes les possibilités qui m'étaient ouvertes ?

— Tu aurais pu faire d'autres choix.

— Je suis mariée, père. J'ai mon propre foyer. Personne ne me dicte ma conduite. Si je choisis de quitter cette maison ce soir ou la semaine prochaine, la décision m'appartient entièrement. »

Il n'en doutait pas. Elle était d'un caractère beaucoup plus fort qu'Ulf, et elle devait porter la culotte dans le ménage.

« Mais un jour tu auras des enfants, Minna. Cela change tout, tu verras.

— Non. Pas encore. »

Il la regarda d'un air surpris. « Mais certainement, tu…

— Non. Vous n'avez aucune idée de ce qu'est ma vie. Vous n'êtes pas venu une seule fois nous rendre visite. Vous ne voulez rien savoir de moi. Tout ce qui vous intéresse, c'est vous. »

L'injustice de cette dernière remarque amena finalement sa colère à la surface.

« Et quand m'as-tu invité, je te prie ?

— Quand je vous ai invité ! Vous êtes mon père. Ce sont les étrangers qui attendent des invitations. Non, vous ne voulez pas venir parce que vous préférez vous terrer ici où vous pouvez tout contrôler. Cette maison, Lotta, vos patients si reconnaissants, tous ces gens qui trouvent tellement triste que maman soit morte et que vous n'ayez plus qu'une fille qui ne prend guère soin de vous, ces saletés d'arbres que vous continuez de planter dans tous les coins pour qu'il n'y ait plus de lumière dans la maison, le souvenir de ceci et le souvenir de cela… Oui, oui, c'est ce que vous aimez, n'est-ce pas ? Surtout, ne pas prendre le risque de parcourir cent cinquante kilomètres pour avoir un peu de recul. Et maintenant, pour couronner le tout, vous avez trouvé cette fille qui vous fait tirer la langue.

— Minna !

— C'est choquant, je vous l'accorde. Vous ne m'auriez jamais crue capable de tant de grossièreté. Mais vous voyez, je le suis. "Tirer la langue" décrit parfaitement la situation. Et, au contraire de moi, elle est bloquée ici. Elle ne peut pas vous échapper. Y avez-vous déjà réfléchi ? Non, je sais ce que vous pensez. Cette pauvre vieille Minna, mariée à ce sinistre Ulf, pas étonnant qu'elle soit si étriquée et qu'elle ne comprenne rien de ma vie riche et complexe. D'accord, je suis peut-être étriquée, mais au moins, moi, j'ai un cœur. J'ai de la peine pour elle, si vous voulez savoir. Cette fille. Rien que parce qu'elle est pauvre et ignorante, elle est obligée de vous supporter et elle ne peut pas s'enfuir. »

Ils échangèrent des regards furieux. Chacun s'était levé de sa chaise, les poings serrés et pressés contre ses cuisses.

Elle était toujours là, pensa-t-il, bouleversé à cette idée. Cette petite fille, si pleine de fougue et de colère, elle n'était pas morte. Elle se cachait à l'intérieur de Minna. Il s'était tellement habitué à voir en elle la fille de Johanna, aussi froide, critique et gracieuse que sa mère, qu'il n'avait pas distingué ses autres facettes, tout aussi importantes, mais constamment maintenues dans l'ombre. Aujourd'hui, le rayon incandescent de sa fureur les dévoilait à son regard.

« Ne pars pas tout de suite, Minna », dit-il à nouveau, mais sur un ton très différent. « Je veux que tu restes. »

Elle l'écoutait, comme un renard aux aguets : « Vous voulez que je reste ?

— Oui. Tu es ma fille. Cela fait beaucoup trop de temps que je ne t'ai vue. Je n'avais pas compris que tu attendais ma visite. J'ai manqué de considération, je m'en rends compte aujourd'hui.

— C'est entendu, finit-elle par concéder. Je vais rester un petit moment. »

Mais alors, il alla trop loin. À peine eut-il prononcé ces mots qu'il sut qu'il aurait dû s'en abstenir. « Je sais que ça doit te paraître de la folie pure. Je ne comprends pas très bien moi-même ce que je ressens pour elle, mais…

— *Je refuse d'en entendre parler.* Si vous continuez sur ce terrain, je pars immédiatement.

— N'en parlons plus, lui promit-il vivement. Assieds-toi, Minna, je vais m'occuper de ce café. Et il faut que tu manges quelque chose. Tu n'as encore rien pris. »

Il sortit et referma la porte derrière lui. Et elle était là, comme surgie de son désir de la voir apparaître, Eeva, immobile comme une statue avec une lettre à la main. Il n'avait même pas regardé s'il y avait du courrier ce matin, cela lui était totalement sorti de l'esprit.

Elle l'entendit et se retourna, enfouit la lettre dans les plis de sa jupe comme si elle craignait qu'il ne la lui arrache. Elle semblait transfigurée, le visage empourpré par un sentiment de victoire et de soulagement mêlés. Les yeux écarquillés, les pupilles dilatées, elle avait l'air de surgir d'une cachette obscure. Il n'aurait jamais pensé qu'elle pouvait avoir cet air-là. Elle restait ainsi à le regarder mais elle ne le voyait pas, parce qu'il n'avait plus aucune importance désormais. Elle se sentait en sécurité à l'intérieur de sa propre vie. Il avait pensé à elle comme à une orpheline, puis comme à sa servante, et enfin comme à Eeva, l'objet de...

Non, elle était tout sauf un objet. Elle était tout. Elle semblait s'être glissée au plus profond de l'âme de Thomas et avoir pris possession des lieux, chassant toute autre pensée. Elle *était* sa pensée. Ses rêves et ses désirs déambulaient alentour, habillés de sa chair. Mais non, non, elle ne lui appartenait pas. C'était une jeune fille qui tenait une lettre sans aucun rapport avec lui.

Tout est fini, pauvre idiot d'Eklund, se dit-il avec rudesse, sans toutefois y croire encore tout à fait. Ce n'était pas possible. Il ne pouvait pas éprouver tant de sentiment et de désir pour elle alors qu'elle ne ressentait rien pour lui et tout pour un autre. À ce moment précis, la douleur atteignit son cerveau ; il serra les dents, ferma les paupières et s'éloigna d'elle en titubant.

15

Nous en concluons que la violence révolutionnaire n'est ni plus ni moins qu'un moyen de défense nécessaire utilisé par les classes opprimées dans leur lutte contre la violence des institutions de l'État qui les maintiennent dans l'asservissement. Pour cette raison, cette violence doit être considérée non seulement comme justifiable, mais comme une ligne d'action moralement appropriée. La violence révolutionnaire, dûment considérée, représente un devoir plutôt qu'un choix.

Si seulement il avait pu être d'accord avec ce pamphlet sans se sentir obligé d'y réfléchir. S'il avait possédé cette vérité brute et toute simple qui exclut le doute, comme sa vie eût été plus facile ! Il aurait pu voir une solution dans la suppression d'un homme, de dix, de mille, peut-être.

La Baltique s'étendait sous ses yeux, sans la moindre vague. Ce n'était pas la mer qui discuterait son point de vue. Lauri ramassa un galet, le soupesa et le lança aussi loin qu'il put. La pierre s'enfonça dans l'eau avec un gros plouf et disparut.

On supprime un homme, ou dix, ou vingt, et la solution est trouvée. Ou au moins, le début d'une solution. Tout a son prix en ce bas monde, et on ne peut pas faire une omelette sans casser des œufs. Comment atteindre la justice sociale sans détruire ce qui lui interdit de s'établir ? De telles liquidations sont un passage obligé dans un processus qui possède sa propre logique victorieuse.

Non, aucun objectif ne pouvait jamais être atteint sans effusion de sang. Certaines morts étaient indispensables, comme une opération chirurgicale était nécessaire à la survie du corps, même si elle présentait des dangers, même si elle n'allait pas sans douleurs, même si elle ressemblait fâcheusement à de la boucherie. C'était Sasha qui avait chanté ce petit couplet sur l'opération chirurgicale. Les yeux de Sasha brûlaient de conviction. Il ressemblait à un médecin expliquant à son patient effrayé que oui, il y avait encore de l'espoir. Tout pouvait être sauvé, si le patient acceptait de se livrer à lui en jurant une confiance aveugle.

Mais, se dit Lauri un peu plus tard, seul le patient souffre et se retrouve en danger. Le chirurgien ne risque rien. Enfin, je suppose qu'il sent le bistouri entrer dans la chair. Ça doit être un peu comme quand on découpe de la viande. La chair ne veut pas être entaillée, elle résiste. Et puis, la lame finit par atteindre l'os.

Quand il était avec Sasha, Lauri avait parfois l'assurance de son ami. Surtout, en sa présence, Lauri pouvait croire que penser, et même être comme Sasha, était ce vers quoi il devait tendre. Sasha était ainsi. Il avait une sorte de pouvoir en lui. Et puis, il était le meilleur ami de Lauri depuis qu'ils s'étaient rencontrés à Saint-Pétersbourg, deux ans plus tôt. Et même si aujourd'hui Lauri était de retour à Helsinki, Sasha et lui ne s'étaient toujours pas quittés et ils partageaient une chambre. Sasha allait et venait. Il disparaissait toujours quand on s'y attendait le moins, et ne revenait qu'après plusieurs nuits d'absence. Parfois il prenait la parole à des réunions, parfois il restait pendant des heures à écrire sur la petite table de jeu installée dans un coin de la chambre. Il avait abandonné son travail d'employé de bureau, expliqua-t-il à Lauri, pour se consacrer à plein temps au militantisme politique. Il existait des fonds pour venir en aide aux gens comme Sasha, pensait Lauri, des camarades dont le travail est si précieux que ce serait un gâchis de les laisser perdre leur temps en activités salariées.

Étrange de penser qu'il connaissait Sasha depuis moins de deux ans. Il était comme un frère pour lui. Lauri avait pris le chemin de Saint-Pétersbourg après la mort de son père, trois mois après le décès de celui d'Eeva. À Helsinki, tout partait à vau-l'eau. Lauri voulait s'en aller. Par ailleurs, il lui fallait laisser l'appartement dont il ne pouvait payer seul le loyer.

Il était tellement content d'avoir été à Saint-Pétersbourg. Tout avait marché mieux encore que dans ses rêves les plus fous. Il avait bien quelques contacts avant le départ, mais pour l'essentiel, il avait dû se débrouiller tout seul. C'est Sasha qui lui avait trouvé du travail chez le relieur. D'abord, on lui avait laissé les tâches les plus ingrates, mais comme il montrait de bonnes dispositions, on l'avait pris comme apprenti. Rien d'officiel, mais il recevait une formation. Tout cela, grâce à Sasha – qui connaissait le vieux Pavlov à travers tout un réseau de publication d'ouvrages clandestins.

Si seulement Lauri avait pu avoir les idées aussi claires que Sasha et être animé des mêmes certitudes. Après tout, Lauri partageait les idées et les désirs de tous les autres. Avant de connaître Sasha, il avait tenté de travailler dans une filature. Une rumeur circulait selon laquelle on embauchait chez Thornton : pourquoi ne pas tenter sa chance ? Mais les conditions étaient encore pires que tout ce qu'il avait connu en Finlande. C'était déjà très dur pour les hommes, Dieu seul savait comment les femmes parvenaient à survivre.

Elles ressemblaient davantage à des épouvantails qu'à des créatures humaines quand, le châle sur la tête, elles sortaient de l'usine pour regagner le foyer Thornton. Il avait reculé devant la vague de ces automates, effrayé par leurs visages. Durs, désespérés. Elles travaillaient toute la journée mais leur salaire ne suffisait pas à les nourrir ni à les vêtir décemment.

Quand il raconta cette expérience à Sasha, son ami lui expliqua qu'elle illustrait parfaitement les effets du capitalisme international. Lauri ne savait-il pas que les usines Thornton appartenaient à des ploutocrates anglais ?

Il avait ensuite essayé une fabrique de chaussures. Les conditions y étaient un peu meilleures que dans les filatures, mais les amendes pleuvaient pour un oui pour un non. Quelque soin qu'on apporte à son travail, rien n'empêchait son salaire de se volatiliser peu à peu. Chaque erreur infime, chaque minute de retard, chaque passage aux toilettes hors des pauses établies valait une amende. Une véritable escroquerie de la part des patrons. Ils vous faisaient travailler, puis ils vous prélevaient la moitié de votre salaire. Il tint le coup pendant deux mois, puis il se sentit incapable de tolérer cela plus longtemps. Toutes ces retenues sur le salaire pour lequel il avait sué sang et eau et dont il avait tant besoin, non, c'en était trop. Et pourtant, il fallait serrer les dents parce qu'il n'avait pas le choix. Il était près de prendre la décision de démissionner et de repartir pour Helsinki.

S'il n'avait pas rencontré Sasha aux cours pour adultes, il se serait résigné. Il était sur la défensive ce premier soir parce qu'il ne connaissait personne, mais Sasha et lui étaient dans la même classe d'économie. Censément un cours d'« économie domestique », mais le professeur, Kiril Vasilievich, débordait du cadre de son sujet – c'était « un des nôtres » –, et Lauri et Sasha s'étaient retrouvés à bavarder avec lui après la classe. Il était clair, à la façon dont ils se parlaient, que Sasha et le professeur étaient amis, ils se comportaient en égaux. Et ils avaient invité Lauri à les rejoindre, lui posant toutes sortes de questions sur Helsinki et ce qui se passait là-bas. Lauri et lui avaient des connaissances communes : Kiril Vasilievich avait rencontré son père plusieurs fois, ainsi que celui d'Eeva, disait-il. Il parlait d'eux avec une telle chaleur que, pour la première fois, Lauri s'était senti autre chose qu'un émigré dans un pays étranger. Tandis qu'il les évoquait, Lauri avait l'impression de voir Mika et Pekka, tout jeunes alors, pleins de vie et de rêves, ne sachant encore rien de leur propre avenir, ni du sien ou de celui d'Eeva.

Et maintenant leurs deux pères étaient morts. Que la vie semblait brève, c'était incroyable ! Elle vous tenait dans ses bras et l'instant d'après, elle vous laissait partir.

Non seulement Sasha avait déniché pour Lauri cet emploi chez le relieur, mais encore il s'était assuré que le vieux Pavlov prendrait soin de lui. Avec ce que le vieil homme lui avait appris, Lauri n'aurait aucune difficulté à trouver un emploi quand il rentrerait à Helsinki.

Oui, Sasha avait ouvert pour Lauri les portes de Saint-Pétersbourg. Il l'avait amené à des réunions et présenté à des camarades dans toute la ville. Sasha connaissait tout le monde. Il indiqua à Lauri les orateurs intéressants et ceux qui ne valaient pas la peine. Il savait aussi distinguer parmi les professeurs « les nôtres », *Nash*[1], et les libéraux, pleins de bonnes intentions mais totalement inutiles. Une différence facile à établir par quelques petites phrases et questions d'un professeur. « Nos » professeurs enseignaient beaucoup plus de choses que les autres, se

1. *Nash* signifie « à nous ». *(N.d.É)*

dévouant corps et âme à vous faire progresser aussi loin que possible.

Kiril Vasilievich était typiquement l'« un des nôtres ». Il enseignait aussi les mathématiques et, bien au-delà de l'arithmétique de base du programme, avait fait comprendre à sa classe les fractions et les nombres décimaux. Les discussions politiques étaient fréquentes, et même si Sasha avait prévenu Lauri qu'un indicateur de l'Okhrana se cachait dans chaque classe, il semblait que tout pouvait être dit pourvu que le tsar ne soit jamais nommé, qu'on n'évoque pas la possibilité de grèves et que l'on n'attaque pas l'Église ouvertement. Il y avait bien sûr des moyens de contourner ces interdits : des codes que tous ceux qui étaient dans le secret comprenaient et expliquaient discrètement aux nouveaux venus pour peu que ces derniers donnent des signes de reconnaissance.

Cela ressemblait à une conversation qu'il n'avait pas oubliée, dans l'appartement d'Eeva, des années auparavant, alors qu'il était encore un enfant. Eeva et lui étaient toujours livrés à eux-mêmes pendant ces soirées, ils lisaient, jouaient ou s'endormaient à leur guise. Eeva avait étudié pendant quelque temps, assise à sa petite table de jeu – exactement comme Sasha, maintenant qu'il y pensait –, avec une chandelle pour éclairer son livre et son cahier. Elle parlait russe et suédois, en plus du finnois. Elle passerait sans doute bientôt à l'anglais. Elle lisait les poètes russes et étudiait les mathématiques. Lui était paresseux à cette époque, il n'avait aucune envie d'apprendre, même si le père d'Eeva avait essayé d'éveiller son intérêt pour l'étude. Il se sentait en partie désolé pour Eeva qui devait travailler si dur, et en partie envieux parce que son père plaçait en elle de tels espoirs.

Eh bien, Lauri parlait russe aujourd'hui, et il avait étudié les mathématiques et la théorie politique. Sasha et lui avaient partagé un logement à Saint-Pétersbourg. Rien de bien luxueux : une chambre étroite aux murs marqués d'humidité, mais qui avait fini par ressembler à l'appartement d'Eeva au bon vieux temps. Des gens passaient à toute heure pour prendre le thé, parler et se chamailler, discutant de la dernière réunion et impatients d'aller à la suivante. Parfois, les orateurs dormaient chez eux, enroulés dans une couverture sur le lit que Sasha et lui partageaient d'ordinaire, tandis qu'ils se pelotonnaient tous les deux sur le plancher.

C'est quand Sasha et lui parlaient tranquillement dans leur chambre, après le départ des autres, que Lauri évoquait les petits doutes obstinés qu'il n'aurait jamais osé exprimer en public. Peut-être existait-il une autre façon de changer les choses, peut-être tout n'était-il pas à jeter aux orties…

« Tu parles comme un libéral, rétorquait Sasha. Faisons les choses peu à peu, créons des cours d'alphabétisation, améliorons les conditions de logement pour les ouvriers, préparons une pétition pour demander la réduction d'une demi-heure de temps de travail pour ces malheureux. Alors peut-être supporteront-ils la situation quelques années de plus.

» Pourquoi donc voudrais-tu être un libéral, toi, Lauri ? Les libéraux sont des gens qui ont quelque chose à perdre. Ils sont impliqués d'une façon ou d'une autre dans le système, et ils veulent le voir continuer. C'est pour cela qu'ils souhaitent rendre les conditions de travail un peu plus supportables, afin que les ouvriers continuent à accepter leur situation. Les libéraux croient qu'ils font tellement de bien, avec leur Association pour l'alphabétisation, leur Ligue de lutte contre l'alcoolisme, leurs campagnes pour le lait pasteurisé, que les travailleurs devraient leur en être reconnaissants.

» Tout ce qu'ils font, c'est coller du papier peint sur un mur plein de fissures. Non, c'est encore pire que ça, Lauri. Ces libéraux essaient de changer le papier peint sur des murs qu'ils savent près de s'effondrer. Mais pourquoi te laisses-tu abuser ? Tu n'as rien à perdre, toi ! Tu n'es en rien impliqué dans le système actuel. Tu peux oser tous les rêves, Lauri.

— Quels rêves ?

— Tout cela ne se fera pas pacifiquement, tu le sais. C'est impossible. Ils nous donneront la réduction d'une demi-heure du temps de travail s'ils y sont obligés. Ils abandonneront une part minime de leurs profits, s'il savent qu'ils peuvent conserver le reste. J'agirais de même à leur place. C'est logique. En vérité, le plus extraordinaire c'est leur aveuglement, ils ne voient pas qu'en concédant maintenant quelques infimes avantages ils préserveraient la plus grande partie de leurs biens. Ils n'en sont pas conscients et ne le seront jamais. Heureusement pour nous.

— Heureusement ?

— Je dis bien "heureusement". Parce que nous sommes ceux qui verront le système s'effondrer. Nous n'avons pas que nos propres forces sur lesquelles compter, il y a aussi leur stupidité. C'est notre plus gros point fort. Un peu comme un levier, Lauri. Pas besoin d'une force égale pour déplacer un rocher. Il n'est même pas nécessaire d'être vraiment fort. Pourvu que tu aies un levier assez résistant, alors tu peux utiliser le poids du rocher contre lui-même, jusqu'à ce qu'il se renverse sous tes yeux et s'en aille rouler ailleurs. »

Sasha éclata de rire. Il avait l'air si jeune quand il riait, comme un enfant qui vient de jouer un tour spectaculaire aux adultes. Son visage rayonnait de vie. Lorsqu'il prenait cet air-là, tout le monde voulait être de son côté. Des chirurgiens qui excisent des tumeurs, des rochers déplacés par des leviers… Sasha avait un vrai don pour illustrer ses propos.

« Est-ce que tu as déjà tué un homme ? » demanda abruptement Lauri.

La lumière ne s'éteignit pas sur le visage de Sasha, mais son regard se fit plus dur.

« Et toi ?

— Non, mais je crois que…

— Que quoi ?

— Que je me suis trouvé dans une pièce où se préparait un assassinat. Il y a longtemps. J'étais tout gosse.

— Où cela ? » Sasha était toujours si vif. Trop vif, parfois.

« Aucune importance. Ça n'est peut-être même pas arrivé. J'étais tout petit. Tu sais comme les enfants s'imaginent des trucs.

— À Helsinki ?

— Laisse tomber, Sasha. »

Sasha se laissa aller contre le dossier de son siège. « Désolé. Simple curiosité.

— Ce n'est pas le genre de situations qui appelle la curiosité. Il vaut mieux ne pas savoir. Tu te demandes toujours si tu aurais pu, dû, agir d'une façon ou d'une autre. Ou peut-être seulement dire quelque chose. Et si oui, tout aurait sans doute été différent. Il vaut mieux ne pas savoir. »

Sasha s'avança à nouveau. Un petit sourire errait encore sur ses lèvres et ses yeux luisaient.

« Un jour, tu seras obligé de regarder les choses en face.

— Obligé ?

— Oui. Ça ne se passera pas comme tu l'espères, Lauri. Je t'en prie. Qui abandonnera ses biens et nous les cédera sans se battre ? Tu ne pourras pas garder les mains propres toute ta vie. Politiquement, tu n'es pas innocent, Lauri, tu es partie prenante de la lutte. Tu as choisi. »

Ces conversations avec Sasha ne parvenaient cependant pas à apaiser les doutes du jeune homme. Il se sentait mal à l'aise à l'évocation de l'« innocence politique » et de son « refus d'analyser correctement la situation ». En dépit de la chaleur taquine de son ton, Sasha pensait sincèrement chacun des mots qu'il prononçait.

Tout était plus facile lorsqu'ils se rendaient à des réunions. Sasha savait toujours où aller, à quelle heure partir, quelles cours obscures traverser et comment attendre de se faufiler par la porte sans attirer l'attention. En ces occasions, Lauri se sentait brûler de la même flamme que les autres. Il s'abreuvait de discours et applaudissait jusqu'à ce que ses pensées conscientes soient balayées, qu'il se sente soulevé et retombe avec la vague qui les emportait tous et s'apprêtait à les projeter vers leur avenir. Il voulait détruire, renverser, tout changer de fond en comble. Il partageait toutes leurs certitudes. Oui, il savait tout des insultes et des affronts qu'on leur infligeait et que décrivaient les camarades.

Des années auparavant, sous ses yeux un homme avait eu le bras écrasé par un rouleau parce qu'on avait retiré la barrière de protection qui ralentissait la cadence de production. L'homme avait manqué de vigilance. C'était sa faute. Mais ils avaient payé le médecin, et l'avaient affecté au balayage. C'étaient de bons patrons et il avait saisi cette chance. Reconnaissant ! Ils auraient facilement pu le virer.

Lorsqu'il se produit un accident comme celui-là, sur le moment on ne comprend pas ce qui se passe. On entend un cri, et on se retourne pour voir un homme dans une posture incongrue, la tête quasiment enfouie dans sa machine. Et quand on l'emporte, malgré son visage cendreux, il ne gémit même pas.

Un jour où il est en train de balayer, il montre la peau rouge et luisante de son moignon. Tendue à éclater, comme sous la pression d'un autre bras essayant de se frayer un chemin. Mais bien sûr, c'est faux. L'homme explique qu'il a l'impression d'avoir toujours son bras, un bras fantôme. Lauri ne se rappelle même plus son nom aujourd'hui. Il est devenu pour lui « l'homme qui a perdu son bras ».

Il devrait être ici, songe Lauri. Il devrait être ici, à applaudir d'une seule main et à crier jusqu'à l'enrouement qu'il est d'accord en tout point avec l'orateur. C'est pour lui que nous luttons, pour lui et pour nous tous. Non, il n'y avait pas de place pour le doute. Et voici Sasha, aux côtés de l'orateur qu'il avait eu l'honneur de présenter, le front couvert de transpiration, les yeux brillants, balayant l'assistance d'un regard de joie triomphante.

Mais plus tard, dans le calme retrouvé, les pensées critiques reviendraient à l'assaut. Lauri tenterait de les écraser, comme Sasha avait dû étouffer les siennes des années plus tôt. Sasha était tout d'un bloc, sans division interne, sans double qui le harcèle.

Lauri tentait de mettre de l'ordre dans son esprit, comme son ami. Suivant ses recommandations, il analysait sa propre situation avec objectivité. Oui, il était ouvrier et nationaliste finlandais, mais la priorité demeurait son appartenance à la classe ouvrière. Il ne détestait pas « le tsar et son laquais Bobrikov, gouverneur général de Finlande », uniquement parce qu'ils étaient russes. Comment cela aurait-il pu être, alors que tant de ses camarades étaient russes, eux aussi ? Non, s'il haïssait le tsar et ceux qui, comme le général gouverneur, se faisaient les instruments de son empire, ce n'était pas en tant qu'hommes ou en tant que Russes, mais à cause du pouvoir qu'ils prétendaient imposer. Le carcan d'une autocratie agonisante. Lauri se souvenait de ces mots exacts, tirés d'une de ses lectures, et chaque fibre de son corps en frémissait encore. Oui, ils voulaient écraser la Finlande, tout comme ils voulaient écraser les ouvriers et les paysans de Russie. Leur but était de détruire les lois qui pendant des siècles avaient préservé l'indépendance de la Finlande malgré son intégration à l'Empire russe.

Les termes « politique de russification » étaient explicites. Tout devrait désormais être façonné dans le moule de l'Illustre Voisine, et ordonnancé selon les schémas moribonds de l'Église et du tsar. C'était Sasha qui avait prononcé les mots « schémas moribonds ». Quelque chose de moribond ne tardait pas à mourir. Était-ce un crime d'achever ce qui se mourait ? Telle était la base du raisonnement de Sasha.

Le nationalisme ne suffisait pas. Lauri le savait. Cela faisait partie du mode de raisonnement clair et incontournable auquel il devait désormais aspirer. À quoi bon une Finlande indépendante si sa structure de classes demeurait intacte ? La Finlande aussi avait ses filatures dans lesquelles des hommes perdaient leurs bras et leur travail quand les affaires étaient mauvaises. Des enfants allaient pieds nus et affamés dans les cours d'immeubles d'Helsinki, et la tuberculose ravageait des familles entières. Les émigrants se comptaient par milliers, auxquels le pays ne pouvait plus rien offrir. Lauri avait lu, étudié et écouté, et il savait que le nationalisme ne garantirait pas les droits des travailleurs. Il fallait plus : l'union et la mise en commun des efforts de tous les ouvriers et de tous les paysans, au-delà des barrières de langue ou de nation. Certaines choses étaient condamnées. L'heure avait sonné.

Il en parla à Sasha, qui le gratifia d'un sourire radieux. Dès lors, il cessa de mentionner ses doutes, même à son ami. Ils pouvaient se faire l'un à l'autre une confiance absolue. Ils étaient comme des frères, soudés par un objectif commun.

S'il n'avait pas vécu à Saint-Pétersbourg, Lauri aurait peut-être embrassé la cause nationaliste, et cru que tout irait comme sur des roulettes pourvu que le transfert des commandes aux Finlandais réglerait tous les problèmes. Mais aujourd'hui, il savait qu'il n'en serait rien. Il avait eu à Saint-Pétersbourg des camarades sur lesquels il compterait jusqu'à la mort. Qui donneraient leur vie pour lui sans hésiter tout comme lui donnerait la sienne pour eux.

Enfin, c'est ce que Lauri disait, et c'est ce qu'ils disaient. Pouvait-on vraiment prononcer ces mots avant de se retrouver au seuil de l'épreuve ? Peut-être ces serments ne pouvaient-ils être énoncés avec sincérité que par les morts. Ces hommes emmenés et torturés par l'Okhrana, avant d'être exécutés en public ou loin des regards.

La mort. Oui, tel était bien le cœur de la question. C'était à la mort que se heurtait sans cesse son esprit, comme un bateau à un banc de sable. Pourquoi s'échouait-il contre cette idée de la mort, alors que, pour autant qu'il puisse en juger, d'autres camarades, finlandais ou russes – Sasha, Hannu, Eero, Fedya, Mitya –, semblaient voguer joyeusement ? droit sur l'eau ? Oui, quand on y réfléchit, on meurt tous, sans retour. Et alors ? Qu'y a-t-il de nouveau sous le soleil ?

La mort. Qu'est-ce que cela veut vraiment dire que mourir ? Cela nous attend tous un jour. Quelle idée atroce, pensait Lauri. Un frisson d'angoisse lui parcourut la peau. Comment la vie peut-elle avoir été prévue ainsi, pour se terminer sans changement ni recours possible quand l'heure est venue ? Et pourtant, si la vie ne se terminait pas dans la mort, quel sens aurait-elle ?

Lauri regarda ses mains. Il avait serré les poings et il se força à les rouvrir. L'endroit semblait parfait. Il était venu au bord de la mer pour démêler un peu ses pensées. Il y avait de l'espace ici, l'horizon était ouvert et l'air portait les senteurs légères et douces de l'eau. Il lui fallait réfléchir. Oui, il y avait la mort, bien sûr, pareille à un ami dont on ne peut se débarrasser et qui vous accompagne partout le sourire aux lèvres. Quand son père était mort, Eeva lui avait croisé les mains sur la poitrine pendant qu'elles étaient encore chaudes. Où avait-elle appris ce geste ? D'où venait ce genre de savoir ?

Il était plus de dix heures maintenant, et le soleil baissait à l'horizon, la lumière promettant de s'éteindre mais ne s'y résignant jamais. Un soir à la clarté parfaite, avec une nuance de vert dans le ciel. Au loin, des gens se promenaient, certains seuls, d'autres bras dessus, bras dessous. Chacun parfaitement distinct, comme si Dieu avait voulu montrer l'importance de toutes Ses créatures.

Mais Lauri ne croyait pas en Dieu. Une invention pour que les hommes se contentent de leur sort. Il le savait. Assis sur une bitte d'amarrage, il restait là, les jambes écartées, les poings sur les genoux, comme n'importe quel jeune Finlandais rêvant d'émigration. L'eau du port était calme. Tout paraissait si vaste, si paisible. Deux moineaux picoraient dans la poussière à ses pieds. Comme il est fatigant d'être un oiseau au beau milieu de l'été, pensa-t-il soudain. Parfois, il leur arrive de se percher, mais pas pour longtemps. Toute la journée ils picorent, volettent, et emplissent les buissons de leurs pépiements. Pourtant, ils paraissent heureux, se dit-il en observant les moineaux au corps mince, couvert de poussière, qui s'ébattaient entre ses jambes. Ils se satisfont d'être en vie, voilà tout.

Si j'avançais de trois pas, se dit Lauri, je me retrouverais dans la mer. L'eau ne doit pas être si froide. Un passant ou deux entendraient peut-être mon plongeon et tourneraient la tête, mais si je faisais un petit geste joyeux de la main, ils poursuivraient leur chemin. Et ensuite, si je nageais jusqu'à la limite de mes forces, j'atteindrais un point de non-retour.

Je pourrais me retourner et regarder le rivage de Finlande, mais je saurais qu'il me serait désormais impossible d'y revenir. Quel effet cela fait-il de regarder la rive et tous les lieux et tous les gens que vous avez connus, même s'il n'est pas possible de les voir vraiment, en sachant qu'il faut désormais leur dire adieu ?

Il frissonna. Parfois, on se fait peur comme ça avec des choses dont on sait qu'elles ne se produiront jamais. S'il se noyait, il coulerait à pic dans les flots paisibles, l'eau ayant désormais pris la place de l'air dans ses poumons près d'exploser. Au bout d'un certain temps, son corps se gonflerait de ses propres gaz. Sa peau s'adoucirait, des crabes le coloniseraient tandis que des poissons lui mangeraient les yeux. Peut-être un pêcheur le découvrirait-il, rejeté sur le rivage, et cracherait-il de dégoût. À moins que la mer ne l'emporte si loin et qu'il ne coule si profondément qu'on ne le retrouve jamais. Sa chair serait bientôt dissoute. Son squelette émergerait. Comme il était étrange d'avoir un squelette toute sa vie et de ne jamais le voir ! À quoi ressemblerait le sien ? Aurait-il une marque qui dirait *Lauri* et qui le rendrait différent de tous les tas d'os gigotant alentour ? Probablement pas.

Et puis, longtemps, très longtemps après, ses os aussi seraient réduits à néant. Combien d'années cela prendrait, Lauri l'ignorait. Plusieurs siècles, sans doute. Mais en fin de compte, eux aussi disparaîtraient.

Pourtant, même cela ne serait que le début de la mort. Guère plus qu'un battement de cils. Le début d'un processus qui ne finirait jamais. La mort et lui seraient bientôt las l'un de l'autre, mais ils seraient condamnés à rester ensemble pour l'éternité. Je suis encore là, tout entier, songea Lauri, les mains posées sur mes genoux. J'ai un ongle cassé, et mes épaules me font mal d'avoir transporté toute cette pile de livres hier, mais je suis là, tout entier. Pourtant, quand bien même je vivrais cent ans, la mort serait toute proche, parce que ce néant est tout ce que ma vie n'est pas, et qu'il m'encercle de toutes parts. Rien qu'à trois pas de moi, en ce moment.

Quand on parle d'éliminer un homme, ce n'est jamais si simple. Il a sa vie, tout comme j'ai la mienne. Il se promène peut-être en ce moment, exactement comme moi. Il est peut-être assis à sa table, en train d'avaler de délicieuses petites boulettes de viande qu'on lui a servies pour souper après le spectacle. Si ses doigts sont sales, il les léchera et il goûtera sa propre peau en même temps que le jus de viande. Et il saura combien c'est bon d'être en vie.

Lauri leva le bras droit. Un bras bronzé et musclé. Tandis qu'il le levait puis l'abaissait encore, ses muscles jouaient sous la peau. Il s'était toujours intéressé au fonctionnement de son corps. Dans une autre vie, il aurait pu être médecin. Un jour, il avait lu un traité d'anatomie. Des illustrations montraient le réseau des muscles et comment ils étaient attachés au squelette. Sur l'une d'elles, la moitié du corps avait forme humaine, avec un œil, une demi-bouche et un demi-nez. L'autre était écorchée pour révéler ce qui se trouvait sous la peau.

Lauri examina son bras. Oui, c'était la mort qui se cachait dessous. Aujourd'hui son bras était fort, il pouvait soulever de gros poids et brandir des outils, dans des gestes précis et rapides auxquels il n'avait même pas besoin de penser. C'est ce bras qui lui donnait du travail, et aussi le savoir que le vieux Pavlov avait su mettre dans son cerveau et dans ses mains. Lauri renifla l'odeur familière de sa propre peau. Oui, voilà ce que c'était qu'être en vie et parcouru par une douce chaleur, capable de sentir ses propres odeurs et de goûter ses aliments.

Peut-être était-*il* en train de boire en ce moment précis. De porter un verre de bière à ses lèvres. À moins que ce ne soit du vin, ou, plus probablement encore, du champagne. Les Russes en raffolaient et en buvaient à chaque occasion. Il devait regarder son propre bras se lever, exactement comme Lauri.

Il viderait son verre, puis s'en servirait un autre, pour accentuer le plaisir de sentir l'alcool courir dans son corps, le réchauffant, lui prodiguant à la fois détente et excitation. Il parlait sans doute avec quelqu'un. Probablement un ami ou un collègue. Ou encore un membre de sa famille.

Qui était-*il* ? Qui était cet homme à éliminer du corps social pour permettre à celui-ci de prospérer librement ? Sasha ne voulait pas le lui confier. Il n'était pas encore temps. « Un Russe qui occupe une position importante. *Très* importante. Pratiquement la plus haute qui soit… » Et Sasha l'avait regardé en souriant, suggérant clairement que Lauri n'avait pas besoin de tenter de deviner, pas encore, parce qu'il savait qu'on lui dirait tout ce qu'il aurait besoin de savoir le moment venu. Et Lauri avait compris qu'il ne s'agissait ni d'un test, ni d'une épreuve, ni même de lui faire sentir que lui, Sasha, en savait beaucoup plus long qu'il ne le disait. Il était sérieux.

Un personnage officiel russe très important. Non, Sasha n'avait pas parlé de personnage officiel, mais d'« une position très importante ». Alors qui ? Qui était cet homme, encore en vie, certes, mais qui portait l'empreinte de la mort ?

Ce qui compte, c'est qu'il doit mourir. Pas maintenant, pas tout de suite. Mais chaque fois qu'il porte son verre à ses lèvres, c'est dans le halo de sa propre mort qu'il le lève. Il va mourir, et il ne sait ni quand ni comment. Exactement comme tout le monde, quand on y réfléchit. Mais la différence est que nous en savons plus sur sa mort que lui, même si je ne connais pas son nom.

Comme c'est étrange et atroce de penser qu'un homme peut être en train de se remplir l'estomac, alors qu'une heure plus tard il se videra de son sang !

Non, non, pas une heure, lui promit Lauri. Tu auras plus longtemps que ça. Des jours, des semaines, des mois, même. À la façon dont Sasha en a parlé, je peux te dire que ce n'est pas pour tout de suite. Mais tu vas mourir, même si tu n'en sais rien. Peu de gens le savent. Ni Fedya, ni Mitya, pas même Hannu ou Eero. Ils ne savent rien et resteront dans l'ignorance. Mais Sasha, lui, sait.

16

Mais le lendemain, quand le vieux compagnon de travail de son père lui apporta la lettre d'Eeva, tout changea. Elle n'avait pas disparu. Elle ne l'avait pas oublié.

Il la lut une fois, vite, dévorant les mots à la hâte. La feuille tremblait entre ses mains. Quand il eut fini, il lissa soigneusement le papier, l'étendit sur la table de jeu de Sasha, et s'assit devant pour l'étudier de près.

> *Parfois, je ne sais même plus à quoi tu ressembles, et quand enfin je m'en souviens, tu as l'air très en colère, exactement comme la dernière fois…*
>
> *Moi, je suis domestique…*
>
> *Tu te rappelles comme ils nous disaient toujours que le monde était en train de changer ? Ici, en tout cas, il n'a pas changé du tout… Quand je te reverrai, tu ne seras peut-être plus le Lauri de mes souvenirs. Tu n'auras plus ta casquette bleue… et tu diras : « Mais où étais-tu passée, Eeva ? J'ai arrêté de penser à toi depuis des années. »*

Et elle signait : *Ton amie, Eeva.* Le papier devint flou. Non, il n'allait tout de même pas se mettre à pleurer. Il n'avait pas pleuré quand ils l'avaient emmenée. Il n'avait pas pleuré lorsque son père Mika était mort. Il s'était agenouillé près du lit, sa main dans la sienne, jusqu'à ce qu'elle devienne toute molle. Puis il avait appuyé le front contre cette main de celui qui lui avait donné la vie, et il était resté ainsi un long moment, malgré la vieille femme qui avait prodigué les derniers soins à son père, désireuse de procéder à la toilette mortuaire.

Son père n'avait plus jamais été le même depuis que l'Okhrana l'avait emmené. Il boitait et souffrait d'une blessure interne ; l'estomac, ou peut-être le foie, Lauri ne savait pas et son père non plus. Mais il ne pouvait plus manger de viande. Rien que de la bouillie d'avoine et des miettes de pain ramollies dans un bol d'eau chaude. Il ne supportait plus la vodka. La seule fois où il avait essayé, il s'était retrouvé plié en deux. Ils l'avaient roué de coups de pied, à même le sol de sa cellule. Mais il avait eu de la chance, il disait toujours : « Je l'ai échappé belle, je sais très bien me prendre en main. En plus, je suis plus très jeune. Ma vie est derrière moi. »

Tout de même, il avait eu des cauchemars, jusqu'à sa mort. Ils avaient planté quelque chose en lui et il ne pouvait pas s'en défaire.

« Des animaux, dit-il un jour. Des animaux, voilà ce qu'ils sont. Et le tsar est le gardien du zoo, tâche de pas l'oublier. Il sait tout ce qui se passe. Avale jamais cette couleuvre, petit, que le tsar serait au-dessus de tout ça, avec un cul qui sentirait aussi bon que le souffle des anges. »

Papa, Pekka, Eeva. Papa et Pekka étaient partis mais voilà qu'Eeva, qu'il avait crue morte, lui écrivait. C'était son écriture, il la reconnaissait. Elle avait formé ces lettres avec ses doigts à elle, bien vivants !

Non, il n'avait pas pleuré à ce moment-là et il n'allait pas s'y mettre maintenant. C'était le choc, voilà tout. Il l'avait crue disparue pour toujours, comme tout le reste. Et maintenant, elle écrivait que peut-être il l'avait oubliée.

Comment était-ce imaginable ? Avait-il jamais cessé de penser à elle ? Non, non, sûrement, ce n'était pas possible.

Mais il savait que si. Il faut se détourner des morts, sinon ils vous engloutissent. Il s'était dit qu'elle était morte, comme leurs pères à tous deux. Il l'avait cachée dans ce coin de la tête où doivent se cacher les morts afin de permettre aux vivants de poursuivre tranquillement leur existence. Elle avait pensé à lui durant tout ce temps, mais l'inverse n'était pas vrai.

« Eeva », prononça-t-il à haute voix, pour voir l'effet que produirait son prénom. Combien de temps qu'il n'avait articulé ce nom : *Eeva* ? Gamin, il le répétait au moins vingt fois par jour.

Son regard fit le tour de la chambre. Dieu merci, Sasha était absent. Qu'aurait-il pensé s'il l'avait vu dans cet état ? Il se serait dit que Lauri était devenu fou.

« Eeva ? » Il ne l'appelait pas, il répétait seulement son prénom, exactement à la façon dont il le prononçait lorsqu'elle étudiait à la lumière de l'unique chandelle, le bras droit enroulé autour de sa feuille, la main gauche tenant sa plume. Il avait oublié qu'Eeva était gauchère avant cet instant. Mais elle l'était. S'ils s'asseyaient côte à côte pour travailler, leurs coudes se heurtaient. Il essayait de la faire écrire de la main droite, comme lui, mais elle refusait obstinément.

« On dirait des araignées qui courent sur le papier. En plus, toi, tu n'arrives pas à écrire de la main gauche, pas vrai ? Moi, ça me plaît d'être gauchère. »

Pour écrire cette lettre, elle avait dû enrouler sa main autour du papier, exactement comme autrefois. Il en était sûr. Son écriture n'avait pas changé le moins du monde.

Elle avait toujours été capable de coucher sur la feuille exactement ce qu'elle voulait, tout comme son père.

Maintenant, il savait où elle était. Il pourrait prendre un train, puis trouver un charretier qui irait dans cette direction et qui accepterait de le laisser monter. Sinon, il ferait le reste du chemin à pied. Tant pis si cela prenait plusieurs jours. Il dormirait à l'abri d'une grange. Elle était là-bas, en ce moment même. Il pouvait partir à sa recherche. Oui, dès que Sasha rentrerait, il lui raconterait, lui montrerait la lettre, et ensemble ils trouveraient bien un moyen pour qu'Eeva vienne à Helsinki. Il faudrait lui dénicher un logement. Sasha saurait ce qu'il y avait de mieux à faire.

Ton amie, Eeva. Pour lui, elle n'était pas une amie. Elle faisait trop intimement partie de lui-même pour ça. Et pourtant, elle n'était pas sa sœur. Si elle avait été sa sœur, ils n'auraient pas pu l'emmener.

Ton amie. Elle lui avait écrit. Elle réclamait son aide. Il allait la sortir de là, quoi qu'il lui en coûte. Il la voyait aussi nettement que si elle avait été assise là, près de lui, penchée sur l'un de ses livres.

« Eeva ? »

Elle releva la tête. Son visage s'illumina de surprise et de joie.

« Cela fait des années que j'attends. Je n'y croyais plus. »

Sasha rentra très tard, traînant les pieds de fatigue. Il était allé à une réunion, expliqua-t-il. Il s'assit au bord du lit pour retirer ses bottes, visiblement surpris, voire contrarié, de trouver Lauri encore éveillé. Les lueurs de l'aube se pressaient déjà contre les volets. Il devait être beaucoup plus de minuit, se dit Lauri.

« Je suis fourbu, fit Sasha. J'ai vraiment besoin de deux bonnes heures de sommeil.

— J'ai reçu une lettre d'une amie.

— Qui ça ? Une camarade ? »

Lauri hésita. Ça n'était pas comme ça qu'il voyait Eeva. Elle était elle-même, voilà tout. « Elle est des nôtres, répondit-il enfin. C'est la fille de Pekka Koskinen. »

Sasha lâcha un grognement quand la botte droite tomba sur le plancher. « À ce qu'on m'a dit, Koskinen avait des tendances libérales.

— *Des tendances libérales ?* Sasha, tu ne sais pas de quoi tu parles. Autant dire que moi, j'ai des tendances libérales.

— Parfois, je me le demande. Donc, tu parles d'Eeva Koskinen ? »

Bien sûr, il avait dû mentionner Eeva, même si pour l'instant il ne s'en souvenait absolument pas.

« Oui, Eeva. Elle m'a écrit de l'endroit où elle habite maintenant.

— C'est-à-dire ? »

Lauri découvrit soudain qu'il éprouvait une étonnante réticence à dire à Sasha où se trouvait exactement Eeva.

« Une centaine de kilomètres au nord-est de Turku, au fond de la campagne.

— Je vois. Et pourquoi a-t-elle écrit ? »

Sasha ne posait pas les questions qu'il aurait attendues. Mais au fond, quelle aurait été la bonne question ? Ce n'était vraiment pas la faute de Sasha. On ne pouvait pas s'attendre qu'il comprenne l'importance que revêtait pour lui la lettre d'Eeva.

« Elle a besoin d'aide, dit Lauri. Ils l'ont emmenée dans un orphelinat, et ensuite ils l'ont placée comme servante. Elle vivait avec nous, tu vois, après la mort de son père. Et puis, quand le mien s'est fait arrêter, ils ont fouillé partout et trouvé Eeva – bon, tu vois un peu le tableau, Eeva et moi, on dormait près du poêle, et mon père, dans son alcôve. Alors, ils l'ont embarquée. Et puis, c'était la fille de Pekka Koskinen, en plus. Il était mort, bien sûr, mais ils pouvaient continuer à le punir en mettant sa fille à l'orphelinat.

— Je vois.

— On a grandi ensemble, ajouta Lauri, qui se sentit rougir. On était comme…

— … frère et sœur ?

— Non.

— On dirait un conte de fées. Les petits orphelins vont se trouver réunis après leur longue et pénible séparation. Tout est bien qui finit bien, pas vrai ? Enfin, c'est ce que je vous souhaite.

— Ça suffit, maintenant », trancha Lauri.

Sasha se retourna pour le regarder. Il ne l'avait jamais entendu parler sur ce ton. Lauri était assis droit sur son séant, le visage figé, prêt à rejeter draps et couvertures.

« Ça suffit, Sasha. »

Lauri avait déjà vu Sasha de cette humeur. Aiguillonnant son adversaire au cœur d'une réunion, affûtant ses mots. Pris un à un, il n'y avait jamais dans aucun d'eux la moindre accusation ouverte, rien contre quoi on puisse protester. Lauri se réjouit d'avoir rangé la lettre d'Eeva. Il n'avait aucune envie que Sasha la lise.

Mais soudain, Sasha changea. Il étendit la main, paume vers le ciel.

« Ne fais pas attention. Je suis jaloux, c'est tout. Les seules lettres que je reçoive jamais portent sur la position que préconisera I. M. Nicolaev sur le prix sans cesse croissant des produits de première nécessité. » Son visage était redevenu chaleureux, rayonnant de sympathie. « Je suis désolé, Lauri. Je suis vraiment crevé et tout est allé de travers aujourd'hui. Je te raconterai une autre fois. Je suis un balourd, un imbécile, et je mérite d'être fusillé. Tu me pardonnes ? »

Lauri lui rendit son sourire. « C'est de ma faute. J'aurais dû attendre…

— Pas du tout. C'est important. Il faut qu'elle revienne à Helsinki, bien sûr.

— Ici ?

— Oui, enfin… non. Manifestement pas dans cette chambre. Ce ne serait pas vraiment envisageable, tu ne crois pas ? À moins que tu ne comptes l'épouser ? »

L'épouser ? Lauri ne dit rien. Pourquoi Sasha avait-il pensé à cette éventualité ? On ne devrait jamais prononcer des mots pareils.

« Mais on lui trouvera quelque chose, poursuivit Sasha jovialement. Ça ne devrait pas poser de problème. Ensuite, il faudra lui dénicher du travail. Elle a une place de domestique, tu as dit ?

— Eeva est capable de tout faire. Tu n'as pas idée. Elle sait écrire – tu n'imagines pas comment elle écrit. Et elle parle russe mieux que moi, même si elle n'a jamais vécu là-bas, et suédois en plus. Elle sait des pages et des pages de poésie par cœur, et elle a lu des centaines de livres.

— Elle serait parfaite dans une crémerie, résolut Sasha. Pourvu qu'elle soit propre sur elle, bien nette, et qu'elle ait l'air engageant. Je suppose que c'est le cas. Ils recherchent à grands cris des filles comme ça, avec toutes ces crémeries qui ouvrent partout en ville. J'ai des contacts, je vais m'en occuper. »

La question lui échappait désormais entièrement. Sasha avait les meilleures intentions du monde, c'était exactement de cette façon qu'il lui avait trouvé un emploi chez Pavlov. D'une certaine façon, ce n'était pas lui qui aurait dû résoudre le problème.

« Quand Eeva se sera installée ici, elle décidera, lâcha Lauri.

— Mais elle ne pourra pas vivre dans la rue. Je connais une camarade qui cherche quelqu'un pour partager sa chambre. Tu l'as rencontrée : Magda, l'Allemande. Mais il faudra qu'Eeva se trouve tout de suite du boulot. Il y aura sa part du loyer à payer, et puis la lumière et le chauffage, et tout le reste, sans parler de la bouffe.

— Moi, je l'aiderai, au moins au début. J'ai un peu d'économies. »

Sasha le regarda d'un air interrogateur, le sourire aux lèvres. « Je veux seulement te rendre service, Lauri. C'est tout ce que j'essaie de faire. Et pourtant, tu m'en veux.

— Je ne t'en veux pas. Je sais que tu souhaites me rendre service.

— Est-ce qu'elle a l'argent du voyage ?

— Je ne crois pas.

— Le problème, c'est qu'elle est au bout du monde. Il faudrait que tu te renseignes pour savoir quelle est la gare la plus proche. À moins que tu préfères qu'on aille la chercher ? »

Mais l'idée de partir avec Sasha à la rencontre d'Eeva lui faisait l'effet d'une paire de bottes qui n'aurait pas été à sa taille. Pour l'instant, rien n'assurait qu'elle viendrait.

« Je vais lui répondre, annonça Lauri. Et je lui enverrai l'argent du voyage, comme ça, elle pourra prendre sa décision toute seule. »

Quelque chose dans son ton fit comprendre à Sasha qu'il valait mieux ne pas répondre.

Sasha dormait depuis longtemps et Lauri continuait à cogiter. Il pouvait lui envoyer l'argent du voyage. Il avait mis de côté une petite somme pour s'acheter des bottes l'hiver suivant, et ce serait suffisant. Bien sûr, Eeva devrait se trouver du travail, mais il n'avait guère apprécié la façon dont Sasha avait parlé de la placer dans une crémerie, comme si Eeva n'était pas Eeva, mais une jeune paysanne tout droit sortie de sa campagne.

Il se retourna, avec beaucoup de précautions pour ne pas réveiller son compagnon. Inutile d'essayer de s'endormir à cette heure-ci. Il faisait grand jour, de toute façon, et les nuits d'été, Lauri ne dormait jamais beaucoup. Il rattrapait le sommeil en retard une fois l'hiver venu.

La lettre d'Eeva faisait soudain paraître très brèves toutes ces dernières années. En fermant les paupières, il aurait pu s'imaginer de retour au temps où il partageait un lit avec Eeva, dans l'appartement de son père, lorsqu'ils étaient tout petits.

Cette nuit-là – oui, la nuit dont il avait failli parler à Sasha un jour... Mais il s'était interrompu, et il avait eu raison. Des choses pareilles, il valait mieux les garder pour soi. Qu'avait-il dit à Sasha en fait ? Lauri fronça le sourcil, tentant de se remémorer les mots exacts. *Je me suis trouvé dans une pièce où on préparait un assassinat.* Oui, c'était cela. *Il y a longtemps. J'étais tout gosse.*

Il y a longtemps. Nous étions tout gosses tous les deux. Quand nous nous blottissions dans le même lit, et que le père d'Eeva nous couvrait de son manteau.

D'ordinaire, Eeva se couchait en chien de fusil, tournée vers le mur. Lauri la poussait pour qu'elle lui laisse bien la moitié du lit. Il se rappelait encore exactement aujourd'hui le contact de ce petit dos : osseux mais aussi très doux.

Rien qu'à entendre son souffle, il savait toujours si elle dormait vraiment ou non. Elle ne ronflait pas, mais elle respirait plus lentement. Elle, en revanche, ne savait pas toujours s'il dormait ou non. Il savait mieux feindre qu'elle.

« Lauri ? » avait-elle appelé cette nuit-là, dans un faible murmure, et il n'avait pas répondu. Il était resté sous les couvertures, le souffle profond et régulier. En voyant son visage, elle aurait tout de suite découvert qu'il ne dormait pas, mais dans le noir, c'était impossible.

« Lauri ? »

Il aurait dû répondre, mais il était resté parfaitement immobile, l'oreille aux aguets.

Alors, c'est réglé ? C'était le père d'Eeva qui avait posé cette question. Puis une grosse voix – Juha – avait répondu que l'homme s'était cogné l'arrière du crâne en tombant sur une plaque de glace.

Ils parlaient de l'homme qui était présent à la réunion. Lauri avait immédiatement compris que quelque chose clochait. La façon dont les autres lui parlaient, et puis, toutes ces questions qu'il posait. Lauri connaissait l'existence des indicateurs de la police. Il se demanda si Eeva aussi était au courant. Ils l'avaient forcé à boire, verre sur verre, et surveillé attentivement pour vérifier qu'il avalait bien sa vodka. Sa voix devenait pâteuse et il répétait sans arrêt qu'il avait assez bu, mais ils lui versaient encore un verre, comme s'ils n'avaient pas entendu. Puis, après le départ de tous les autres, Eero et le Grand Juha l'avaient emmené. Lauri n'avais jamais oublié son visage. Il avait un bras passé sur l'épaule d'Eero, et l'autre sur celle du Grand Juha. En vérité, entre ces deux hommes plus grands et plus solides que lui, on l'aurait cru suspendu entre deux branches, un sourire pâle et trouble lui étirait les lèvres. Ils le dissuadèrent de marcher tout seul, lui dirent qu'ils allaient le raccompagner.

Il sortit avec eux. De dos, il semblait être leur prisonnier. Lauri avait-il vraiment pensé cela sur le moment, ou bien se le dit-il seulement plus tard ? L'homme leur posa encore une question en passant le seuil de l'appartement, mais ils ne lui répondirent pas.

Ils l'avaient tué. Lauri le savait aujourd'hui et il l'avait déjà compris à l'époque. Oui, les enfants sentent ces choses-là, plus clairement encore que les adultes parce qu'ils ne se disent pas que c'est impossible, que ça ne peut pas arriver. Il avait deviné qu'ils voulaient éliminer l'inconnu qui était peut-être un indicateur de la police. Mais en étaient-ils absolument sûrs ? Leur avait-on transmis une information ou bien était-ce seulement parce que personne ne pouvait répondre de lui et qu'il posait trop de questions ?

Tout frissonnant de froid, Lauri n'avait pas pu trouver le sommeil cette nuit-là. Il pensait qu'Eeva ne dormait pas non plus, mais il ne voulait pas qu'elle le sache éveillé. Il ne voulait pas qu'elle sache combien il avait peur. Si Eero et le Grand Juha découvraient qu'il avait tout entendu, peut-être l'emmèneraient-ils lui aussi faire un tour dans la neige. Même le père d'Eeva ne pourrait sans doute pas les en empêcher.

Non, le père d'Eeva ne les laisserait pas faire, se dit Lauri. Il les en empêcherait. Mais il n'avait pas arrêté Eero et le Grand Juha, pas vrai ? Lauri continuait à trembler. Eeva était toute proche, mais ils ne se touchaient pas. C'est d'ailleurs pour cette raison qu'il la savait éveillée, parce que lorsqu'elle dormait, que sa respiration se faisait plus légère, ils glissaient invariablement l'un vers l'autre. Mais il ne chuchota pas son nom. Cela pourrait être dangereux. Si elle continuait à croire qu'il dormait, peut-être penserait-elle que c'était un mauvais rêve et oublierait-elle tout ça.

Beaucoup plus tard, il *les* entendit revenir.

Alors, c'est réglé ? C'était la voix du père d'Eeva.

Pas de problème… ça m'étonnerait qu'on le retrouve avant demain matin.

Eeva dormait-elle à ce moment-là ? Il n'en était pas sûr. Et puis, l'un d'*eux* s'était approché de leur lit en faisant craquer les lattes du plancher. Lauri n'avait pas osé bouger. Il avait gardé les paupières bien closes, même s'il savait que son visage était enfoui sous les couvertures. Quelque chose pesa sur le matelas. Le lit couina et il le sentit bouger. Peut-être qu'*ils* savaient. *Ils* savaient que Lauri avait tout entendu et ils venaient le réduire au silence. Après quelques secondes, la pression se relâcha. Les pas s'éloignèrent, la porte de la petite alcôve où dormait le père d'Eeva s'ouvrit puis se referma. La pièce entière lui sembla respirer de soulagement.

Lauri ne se rappelait pas ce qu'il advint ensuite. Il était allongé tout raide dans son lit, et l'instant d'après, c'était déjà le matin. La peur l'avait peut-être fait plonger directement dans le sommeil. Il n'avait jamais soufflé mot de tout ça à Eeva, et elle ne lui en avait rien dit non plus.

Oui, il valait beaucoup mieux que Sasha n'en sache rien. Pour lui, tout serait très clair. Un groupe de camarades vigilants avaient repéré un indicateur dans leurs rangs et pris les mesures adéquates pour éliminer la menace. Voilà ce qu'il dirait. Il aimait les expressions comme « dans leurs rangs » et « pris les mesures ». Quant à la vigilance, c'était un de ses thèmes favoris…

La question demeurait entière : Eeva se souvenait-elle de cette nuit, il y avait si longtemps, et savait-elle que ce n'était pas un rêve ? Si oui, peut-être en parleraient-ils un jour. Bizarre à quel point il lui importait de savoir si elle dormait vraiment ou non !

Il allait lui répondre sur-le-champ. Et il trouverait un moyen de lui faire parvenir l'argent. Elle aurait besoin du billet de train, et d'un peu plus pour se rendre à la gare, sans parler des provisions pour le voyage. Peut-être pourrait-elle se faire conduire en ville par une charrette allant au marché, songea vaguement Lauri, à condition qu'il y ait un marché là où se trouvait cette gare. Il n'avait jamais habité à la campagne et n'avait pas la moindre idée de la façon dont on y vivait, seule son éducation politique lui avait appris que la condition des paysans était aussi pénible que celle des ouvriers. Et qu'ils étaient encore plus faciles à exploiter, puisqu'ils restaient attachés à la terre.

Il ne parvenait pas à imaginer Eeva attachée à une terre quelconque. Elle était trop vive, trop légère. Il n'en ressentit pas moins un soupçon de panique à la savoir là-bas, dans ce monde étranger peuplé d'arbres et de champs, envahi par l'odeur des animaux de ferme – un peu comme si elle avait coulé jusqu'au fond de l'océan.

Il se retourna une fois encore et ferma les yeux. Bientôt, il devrait se lever pour aller travailler et il n'avait pas dormi une seconde.

Il s'imaginait Eeva marchant vers lui sur un tapis d'herbe verte. Exactement pareille que le jour où elle était partie. Il ne parvenait pas à la rendre plus vieille ou différente. De l'autre côté de cette vaste pelouse qu'il lui fallait encore traverser, elle le regardait fixement, et bientôt, il se rendait compte que ce n'était pas du tout de l'herbe, mais une large rivière verte, si profonde qu'on n'en apercevait même pas le fond. Le courant était fort, et un vent violent soulevait la jupe d'Eeva avant de la rabattre sur ses jambes. Même si l'eau coulait à vive allure, la surface restait étale, froide et glauque. On aurait dit des serpents, songea-t-il, des centaines de reptiles verts qui se tortillaient juste sous l'épiderme de l'eau. Eeva posa une main sur sa jupe pour l'empêcher de se soulever, et elle regarda fixement sur l'autre rive, comme pour lui dire : « Alors tu te décides à me rejoindre ? »

« Sasha ! s'écria-t-il. Il nous faut un bateau ! »

Aucune réponse. Il se retourna : Sasha avait disparu, il ne restait que l'écho de sa voix qui disait : « C'est réglé ! »

Lauri dormait. Le matelas était vieux et affaissé en son centre, si bien qu'inévitablement deux dormeurs ne pouvaient éviter de se rapprocher au milieu de la nuit. Toutefois, quand le corps de Sasha touchait le sien, Lauri se retournait et s'éloignait jusqu'au bord du lit, presque instinctivement.

17

Elle filait à vive allure. Détalant entre les arbres comme un lapin, mais pas tout à fait assez vite pour échapper à Minna qui avait relevé ses jupes et courait après la jeune fille. Minna aurait préféré que cette rencontre ait lieu dans la cuisine. Là-bas, leurs situations respectives auraient été plus claires, et son avantage plus marqué.

Malheureusement, les choses n'étaient pas aussi simples au grand air. Et puis, devoir la courser ainsi mettait Minna en position de faiblesse. Il faisait bien trop chaud pour courir. Son corset était serré et elle respirait avec peine. Où diable pouvait bien s'enfuir la malheureuse fille ? Elle aurait dû être en train de préparer le repas, ou de nettoyer quelque chose, au lieu de gambader dans les bois. Minna haletait maintenant. C'était totalement ridicule. Des feuilles la frôlaient, de petites brindilles sales lui craquaient au visage, elle se prenait les pieds dans les racines. Elle trébucha et faillit tomber. Et de surcroît, elle portait une robe neuve ! Quel ennui ! Minna s'arrêta, remit sa main en visière pour se protéger du jeu des lumières et des ombres. C'était ce qu'il y avait de pire, avec les arbres ! Ils s'emparaient de la lumière, la brisaient en éclats et y cachaient des choses.

Ah, elle l'avait repérée ! Elle restait là à ne rien faire, sa passoire à la main. Une passoire ! Où se croyait-elle ? Dans le potager ? Elle avait aperçu Minna. Oui, et elle avait compris qu'avec la jeune femme elle ne s'en tirerait pas aussi facilement. Elle savait sans doute parfaitement ce que Minna s'apprêtait à lui dire. On comprend que tu t'enfuies à mon approche, ma belle, se dit Minna. Te voilà face à un imprévu, n'est-ce pas ? Eh bien oui, j'ai quelque chose à te dire, et tu le sais aussi bien que moi. À moins que tu ne sois sotte, et je suis loin de le croire.

La fille avait posé les yeux sur elle. Des yeux verts : quelle couleur invraisemblable ! Non, non, tu n'es pas un lapin, mais une renarde bien rusée. Pas tout à fait assez rusée pour moi, cependant. Je t'ai devinée.

De façon irritante cependant, la fille n'avait pas l'air inquiète le moins du monde. Son visage était paisible, voire sévère. Minna s'arrêta et lâcha ses robes, qu'elle avait maintenues serrées contre elle afin que les branches ne les déchirent pas. Elles ne se trouvaient qu'à quelques pas de la maison, et pourtant c'était déjà la forêt. Toutes ses fragrances lui emplissaient déjà les narines. Ces remugles un peu aigres d'une terre qui ne voit jamais le soleil, la résine des pins, des relents de moisissure et de champignons. Minna n'aimait pas cette odeur, elle ne l'avait jamais aimée.

« Que fais-tu ici ? » demanda-t-elle abruptement, le temps de se recomposer une attitude.

La fille lui montra sa passoire. Il y avait des feuilles vertes au fond.

« Je ramasse des orties », dit-elle. Mais elle avait les mains nues. Vraiment, se dit Minna, moqueuse. Ce n'est pas difficile de la prendre au piège de ses mensonges.

« Si c'étaient des orties, elles te piqueraient, fit remarquer Minna. Pourquoi ne portes-tu pas de gants ?

— J'ai seulement besoin de la pointe. Si on les pince bien fort, comme ça, vous voyez, elles ne piquent pas. »

Minna n'avait pas remarqué la grosse touffe d'orties, juste là où les arbres s'espaçaient un peu et laissaient passer les rayons du soleil. Elles poussaient dru et formaient une sorte de parterre épais et touffu. Elle songea qu'elle adorerait rouler la fille dedans.

« Comme ça, vous voyez », reprit Eeva en se penchant en avant pour pincer une pointe d'ortie entre le pouce et l'index et l'arracher. « C'est la seule façon de ne pas se faire piquer. Essayez vous-même.

— Je n'ai aucune envie de ramasser des orties », répliqua froidement Minna. Ce petit numéro la faisait penser à son père, toujours à essayer de la persuader de venir cueillir des champignons ou des baies sauvages, bien qu'elle eût passé l'âge depuis longtemps. « De plus, je me demande un peu ce que tu fais ici alors que tu devrais être à l'ouvrage.

— Mais je travaille, répondit Eeva. Le docteur m'a demandé de ramasser des pointes d'orties. C'est pour faire un fortifiant. Il en donne à ses malades. »

N'était-ce pas typique de son père ? Exactement le genre de services qu'il était capable de demander à cette fille. La médecine ne lui suffisait pas, il fallait toujours qu'il interroge une vieille sorcière édentée sur tel ou tel remède qu'elle utilisait depuis des temps immémoriaux. Imaginez un peu ce que les gens devaient penser de lui. *Et voilà le docteur, avec sa bouteille de sirop d'orties.* Un médecin qui ajoutait foi à toutes ces histoires de bonnes femmes et ces superstitions ! Pas étonnant qu'il n'ait jamais réussi à se faire un nom. Pas étonnant qu'il n'ait jamais voulu quitter cet endroit perdu pour aller s'installer en ville : ça manquait d'orties, là-bas !

Autrefois, cela rendait sa mère folle de rage, et on la comprenait. Il était résolu à faire toutes ses visites à pied, alors que les chevaux s'empâtaient dans leur écurie. Si un médecin se comporte comme un gueux, les gens perdent confiance. Et même s'il recevait les revues spécialisées les plus récentes et si elle ne doutait pas qu'il les lisait, comment ses patients étaient-ils censés le savoir ? Il leur conseillait de boire du jus d'airelle quand ils prenaient un coup de froid sur les reins, au lieu de leur prescrire de vrais médicaments. De la sève de bouleau, du lait de jument juste après la mise bas (oui, ce souvenir était gravé dans la mémoire de Minna !), des cataplasmes de pain moisi, de la tisane de genièvre, toutes sortes de concoctions et de décoctions d'herbes et de baies sauvages, massages du crâne et de la colonne vertébrale, applications de ventouses…

Pourvu que le remède provienne d'une vieille paysanne ridée aux allures de chaman de Carélie, cela valait la peine de l'essayer, d'abord sur lui-même, puis sur quiconque était assez naïf pour l'imiter. Son père était réellement exaspérant. Pourquoi refuser de progresser, d'avancer vers le monde moderne ? Pourquoi s'enterrer dans la forêt alors que l'avenir se trouvait à la ville ? Pourquoi choisir de se donner des allures de bon à rien ?

Minna inspira profondément pour tenter de se calmer. Il fallait qu'elle s'arrête. Des années et des années de fureur contenue lui faisaient bourdonner le cerveau. Plus rien n'avait d'importance aujourd'hui. Ce que son père faisait dans le cadre de sa profession ne pouvait plus l'atteindre. Elle était libre. Elle avait sa propre vie et il n'y avait aucune place pour lui. Ses amis ne le voyaient jamais, ne savaient rien de lui.

C'était cette forêt qui la mettait sur les nerfs. Trop de souvenirs. Il aurait bien mieux valu que cette entrevue eût lieu dans la cuisine, la fille debout devant elle, les mains croisées avec soumission sur son tablier. Mais tant pis. Rien n'empêcherait Minna de dire ce pour quoi elle avait fait tout ce chemin depuis Åbo.

« T'es-tu jamais demandé, Eeva, si tu ne serais pas mieux dans une autre maison ? » commença-t-elle. Eeva ne répondit pas immédiatement. Elle resta sur ses gardes, mais Minna n'allait certainement pas se contenter de ce silence. Cette fille n'allait pas lui forcer la main en restant muette, la conduisant à en dire plus qu'elle ne l'avait prévu. Minna devait garder le contrôle des opérations.

« Je t'écoute.

— Je n'ai jamais connu d'autre place. Je suis venue directement de l'orphelinat.

— Je le sais bien. » Minna marqua une pause, puis reprit, en adoucissant sa voix. « Et c'est peut-être là la source du problème : ton inexpérience. Tu es très jeune. Le Dr Eklund est un homme généreux, il a voulu te donner ta chance, mais il n'a pas songé aux difficultés que cela représenterait pour toi.

— Pourquoi me dites-vous tout cela ? » s'enquit posément Eeva.

C'en était trop. Minna sentit ses cheveux se dresser de rage sur sa tête, et elle avança d'un pas menaçant.

« Parce que tu es une servante dans la maison de mon père. Parce que tu n'es pas… Parce que ton travail ne donne pas entièrement satisfaction. »

Mais ces remontrances paraissaient artificielles. Ce n'était pas du tout ce qu'elle comptait dire. Elle voulait lancer les mots au visage de cette fille jusqu'à ce qu'elle recule et tombe les quatre fers en l'air dans les orties. Alors, elle verrait bien si ça piquait ou non.

Elle avait envie de cracher les insultes les plus ordurières qui lui venaient à l'esprit : des mots qu'elle n'avait jamais proférés, des mots dont elle ne s'autorisait même pas à penser qu'elle les connaissait. Des mots que sa mère n'avait jamais prononcés durant toutes ces années.

« Et ne va pas croire que je n'ai pas compris ton manège. Tu penses que je suis trop bonne, que tu peux me duper exactement comme tu as essayé de duper mon père. Mais non, je ne suis pas trop bonne, moi. Est-ce que tu crois que c'est par hasard ou parce que tu en sais plus long que moi que tu te retrouves à trimer dans une cuisine avec de la graisse jusqu'aux coudes ? Il te reste beaucoup à apprendre, ma fille, et pour commencer, tu peux te défaire de cet air insolent quand tu me parles. »

Les joues de la fille s'étaient empourprées.

« C'est seulement vous qui dites ça. Lui, il n'a rien dit.

— Non, et tu avais bien pensé qu'il ne dirait rien, n'est-ce pas ? Tu avais compté sur ce silence. Tu t'étais dit que personne ne viendrait mettre fin à ton petit jeu, que personne ne viendrait t'empêcher d'abuser de la confiance d'un homme seul, un malheureux veuf qui ne sait plus très bien où il en est. Ce n'est pas bien sorcier de duper un homme, je te l'accorde, qu'il ait dix-huit ou quatre-vingts ans. » *Mais d'où lui venaient ces mots ? De quelle partie enfouie d'elle-même ?* « Tu ne crois tout de même pas que tu as la moindre importance à ses yeux ? Tu t'es trouvée là, c'est tout, et c'est bien commode. Il adorait ma mère, et sa vie est finie maintenant qu'elle a disparu. »

Oui, c'était cela. Les mots justes se déversaient de sa bouche, et elle se sentait soulagée, à son aise. Elle haletait de rage, mais elle ne ressentait aucune fatigue. Il était en son pouvoir de dire ou de faire n'importe quoi. Si elle voulait ramener cette fille à la maison en la traînant par les cheveux, elle le ferait. Il y avait en elle assez de force maintenant pour déplacer des montagnes.

« Pour lui, tu n'es rien qu'une petite traînée qu'il a sous la main et qui a su lui faire comprendre qu'elle ne lui refuserait rien. »

« Traînée », c'était le mot. Voilà comment il fallait lui parler.

La fille avait pâli d'un coup. Elle serrait la passoire contre son tablier et fixait Minna.

Pas la peine de jouer les saintes nitouches, songea Minna. Tu n'as rien d'une oie blanche. Tout ça a déjà dû te siffler aux oreilles. Ne t'imagine pas que je ne sais pas de quelle boue tu viens et comment on t'en a tirée !

Elle avait la nausée rien qu'à regarder cette fille.

« Ne vous inquiétez pas. Je ne reste pas.

— C'est-à-dire ?

— Je ne reste pas, c'est tout. Je m'en vais.

— Tu t'es trouvé une autre place ?

— Oui. Une nouvelle place.

— Mais tu n'as pas le droit de partir. Tu n'as pas donné de préavis. Mme Eriksson n'est pas au courant. Est-ce qu'ils le savent, à l'orphelinat ?

— Vous vouliez que je parte. Eh bien, justement, je vous annonce que je m'en vais. »

Rusée. Et calculatrice de surcroît. Elle avait déjà réfléchi à tout cela. Prévoyant ce qu'elle ferait ensuite, parce qu'elle savait bien que ses petites manigances seraient tôt ou tard révélées au grand jour.

« Ils vont l'être, reprit la fille.

— Être quoi ?

— Mis au courant, à l'orphelinat. Une fois que je serai partie. Il y a toujours quelqu'un pour leur dire quand une fille quitte sa place. »

Le toupet de cette gamine était décidément sans égal !

« Ainsi donc, tu t'es déniché une autre place, répéta Minna lentement, pour se donner le temps de réfléchir. Et sans en souffler mot à personne. Comment t'y es-tu prise ? Tu as répondu à une annonce ? On va te demander des références, tu sais. Tu y as pensé ?

— Pourquoi est-ce que vous êtes si fâchée ? Je croyais que vous vouliez me voir partir. »

Minna ne put se contrôler davantage. Elle s'approcha de la fille et lui fit voler des mains la passoire qui atterrit avec un bruit sourd. Les pointes d'orties s'éparpillèrent sur le sol. Minna les foula aux pieds du talon de sa bottine jusqu'à les transformer en une bouillie verte qui se mêla à la terre et aux aiguilles de pin.

« Tu penses que tu peux en faire exactement à ta tête, n'est-ce pas ? » siffla-t-elle entre ses dents. Cette fille avait de la chance. Elle ne mesurait pas à quel point. Je ne perds pas souvent le contrôle de moi-même, se dit Minna, mais quand ça arrive…

La fille s'était accroupie pour examiner le mélange de terre et d'orties. Les yeux de Minna se posèrent sur sa nuque pâle et gracile. Elle était couverte d'un fin duvet et balayée par quelques mèches échappées du chignon. Minna n'avait jamais eu de telles pensées auparavant. Des pensées violentes, cruelles. Si elle avait eu une hache à portée de main, elle aurait pu trancher ce cou comme on coupe une branche morte. Relève-toi, petite sotte, songea-t-elle, et comme si elle l'avait entendue, la fille se remit debout, sa passoire vide à la main. Elle repoussa une mèche rebelle et fit face à Minna.

« Il reste plein d'orties partout. J'en trouverai d'autres. Je sais bien ce que vous pensez. Vous croyez, parce que je viens d'un orphelinat, que ma vie appartient à Mme Eriksson et à l'orphelinat. Vous vous trompez. Ma vie n'appartient qu'à moi. »

Les deux jeunes femmes s'affrontaient du regard. Minna n'avait jamais été dans une telle colère de sa vie, pensa-t-elle. La rage la léchait, partout à l'intérieur, brûlante et presque agréable. Elle *voulait* être en colère. Mon Dieu, se dit-elle, je pourrais la tuer et l'écraser comme ces orties.

Elle avait posé les mains sur ses hanches, les coudes ramenés en arrière, et elle se balançait sur la plante des pieds, prête à bondir.

C'est alors qu'elles entendirent toutes les deux un sifflement. Un sifflement doux et mélodieux. Ce n'était pas un oiseau, comprirent-elles aussitôt.

« C'est Matti, dit Eeva. Je reconnais son sifflement. »

Bien sûr que c'était lui. Ce son ramenait inexorablement Minna en arrière. Elle n'y pouvait rien, elle avait à nouveau cinq ans, elle farfouillait dans le potager, déterrant les radis qu'elle avait plantés elle-même pour voir s'ils poussaient comme il faut, tandis que Matti, dans un des carrés tout proches, sifflotait des airs qu'elle connaissait bien.

Tout à ma guise, par les chemins j'irai
Et l'amour, je le sais, un jour je croiserai.

Oui, il sifflait quelques mesures, et ensuite il chantait les paroles, et tellement bien qu'elle s'asseyait sur ses talons dans la terre toute sèche et restait immobile à l'écouter.

C'étaient toujours des chansons finlandaises. Normalement, elle n'aurait pas dû en comprendre un traître mot, puisqu'elle vivait presque entièrement dans un monde où l'on parlait suédois. Mais son père était résolu à ce qu'elle parle le finnois aussi bien que le suédois, depuis le tout début, pour qu'elle n'ait aucune difficulté à en maîtriser les sons. Il le lui avait enseigné lui-même, et l'avait incitée à parler finnois avec Matti et la vieille Beata qui venait faire la lessive en ce temps-là. Sa mère ne tolérait que des servantes parlant le suédois à l'intérieur de la maison, et les langues des autres dames allaient bon train quand elles entendaient Minna babiller en finnois. Mais à cette époque, ça lui était égal. Son père lui avait exposé ses raisons.

Oui, en ce temps-là, elle était heureuse et fière de l'avoir pour professeur. Fière comme un paon de son propre succès quand elle comprit qu'elle parlait finnois plus couramment que sa mère. Mais Johanna avait eu tôt fait de tordre le cou à cette vanité-là.

Quand on acquiert une langue étrangère de très bonne heure, on ne peut plus se la sortir de la tête, même quand on le souhaite. Matti lui avait appris toutes ses chansons finlandaises, et elle avait répété les couplets après lui, vers après vers. Curieux qu'elle eût presque oublié. Mais tout cela lui revenait peu à peu : elle retrouvait même les paroles au fond de sa mémoire.

Mais elle ne reconnut pas l'air que Matti sifflait.

« Qu'est-ce qu'il siffle ? » demanda-t-elle à haute voix, sans songer que ce serait Eeva qui répondrait à sa question. À son insu, elle était passée au finnois. Eeva fixa sur elle des yeux étonnés.

Elle tendit l'oreille. « Je ne sais pas », répondit-elle, en finnois elle aussi. Sa propre langue. Qui aurait cru que cette dinde de citadine aurait parlé aussi bien ? « Dans une seconde, il va chanter les paroles, reprit Eeva. Il fait toujours comme ça, il siffle d'abord, et ensuite il chante.

— Je sais. »

Elles restèrent là à écouter, tandis que Matti se mettait à chanter les paroles :

Et si tu refuses encore de m'aimer
Je me plongerai dans un souvenir de fiel,
Je partirai butiner d'autres miels
Et d'autres baies m'en irai ramasser.

Oui, se rappela Minna. Il siffle, et ensuite il chante les paroles. C'est son habitude. L'espace d'un instant, elle se sentit taraudée de nostalgie. Comment tout cela s'était-il produit ? Elle était autrefois cette petite fille accroupie dans la poussière qui ne savait rien de ce qui l'attendait et que rien n'effrayait. Elle pouvait même se rappeler l'amour qu'elle éprouvait alors pour Matti, comme si elle touchait du doigt l'étoffe d'une robe qu'elle aurait portée il y avait bien longtemps. Elle laissait à son intention de petits arrangements de cailloux de couleurs différentes dans tout le jardin. Tout cela lui semblait si proche qu'en fermant les yeux elle retrouvait la douceur soyeuse de la terre entre ses paumes. Et le goût amer de ces radis qui n'étaient pas du tout prêts pour être cueillis. Mais tout avait disparu. Elle ne pouvait pas revenir en arrière.

Aujourd'hui, cependant, elle avait sa vie. Elle était mariée, et elle possédait une imposante maison bien à elle, avec du papier peint gris tourterelle dans le petit salon où elle s'installait le matin pour rédiger son courrier. La pensée de ce papier gris tourterelle lui causait un petit picotement de plaisir. Elle ne l'avait encore qu'à peine regardé, parce que la pièce venait d'être retapissée quand elle avait dû entreprendre ce voyage. Bientôt, elle s'y trouverait à nouveau, et écrirait des lettres qui commenceraient par « Mon cher père » et qu'elle signerait : « Affectueusement, votre fille, Minna ».

Non, ce n'était pas une tragédie de ne pas pouvoir revenir en arrière. C'était bien agréable d'entendre Matti siffler, mais si elle s'approchait pour lui parler un peu, il serait le premier gêné. Elle n'avait rien à lui dire.

La vie avance, et nous changeons avec elle, se dit Minna, réconfortée par ses propres mots. Matti continuait à fredonner :

Et dans l'amère fumée du souvenir
Tu resteras pour toujours à mes côtés.

Quel sentiment il mettait dans ce chant, même s'il était aujourd'hui devenu un vieil homme ! Cela n'en était pas moins dépourvu de sens. Dans la vie, les gens étaient différents. Ils n'avaient de cesse de s'oublier.

Sa colère était froide à présent. Elle se sentait surtout lasse. Oui, « lasse » était bien le mot, parce qu'elle avait toujours peur, maintenant, comme assiégée en permanence de craintes diverses. Elle n'osait même pas envisager d'avoir des enfants. Et plus elle éprouvait de peur, plus elle devait se montrer sûre d'elle. Et il n'y avait plus personne qu'elle aimât suffisamment pour lui laisser des messages secrets sous forme de petits assemblages de cailloux.

Elle ferait son devoir. Elle n'aimait pas son père. Et cette fille n'était rien. Elle l'encombrait, voilà tout. Il fallait se débarrasser d'elle, de manière civilisée, de telle sorte que Minna et son père puissent reprendre leurs relations telles qu'elles étaient auparavant, sans amour mais sans fâcherie.

Elle n'arrivait pas à croire qu'elle, Minna, ait eu envie un instant de fouler cette fille aux pieds.

Non, elle n'allait pas accepter de « se plonger dans un souvenir de fiel », comme une pauvre paysanne désespérée. Ça ne lui ressemblait guère, pas plus que ça n'avait ressemblé à sa mère. Johanna avait carré les épaules et poursuivi son chemin. « Un souvenir de fiel » ! Qu'il le conserve, lui ! C'était une erreur d'être revenue ici, mais le devoir l'avait appelée. Et fort heureusement, au bout du compte, elle n'aurait pas besoin de chasser cette fille. Tout s'était arrangé pour elle. Minna était assez sensée pour savoir que la gêne qu'il y aurait à en parler par la suite à son père réduirait à néant le plaisir de signifier son renvoi à cette misérable.

La fille allait partir de son propre chef : parfait. Personne ne la regretterait. Même Lotta n'avait pas besoin d'être mise au courant des détails. Qu'elle pense ce qu'elle voudrait ! La servante serait partie, voilà tout. Et si elle avait menti et qu'elle ne savait pas où aller, tant pis pour elle. Ce n'était pas la faute de Minna. Oui, qu'elle s'en aille au plus tôt et que tout rentre dans l'ordre. Son père lui en serait reconnaissant. Pas tout de suite, il ne fallait pas trop espérer de lui, mais avec le temps. Oui, avec le temps, quand il serait capable de réfléchir et de se dire que Minna avait agi pour son bien. Tout ce qu'elle voulait, c'était le tenir à distance de sa propre faiblesse, et au bout du compte, il comprendrait que ses motivations étaient bonnes.

Et quand les baies d'or tomberont,
Que les rayons de miel se videront,
Quand au cœur de l'hiver nous dormirons,
Je continuerai à crier ton nom.

La fille s'était détournée pour écouter la fin de la chanson, comme si Minna n'existait plus. Elle avait les lèvres entrouvertes. Soudain, la satisfaction de la jeune femme se teinta d'un sentiment de pitié. Oui, se dit-elle, voilà ce qui va t'arriver. Plus de baies d'or, plus de miel. C'est fini pour toi, ma fille, alors emplis bien tes oreilles tant que c'est encore possible.

Le dos bien droit, en serrant ses robes contre elle, Minna quitta le bois et reprit le chemin de la maison.

18

Quelque chose se tramait dans son dos. Il l'avait deviné au visage lisse que lui présenta Minna pendant le dîner et à la façon satisfaite dont elle reposa son verre sur la table en annonçant qu'elle repartirait chez elle le lendemain. Il lui semblait toujours qu'elle prenait un malin plaisir à prononcer les mots « chez moi » sous son nez, alors qu'elle ne désignait pas de cette façon la maison où elle était née, où elle avait grandi et que sa famille avait habitée pendant plusieurs générations…

Mais bien sûr, c'était Åbo son foyer, aujourd'hui. Minna était une femme mariée, avec une maison à tenir, ses propres préoccupations et ses projets d'avenir.

Pendant tout le dîner elle lui avait parlé de la nouvelle décoration de son petit salon, et des aquarelles anglaises qu'elle avait achetées aux enchères. Elle tenait de sa mère sa passion pour tout ce qui était anglo-saxon. Il l'imaginait sans peine dans un cercle de jeunes dames toutes semblables à elle, chacune parlant de la décoration de son salon ou des améliorations qu'elle venait de faire apporter à sa cuisine, ou encore de la façon dont sa cuisinière avait déclaré que la nouvelle batterie de casseroles lui avait changé la vie. Ces jeunes matrones parlaient chacune à leur tour, écoutant l'une ou l'autre pendant un nombre de minutes soigneusement contrôlé avant de tourner un visage ravi vers une nouvelle interlocutrice.

« Tout cela m'a l'air on ne peut plus séduisant, ma chérie », finit-il par lâcher. Elle lui jeta un coup d'œil sévère.

« Je ne pense pas que vous ayez écouté un seul mot de ce que je viens de dire.

— Au contraire, je n'en ai pas perdu un seul. D'abord, on t'a livré une tapisserie qui n'était pas du tout celle que tu avais commandée. Ces gens ne pouvaient-ils pas faire la différence entre un gris perle et un gris tourterelle ? Mais tu as insisté, et bien sûr, ils avaient le bon papier en stock depuis le début. Ils les avaient seulement confondus.

— Effectivement. » Mais elle se méfiait encore.

« Et donc, demain, tu seras de retour chez toi… de retour auprès d'Ulf. »

Jamais personne n'avait aussi mal porté son prénom. Quelle mouche avait pu piquer ses parents ? Assurément, même au berceau, Ulf devait déjà être bien propre sur lui, et même courtois. Si cette pauvre Minna avait voulu un loup, on ne peut pas dire qu'elle s'en était trouvé un.

Toujours pas d'enfants. En auraient-ils un jour ? Il avait posé la question à Minna, un jour, avec douceur et tact, pensait-il, mais elle avait immédiatement reculé.

Il y avait tant de choses qu'elle ne lui disait pas. Que pouvait-elle bien cacher en ce moment ? se demandait-il. Elle rentrait à Åbo satisfaite, alors qu'à sa connaissance elle ne s'était même pas entretenue avec Eeva. L'appel de Lotta n'avait pas amené la confrontation escomptée. Si elle s'était produite, il l'aurait sûrement appris. Eeva. Oui, Eeva était toujours la même. Le feu qui s'était allumé en elle à l'arrivée de sa lettre s'était éteint. À moins qu'il ne continue de couver, caché sous la cendre. Mon Dieu, pensa-t-il, qui suis-je donc pour qu'elles me cachent ainsi toutes les deux leurs secrets ?

Elle apportait un plat de pommes de terre. Elle le déposa sur la table et entreprit d'enlever les assiettes à soupe. Elle était absente, en vérité. Son corps était là, qui les servait, mais son esprit restait ailleurs. Ses gestes demeuraient pleins d'adresse et de dextérité. Soudain, en voyant ses mains sur le bord des assiettes, il remarqua combien elles étaient fines. Rouges et malmenées, certes, avec des brûlures sur les jointures. Sans doute à force d'aller retirer les plats du four. Pas des brûlures profondes, mais des traces légères sur la peau fine et tendue. Kirstin et Jenny en avaient aussi toujours eu. Sur elles, ces marques paraissaient naturelles, mais il tressaillait à l'idée d'Eeva allant chercher une marmite en fonte dans le four et se brûlant contre la grille. Il l'imaginait retirant vivement la main, la portant à sa bouche pour l'humecter avant de reprendre son geste. Il aurait fallu qu'elle laisse sa main sous l'eau froide pendant cinq bonnes minutes, mais, comme Kirstin et Jenny, elle refusait probablement d'entendre ce conseil, et à la place appliquait sur la brûlure une noisette de beurre.

Sa fille jouait avec le pied de son verre, les yeux rivés sur la nappe. Elle ne voulait pas croiser le regard d'Eeva. Elle avait les mains lisses, mais moins fines que celles d'Eeva. Non, se dit-il, cette beauté que possède Eeva, tu n'y peux rien, et moi non plus. Il observait les mains de la jeune fille posant les assiettes en équilibre sur la soupière. Ils n'avaient pas mangé beaucoup de ce potage. Eeva en prendrait une assiette dans la cuisine, quand ils auraient fini leur dîner. Elle aurait dans la bouche le même goût qu'il avait senti dans la sienne. Cela lui paraissait miraculeux. Il la regarda, et sa beauté le heurta de plein fouet, le laissant sans défense.

Sans défense et hébété. Il s'enfonça les ongles d'une main dans la paume de l'autre. Il ne fallait pas qu'elles lisent la douleur dans ses yeux. Aucune des deux ne devait s'en rendre compte. Sa fille en concevrait du mépris, et Eeva – Eeva prendrait peur. Cela l'effrayait presque lui-même, ce qu'il ressentait pour elle. Si elle le devinait, elle s'enfuirait.

Il y avait des côtelettes dans l'assiette posée devant lui. Il fallait bien qu'il en fasse quelque chose. Qu'il les coupe en morceaux, les trempe dans la sauce, les porte à sa bouche avant de bien mâcher et de les avaler. Elle avait préparé de la sauce parce que Minna était là. Ses pommes de terre semblaient déjà presque froides. Il mit un morceau de viande dans sa bouche et sa langue frémit de dégoût.

« Pourquoi ne mangez-vous pas, père ?

— Je n'ai pas faim.

— Tout de même, il faut manger quelque chose. »

Minna découpait sa viande en morceaux aussi petits que possible, les plongeait dans la sauce et les avalait posément.

Et soudain il la revit à quatre ans, juste sous ses yeux. Minna, toute petite, assise à sa place dans son tablier bleu et blanc à jabot, furieuse à la vue de cette crème anglaise que, selon Johanna, tout enfant devait consommer au moins trois fois par semaine. Minna détourna le visage de son assiette, les paupières soigneusement closes, le nez plissé pour se protéger même de l'odeur de son dessert. Inflexible, Johanna se tenait sur sa chaise, juste à côté de celle de la petite, la cuiller à la main. La crème anglaise devait déjà être froide, ou au moins tiède. Une pellicule s'était formée à la surface. Soudain, Johanna s'était saisie du nez de Minna avec fermeté, l'avait bouché jusqu'à ce qu'elle ouvre la bouche pour respirer, et avait alors enfourné la cuiller. Il entendit le métal racler contre les dents et tressaillit. Elle se mit à tousser et à crachoter. Elle refusait absolument d'avaler, pas question. Johanna maintenait la cuiller en place, mais brusquement Minna s'était penchée en avant et avait repoussé sa main de toutes ses forces, crachant cuiller et crème anglaise comme un geyser. Des filets de salive lui coulaient le long du menton.

« Johanna, pour l'amour du Ciel », protesta-t-il. Mais l'instant d'après, Johanna s'était déjà levée en repoussant violemment sa chaise. Elle était derrière Minna, qu'elle dominait de toute sa taille. D'une main, elle enleva la cuiller qui avait atterri dans le bol, de l'autre, elle prit sa fille par la nuque et lui écrasa le nez dans la crème. Oui, oui, en plein dans la crème qui déborda du bol de toutes parts. Et elle lui maintint la tête dedans jusqu'à ce que la petite se mette à battre l'air de ses bras.

Il bondit sur ses pieds, tendit les bras à travers la table, prit Minna par les épaules et l'arracha aux mains de sa mère. Renversant porcelaine et couverts qui jonchaient la nappe, il la tira jusqu'à l'abri de ses bras.

Elle était toute rigide et hoquetait péniblement, le visage couvert de bave et de crème. Il lui nettoya la bouche avec un doigt, lui essuya les narines, puis les yeux, sans jamais cesser de lui parler, murmurant que tout irait bien, qu'il était là. Elle respirait à nouveau normalement. Il restait de la crème dans ses cheveux et sur ses vêtements. Soudain, elle cambra le dos, se raidit entre ses bras et poussa une série de cris suraigus sans jamais reprendre son souffle, comme un enfant atteint de méningite. Cela ne dura que quelques instants, puis elle se détendit une nouvelle fois et il l'attira contre lui. Elle enfouit le visage au creux de son épaule, se blottit de toutes ses forces et sanglota jusqu'à l'épuisement.

Johanna. Que faisait alors Johanna ? Le visage crispé, elle nettoyait la nappe avec une serviette.

« Johanna », avait-il dit. Elle le regarda, la serviette maculée de crème anglaise à la main, le teint livide. « Jamais, s'écria-t-il. Ne lui faites plus jamais ça. Jamais, vous m'entendez ?

— Il faut qu'elle apprenne.

— Pas comme ça. Certainement pas comme ça. »

Et il avait porté Minna jusqu'à sa chambre. Son corps s'était détendu maintenant, elle semblait apaisée, et il avait cru qu'elle s'était subitement endormie, comme le font souvent les enfants en réaction à la douleur. Mais quand il s'assit sur son lit et la posa doucement sur ses genoux, il s'aperçut que ses yeux bleu foncé étaient grands ouverts. Ils restaient rivés sur lui, mais il y avait un tel vide dans ses prunelles qu'il eut une fois encore envie de la serrer contre lui pour ne plus les voir. Elle ne pleurait plus, mais soudain elle fut prise de hoquets, et il se releva en la gardant dans ses bras pour aller verser un verre d'eau de la cruche recouverte d'un napperon sur sa table de chevet.

« J'appelle Jenny dans une minute, promit-il, et nous te donnerons un bain pour que tu te sentes bien. Regarde, papa est tout sale, lui aussi. Nous allons nettoyer Minna, et aussi nettoyer papa. »

Elle tira sur le haut de son tablier. Une vague de dégoût et d'angoisse déferla sur son visage quand elle toucha accidentellement le dépôt de crème gluante.

« Ne t'inquiète pas, Minna. Ça se lave, tous ces vêtements. Nous allons te déshabiller. Regarde, je peux dénouer ton tablier pour qu'il ne te touche même pas le visage quand je te l'enlèverai.

— Je veux pas que maman entre ici », dit-elle, et des larmes recommencèrent à lui rouler sur les joues. Ce n'était pas la peine de lui mentir. Elle avait parfaitement senti et compris ce qu'il s'était passé. Johanna aurait été capable de la briser en deux pour la faire obéir.

« Maman a eu tort », dit-il d'un ton posé. Quoi qu'il advienne, Minna se rendrait au moins compte de cela. « C'était méchant de la part de maman. »

Minna le regardait avec attention. Ses yeux étaient rouges et enflés dans un visage tout pâle et bouffi. « Je vais dire à maman qu'elle ne doit plus jamais se conduire comme ça avec toi. » Minna hocha la tête convulsivement.

Il n'ajouta pas un mot. Il appela Jenny pour qu'elle prépare le bain, et entreprit de délacer les nœuds du tablier de Minna en prenant garde que les parties souillées ne lui touchent pas la peau.

À ce qu'il en savait, cela ne s'était pas reproduit. Johanna était incapable de le reconnaître, mais elle aussi avait eu peur. Peur d'elle-même, la pire des peurs.

Minna n'en reparla jamais. Elle avait peut-être oublié. C'était la seule fois où il avait adressé à Johanna une critique sur sa façon de se comporter avec la petite. Il lui avait de plus en plus abandonné son éducation. Avait-il vraiment cru que c'était son droit inaliénable de mère ? Avait-il vraiment cru que sa fille avait besoin que Johanna lui apprenne la maîtrise de soi ?

Ma fille, pensa-t-il. Eeva avait emporté les assiettes. Il y avait des fruits au dessert : des conserves de groseilles à maquereau de l'an dernier. Celles de cette année ne tarderaient plus à mûrir. Minna mangeait à un rythme régulier. Si les marques que nous laisse la vie étaient apparentes, sans doute ferions-nous montre de plus de tendresse les uns envers les autres.

Demain, elle serait repartie. Il avait envie de fumer. Dès qu'ils auraient pris le café, il irait faire un tour au jardin. C'était la meilleure heure. La lumière du soir, l'arôme du tabac, les pâles papillons de nuit qui commençaient à voleter. Il adorait tout particulièrement le parfum doux et pur du tabac quand il allumait sa cigarette. Il irait faire un tour au jardin et il penserait à Eeva, là où personne ne pourrait le voir.

19

Elle se tenait près du bureau du docteur. Trois heures du matin. Elle avait ouvert les volets et la lumière était déjà vive, mais insolite, comme toujours au beau milieu de l'été. Elle se glissait jusque dans des coins de la pièce qu'elle n'approcherait plus au cours de la journée. Chaque objet semblait étrange, son ombre s'allongeant dans la mauvaise direction.

Il dormait encore, elle en était sûre. Sa fille était partie, et il avait marché de long en large toute la soirée, le sourcil froncé et la cigarette à la main. Il était clair qu'ils ne se rendaient pas mutuellement heureux, ces deux-là. Elle pensa à son propre père et, l'espace d'une seconde, elle aurait pu éprouver de la compassion pour Minna. Mais il n'en était pas question, non, pas question. Pour aucun des deux, d'ailleurs.

La maison semblait vide, comme en attente. Elle savait que quelque chose allait se produire. Pour l'instant, elle lui appartenait, et tout ce qu'elle contenait aussi. Mais il est vrai, se dit-elle, que quand on fait le ménage dans un endroit et qu'on en prend soin, on a l'impression de mieux le connaître que son propriétaire. À la Maison des orphelins, Sirkka avait coutume de dire « mon plancher », « mon carrelage » : « Ça, on peut dire qu'il m'a donné du fil à retordre, mon plancher, ce matin, il était tout éraflé. » Et ensuite, elle jetait à cet océan de bois bien ciré et luisant un regard empli de fierté possessive.

Eeva frôla de la main la surface bien lisse du bureau. Je pourrais finir par ressembler à Sirkka si je restais ici trop longtemps. Il faut que je me garde de devenir comme elle.

Va-t'en, va-t'en, semblait lui dire le tic-tac de l'horloge installée dans un coin du salon. *Il est temps de partir, Eeva, ou tu vas te retrouver une fois de plus à la cuisine en train de faire de la pâte pour ses petits pains du matin.*

Elle frissonna. Mais pourquoi avoir peur ? Elle s'en allait, c'est tout. Il dormait, et ne se réveillerait pas avant plusieurs heures.

Et même s'il se réveillait, il ne pourrait pas t'empêcher de partir. Rien ne peut t'arrêter.

Elle jeta un coup d'œil par la fenêtre. La lumière du matin tremblait à la cime des arbres. Les oiseaux chantaient, gonflés de leur propre importance. Elle devrait se frayer un chemin à travers tant et tant de vert avant d'atteindre les rues qu'elle connaissait.

C'est de moi que j'ai peur, songea-t-elle. Ce serait si facile de rester. Mon plancher, mon carrelage, mon lit sous les toits. À manger trois fois par jour. Mais non, ce n'est pas ça. C'est quelque chose d'autre qui me retient.

Je crains de disposer à nouveau de ma vie, voilà tout. Je n'ai jamais eu peur avant, pas quand j'étais petite en tout cas. Je parlais avec enthousiasme du moment où je serais enfin grande. Il m'apparaissait naturel de faire ce que je voulais de ma vie. Mais à la Maison des orphelins, on nous a appris à avoir peur.

Il fallait avoir l'air soumis, quoi qu'on éprouve au fond de soi. On se prenait pour de vraies rebelles, Kirsti et moi, rien que parce qu'on osait chuchoter au fond du lit.

Anna-Liisa était plus maligne qu'on ne voulait le croire. Oui, elle savait comment nous préparer à une vie entière passée à obéir et à murmurer nos protestations en cachette quand personne ne pourrait nous entendre. On crachait dans son café pour avoir l'impression d'être des grandes, ou on essuyait la porcelaine dont elle était si fière avec un chiffon qui avait servi à nettoyer les toilettes. Papa avait raison. C'est comme ça que ça marche, et la plupart des gens ne s'en rendent même pas compte. On est pris au piège des deux côtés. On obéit aux ordres et on fait des choses dont on pense qu'elles font de vous une « grande » personne, mais durant tout ce temps, en réalité, on rapetisse. Au bout du compte, même si la porte n'est pas fermée, on est incapable de s'enfuir. Tout au plus exprime-t-on ses sentiments, en lésinant sur l'encaustique du verrou. Regarde un peu Sirkka. Ou la vieille Agneta, ici. C'est une brave femme, elle ne ménage pas sa peine. Mais elle vit une vie qui n'est déjà plus la sienne.

Si tu étais là, papa, qu'est-ce que tu ferais à ma place ?

Non, elle ne voulait pas penser à lui. Pas question. Les souvenirs se bousculaient dans sa tête, et c'étaient toujours les plus indésirables qui lui revenaient. Gisant dans son lit, comment il lui avait dit avoir gâché sa vie. Non, papa, non. Ce n'est pas vrai. Tu n'as pas pu mourir en pensant ça.

« *Mon talisman, protège-moi*, murmura-t-elle. Rends-moi forte. Rends-moi forte. Ils m'ont fait quelque chose. J'ai changé. Peut-être qu'au fond je n'ai jamais été vraiment forte. »

Je dois partir tout de suite, se dit-elle, il n'y aura jamais de meilleure occasion. Si je reste, ma vie est fichue. Je continuerai à vivre. Je ne pourrai rien y faire, mais ce ne sera pas ma vie. Plus ça ira, et plus je me réjouirai d'apprendre à le servir de mieux en mieux. Je me mettrai à parler de « ma » cuisine, exactement comme Sirkka. « Mon plancher ne brille pas autant qu'il le devrait. » Et il me suivra partout, avec ce regard dans les yeux, et un jour, je céderai, et je serai perdue. Le piège se sera refermé.

Il dort. Il ne peut pas m'arrêter. C'est moi qui m'interdis de partir.

Elle n'avait pas fermé l'œil. Elle s'était seulement étendue sur son lit pendant trois heures. Son cœur cognait comme si elle avait couru et refusait de ralentir. Il vaut mieux ne pas dormir, s'était-elle dit. Elle reposait son corps, c'était le plus important. La marche allait être longue jusqu'à la gare, mais ça valait mieux que prendre des risques en demandant à un charretier de lui faire une place. Tout le monde connaissait le docteur. Ils lui demanderaient ce qu'elle faisait là. D'où viens-tu ? Où vas-tu ? Il était préférable de suivre des sentiers tranquilles et de se cacher à l'ombre des bois quand elle croiserait un autre voyageur.

Cela lui prendrait une bonne partie de la journée. Douze heures au moins, à en croire Matti. Et il fallait compter avec les pauses nécessaires au repos. Une fois à la gare, elle pourrait attendre. Peu importe le temps qu'il faudrait avant qu'un train s'arrête. Elle ne manquait pas de patience. Dans son baluchon elle emportait du pain noir, un morceau de fromage dur, et une poignée d'airelles séchées. Même si elle manquait l'unique train de la journée, cela n'avait aucune importance. Il y en aurait un autre le lendemain matin.

Elle n'avait jamais fait aucun voyage, sauf quand ils l'avaient amenée à la Maison des orphelins. Elle n'avait même jamais acheté un billet de train. Elle parlerait aussi peu que possible. Elle ne poserait pas de questions, mais elle observerait les gens et ferait comme eux. Elle avait de l'argent pour son trajet, et cela parlerait pour elle. Personne ne devinerait qu'elle était en train de s'enfuir.

Elle était bonne marcheuse, robuste et régulière dans l'effort. Elle connaissait le meilleur chemin jusqu'à la gare.

Pour le lui expliquer, Matti avait dessiné une carte dans la terre avec la pointe d'un bâton. Aucune question. Pas même pourquoi cela l'intéressait de le savoir. Il s'était contenté d'observer : « Dommage qu'ils aient jamais fait aller le chemin de fer jusqu'à notre bourgade. » Il avait probablement deviné qu'elle avait ses raisons pour partir, mais jamais il ne lui avait demandé où elle se rendait, ni pourquoi, ni même si elle pensait revenir un jour.

Elle pouvait compter sur le silence de Matti. Il ne dirait rien au docteur. Elle ignorait comment elle le savait, mais elle en était sûre.

« Même pas la peine de traverser la ville. Tu t'économiseras deux heures de marche en passant par où je te dis. La grand-route, c'est bon pour les charrettes et les voitures, mais en coupant à travers champs, tu y gagnes. Tu suis la route de la ferme de Lindholm jusqu'au premier croisement, et ensuite, tu traverses la forêt d'Heimola en marchant droit vers l'est. C'est jamais qu'un chemin de bûcherons, mais tu te perdras pas. Ça va t'amener aux abords du lac Noir. Tourne vers le nord en restant à distance des marais, suis la rive jusqu'à atteindre une auberge. Là, tu trouveras un passeur qui t'amènera de l'autre côté pour dix sous. Sur l'autre rive, tu verras le chemin qui te ramènera à la grand-route. Encore une heure en direction du nord, et tu seras rendue. »

Matti avait marqué une pause pour la regarder droit dans les yeux. « Il y a encore cinq ans, je t'aurais accompagnée tout le chemin », dit-il. Elle baissa les yeux. Il y avait quelque chose de nouveau dans le visage et la voix du vieil homme. C'était Matti, son ami. Mais elle ne pouvait pas s'y tromper. Elle avait éveillé en lui des sentiments. Il valait mieux ne pas lui laisser voir qu'elle s'en était aperçue.

« Mais aujourd'hui, mes jambes me porteraient plus jusqu'au bout, reprit-il. J'ai fait mon temps. » Il avait prononcé ces mots comme si elle n'allait pas les entendre, comme si elle ne l'avait pas vu serrer les dents en se penchant vers le sol. « Tu es une fille de la ville, Eeva. Tu sauras point trouver le bonheur ici, comme nous autres. Suis le chemin et t'en écarte pas.

— J'y prendrai garde. »

Il était vieux. Il chantait et sifflait comme un jeune homme, mais sa vie était presque à son terme. Bientôt il commencerait à s'ankyloser, et il passerait ses dernières années sous son porche en été, près de son poêle en hiver. Il mourrait, et on dirait du bien de lui à son enterrement, et puis on l'oublierait vite, parce qu'il n'avait ni famille ni amis. Seul le docteur parlerait encore de lui quelquefois, mais à quoi bon ?

« Fais-moi passer un message, Eeva, si tu trouves un moyen, avait ajouté Matti en reprenant sa binette. Pour que je sache que tu es arrivée à bon port.

— Je le ferai », avait-elle répondu, sans perdre de vue qu'il ne savait pas lire.

Vas-y, Eeva, disait l'horloge. *Est-ce que tu veux finir comme Matti ? Le temps passe vite, vite, vite…*

Elle avait l'argent de Lauri, mais elle ne savait pas si cela suffirait. Elle se tenait face au bureau du docteur, là où il travaillait. Elle en fit le tour. De ce côté se trouvaient des tiroirs avec des poignées et des serrures en cuivre. Elle essaya celui du haut qui s'ouvrit sans peine.

Il était plein de papiers et de lettres retenues par du ruban rose. Non, elle ne voulait pas les lire. Elle glissa la main en dessous pour voir s'il avait caché quelque chose là, mais il n'y avait rien. Elle ouvrit le deuxième tiroir. Des cigares dans des boîtes en bois, des cigarettes et une blague à tabac en tissu brodé de marguerites. Et puis un étroit coffret, en bois lui aussi. Peut-être y rangeait-il son argent.

Mais quand elle l'ouvrit, il ne contenait qu'une mèche de cheveux fins et soyeux. Des cheveux d'enfant, songea-t-elle. Probablement ceux de sa fille. Son cœur battait à se rompre, comme celui d'une voleuse.

L'argent était là. Ni enfermé, ni caché. Posé là avec désinvolture, comme s'il n'avait aucune importance. Une enveloppe en papier parchemin, ouverte. Des billets s'en échappaient, oui, comme s'ils n'avaient aucune valeur. Mais elle les vérifia avec soin, et c'étaient des vrais.

Elle les compta. Elle avait décidé de prendre ses gages. Rien de plus. Il lui avait donné de l'argent pour s'acheter des vêtements, pour ce dont elle avait besoin, mais il lui en devait encore…

Et pourquoi ne pas en prendre un peu plus, pour tous les mois où elle avait travaillé pour lui ? De bons gages, disait-on de ce qu'elle gagnait, mais ce n'était rien, en comparaison de ce rouleau de billets. Rien, au regard de tout ce qu'il possédait et qui lui était tellement indifférent. Il laissait l'argent traîner comme ça. Oui, il lui devait tout cet argent. Il le lui devait, pensa Eeva, qui saisit les billets et les compta en les froissant. Il ne savait sans doute même pas pour combien il y en avait. Assez pour payer un an de leur loyer à Helsinki. Alors qu'ils avaient dû se serrer la ceinture. Peut-être leur propriétaire enfouissait-il l'argent pour lequel ils avaient tant sué dans des enveloppes pareilles à celle-ci, comme s'il n'avait pas la moindre importance.

Avec cet argent, elle aurait pu acheter des médicaments pour son père. Et payer des visites quotidiennes du médecin. Si elle avait eu en mains une somme pareille, jamais ils n'auraient osé l'envoyer à la Maison des orphelins. « Démunie », avaient-ils dit d'elle. Démunie et moralement en danger, à vivre chez un homme politiquement suspect, partageant un lit avec Lauri qu'elle avait connu toute sa vie et qui était comme son frère.

Elle déploya les billets comme des cartes à jouer. Elle prendrait celui-ci, et encore celui-ci, et celui-là.

Je suis une voleuse, songea Eeva.

Je ne prends que mon dû. Je prends ce qu'on m'a volé.

Mais jamais elle ne mélangerait cet argent avec celui que Lauri lui avait envoyé. Il allait sans doute lui demander : « L'argent que je t'ai fait parvenir, Eeva, ça a suffi ? »

Ces billets qui appartenaient à Lauri, c'était du vrai argent. Un pardessus, une paire de bottes. Il s'en priverait parce qu'il le lui avait donné. Et elle lui rendrait chaque sou, mais pas sur l'argent du docteur. Elle le rembourserait avec de l'argent qu'elle aurait gagné et auquel elle aurait vraiment droit. Jamais elle ne mélangerait cet argent, cet argent négligé d'un homme riche, avec ce à quoi Lauri avait renoncé pour elle.

Lauri. Elle avait l'impression de sentir sa présence à ses côtés, comme les innombrables fois où ils avaient dormi côte à côte. Il possédait son odeur particulière. Une nuit, après être allés nager, ils s'étaient réciproquement léché les bras, pour goûter le sel sur leur peau. Et puis Lauri lui avait léché l'estomac, et une sensation extraordinaire était montée en elle, des papillons étirant leurs ailes et se bousculant pour sortir.

Ils étaient tous deux maigres comme des chats écorchés.

« Tu m'as enfoncé le coude dans les côtes.

— Non, c'est toi. Tu as les genoux aussi pointus que des lames de rasoir. »

Mais le plus souvent, ils roulaient ensemble au centre du lit. Elle se sentait bien au chaud et en sécurité, avec Lauri à son côté. Les voix des adultes se noyaient dans un brouillard sans importance. Lauri levait le sourcil exactement comme eux : « Mais qu'est-ce qui leur prend aujourd'hui ? » chuchotait-il, et elle gloussait de rire en silence. Ou bien, s'il y avait des visiteurs, des camarades importants de Saint-

Pétersbourg ou même de Berlin, Eeva imitait leur façon de tordre le nez pour faire tenir leurs binocles, ou de mettre gloutonnement quatre morceaux de sucre dans leur café en faisant semblant d'avoir la tête ailleurs. Elle plissait le visage pour prendre un air sérieux et important, tandis que ses doigts « étourdis » se tendaient vers le sucre. *Ploc, ploc, ploc, ploc*, faisaient les pseudo-morceaux en tombant un à un dans la tasse imaginaire. Lauri explosait de rire et enfouissait la tête dans le manteau qui recouvrait leur lit.

Mon Dieu, pensa-t-elle, je vais peut-être le revoir demain. Cela ne semblait pas croyable. Il était enfoui au fond de sa tête, tel un trésor qu'elle aurait soigneusement caché.

Bien sûr, il aurait changé. Il ne serait plus le Lauri qu'elle avait connu. Les gens changent en grandissant.

Ne pense pas à ça maintenant.

Si elle prenait l'argent du docteur, elle resterait liée à lui. Son argent ferait le voyage avec elle. Et puis, il pourrait envoyer la police à sa recherche et la faire enfermer. Expédier un télégramme à Helsinki, pour continuer la traque. Son nom suffirait peut-être. Eeva Koskinen ? Est-ce que nous n'aurions pas déjà une fiche ?

Eeva remit les billets en place, en s'assurant que l'argent débordait bien de l'enveloppe aussi négligemment qu'auparavant. Elle replaça le tout dans le tiroir qu'elle referma avec précaution. Ensuite, elle ramassa son baluchon et le jeta sur son épaule. Il ne contenait rien qui ne lui appartînt pas. Ses vêtements, ses trois livres. Elle avait ajouté sa nourriture, et une bouteille de babeurre fermée avec du papier paraffiné. Aux pieds, elle portait les nouvelles chaussures que le docteur lui avait offertes. Elle n'en avait jamais eu d'aussi exactement à sa taille. On aurait dit qu'elle s'était fait mesurer le pied. Le cuir était résistant, et les semelles bien épaisses. Elles ne laissaient pas passer l'eau. Pas question de les abandonner là.

Maintenant, il était temps de partir. Elle regarda à travers la vitre. Lui regardait toujours par la fenêtre comme s'il y avait quelque chose de merveilleux à voir dans le lointain. Alors que non, il n'y avait que des arbres. Des arbres à perte de vue, en rangs serrés jusqu'à l'horizon. Trop d'arbres, décidément. Ils la rendaient triste, lui sapaient le moral…

« Eeva », dit sa voix depuis le pas de la porte.

Elle sentit le feu l'envahir. En quelques secondes, elle pensa à mille choses. Il allait la faire emmener, jeter en prison, renvoyer à l'orphelinat. Il l'avait vue avec son argent entre les mains, et maintenant, il allait dire que les billets de Lauri aussi lui appartenaient, et qu'elle les avait volés. Il la ceinturerait et ne la laisserait plus s'échapper. Et ils viendraient tous : Mme Eriksson, Anna-Liisa, sa fille…

Lentement, elle avala une gorgée d'air. Lentement, elle se tourna vers lui.

« Eeva, où vas-tu ?

— Vous savez très bien où je vais.

— Non, je ne sais rien.

— Je m'en vais.

— Loin de moi ? »

Comme si son voyage avait quoi que ce soit à voir avec lui. Comme si sa vie ne lui appartenait pas.

« Je m'en vais, c'est tout. Je ne peux plus rester. Je ne peux plus… » Elle entendit sa propre voix couiner tristement, comme celle d'un enfant.

« Dis-moi seulement, Eeva, comment je peux améliorer les choses. Je sais que cela doit être dur pour toi. J'ai conscience que tout est mort ici, que tu n'as pas d'amis, que je suis tellement plus vieux que toi…

— Ça n'a rien à voir. » Elle rassembla ses forces. Elle n'était plus une enfant, il n'allait pas lui parler sur ce ton. Ses yeux la suivraient-ils ainsi sans répit comme si elle était une petite fille ? Non, elle connaissait sa force. Elle la sentait irradier dans son corps jusqu'au bout des doigts, et elle redressa la tête.

Il ne faisait toujours ni jour ni nuit. Une heure inclassable. Elle se sentait capable de dire ce qu'elle voulait.

« Je rentre chez moi.

— Tu veux dire Helsingfors, euh... Helsinki.

— Évidemment.

— Mais, Eeva, ma chère petite... »

Il était sous le choc, elle le voyait, toutefois il commençait déjà à se reprendre. « Mais que feras-tu là-bas ? Tu n'as pas de famille, pas de travail, pas d'endroit où vivre. »

Il énumérait ces choses comme s'il s'agissait de vérités immuables. Elle n'avait pas de toit, pas d'argent, pas de famille. Il avait oublié la lettre et la joie rayonnante d'Eeva ce jour-là. Il ne voulait pas donner de réalité à ce souvenir en le laissant se glisser entre Eeva et lui.

« J'ai un endroit où habiter », dit-elle posément.

Debout sur le seuil de sa maison, dans sa robe de chambre, il eut soudain conscience d'être vieux et tout fripé à côté d'elle, et tellement fatigué. Il sentait d'ailleurs encore autour de lui les bouffées nauséabondes du sommeil et craignait qu'elle ne les sente aussi. Il ne devait pas penser à ce genre de détails, il devait faire un effort, lui montrer la vérité telle qu'elle était...

« Et donc, tu t'apprêtais à quitter la maison avant que je me réveille et à disparaître. Est-ce que tu m'aurais au moins laissé une lettre ? »

Elle secoua la tête. Il avait raison. Elle n'y avait même pas songé. Elle le regarda : tout pâle, vieux, les joues couvertes d'une barbe naissante. La douleur semblait lui crisper les mâchoires. Elle vit bouger sa pomme d'Adam. Il déglutissait. Il posa les mains sur son bureau et s'appuya dessus avec force, la tête inclinée. Il avait quelques cheveux gris et il commençait à lui en manquer pas mal au sommet. Elle entrevoyait la couleur de son cuir chevelu. Elle attendit.

« Je vais te donner de l'argent, Eeva, dit-il enfin. Tu ne peux pas partir comme ça, seule et sans un sou.

— Vous allez me donner de l'argent ?

— Je te dois au moins tes gages. Mais tu auras besoin de plus.

— Je ne veux pas que vous me donniez de l'argent.

— Quelle importance, Eeva ? lâcha-t-il avec nervosité en relevant la tête. L'argent, ce n'est pas ce qui compte vraiment. Prends-le.

— Vous pensez que ça n'a pas d'importance seulement parce que vous en avez toujours eu, répondit-elle lentement. Parce que en avoir toujours eu a fait de vous celui que vous êtes. »

Il rougit de colère. « Si l'argent était important pour moi, je changerais de métier. Pourquoi crois-tu que je suis médecin, et pas banquier ?

— Vous ne comprenez pas. Vous n'avez jamais connu autre chose, comment pourriez-vous comprendre ? La vie que vous menez, cette maison, tout ce que vous êtes, tout, je vous dis, vous l'avez toujours eu, et vous vous sentez protégé. Vous savez que vous ne risquez rien.

— Tu crois vraiment que je ne risque rien ? »

Elle hocha la tête, tel un médecin confirmant un diagnostic auquel le patient refuse de croire. « Bien sûr. »

Ils se tinrent silencieux. La lumière se répandait à ses pieds, sur les chaussures toutes neuves. Il éprouva brusquement l'envie de s'allonger sur le parquet frais et bien ciré. Il poserait la tête sur les chaussures d'Eeva. Il sortirait son pied si mince de sa gangue de cuir et y appuierait la joue. Ses os délicats, leurs articulations, sa cambrure, la façon dont ses orteils se plantaient sur le sol. Il poserait la joue contre le creux de son pied.

Il croisa son regard. Ses yeux s'étaient étrécis, elle l'examinait soigneusement. Au lieu de leur couleur habituelles, ses iris semblaient emplis de lumière. Avait-elle peur de lui ? Assurément pas. Peut-être était-elle attentive, méfiante. Mais comment pouvait-elle ignorer qu'il la laisserait lui poser le pied sur la nuque si seulement elle acceptait de rester afin qu'il puisse continuer à la regarder se mouvoir dans sa maison ?

Soudain, elle lui décocha un étrange petit sourire nerveux. Il devait garder son calme. Il l'effrayait. Il prit un coupe-papier sur son bureau et le tira de son étui en cuir. Un drôle de petit coupe-papier, rudimentaire et doré. Minna le lui avait offert quand elle avait six ans. Comme elle était fière, et comme elle vérifiait qu'il l'utilisait chaque fois qu'arrivait une lettre ! Il s'en servait toujours.

« J'ai choisi cette pièce comme bureau parce qu'elle fait face à l'est et reçoit toute la lumière du matin, déclara-t-il brusquement. Quand je ne dors pas, je viens travailler ici.

— À l'est ? Helsinki est à l'est.

— Au sud-est, corrigea-t-il. Non. Est-sud-est, probablement. »

Son sourire devint plus naturel. « On voit tout de suite que vous êtes médecin.

— À quoi ?

— Vous êtes tellement… précis.

— Il faut être précis quand on a la responsabilité de ses patients. On ne peut pas jouer avec la vie des gens.

— Est-ce que vous pensez être responsable de moi ?

— Bien sûr que je le suis. Tu vis chez moi. Tu travailles pour moi.

— Et pourtant vous essayez, dit-elle gauchement, avançant à tâtons entre les mots, vous essayez de faire ce que vous dites. De jouer avec ma vie. Vous savez bien que ce n'est pas seulement une question de vivre chez vous, de travailler pour vous. Vous savez bien qu'il y a plus que ça.

— Mais, Eeva…

— Quoi ?

— Tu ne comprends pas. Je ne suis pas l'homme que tu crois. Ce que je ressens pour toi… »

Il gagnait du terrain, empressé, les yeux brillants.

« Ne me le dites pas. Je ne veux pas que vous me le disiez.

— Elle t'a dit quelque chose, n'est-ce pas ? Ma fille.

— Non. » Eeva croisa les bras.

« Eeva, ce n'est pas vrai.

— Pour qui vous prenez-vous pour me dire ce qui est vrai et ce qui ne l'est pas ?

— Je ne sais pas », répondit-il. Ses mains, qui s'étaient tendues vers elle, retombèrent le long de son corps. Ce n'était pas ce qu'il avait voulu dire. Il savait pourtant bel et bien ce qui était vrai. Il était le Dr Thomas Eklund. Des centaines de personnes pourraient témoigner en sa faveur. Mais cette fille ouvrait un précipice sous ses pieds. Il se sentait tomber et il voulait tomber encore. Un instant, il ressentit une terrible compassion pour lui-même. Il baissa les yeux et vit Thomas Eklund à ses pieds, roulant dans le caniveau. Pauvre idiot, sombre crétin. Tu l'aimes, n'est-ce pas ? Eh bien, regarde-toi, voilà où tout cela va te conduire. Tu aurais dû t'arrêter avant qu'il ne soit trop tard. Tu ne l'as même encore jamais touchée, et tu l'as déjà perdue. Tu es un homme fini.

« Je ne t'empêcherai pas de partir, reprit-il enfin. Si tu veux t'en aller, va-t'en. Mais attends que je m'habille. Tu peux prendre la voiture. Matti sera là d'une minute à l'autre, il peut harnacher les chevaux.

— La voiture ! » Elle le regarda fixement. « Mais je ne veux pas que le monde entier sache.

— Alors, je vais seller la jument, et je te conduirai une partie du chemin au moins.

— Non.

— Pourquoi ?

— Je peux marcher. Je connais un raccourci à travers la campagne. »

Sa façon enfantine d'avancer la lèvre inférieure avec détermination le fortifia.

« Eeva, ma chère enfant, tu n'en sais pas plus qu'un bébé qui voudrait allumer un feu. Nous ne sommes pas à Helsinki, ici, avec une boutique à chaque coin de rue pour demander ton chemin si tu te perds. Il faut traverser la forêt à Heimola, et puis le lac, et il n'y a qu'un passeur, habituellement ivre, de surcroît.

— Vous parlez du lac Noir ? »

Il s'esclaffa, un peu surpris. « Oui, c'est ainsi qu'on l'appelle par ici. Qui te l'a dit ?

— Je ne m'en souviens plus.

— Eeva, je t'en prie. Tu ne comprends donc pas que la raison pour laquelle je veux t'accompagner est que, sinon, je ne saurai jamais si tu es bien arrivée à destination ? Et comment puis-je… ? »

Il s'interrompit. Il s'apprêtait à lui dire qu'il ne supporterait pas de ne pas savoir si elle s'était perdue, si le marais l'avait engloutie ou si les eaux du lac s'étaient refermées sur elle. Elle pouvait se blesser, tomber, se tordre la cheville et ramper pendant des heures sans trouver de secours.

Elle haussa les épaules. Tout le haut de son corps était resté très mince. Quelle fluidité dans le moindre de ses mouvements ! Une fluidité telle qu'elle en devenait parfois gauche, mais de cette splendide maladresse des êtres très jeunes. Elle haussa les épaules, mais cette fois, c'était différent. Elle semblait boudeuse, mais il sentait qu'elle ne refusait plus sa proposition. Elle le laisserait faire. Elle l'autoriserait à l'accompagner.

« Attends une seconde, lança-t-il joyeusement, comme si elle risquait de s'envoler par la fenêtre. Tu es sûre d'être assez chaudement vêtue ? Ah oui, bien sûr, nous sommes en été. » *Dieu merci, il avait eu l'idée de lui offrir ces chaussures !* « Et puis, il va falloir que tu manges quelque chose avant de partir. Je ne pense pas que tu aies avalé quoi que ce soit ce matin, n'est-ce pas ?

— Non.

— Nous allons prendre le café avant de nous mettre en route. Attends, je vais le faire. Et puis des petits pains. Tu en veux quelques-uns ? Il faut que tu manges. »

À l'entendre, on aurait cru que les petits pains tombaient du ciel, se dit Eeva. Ne s'était-il pas rendu compte qu'elle lui en faisait de tout frais chaque matin ?

« Il n'y a pas de petits pains.

— Eh bien, tant pis. On peut toujours manger du pain noir. Je préfère, d'ailleurs. Du pain noir avec de la crème fraîche. Ça te ferait plaisir, non ? »

Elle faillit s'esclaffer de surprise. *Ça te ferait plaisir, non ?* – comme si elle faisait partie de la famille.

« Je vais préparer le café. Mais laissez le cheval tranquille. Je ne sais pas monter à cheval. »

Bien sûr que non, il aurait dû y penser. Comment diable aurait-elle pu apprendre à monter ? Ce n'était cependant pas un problème insurmontable. Il pouvait l'asseoir devant lui. Non, c'était trop loin. La jument ne supporterait pas aussi longtemps leur poids. Si Eeva réussissait à tenir assise en selle, il pourrait marcher à côté, tenant la bride, s'assurant qu'elle ne tombait pas. Mais même ainsi, peut-être une telle chevauchée serait-elle trop longue si elle n'avait jamais monté…

« On peut marcher, insista-t-elle.

— Oui. » Il souriait sans arrêt. Tout était tellement simple. Il avait l'impression qu'une brise fraîche s'était levée, à la fin d'une interminable soirée. Sortir avec Eeva dans l'air du matin, marcher à ses côtés, un sac à dos sur les épaules et une longue journée d'été devant eux. Et puis ensuite, à la fin de ce jour, un autre, et puis un autre encore…

S'éloigner le plus loin possible de sa vie.

« Oui », répéta-t-il. Assurément, c'était stupide de sa part de se sentir aussi heureux. « On peut marcher. »

20

Tout à ma guise, par les chemins j'irai
Et l'amour, je le sais, un jour je croiserai.

Elle ne pouvait se sortir de la tête cette chanson de Matti. Il faisait chaud, tellement chaud. Elle avait mal aux pieds, malgré ses bonnes chaussures. Des mouches bourdonnaient autour d'elle. Elle avait ramassé une hampe de fougère, mais plus elle tentait de les chasser, plus les mouches revenaient nombreuses. Ses cheveux étaient mouillés de transpiration sous le foulard.

Pas le moindre souffle de vent. Les arbres avaient pris l'air au piège et la chaleur l'épaississait. Ces arbres, tout autour. Elle ne voyait rien, elle ne pouvait pas les dépasser. Ils défilaient sous ses yeux pour l'éternité. Il marchait à côté d'elle, mais ils n'échangeaient plus un mot. Le sentier était étroit et envahi par les mauvaises herbes. Des ronces s'accrochaient à ses chevilles. Des oiseaux s'envolaient en poussant des cris effrayés, et parfois elle entendait le bruit d'un gros animal se déplaçant à couvert entre les arbres. Un cerf, peut-être, ou un renard. Il y avait aussi des loups dans la forêt, elle le savait. Des ours également, et des élans. Mais ils n'étaient pas dangereux. En tout cas, pas en été, lorsqu'ils avaient le ventre plein.

Et voilà que les arbres devenaient de plus en plus grands. D'immenses pins qui pesaient sur elle. Elle se sentait toute petite.

Elle était fatiguée, tellement fatiguée.

Ils approchaient des marais. Il sentait cette odeur : fétide, doucereuse et minérale à la fois. Bientôt s'y ajouteraient le parfum de la menthe d'eau et les relents de fermentation. Et puis, il y aurait des moustiques. Heureusement, il avait pensé à mettre une fiole d'huile de citronnelle dans son sac à dos.

Il respira profondément, humant à pleins poumons les senteurs de la forêt. La résine de pin, et puis les remugles du pourrissement. Il sentait aussi sa propre transpiration, âcre et forte. Comme c'était bon de se trouver là, au cœur des bois, intégré à ce grand silence empli d'ombres et bruissant de vie. Il avançait d'un pas allègre sur les aiguilles de pin. Là, juste devant eux, le soleil perçait. On avait abattu des arbres par ici. Le sol était envahi de souches, déjà à moitié enfouies sous la végétation qui jaillissait de terre dès que la lumière filtrait. Deux jeunes bouleaux prospéraient, si proches l'un de l'autre que leurs branches s'entremêlaient. Et il y avait de l'eau tout près – oui, juste là, où la mousse était d'un vert plus brillant et où on apercevait un buisson de framboisiers sauvages.

« Écoute ! » s'exclama-t-il. Ils s'immobilisèrent. Oui, c'était bien cela, le doux murmure de l'eau. Il suivit le son jusqu'à une source qui sortait de l'humus et retombait dans un bassin de pierre. Des pierres plates, adroitement disposées pour que l'eau stagne un peu avant de s'échapper. Sans doute l'œuvre des bûcherons. Il fit une coupe de ses deux mains et les plongea dans le petit bassin, recueillit un peu d'eau et la but. Elle avait un goût pur et minéral. Dès qu'il eut avalé, il prit conscience de sa soif.

« On pourrait se reposer un peu ici », suggéra-t-il, mais en se retournant, il vit qu'Eeva s'était déjà allongée contre un coussin de mousse, au pied des bouleaux. Comme elle semblait pâle ! Elle avait les jambes étendues droit devant elle, et les yeux fermés. Il prit sa gourde en métal dans son sac à dos et en retira le bouchon. Soigneusement, pour ne pas troubler l'eau, il l'enfonça dans le bassin et l'y remplit.

« Tiens, Eeva. Bois un peu, ça te fera du bien. »

Elle lui prit la gourde des mains et renversa la tête en arrière pour boire avec avidité, avalant l'eau fraîche à grands traits. Un filet s'échappa à la commissure de ses lèvres et coula le long de sa mâchoire. Lorsque la bouteille fut vide, il la lui remplit de nouveau. Cette fois, elle se désaltéra plus posément, et s'aspergera le visage avec les dernières gouttes. Les perles d'eau s'échappèrent, étincelantes, dans la mousse. Eeva était à moitié au soleil et à moitié à l'ombre. La lumière teintée de vert de la forêt vacillait sur son corps et il sentait l'odeur de sa peau. Elle tendit la main vers sa nuque et dénoua son foulard.

« Y a-t-il assez d'eau pour que je me mouille les cheveux ?

— Bien sûr. »

Il n'avait pas suffisamment bu. En plongeant la gourde dans le bassin qui ne s'était pas encore rempli, il se sentit encore la bouche sèche. Il lui fallut coucher la bouteille dans l'eau. Avec force gargouillis, elle finit par se remplir complètement, et il la tendit à Eeva. Elle ferma les yeux, et s'en déversa le contenu sur les cheveux, le front, le cou. Elle souriait.

« Merveilleux, murmura-t-elle. C'est merveilleux. »

Elle était couverte de gouttes et de minuscules ruisseaux. L'eau coulait dans les plis de son sourire. Il dut reprendre son souffle en sentant l'odeur qui montait de tout son corps quand l'eau toucha sa peau brûlante et la sueur de ses cheveux en broussaille.

« Vous devriez essayer, ça fait un bien fou ! »

Il fallait qu'il boive. Il ne s'embarrassa pas de la gourde et s'agenouilla au bord du bassin, recueillant l'eau précipitamment et l'aspirant avec avidité avant de l'avaler et d'en aspirer plus encore. Et encore, et encore. Il se sentait desséché. Il n'aurait jamais cru avoir aussi soif. Sa peau était aussi parcheminée qu'un désert. Il s'aspergea le visage, les cheveux, les vêtements. Le contact de l'eau le faisait frissonner et lui donnait envie de se mouiller encore plus. Il allait boire, et boire encore, jusqu'à étancher complètement cette soif.

« Vous vous sentez mieux ? » demanda-t-elle de loin. Elle avait retiré ses chaussures et se massait les pieds à travers ses bas en coton. Le talon était tout usé, et sa peau à vif. Et il leur restait encore une demi-journée de marche.

« Tu devrais te tremper les pieds dans l'eau, recommanda-t-il. Tu as des ampoules. J'ai un mouchoir, on peut te faire un pansement, si tu veux.

— Tournez-vous pendant que je retire mes bas », ordonna-t-elle.

Il fit ce qu'elle demandait. Même ainsi, il eut l'impression de la voir – à moins que ce ne fût seulement son ombre –, tandis qu'elle se tenait en équilibre sur un pied, puis sur l'autre, afin de retirer ses bas. Non, bien sûr qu'il ne pouvait la voir. Mais il avait une conscience suraiguë de sa présence. La jeune fille agita les orteils en avançant dans l'eau.

« Ça fait du bien de retirer ces chaussures. Non, excusez-moi, je ne voulais pas dire qu'elles n'étaient pas bonnes… »

En la regardant, il se rappela les sensations qu'il éprouvait à jouer au bord du torrent, les pieds nus, à plonger dans un trou d'eau qu'il avait aménagé en construisant un barrage. Le bruit de succion, à la fois répugnant et délicieux, puis la boue qui lui dégouline le long des jambes, et qui trouble l'eau, avant de sécher entre ses orteils avec de la mousse et quelques brins d'herbe. Ses pieds qui paraissaient si blancs au fond de l'eau, alors qu'ils ne l'étaient pas du tout à l'air libre.

Elle lui rendit un sourire par-dessus son épaule en plongeant le pied droit dans l'eau peu profonde. Puis elle se pencha en avant, comme il se rappelait s'être penché lui-même tant de fois, et écarta les orteils au fond du bassin.

« Qu'elle est froide ! Glacée, vraiment.

— Elle vient de loin sous la terre. »

Elle s'essuya le pied sur sa jupe avant de laver l'autre. Elle semblait concentrée et radieuse, comme le sont souvent les enfants. Quelques mèches s'échappaient de son chignon. Elle lui jeta un nouveau regard par-dessus son épaule avec un éclair de bonheur, le premier qu'il eût jamais vu sur son visage.

Ils s'assirent au pied des bouleaux pour manger leur pain et leur fromage. Il avait l'impression de n'avoir jamais rien connu d'aussi bon que ce goût de noisette du pain noir et cette délicieuse aigreur du fromage. Il avait aussi emporté une tranche de pain d'épice, du pain d'épice confectionné par Lotta, avec une croûte toute poisseuse de sucre et constellée d'amandes. Chaque fois qu'elle en préparait une fournée, elle lui en faisait envoyer dans du papier paraffiné. Il le rompit et tendit le plus gros morceau à Eeva. Il leur aurait aussi fallu des fruits, songea-t-il, mais il n'avait pas pensé à en prendre. Un moment…

Il se leva et se mit à fureter dans la clairière. Il était trop tôt dans la saison pour les framboises sauvages, mais peut-être, dans un endroit ensoleillé, aurait-il la chance de dénicher quelques fraises bien mûres.

Oui. Voici déjà les feuilles, et les fleurs blanches en forme d'étoiles. Feuille, fruit et fleur, tout ensemble. Il souleva les feuilles. Et elles étaient là, des fraises magnifiques, d'un beau rouge vif. Il les pinça doucement. Oui, elles étaient mûres. Il allait les lui cueillir.

Au bout du compte, il y en avait moins d'une poignée. Lorsqu'il les eut toutes ramassées, il les posa sur une feuille de patience et les lui porta.

« Oh ! s'exclama-t-elle. Des fraises des bois. Lauri et moi, on… » Mais elle s'interrompit et le masque de la prudence retomba sur ses traits. Il fit comme s'il n'avait rien entendu.

« Pourtant, je ne croyais pas en trouver, dit-il doucement, pour le plaisir du son, pas des mots, à la façon dont il parlait à sa jument quand il la sentait nerveuse. Mais comme le soleil passe à travers les branches ici, elles sont mûres. Regarde comme elles sont grosses. Tu les veux ? Tends les mains. »

Elle les ouvrit en coupe et il y déposa les fraises. Elle en goûta une, le sourcil froncé. « Pas mal. Presque mûre, mais pas tout à fait. D'ici quelque temps, elles seront plus sucrées.

— Peut-être les autres sont-elles meilleures. »

Elle en mangea quelques-unes de plus, les goûtant comme un fin gourmet. « Il leur faut décidément quelques jours de plus. Mais vous n'allez pas en manger du tout ?

— Non.

— Vous n'aimez pas ça ?

— Si. Mais je préfère te les voir manger. »

Elle hocha la tête. « Je sais. Je suis comme vous, parfois. »

Avec Lauri, songea-t-il, en s'essayant pour la première fois à prononcer mentalement ce prénom. Tu lui donnerais sans doute toutes les fraises des bois que tu ramasserais.

« Le dernier été où mon père était malade, j'allais cueillir des baies pour lui. Le fils d'un de nos voisins était livreur, et il avait une bicyclette qu'il me laissait emprunter le dimanche pour aller en forêt, pourvu que je lui en rapporte un seau. Mon père adorait les framboises sauvages, mais seulement bien mûres. Vous savez, lorsqu'elles virent au violet foncé et qu'elles fondent quand on les pose sur sa langue. Et bien sûr, c'était difficile de les rapporter sur le vélo aussi mûres que ça. Elles sautaient dans tous les sens dans le panier et se transformaient en bouillie. Alors il fallait drôlement bien calculer son coup pour qu'il les mange. »

Elle avala le reste des fraises des bois et lécha le jus sur ses paumes.

« Nous devons y aller, dit-elle, mais sans se lever pour autant.

— Oui. »

Le soleil était devenu encore plus brûlant. Il entendait bourdonner les abeilles, les mouches, un pinson voleter, et des feuilles de bouleau bruire au passage d'une brise qui les laissait toutes molles.

« On pourrait faire une petite sieste », suggéra-t-il, mais il savait que ce n'était pas sérieux. À cause de la chaleur, ils ne se réveilleraient pas avant quatre heures, et même plus tard. À quelle heure finiraient-ils par arriver ? Mais quelle importance ? Elle était là, si proche qu'il entendait sa respiration et voyait ses paupières s'alourdir. Il connaissait suffisamment bien la forêt. Ils ne couraient pas le danger de se perdre. Rien que quelques heures de plus, voilà tout ce qu'il souhaitait.

« Non, répondit-elle. Il faut qu'on y aille. »

Je dois me souvenir de chaque minute, se dit-il. De tout ce qui arrive. Cette idée lui donnait une conscience particulièrement aiguë de leur voyage, comme l'une de ces nuits où l'ombre du monde qui veille encore voisine avec la clarté brillante des rêves.

Eeva avait une écorchure au talon, et un lambeau de peau détaché. De ses propres mains il avait déchiré son mouchoir et confectionné un pansement de fortune. Et puis tout autour d'eux flottait l'odeur de l'huile de citronnelle dont ils s'étaient tamponné les poignets et l'arrière des oreilles pour éloigner moucherons et moustiques.

Les cygnes blancs à la surface de l'eau noire du lac. Des cygnes muets qui avançaient en tendant le cou. Le bruit des rames du passeur en frappant l'eau, et les remugles d'alcool rance suant par tous ses pores. Les doigts d'Eeva traçant un sillage dans l'eau, un poisson qui bondissait. La barque venant se cogner doucement contre l'appontement en bois, sur l'autre rive, et la façon dont le bonhomme grommela un remerciement quand on le paya, avant de mordre dans la pièce et de cracher dans l'eau.

Le poids du baluchon d'Eeva lorsqu'elle finit par accepter de le lui laisser porter. Pas vraiment lourd, surtout si l'on pensait qu'il contenait tout ce qu'elle possédait. Minna n'était-elle pas venue avec des bagages infiniment plus lourds pour une visite de quelques jours ? Certaines personnes semblent s'enfoncer au plus profond de la terre et remplissent leurs terriers de biens matériels, tandis que d'autres errent à la surface, les mains vides.

Il allait lui donner de l'argent. Quoi qu'elle dise, il le ferait. Il avait tout prévu, et il était prêt à glisser les billets dans son baluchon quand elle ne regarderait pas.

Le feu de la journée se diluait dans la douce chaleur du soir et ses reflets dorés. Leurs ombres les suivaient maintenant le long de la grand-route. Ils étaient tous deux couverts de poussière, et les différences s'étaient estompées. Il ne ressemblait désormais plus au docteur, et elle aurait pu être n'importe quelle paysanne en route vers le marché. Ils avançient à marche forcée. Côte à côte, ils poursuivaient leur route, et s'écartèrent pour laisser passer une charrette et son nuage étouffant de poussière. Eeva cria : « On est à quelle distance de la gare ? » Moins d'une heure, répondit le conducteur. C'est alors que Thomas sentit un premier pincement d'angoisse. Le voyage allait se terminer. Il la perdrait pour toujours.

La gare semblait désaffectée depuis une centaine d'années. Le dernier train était déjà passé. Il voulut lui donner de l'argent pour qu'elle trouve à se loger, mais elle refusa énergiquement.

« Inutile », dit-elle. Mais il discuta, lui expliqua qu'elle devait se laver et manger, et qu'il allait trouver un endroit convenable où on prendrait soin d'elle.

« Ils n'accepteront jamais une fille toute seule. Ils se diront que je ne suis pas respectable. »

L'idée de dormir dans une chambre au beau milieu de cette bourgade la terrorisait. Tant qu'elle était dehors, elle avait l'impression de poursuivre son voyage, et personne ne pouvait l'arrêter. En tout cas, la nuit s'annonçait clémente. Elle s'enfoncerait dans les bois, s'emmitouflerait dans sa cape. Elle n'avait pas peur. À cette époque de l'année, la nuit était si brève.

« Il vaut mieux se tenir éloigné des gens », déclara-t-elle. Et il comprit que rien de ce qu'il pourrait ajouter ne la ferait changer d'avis.

Ils ressortirent donc de la ville. Eeva marchait lentement, la tête baissée. Habituellement, il aimait avancer à grands pas, mais la lenteur de la jeune fille ne le dérangeait pas. Il se rapprocha d'elle et régla son allure sur la sienne.

Elle semblait comme abîmée en elle-même. Les chaussures neuves étaient couvertes de poussière et elle boitillait, malgré le pansement de fortune. Il lui aurait volontiers offert son bras, mais il ne voulait pas interrompre le cours de ses pensées.

Peut-être avait-elle la tête vide. Peut-être avait-elle atteint ce stade d'épuisement où il devient plus facile de continuer à marcher que de s'arrêter.

Ils dépassèrent le chapelet de maisons misérables qui bordaient la bourgade. Les enfants les fixaient avec curiosité. Il refusait d'y voir un mauvais présage, mais il ne parvenait pas à oublier le long regard que leur avait lancé une femme occupée à battre son tapis sur une balustrade en bois. Un visage et un corps aussi décharnés qu'un vieil homme, mais le ventre tout rond.

Elle n'avait probablement pas plus de trente ans, même si elle en paraissait soixante. Il s'était occupé de tant de créatures épuisées et toutes ridées, qui ressemblaient davantage à la grand-mère qu'à la mère de l'enfant qu'elles portaient. Il faisait de son mieux pour leur venir en aide, mais tandis qu'elles se tordaient dans les douleurs de l'accouchement, il découvrait sur leur visage un air dur, vide, et hostile, comme si c'était sa faute.

Jamais Eeva ne devrait ressembler à cela. Et pourtant, le sens commun lui disait qu'elle aurait de la chance si elle y échappait. Il sentit le regard de la femme dans son dos, comme si son ombre le suivait.

Il ne se rappela jamais exactement comment ils avaient déniché cet endroit. Quittant la route pour un chemin qui traversait les prés, ils traversèrent de hautes herbes déjà humides de rosée. Il respira leur parfum sucré, laissant ses doigts effleurer leurs pointes.

C'est alors qu'ils découvrirent la petite cabane. Elle semblait abandonnée avec sa porte ouverte, ses planches d'un gris métallique dont chaque nœud du bois se fendillait, et assaillie de hautes herbes : fléole des prés, sainfoin, fétuque, toutes précocement fleuries, cette année, en raison de la chaleur. On n'avait pas encore fait les foins. Il est pourtant grand temps, se dit-il. Quant à la cabane, il était certain que personne n'y venait jamais. Les murs de bois et le plancher étaient couverts de minuscules araignées.

Toutefois, les lieux étaient propres et secs. Il arracha une grosse touffe d'herbe et balaya le sol pour elle. Une fois assis, il sortit ce qu'il restait du pain noir du fond de son sac à dos. Il rompit le morceau en deux, et lui donna le plus gros. Le pain avait un bon goût sucré, et il mastiqua lentement sa part, ayant l'impression d'en sentir toute la saveur pour la première fois. Morceau par morceau, la mie dense, aigre-douce, se dissolvait dans sa bouche. Bizarre, pensa-t-il, le nombre de fois où l'on se met à table sans avoir vraiment faim. Quand on a le ventre vide, manger devient une affaire sérieuse, quasi sacrée. Il sentait la nourriture se répandre dans tout son corps, comme la chaleur d'un bon feu.

Eeva, elle, ne mangeait pas. Elle gardait le pain dans sa main. Il tenta de la convaincre, mais elle secoua la tête. « C'est trop lourd », dit-elle.

Soudain, il se rappela le chocolat qu'il avait mis dans le sac à la dernière minute. Des semaines auparavant, lui sembla-t-il, alors que c'était le matin même. Il farfouilla un instant, et il était bien là, écrasé au fond du sac, déformé mais encore solide. Il avait fondu puis durci à nouveau, et tout le brillant avait disparu, mais c'était toujours du bon chocolat.

Il le lui tendit.

« Vas-y, prends-le. Tu as besoin de forces pour le voyage. »

Elle le cassa le plus soigneusement qu'elle put en deux parts égales puis porta la sienne à sa bouche tel un écureuil et la mordilla doucement, comme s'il s'agissait d'un aliment trop riche pour qu'on l'avale d'un coup. Soudain, un long frisson la parcourut ; elle revenait à la vie.

« C'est bon ! » s'exclama-t-elle.

Il la regardait manger. Il garderait le reste pour le lendemain matin, et alors, peut-être aurait-elle oublié que c'était sa part. Il observait son visage.

Ma pauvre Eeva, ma chère petite Eeva, se dit-il, mais cette pensée lui parut irréelle, et elle s'éloigna de lui pour se perdre dans un espace vertigineux. Elle n'était ni pauvre, ni petite, et en tout cas pas à lui.

Elle avait retiré ses chaussures. Le lendemain elle repartirait, mais cette fois, il ne l'accompagnerait pas. D'elle, il ne lui resterait rien. Seulement son nom. Parfois il pourrait évoquer son souvenir avec Matti.

Tu te rappelles quand Eeva... Tu te rappelles comment Eeva...

Matti trouverait cela étrange mais il aurait à cœur de faire plaisir au docteur.

Allongée sur le plancher, elle s'enveloppa dans sa cape. Ils n'échangeaient pas un mot, pas un geste. Elle s'endormit. Elle n'avait pas peur de lui, pensa-t-il. Elle se sentait suffisamment en confiance pour s'endormir en sa compagnie. Il la regarda respirer pendant quelque temps, puis s'appuya contre le mur de façon à barrer le passage à quiconque entrerait dans la cabane, il fermerait juste les yeux et sommeillerait un moment, mais il n'était pas question de dormir...

Il plongea immédiatement dans un rêve si agréable que son corps en fut comme cloué au sol. Au bout de quelque temps – moins d'une heure probablement – il fut réveillé par un torticolis. Le rêve s'évanouit comme un parfum.

C'était déjà le matin, les rayons obliques du soleil caressaient les hautes herbes. Pendant son bref sommeil, un nouveau jour était né.

Il ne devait jamais oublier le spectacle de la prairie telle qu'elle lui apparut par la porte de la cabane. L'herbe oscillait dans la brise, sous la caresse d'une invisible main. Un martinet s'approcha à tire-d'aile. Il rasa les épis fleuris et disparut. Ces oiseaux dorment en vol, songea-t-il. À peine ont-ils des plumes qu'ils s'envolent, et ne s'arrêtent qu'à leur mort.

Elle dormait encore. La bouche légèrement entrouverte, une petite bulle transparente à la commissure des lèvres. Perdue dans le sommeil, elle respirait régulièrement. Des veines d'un bleu délicat couraient sous la peau d'ivoire de ses paupières. Une petite araignée lui explorait la joue. Elle suivait la ligne de sa mâchoire jusqu'au coin de sa bouche. Il tendit la main pour l'en débarrasser. Si elle entrait dans le nez ou dans la bouche, cela la ferait éternuer et elle se réveillerait.

Mais non. La minuscule araignée jaune et marron effleura les commissures humides des lèvres d'Eeva, puis s'enfuit vers ses cheveux. Il sourit en imaginant le périple de la bestiole à travers les mèches emmêlées échappées du chignon qu'elle portait sur la nuque. Eeva remua, et un sourire se dessina sur ses lèvres avant de s'effacer, comme si quelqu'un avait essayé d'écrire sur l'eau. Les bébés sourient de cette façon, songea-t-il, et c'est ainsi qu'ils froncent les sourcils. Ces suites ininterrompues de sourires et de grimaces que certains attribuaient à des difficultés à digérer étaient peut-être en fait les signes d'une vie intérieure. Il avait coutume de s'asseoir près du berceau de Minna et se disait alors que les rêves de la petite fille devaient être plus animés que ses journées. Il se demandait ce qu'elle lui dirait quand elle saurait enfin parler.

Ce qui est étrange avec les bébés, se dit-il, c'est que n'importe qui pourrait mettre fin à leur vie rien qu'en étendant la main. Mais bien sûr personne n'en fait rien, sauf les monstres. Et donc, les bébés ont un certain pouvoir, malgré leur faiblesse. De même, Eeva avait un certain pouvoir, comprit-il en la regardant. Il ne pouvait pas franchir l'étroite frontière qui les séparait. Il ne pouvait pas toucher son visage, si lisse encore que son froncement de sourcils ne trouvait pas la moindre ride où se cacher. Il glissait sur sa peau comme de l'eau avant de disparaître. À quoi ressemblerait-elle à trente, trente-cinq ans ? Perdrait-elle alors toute sa beauté, comme cette femme enceinte à l'orée de la ville ?

Ces pensées n'avaient aucun sens. Il était vieux, et elle toute jeune. Ce qu'il pouvait lui offrir, elle n'en voulait pas, même s'il avait la capacité d'anticiper les dangers dont il aurait pu la protéger. Mais qui a envie d'être sauvé ? Eeva ne voyait en lui qu'un vieil homme avide de la toucher. D'ici peu, la lumière serait si forte qu'elle ouvrirait les yeux. Et alors, tout serait fini.

Elle battit des paupières. Avant même de l'apercevoir vraiment ou de se rappeler qui il était, elle sourit.

Il attendit le train avec elle. Il était presque midi et la chaleur déjà suffocante. Elle interdisait tout dialogue. Quel été : aussi brûlant qu'en Italie ! Mais là-bas, cela aurait semblé plus naturel. Les Italiens dessinaient des jardins destinés à donner de l'ombre, aux plantes s'ajoutaient des bassins, des fontaines, et des sols carrelés de dalles bien fraîches. Ici, nous ne savons comment faire, face à une chaleur pareille, pensa-t-il. Chaque fois que cela se produit, nous nous laissons surprendre. Et nous tirons la langue en haletant comme des chiens.

Ils étaient assis côte à côte sur le banc. Un silence proche de l'ennui s'était glissé entre eux. Intensément conscient de la proximité de son corps, il ne savait plus que dire. Finalement, il lâcha : « Tu as bien rangé les provisions ? » Dès l'ouverture de l'épicerie, il avait acheté plus de nourriture qu'elle n'en pouvait porter. Des petites brioches, du pain noir, du jambon, des raisins secs, du fromage, du lait frais, du chocolat, un gâteau aux amandes, des conserves de sardines… Pauvre petite, elle pouvait à peine porter son sac, et les boîtes en métal s'enfonçaient dans son dos.

Soudain, un bourdonnement monta des rails. Ce n'est qu'une vibration, se dit-il. La chaleur. Mais non, une sonnerie résonna par deux fois, d'abord un long mugissement, puis un autre, plus bref. La demi-douzaine de passagers qui attendaient l'express régional entreprirent de rassembler baluchons et paniers. Une femme qui avait sorti son poulet pour lui laisser prendre l'air l'enfourna tout piaillant dans sa caisse.

La sonnerie retentit de nouveau. Les rails se mirent à trembler. Cette fois, il approchait pour de bon. Le sifflet du train déchira l'air et Eeva sursauta violemment.

« Ce n'est rien. Seulement un sifflet pour que les gens s'éloignent de la voie », dit-il. Le train apparut au loin.

« Tu te rappelles où tu dois changer ? »

Elle hocha la tête.

« Demande, si tu n'es pas sûre. Tu as bien rangé ton billet en lieu sûr ? »

Mon Dieu, on aurait dit son père ! En ouvrant ses bagages, elle découvrirait l'argent qu'il avait glissé tout au fond du baluchon. Caché entre deux livres. Elle avait fini par le laisser acheter son billet.

« Ce n'est pas toi qui as choisi de quitter Helsinki. Pourquoi devrais-tu payer pour y retourner ? » lui avait-il rétorqué lorsqu'elle lui avait annoncé qu'elle avait l'argent du voyage.

La locomotive cracha de la vapeur. Soudain, le calme revint. Eeva était là-haut, à la fenêtre, les yeux posés sur lui, ou peut-être un peu plus loin. L'odeur du charbon vibrait dans la fournaise de la mi-journée. Peut-être le train se figerait-il ainsi à jamais, soufflant comme un cheval, avec Eeva, et lui, les yeux levés vers elle, incapable de rien dire. Ils se sentaient gauches, et l'attente accroissait encore leur embarras. Mais soudain, le train sursauta, le sifflet retentit et le moteur commença son mouvement de traction. Lentement d'abord, comme s'il n'avait pas vraiment l'intention de partir. Et puis, les gros soupirs espacés s'accélérèrent et se rejoignirent. Pendant quelques secondes encore, il parvint à suivre la machine, mais bientôt il eut l'impression de marcher à reculons. Le train le doublait sans effort. Il allongea le pas, mais cela ne suffit guère. Les roues cognaient de plus en plus vite, comme un marteau, dans un rêve, qui se révèle n'être que le battement du sang à vos tempes. Il se mit à courir, et la locomotive siffla derechef, lui signifiant de s'écarter, puis le convoi bondit en avant et le dépassa à une vitesse déjà considérable, dans un halo de fumée et de vapeur. Il s'immobilisa au bout de l'étroit petit quai, au bord des parpaings disposés de l'autre côté de la barrière, et regarda le bout du train s'éloigner en tanguant le long des rails.

Elle était partie. Sortie du champ de son regard, dans lequel seul un chat gris se tortillait au soleil dans un massif de capucines. Lentement, il crispa les poings.

« Imbécile, s'invectiva-t-il. Imbécile. Pourquoi ne l'as-tu pas retenue ? »

Mais ce n'était pas ce qu'il voulait dire. Il aurait voulu revenir en arrière, retrouver le moment vécu dans la cabane où, adossé contre les planches, il avait regardé Eeva dormir. Sentir le parfum sucré des hautes herbes. Cette fois, il aurait tendu la main, il l'aurait effleurée et elle aurait ouvert les yeux.

Il avait laissé passer sa chance.

Il se plia en deux, les mains posées sur les genoux, le souffle coupé par la douleur. Après une nuit sans sommeil, tout cela était trop pour lui. Son cœur battait à se rompre, et il sentit dans sa bouche un goût de métal. Voilà mon ami, voilà comment se terminent tes jolis rêves, se dit-il. Tout au bout du bout du quai, dans une petite bourgade perdue au milieu de nulle part.

Les capucines rouges et orange semblaient vivantes. Il huma leur parfum chaud et poivré, là où le chat les avait écrasées. Il ne la reverrait plus jamais dans sa maison. Donnez-moi une minute, rien qu'une minute, que je retrouve mes esprits, pensa-t-il. C'est cette fournaise, il fait trop chaud pour nous. Nous ne savons pas comment réagir. Nous sommes capables de nous protéger du froid, mais contre le soleil, nous restons sans défense.

Le chat, lui, se frottait les flancs contre les fleurs et miaulait doucement de plaisir.

21

« Si tu veux tuer quelqu'un, il faut d'abord te rapprocher », dit Sasha. Il reprit une gorgée de bière et sourit.

« Comment ça, se rapprocher ?

— Physiquement, ça va sans dire. Si tu n'es pas assez près pour voir le blanc des yeux, tu fous tout par terre. Dans ce genre de mission, tu es une vraie boule de nerfs, tellement tendu que le moindre frôlement peut te faire exploser. Et la balle finit dans le bide d'un fonctionnaire empoté, alors que ton homme s'en tire indemne. Enfin, si tu utilises un pistolet. Avec un bon fusil et de bonnes balles en alliage de plomb, naturellement, tes chances augmentent de façon exponentielle. Dans tous les cas, il ne faut pas non plus être si près que tu n'aies pas le moindre espoir de t'enfuir sain et sauf.

» Nous ne voulons pas de martyrs, Lauri. On en a eu assez comme ça. Pas question de tuer ton homme à bout portant avant de retourner ton arme contre toi, en laissant une note pour expliquer la noblesse de ton geste. Notre vie est trop précieuse, mon fils. Nous ne pouvons pas nous permettre de la gaspiller.

— Je ne me suis jamais servi d'une arme à feu.

— Bien sûr, répondit Sasha avec décontraction, comme si c'était exactement ce qu'il s'attendait à entendre. Pourquoi l'aurais-tu fait ? Où aurais-tu déniché une arme ? Et de plus, serait-ce à toi de le faire, dans cette situation ? Probablement pas.

— Qui décide ?

— Nous. C'est nous qui décidons. C'est notre affaire. *Nash*.

— Si c'est le cas, rétorqua Lauri, il faut savoir exactement de quoi il est question. Tu parles d'assassinat, Sasha, mais ni toi ni moi ne savons tirer. Quant à la confection des bombes, je n'en sais pas plus que ce que j'en ai lu au dos d'un pamphlet anarchiste, et je serais le dernier à faire confiance à cette bande de manchots.

— Tu n'as pas tort. Tu serais bien capable de te tirer dans le pied. »

Sasha souriait à nouveau. Il s'amuse comme un fou, songea Lauri. On a trimé pour créer les conditions propices à l'« inévitable » révolution de Sasha, et d'un seul coup, on en est venus à parler de se tirer une balle dans le pied.

« "Assassinat", articula lentement Sasha. Le mot fait peur, pas vrai ? Je me dis souvent que s'il en existait un meilleur, les gens s'habitueraient mieux à l'idée, ils avanceraient, ils comprendraient ce qu'il se passe. Mais "*assassinat politique*"... Non. Dès qu'on a lâché ces mots, les voilà qui détalent au galop sur le vieux cheval de la morale. Et on nous ressert les mêmes idées pour la millième fois. C'est *mal* de tuer, peut-il être *juste* de tuer, qu'en dit *Dieu*, qu'en dit ma *conscience*, est-ce un péché, la fin justifie-t-elle les moyens ? » La voix de Sasha se transforma en un geignement narcissique : « *Comment pourrai-je me regarder dans la glace après cela ?* Pardon, Lauri, s'interrompit-il pour se pencher vers son ami avec un sourire chaleureux, je ne te range pas dans cette catégorie. Toi, tu es différent. Tu es des nôtres. Tu as la tête sur les épaules. Mais c'est ce qu'ils disent. Ils ne parviennent pas à comprendre que toutes ces sottises sur la conscience sont déplacées. Totalement hors sujet.

— Quel est le vrai sujet, selon toi ?

— La méthode. On en arrive toujours à la question de la méthode. Rien d'autre ne compte. Si on choisit la bonne, alors toutes les pièces du puzzle se mettent en place. C'est là-dessus qu'il faut te concentrer, et ensuite, les autres questions ne se posent même pas. » Il étendit ses paumes ouvertes, sans arme. « Bon. Méthode n° 1. Prends ton homme en embuscade au milieu de la nuit, quand il revient d'une soirée, ivre de préférence, et en tout cas sans méfiance. Tu lui cognes sur la tête et tu files. Ça n'a pas l'air bien sorcier, pas vrai ?

— Effectivement », reconnut Lauri. Des voix résonnaient dans sa tête. Le Grand Juha, Eero. La silhouette de l'homme qui espionnait pour la police. *Il s'est cogné l'arrière du crâne... ça m'étonnerait qu'on le retrouve avant demain matin.*

« Mais la méthode n° 1, pour admirable qu'elle soit, ne convient pas dans ce cas. Ici, on ne parle pas d'un monsieur Tout-le-Monde. Ton homme a une protection rapprochée toute la journée. Alors, passons à la méthode n° 2. Le poison. Introduis quelqu'un chez lui, un serviteur de confiance, peu importe, et puis mets de l'arsenic dans le caviar ou n'importe quel plat dont il raffole. Ça a l'air parfait, mais ça ne marchera pas non plus. On ne vit pas dans l'Italie de la Renaissance, et c'est trop peu sûr. Nous vivons à l'époque moderne. Tout le monde aime le caviar, et quelqu'un risque d'y goûter, même si une grosse étiquette sur le bocal précise : « Exclusivement personnel. Caviar du général gouverneur. » Et en plus, comme ça, ils pourraient toujours facilement maquiller l'attentat en crise cardiaque. Ton homme serait mort, mais tu n'aurais rien fait pour la cause.

» Venons-en donc à la méthode n° 3. Les bombes. Beaucoup d'avantages dans cette solution, surtout si tu ne suis pas les instructions données au dos des pamphlets anarchistes. Ça fonctionne, ce n'est pas difficile à fabriquer, ça ne coûte pas cher, on peut soit les balancer dans une foule, soit les installer à l'avance, et elles sèment la terreur, en plus d'atteindre leur objectif. Deux pour le prix d'un, en fait. Mais il reste la question du *badaud innocent.* » La voix de Sasha se remit à nasiller. « Même si, nous le savons, on ne peut pas faire une omelette sans casser des œufs, si on casse des œufs dans tous les coins et si on apprend au dernier moment que ton bonhomme a changé d'itinéraire, tu auras fait sauter une ribambelle d'enfants à la place... les gens n'aiment pas ça. Cela dit, les bombes peuvent être la solution appropriée en un lieu et à un moment donnés.

» Enfin, il y a les méthodes exotiques. Pour la plupart elles sont beaucoup trop ingénieuses, et donc elles ne marchent pas. Le garrot, l'étouffement sous l'oreiller, la noyade dans la baignoire, la défenestration, les parapluies empoisonnés... elles ont toutes leurs avantages, je te l'accorde, mais aussi des milliers de points négatifs. En vérité, le nombre de façons dont un homme peut trouver la mort est illimité, si tu te mets à y réfléchir sérieusement. En règle générale cependant, plus une méthode est imaginative, moins elle a de chances de réussir. Et donc, nous voilà revenus à notre point de départ : les armes à feu.

— Tu te paies ma tête, Sasha.

— Non, pourquoi ?

— "Une ribambelle d'enfants" ? Tu ne parles pas sérieusement.

— Mais si, tout à fait. Ce pour quoi nous luttons n'adviendra jamais si nous ne faisons pas preuve de méthode. Je t'ai parlé franchement, c'est tout. Sans rien te cacher. Peut-être que ça ne te plaît pas. Peut-être qu'au fond de ton cœur tu préfères le statu quo. Beaucoup de soi-disant révolutionnaires sont enchaînés au présent et ne parviennent pas à imaginer l'avenir. Ils tiennent des réunions, ils s'occupent de parfaire notre éducation politique et celle de tous, ils définissent nos cibles et nos objectifs, et ils nous font courir le pays jusqu'à l'épuisement. Mais ce n'est pas de la lutte politique, ça. C'est de la masturbation. On appelle aussi ça "libéralisme". »

Lauri rougit de colère. « Je ne suis pas un libéral, et tu le sais. »

Sasha lui passa un bras autour des épaules. « Bien sûr que je le sais. On est ensemble sur ce coup, frérot. Mais ne te laisse pas obnubiler par un seul homme, une seule vie, alors qu'il y en a tant d'autres à sauver. » Son ton se fit plus grave. Ses yeux brûlaient d'une passion que Lauri y avait rarement lue. « Ne te laisse pas piéger par la pitié pour un homme qui possède tout ce que le monde peut offrir, tandis que des ouvriers se font écraser ou arracher le bras dans des accidents du travail qui n'auraient jamais dû se produire. Tandis que des femmes n'arrivent pas à nourrir leurs gosses ou à payer le médecin, que des familles pourrissent dans des logements suintant l'humidité, que des vieillards ne peuvent laisser le moindre sou pour leur propre enterrement après toute une vie à payer tant bien que mal le denier du culte. Tandis qu'on peut trimer une existence entière et être toujours obligé de mendier.

» Ceux-là sont les nôtres, Lauri. Pas *lui*. Il a eu sa chance. Ils ont besoin de nous, ils comptent sur nous, même s'ils n'ont jamais entendu et n'entendront jamais parler de nous. Ces gens sont les nôtres, Lauri. Que représente un homme comme Bobrikov à côté d'eux ? Que vaut la conscience si elle est seulement capable de maintenir les choses en l'état ? Et puis, oui, d'accord, considérons la question du badaud innocent. Ne l'évitons pas. Supposons qu'un enfant meure pour que cent autres soient sauvés. »

Tout doucement, Lauri s'était mis à secouer la tête. « Non, non, non, Sasha. Je veux dire, je suis d'accord avec toi jusqu'à un certain point, mais pas quand il est question d'un enfant, d'un vrai enfant.

— D'accord. Je voulais seulement illustrer mon propos. Il n'est pas question de bombes, cette fois-ci, donc, rien de semblable ne risque d'arriver.

— Tu en es sûr ?

— Je te le jure, Lauri », répondit Sasha, dont les yeux étincelaient toujours d'une ferveur qui ne pouvait pas être feinte, qui devait lui venir du cœur. « Tu me crois, n'est-ce pas ? L'opération Bobrikov, eh bien, penses-y comme un chirurgien qui doit pratiquer l'ablation d'un organe malade. Évidemment, ce n'est pas totalement sans danger, il y a du sang partout, mais s'il ne le faisait pas, le patient succomberait. Tout le corps mourrait, rongé par ce cancer. Inéluctablement. Tout cela, Lauri, c'est une question de vie, pas de mort, même si nous sommes obligés d'envisager aussi la mort. C'est comme une route, tu comprends : il faut en passer par cette éventualité. »

Lauri prit une profonde inspiration. Son cœur battait la chamade, sous le coup d'une émotion qu'il ne savait pas nommer. Quand Sasha était dans cet état de fièvre, on ne pouvait rien lui refuser.

« Seulement Bobrikov ? Rien que lui ?

— Rien que lui. » Les yeux de Sasha restaient rivés sur Lauri. « Si je t'en ai dit autant, c'est parce que j'ai toute confiance en toi. Cela fait longtemps que je t'observe, tu sais ? Maintenant, ne t'avise pas de jouer les froussards.

— Tu me traites de froussard ?

— Hé, vieux, pas la peine de te mettre en rogne ! Mais à quoi bon la lutte politique si tout ce qu'on fait, c'est préserver ce statu quo pourri ? Nous savons quelle est notre position. Si on n'est pas prêts à faire le pas suivant, autant plier bagage, rentrer chez nous et aller à la pêche. Je ne veux pas faire ça, Lauri, pas question de trahir tout ce en quoi je crois. » Ses grands yeux noirs luisaient, les pupilles dilatées. Oui, Lauri avait entendu ce genre de discours une bonne centaine de fois, mais pas de la bouche de Sasha, pas en direct, comme ça. Ce n'était pas de théorie qu'il parlait, c'était de réalité. Tout paraissait frais, neuf, comme de la neige que personne d'autre n'aurait encore foulée.

Le visage de Sasha apparaissait à nu sous le coup de ce discours intense. Pour une fois, Lauri s'en rendait compte, il avait jeté le masque et sa passion apparaissait à vif. Et il avait donné le nom de sa victime. Bobrikov. Le gouverneur général. L'homme du tsar. Impossible de viser plus haut, à moins de…

Maintenant que tout était dit, Lauri ne pouvait réprimer un frisson de peur. C'était un trop gros poisson. Songeaient-ils vraiment à éliminer Bobrikov, un homme si proche du pouvoir absolu, son bras droit pour ainsi dire ?

« Mais il est si haut placé », dit-il, et, à peine ces mots lâchés, il se sentit aussi stupide qu'un veau regimbant sur le chemin de l'abattoir. Le bras de Sasha pesait lourdement sur ses épaules. Il sentait l'odeur âcre de sa transpiration.

« Il n'en tombera que de plus haut », rétorqua Sasha. Sa bouche était si proche de l'oreille de Lauri que la moiteur de son souffle y pénétrait. Il y eut un long silence. Lauri se prit à espérer que Sasha retirerait son bras, mais il ne lui semblait pas très digne d'un camarade de se dérober à cette étreinte. Au bout d'un moment toutefois, il changea de position, tentant de faire passer le mouvement pour naturel, comme s'il avait une crampe dans la jambe.

« Quand même, je ne sais toujours pas me servir d'une arme à feu », dit-il d'un ton volontairement léger. Ils semblaient avoir déjà dépassé le stade de l'accord avant que Lauri se soit rendu compte qu'ils l'avaient atteint.

« Quelqu'un d'autre s'en chargera. Tu le rencontreras le moment venu. C'est un Suédois, un étudiant, de très bonne famille. »

Sa façon de prononcer ces mots éveilla la curiosité de Lauri. « Sasha, tu ne parles jamais de ta famille. Ils ressemblent à quoi ?

— À rien, répondit Sasha, le visage soudain fermé. Je n'ai rien de commun avec eux.

— Je vois.

— Permets-moi d'en douter. Pour dire les choses simplement, lui est un animal. Elle, très religieuse. Ma mère. Tout ce qu'elle pense et fait, il faut qu'elle le fasse en cachette de lui, parce que s'il le découvrait, il casserait tout. Il est bête comme un âne, mais quand même malin. Il devine tout. Même tes sentiments, tes pensées les plus secrètes. Il détruit tout. Alors, il faut tout cacher. Tu as même intérêt à lui cacher que tu respires. C'est la seule façon de survivre jusqu'au moment où tu peux t'enfuir. Moi, je suis parti, mais elle, elle ne le fera jamais. Ma mère.

— Tu pourrais l'aider. »

Sasha haussa les épaules. « Elle est faible. On ne peut pas aider les faibles. Je l'ai compris peu à peu.

— Bon, eh bien parle-moi un peu de ce Suédois de bonne famille, demanda Lauri.

— Pour l'instant, tu n'as pas besoin de connaître son nom. Il est parfait. Il peut approcher Bobrikov de très près, et personne ne pensera jamais à le soupçonner, parce qu'il partage ses valeurs. Il est de la même caste, né dans une de ces familles aristocratiques dont tu parlais, celles qui contribuent à perpétuer le système. Notre précieuse "classe d'administrateurs". Ils ont toutes sortes d'idées sur le devoir, la responsabilité sociale et le maintien de l'autonomie de la Finlande à travers la coopération avec la Russie. Mais tout ce que cela signifie, c'est qu'ils font la sale besogne à la place du tsar jusqu'au moment où cette saleté leur saute aux yeux. Alors, ils se retirent sur leurs terres à la campagne et ils tirent sur leur moustache en se gargarisant de leur sens moral.

» Notre étudiant, va savoir pouquoi, n'est pas comme ça. Il ne veut pas administrer la Finlande pour le tsar. C'est un vrai patriote à l'ancienne mode, et il ne se paie pas de mots. Il est prêt à mettre sa fortune au service de ses idées. Ou, en l'occurrence, son pistolet. Avec panache, il a accepté d'abattre Bobrikov pour "libérer la Finlande du joug de l'oppresseur russe". »

C'était reparti ! Sasha se moquait comme toujours des idéaux qu'il s'apprêtait pourtant à défendre. Une fois de plus, Lauri se dit qu'il n'aurait pas aimé l'avoir pour ennemi.

« Bobrikov abattu, poursuivit Sasha, le tsar entendra raison immédiatement – les Romanov ont la réputation de savoir entendre raison – et nous retrouverons le confort de la situation antérieure. Le tsar laissera les Suédois diriger le pays à sa place, et nous parlerons triomphalement d'autonomie finlandaise.

» Donc, tu vois, les objectifs de notre étudiant et de ses amis ne sont pas tout à fait identiques aux nôtres. Ils sont même radicalement différents. Nous savons que le tsar n'entendra jamais raison, quel que soit le nombre de gouverneurs généraux qu'on abattra. Un Romanov est absolument incapable d'une telle lucidité. En fait, le tsar nous rendra peut-être le service d'instaurer une répression qui fera paraître rétrospectivement la situation actuelle comme le paradis sur terre. Exactement ce que nous attendons. Alors, mon ami, on commencera à voir apparaître quelques frictions. Et de la friction à l'action, il n'y a un qu'un pas.

C'est précisément – je dis bien *pré-ci-sé-ment* – les situations extrêmes de ce genre qui créeront les conditions propices à la révolution. Elles rassembleront toutes les forces qui ont besoin d'être solidaires : ouvriers, paysans, étudiants, et, Dieu me pardonne, intellectuels.

» Et donc, peu importe l'opinion du Suédois sur ce qu'il est en train de se passer. Cela ne compte pas. Il sait se servir d'une arme, c'est seulement cela qui nous intéresse en lui. Nous l'avons conduit dans un bois de bouleaux et, face à une cible accrochée à un tronc, je peux te dire que le gaillard était impressionnant. Sans ciller, droit dans le mille. Et en plus, il peut approcher Bobrikov. Il n'a pas de casier judiciaire, l'Okhrana n'a jamais entendu parler de lui, et il est loin de ressembler à l'un de nos camarades. » Sasha lâcha un petit rire satisfait. « Il est tellement propre sur lui. Cheveux bien brossés, vêtements de bonne coupe, parfumé au Cuir de Russie, des manières exquises. Surtout, il a le même air innocent de bambin nourri au lait de sa mère que les hauts personnages russes. Ils ont le don de se retrouver en haut du panier sans même s'être sali les gants. Oui, notre Suédois est parfait. On peut vraiment l'amener n'importe où, et c'est précisément ce que nous comptons faire.

— Bon, d'accord, donc, c'est lui qui tire. Mais alors, que veux-tu, quel sera mon rôle ? demanda Lauri, ravi d'avoir trouvé le mot juste.

— Toi, tu créeras une diversion, répondit Sasha en regardant Lauri droit dans les yeux.

— Une diversion ?

— Je sais, ce n'est pas très flatteur. Mais c'est absolument essentiel.

— Je fais quoi ?

— Tu provoques une agitation. Tu lances quelques slogans, tu agites un bâton, tu tentes de te ruer sur Bobrikov. Tu attires l'attention de la police. Ils se concentrent sur ton arrestation. Mais ils n'y parviendront pas, parce qu'il y aura des hommes à nous tout autour qui s'assureront de ta fuite. La plupart des agents de protection de Bobrikov ne tenteront même pas de te suivre, ils sont un peu trop professionnels pour ça. Ils continueront à s'occuper de leur homme. Mais tout de même, ça les éparpillera un peu. Et ça les distraira. Si tout se passe bien, ils croiront qu'il y a eu une légère menace et que désormais Bobrikov est à nouveau en sécurité. Donc, ils se détendront. Ce ne sont que des humains, après tout. Ils baisseront leur garde.

» Je ne veux pas te mentir, Lauri. Tu ne seras pas le seul. Il y en aura d'autres, ce jour-là, sur la route de Bobrikov, qui feront la même chose, créant des diversions et leur mettant les nerfs à vif en les prenant à contre-pied. Ça marchera à ce moment-là, mais aussi par la suite, quand ils mèneront leur enquête après la mort. Ils étudieront la situation, et ils comprendront que ce n'était pas l'œuvre isolée d'un Suédois dément, qu'ils ne peuvent pas s'en tirer avec une explication aussi simpliste. Ils seront forcés de constater que le Suédois n'était que la partie émergée de l'iceberg, exactement l'impression qu'on veut leur donner.

» C'est un petit rôle, et peut-être espérais-tu quelque chose de plus important. Mais crois-moi, c'est essentiel.

— Je comprends », dit Lauri. Les mots résonnèrent dans sa tête avec la solennité d'un gong.

« Alors, tu acceptes ? Tu marches avec nous ? »

Lauri haussa les épaules avec agacement. « Tu ne comprends donc pas que je t'ai déjà donné mon accord ?

— Parfait, parfait ! » répéta Sasha, désormais sans moquerie mais avec une satisfaction contagieuse qui acheva de sceller leur complicité. « Il est à nous, il nous appartient.

— Qui ?

— Bobrikov. Il est à nous. Sa vie nous appartient parce que nous avons déjà décidé d'y mettre un terme. »

Sa vie nous appartient parce que…

Mais l'homme n'est pas encore mort, se dit Lauri. Peut-être qu'en ce moment même, il est assis les jambes écartées et soupire de satisfaction sur la lunette des chiottes.

Quelle idée, bon Dieu ! Aux condamnés à mort, on a coutume de donner ce qu'ils veulent à manger, non ? Et donc, même sur le point de mourir, ils continuent à porter de la nourriture à leur bouche, à la mastiquer, et elle descend dans leur estomac. Pourtant, elle ne sera jamais digérée. Mais ils savant qu'ils vont mourir. Au moins, ça, ils le savent. Ils ne sont pas obligés de manger s'ils ne veulent pas. Bobrikov, lui, n'en sait rien. Tout repose entre nos mains. Il est à nous. *Nash.*

Il se relève. Il a fait ce qu'il avait à faire. Il a sur le visage la même expression que tout un chacun dans des circonstances similaires.

Non ! Il ne faut plus penser à lui.

Sasha posa la main sur l'épaule de Lauri et lui imprima une pression amicale, comme pour les tirer tous deux d'un rêve.

« Et où est notre Eeva ? demanda-t-il.

— Elle est allée ramasser des champignons avec Magda. Tu te rappelles ?

— Ah oui, marmonna Sasha, peu intéressé par la réponse. Elles ont dû partir de bonne heure, non ?

— Oui. Très tôt. »

Lauri aurait voulu les accompagner pour cette randonnée à bicyclette en forêt, où commençaient à monter les senteurs de l'automne. Il aurait facilement pu emprunter un vélo, mais Magda avait refusé qu'il vienne. Elle ne souhaitait que la compagnie d'Eeva. Qui aurait cru que ces filles ne se connaissaient que depuis quelques semaines ?

Magda se comportait comme si elle était la sœur d'Eeva. Elles passaient leur temps à bavarder et à rire, à toute heure du jour ou de la nuit. Pourtant, Magda n'était plus une toute jeune fille. C'était une femme. Elle devait avoir trente ans, se dit Lauri, et devant son âge et son air expérimenté, il se sentait incapable et inepte. Elle parlait comme un homme. Sérieuse, directe, elle maniait les idées avec autorité, comme un ouvrier qualifié ses outils. Elle savait aussi faire rire Eeva. Lorsqu'il frappait à la porte et attendait que l'une d'elles vienne ouvrir, il avait toujours l'impression qu'elles étaient en train de s'esclaffer.

Eeva ne le faisait pas attendre. Elle se précipitait vers la porte. Mais pas Magda. Non. Il avait même parfois le sentiment que celle-ci aimait mettre sa patience à l'épreuve, et il lui plaisait qu'Eeva et elle partagent une vie dans laquelle il ne pouvait pas pénétrer tant qu'elle décidait de le laisser sur le seuil. Invariablement, elle le fixait d'un long regard glacé comme s'il devait faire ses preuves avant d'entrer.

Le retour d'Eeva à Helsinki ne se passait pas comme il se l'était imaginé. Il ne se rappelait pas exactement comment il avait envisagé les choses, mais assurément, Magda n'entrait pas dans le tableau. Elle semblait être constamment présente entre Eeva et lui, pire qu'une mère. Elle avait même déniché pour sa nouvelle amie un emploi dans une librairie.

Sasha avait évoqué l'idée de lui trouver un travail dans une crémerie, mais Magda ne voulait même pas en entendre parler. Elle s'était montrée cassante avec lui à ce sujet : « Eeva, dans une crémerie ? Mais pourquoi ? Quel intérêt ? Elle est instruite. Elle parle déjà trois langues. »

Lauri avait l'impression que Magda entraînait Eeva vers un monde différent. Bien qu'entièrement dévouée à la cause des ouvriers, elle ne vivait pas dans le quartier des usines. Elle n'aurait jamais songé à se trouver une chambre à Kallio, où les immeubles poussaient comme des champignons pour abriter tous les travailleurs arrivés en masse des régions rurales. Helsinki s'agrandissait de jour en jour, pompant la vie des campagnes et des forêts alentour. Certains trouvaient du travail et s'établissaient, mais de très nombreux autres ne faisaient que passer, en chemin vers le Nouveau Monde, exactement comme le bois et le papier traversaient la ville pour gagner le port et être embarqués sur les nouveaux paquebots en partance pour l'Amérique. Les mêmes chemins de fer amenaient les uns et les autres de l'arrière-pays à l'embouchure de leurs nouvelles vies.

Une certaine part de Lauri enviait les émigrants, avec leur baluchon contenant tout ce qu'ils possédaient au monde. Ils paraissaient éberlués, en tout cas certains d'entre eux, comme si la décision qu'ils avaient prise les dépassait. Une ribambelle d'enfants suivait, dans le sillage des parents et des grands-parents, chacun portant un paquetage adapté à sa taille. Qui savait où ils se trouveraient d'ici deux ou trois ans ? Sur des terres qui leur appartiendraient, où ils construiraient leurs propres maisons ? C'était le rêve de la plupart d'entre eux, mais l'Amérique représentait plus que cela. Le père d'Eeva le lui disait déjà, des années auparavant. Pekka Koskinen connaissait par cœur le préambule de la Constitution américaine :

Nous, le peuple des États-Unis, en vue de former une union plus parfaite, d'établir la justice, d'assurer la paix intérieure, de pourvoir à la défense commune, de développer la prospérité générale et d'assurer les bienfaits de la liberté à nous-mêmes et à notre postérité, nous ordonnons et établissons la présente Constitution pour les États-Unis d'Amérique.

« Et on dit que c'est encore plus beau en anglais », ajoutait-il toujours à la fin de sa tirade.

Pekka n'était pas l'un de ces songe-creux idéalistes, non, pas lui. L'Amérique ne serait pas parfaite, aucun pays ne pouvait l'être, expliquait-il à Lauri. Mais leurs idées de départ étaient meilleures que les nôtres.

Il aurait dû écouter davantage le père d'Eeva. Il aurait dû apprendre avec son amie les leçons qu'il lui faisait étudier. Mais il ne voulait pas, en vérité. Il préférait jouer dans la rue. Et pour tout dire, il ne voulait toujours pas. Rien que regarder une page imprimée le faisait bâiller d'ennui ou frémir d'impatience.

Magda était instruite. Elle venait d'une famille bourgeoise de Berlin. Sasha le lui avait raconté. Son père était professeur à l'université, et il avait écrit plusieurs livres sur Schiller. Sasha ne lui avait pas expliqué qui était Schiller. Magda vivait peut-être dans un immeuble délabré, il était néanmoins tout près du centre. Elle avait besoin d'aller à des concerts, des conférences, des expositions. Elle n'y réfléchissait même pas. Ça lui venait spontanément.

D'une certaine façon, Sasha et Magda se ressemblaient, songea-t-il, même si beaucoup de différences les séparaient. Ils avaient tous les deux la parole facile. Ils adoraient discuter et choisissaient avec sûreté les mots qu'ils pensaient sans hésiter savoir utiliser.

Magda défendait passionnément les droits des femmes. Sasha l'accusait de « féminisme bourgeois », mais elle ne se laissait pas faire. À quoi bon une révolution qui laisserait les femmes exactement à la place qu'elles occupaient, esclaves sur le marché du travail où elles trimaient en gagnant moitié moins que les hommes, et esclaves encore à la maison ? Quant à la maternité ! Pourquoi Sasha refusait-il d'ouvrir les yeux pour regarder un peu le nombre des femmes au corps ravagé par les grossesses successives ? Pourquoi aurait-elle dû lutter pour une révolution qui ne s'intéressait pas à la vie des femmes ? Peut-être avait-il quelque chose à lui dire à ce sujet ? Non, si Sasha pensait que Magda devait se battre à ses côtés, il lui faudrait comprendre que les femmes devaient aussi y trouver avantage et qu'elles exigeaient l'égalité des droits. « Si tu n'acceptes pas ça, comment ne vois-tu pas que ta révolution n'a plus aucun sens pour moi ? » Le visage de Magda étincelait de défi. À l'évidence, elle poursuivrait de toute façon sa route et n'en ferait qu'à sa tête.

En fait, le monde lui avait toujours appartenu. Lauri le comprenait très bien. Il le sentait par exemple à la façon dont elle s'adressait à lui, sans même se rendre compte du ton qu'elle employait. Sasha disait parfois que c'était une garce qui les prenait de haut. Mais c'était faux. Enfin, pas vraiment juste. Elle était seulement sûre d'elle, elle était née comme ça. Magda remarqua immédiatement que non seulement Lauri n'avait pas d'instruction mais qu'il ne savait rien des romans, des pièces, des compositeurs qui revêtaient tant d'importance pour elle. Il n'avait aucune culture, et cela ne changerait sans doute jamais. Mais Eeva, Eeva… un vent glacé lui murmurait qu'Eeva ne tarderait pas à parler couramment la langue de Magda. Elle lisait des romans et de la poésie depuis l'âge de sept ans. Elle suivait déjà Magda à ses concerts et cycles de conférences.

Peut-être les choses sont-elles plus simples pour les femmes. Elles s'adaptent et trouvent leur place plus facilement. Et puis Eeva était si fine, avec ses longs doigts et son cou délicat. Elle ne détonnait nulle part. Mais travailler dans une librairie ne lui avait pas appris à tenir sa langue, songea Lauri avec un sourire intérieur. Toujours aussi acérée qu'une lame de couteau quand elle le voulait, et Eeva ne semblait toujours pas prête à se laisser marcher sur les pieds.

Pour ce que Lauri en savait, Sasha n'avait jamais abordé la question des « assassinats politiques » avec Magda. Il était certain qu'Eeva n'en savait strictement rien. Cela valait mieux, décida-t-il.

Évidemment, on ne pouvait reprocher à Magda de défendre les droits des femmes. Il n'avait jamais pensé à tout cela, mais quand on faisait l'addition, les choses n'étaient effectivement pas justes. Tout de même, l'idée d'Eeva brandissant un pistolet – sans parler d'un parapluie empoisonné – lui donnait la nausée.

Eeva ne discutait pas beaucoup. Elle écoutait. Il était clair qu'elle aimait Magda, qu'elle la respectait. Elle réfléchissait aux convictions de la jeune femme, les mesurait à l'aune de ses propres expériences. Elles dialoguaient, s'interrompant volontiers, non pas pour se quereller mais pour aller plus loin dans les idées dont elles débattaient.

« Oui, je vois.

— Mais que se passerait-il si… ?

— Je vois ce que tu veux dire. Je ressens exactement la même chose. »

Il était tout aussi clair qu'Eeva ne s'intéressait pas beaucoup à Sasha, même quand il arrivait qu'ils sortent tous les quatre. Ce qu'elle reprochait à son ami, Lauri l'ignorait. Elle ne débattait jamais avec lui, jamais elle ne le critiquait.

Aujourd'hui, son Eeva l'avait retrouvé : ils habitaient la même ville. Il pouvait la voir tous les jours s'il le souhaitait. Mais loin de lui, elle semblait plus proche. Alors, elle était vraiment son Eeva. Tandis qu'aujourd'hui, elle n'appartenait qu'à elle-même.

Peut-être que s'ils avaient eu plus de temps seuls, sans les autres, cela aurait mieux valu. Mais Magda et elle partageaient une chambre, Sasha et lui une autre. Lauri avait une longue journée de travail, et elle aussi. Même lorsqu'ils étaient libres, comment Eeva pouvait-elle dire non si Magda avait envie d'aller ramasser des champignons, et comment Lauri pouvait-il ne pas accompagner Sasha à une réunion ?

Eeva avait une nouvelle robe. C'était Magda qui la lui avait donnée. D'un beau vert sombre. Vert pin, disait-elle. Elle avait appartenu à la sœur de Magda, et c'était exactement le genre de robe qui convenait à une vendeuse de librairie.

Eeva ne possédait aucun vêtement aussi élégant. Elle n'avait jamais eu une aussi belle robe, qui semblait taillée sur mesure. Ajustée à son corps, elle lui donnait un air différent, celui d'une femme qu'il ne connaissait pas. Elle avait même un col en dentelle dont Magda disait qu'elle venait de Hollande.

Eeva était arrivée de la campagne couverte de poussière, la même Eeva qu'autrefois, avec sa cape, son baluchon et ses chaussures solides. Elle paraissait vieillie, bien sûr. Plus grande. Ses joues s'étaient remplies et son visage avait changé. Mais ce n'était pas une étrangère.

S'il était allé l'attendre à la gare, peut-être tout aurait-il été différent. Mais il ne savait pas qu'elle arriverait ce jour-là. Elle avait trouvé seule le chemin de la chambre qu'il partageait avec Sasha et, par malchance, Lauri était sorti. Ce fut donc Sasha qu'elle trouva le premier sur les lieux, pas lui. Il se passa une bonne heure avant qu'il revienne, et, d'une certaine façon, toute la fraîcheur et la nouveauté de l'arrivée d'Eeva s'étaient déjà émoussées. Peut-être que si Sasha n'avait pas été là…

Mais il était là. Eeva, assise sur une chaise en bois au milieu de la pièce, buvait une tasse de café. Elle semblait très raide. Son baluchon était posé à côté d'elle, et elle se leva d'un bond quand Lauri entra, renversant son café sur sa robe et se prenant les pieds dans son bagage. Elle recouvra ses esprits immédiatement, mais le premier instant était gâché. Et puis, pour quelque raison obscure, il resta planté sans bouger comme un imbécile. Il aurait pu faire ou dire tellement de choses. Mais non, aucune réaction. Cela ne dura sans doute que quelques secondes, mais quelques secondes de trop. Il aurait dû… Bon, il ne savait pas très bien ce qu'il aurait dû faire. Le problème était qu'elle l'intimidait. Tous ces moments où il avait pensé à elle depuis qu'il l'avait vue pour la dernière fois semblaient se dresser entre eux. Et donc, que trouva-t-il à dire, devant Sasha ?

« Salut, Eeva. »

Salut, Eeva. Quel idiot, quel sombre crétin ! Après tous ces mois, toutes ces années, elle revient, et tout ce que tu réussis à marmonner, c'est : *Salut, Eeva*, planté devant elle, les bras ballants. Elle s'humecta les lèvres, comme si elles étaient sèches, et, d'une drôle de petite voix, pas du tout la sienne, répondit : « Salut, Lauri. » Voilà comment s'étaient passées les retrouvailles !

Ensuite, Sasha avait suggéré qu'ils se rendent immédiatement chez Magda. La jeune femme avait tout de suite pris Eeva sous son aile, elle lui parlait gentiment, disait ce qu'il fallait dire. Il s'en rendit compte à la façon dont Eeva se détendit, posa son baluchon et finit même par sourire. Elle avait pris le chemin du sauna avec Magda, et quand ils s'étaient tous retrouvés plus tard dans la soirée, Eeva n'était déjà plus la même. Sa peau resplendissait, ses cheveux étaient propres et ramenés en chignon sur la nuque. Elle arborait la robe verte et elle se tenait différemment. Au lieu de ses gros godillots, elle portait une paire de chaussures qui appartenaient à sa nouvelle amie. Elles avaient exactement la même pointure, lança Magda, comme s'il fallait y voir le signe miraculeux de leur amitié naissante.

Ils auraient pu parler, au café, ce soir-là, mais Magda et Sasha étaient là. Et il aurait préférer crever plutôt que de répéter : « Salut, Eeva. » Alors, il n'avait pas dit grand-chose, et Magda avait monopolisé la parole. Mais même comme ça, les choses devenaient déjà plus faciles, l'atmosphère se réchauffait. Et soudain, au beau milieu de la conversation, il avait évoqué l'éventuelle visite de la jeune fille sur la tombe de son père. Un frisson avait parcouru les traits d'Eeva, mais elle s'était contenue, et rien de plus n'avait transparu. Pas une larme. Il aurait dû se pencher au-dessus de la table pour lui prendre les mains. S'il avait osé, elle aurait pleuré – il en était sûr –, et alors, tout se serait remis en place. Les autres auraient disparu du paysage. Eeva et lui se seraient parlé jusqu'à ce qu'ils aient fini de se raconter leurs vies depuis le jour où ils l'avaient emmenée. Exactement comme quand ils se cachaient au fond du lit pour partager tous leurs secrets. Ils auraient évoqué leurs deux pères, et ce qu'il restait de cette époque. Il aurait pu la consoler. Mais non. Il ne s'était pas penché vers elle. Magda et Sasha étaient restés. Et Eeva n'avait pas pleuré.

Deux salières se creusaient à la base du cou d'Eeva. Il ne les avait jamais remarquées auparavant. La robe lui collait à la taille, où elle la retenait par une étroite ceinture de cuir que Magda lui avait également donnée. Il avait envie de poser les mains là.

Envie d'effleurer les salières à la base de son cou. Mais pas avec ses doigts, avec ses lèvres. Il poserait la bouche là, fermerait les yeux, et goûterait sa peau.

Comme il aurait aimé lui avoir donné lui-même cette robe !

22

L'automne approchait à grands pas. On le sentait déjà, même si le soleil brillait encore et si les feuilles des bouleaux n'avaient pas encore changé de couleur, même si elles étaient déjà raides et sèches. Elles crépitaient dans le vent, et les petits matins semblaient frais. Les champignons proliféraient et croissaient dans les dernières chaleurs de l'été.

Le panier de Magda et le sien étaient pleins de chanterelles, les préférés d'Eeva : même les cèpes ne les égalaient pas. Elle allait montrer à Magda comment les faire sécher. Elle en préparerait une partie en conserve également, et ferait de la liqueur de champignons avec ceux qui étaient abîmés. Magda disait qu'elle se gavait habituellement de champignons frais, mangeant sur-le-champ toute sa récolte. Elle ne savait pas comment les conserver. En hiver, elle se fournissait en champignons séchés chez une vendeuse qu'elle connaissait bien, au marché près de la gare.

Difficile de croire qu'on puisse être aussi peu prévoyant, à l'approche du si long hiver. Car enfin, même tout près d'Helsinki, les bois regorgeaient de champignons et de baies sauvages, de quoi permettre à tous de remplir les placards pour des mois à venir. Mais Magda éclatait de rire, elle disait qu'elle n'était pas prête à s'adonner à toutes ces tâches de bonne ménagère. Irréfléchie, songeait Eeva. Sans doute Magda n'avait-elle jamais ouvert un placard vide.

« Ce n'est pas bien, dit Eeva sérieusement. Mon père t'aurait dit que tu craches au visage de la nature.

— Et tu penses comme lui ? »

Eeva y réfléchit un instant. « Oui », finit-elle par répondre, ne voulant ni offenser Magda ni lui mentir. « Je n'aime pas le gâchis. Nous, on allait dans les bois aussi souvent que possible, et on ramassait les fruits à chaque saison. Airelles, sorbes, fraises des bois. Et plus tard canneberges, dès les premières gelées. Il savait où poussait chaque variété. Il connaissait aussi tous les champignons ; nous n'avions jamais besoin du pharmacien pour les faire identifier.

— Qui connaissait tous les champignons ?

— Mon père. C'est de lui que je te parle. Je n'aimais pas beaucoup me retrouver prisonnière de la forêt, comme là où j'étais avant, mais il n'y a rien de meilleur qu'une belle journée passée à cueillir baies et champignons.

— J'ai sans doute tendance à gaspiller, dit Magda en fronçant le sourcil, comme elle le faisait pour réfléchir à une question politique.

— C'est sans doute que tu peux te le permettre, rétorqua Eeva.

— J'ai un budget plutôt serré, tu sais.

— Peut-être. Mais ce n'est pas… » Elle s'interrompit parce qu'elle ne voulait pas peiner Magda. Sans doute, alors qu'on pouvait parler avec elle d'absolument tout, de l'accouchement au vote des femmes, n'était-il pas possible de discuter la différence entre ce que Magda appelait « avoir du mal à joindre les deux bouts » et être vraiment démuni. « Avoir du mal à joindre les deux bouts », ça voulait dire habiter une chambre modeste dans un immeuble modeste et veiller à ne pas user ses vêtements, mais avoir tout de même juste assez pour aller au concert ou pour passer une heure à parler à bâtons rompus dans un café…

En quoi ces difficultés relatives pouvaient-elles s'apparenter à la véritable pauvreté ? Aucune personne vraiment pauvre ne regardait la vie avec les yeux de Magda. Il ne s'agissait pas tant de posséder de quoi s'offrir une place de concert que d'éprouver la conviction que vous y aviez droit. Mais Magda était gentille. Et peut-être cela comptait-il plus que tout le reste.

« L'hiver est bien assez long, finit par ajouter Eeva. Il faut prendre tout ce que la nature nous offre pour tenir le coup jusqu'au printemps prochain. »

Et elles avaient empli leurs paniers à craquer, mangé leur pain et leur fromage, et s'étaient allongées sur un morceau de toile imperméable en tendant le visage vers le soleil. La lumière était jaune d'or. Une belle lumière douce et chaude. De cela aussi, il fallait savoir profiter jusqu'à la dernière goutte avant l'arrivée de l'hiver, parce qu'une fois là, il s'installerait pour longtemps. Eeva soupira et ferma les yeux. Sous ses paupières, il y avait comme une toile tissée de minuscules fils roses. Elle avait mal aux mollets d'avoir tant pédalé, une douleur agréable. Non seulement Magda possédait une bicyclette, mais elle avait trouvé une amie à qui emprunter la sienne pour Eeva. Elles avaient filé le long de routes poussiéreuses, criant et riant aux éclats, avant de rebondir sur leurs selles au gré des chaos d'un chemin forestier jusqu'à ce qu'il devienne vraiment trop rude et qu'elles se voient contraintes de marcher en poussant leurs engins.

« Fatiguée ? demanda Magda.

— Non. Pas du tout. »

Elle avait peine à croire que tout cela allait durer. Qu'elle avait le droit de se lever, de se laver et de s'habiller sans se presser (elle devait arriver à la boutique juste avant huit heures). Puis elle prenait son tramway, fournissait un travail qu'elle ne jugeait en rien fatigant, comparé à ses emplois précédents – plutôt agréable, même. Ensuite, elle pouvait allait au parc pendant l'heure du déjeuner, manger le sandwich qu'elle s'était préparé le matin, et même s'offrir une tasse de café, ou acheter le journal au kiosque quand l'envie l'en prenait. Elle ne roulait pas sur l'or, mais pour la première fois de sa vie elle avait un peu plus que ce qu'il lui fallait pour couvrir les dépenses indispensables à sa survie.

Sa part du loyer était minime. Magda disait qu'elle avait payé toute seule jusque-là, et que la contribution d'Eeva, quelle qu'elle soit, était un plus. Magda était un peu gênée, elle avait vite passé sur ces mots, mais à l'évidence, elle était sincère. Et puis, ça ne coûtait pas plus cher de remplir le poêle pour deux que pour une. En échange, Eeva s'occupait du ménage et discutait les prix au marché. Magda était si gentille que tous les vendeurs abusaient de sa naïveté.

« Il vaut mieux que ce soit moi qui fasse les courses », avait dit Eeva sans autre forme d'explication.

De temps à autre, elle retrouvait Magda pour le déjeuner, mais le plus souvent elle se reposait dans le parc, observant un moineau s'ébattre dans la poussière ou un enfant essayer de pousser son chariot en bois. Elle aimait rester un peu seule et se sentait parfaitement bien à ne rien faire, sous la lumière du ciel, dans la brise qui faisait murmurer les feuilles.

Parfois, elle ne parvenait pas à croire à son bonheur. Elle était de retour à Helsinki, et en plus elle s'était construit une vie, une vie d'adulte bien à elle. Tout s'était passé tellement mieux qu'elle n'avait jamais osé l'espérer. Un toit, un travail, de quoi manger, sa robe verte, et, si elle réussissait à économiser suffisamment, un vrai manteau d'hiver pour remplacer sa cape de paysanne. Elle ne voulait plus jamais avoir l'air d'une fille de ferme arpentant les rues de la ville comme si elle n'y était pas à sa place. Sa place à elle était ici.

Mais le bonheur ressemblait à ces journées de soleil durant lesquelles les nuages s'amoncellent. Le plus souvent, elle était envahie de doutes qui assombrissaient le paysage. Elle avait l'impression de jouer un rôle sur les planches de sa vie, habillée des vêtements d'un autre. Hier encore, elle trimait dans la cuisine du docteur, et du jour au lendemain elle se trouvait à Helsinki, une cité en pleine expansion, au centre de tout un réseau de nouvelles routes et de chemins de fer plus complexe d'année en année.

Même si son absence avait duré moins de trois ans, beaucoup de choses avaient changé. Helsinki poussait comme un champignon. On abattait les vieilles maisons de bois et construisait des immeubles en pierre, les potagers individuels disparaissaient, on réparait les voies d'accès, installait des réverbères à gaz et agrandissait les cimetières. Lauri disait que la population s'était multipliée par deux depuis sa naissance. Plus de bateaux dans le port, plus de trains qui arrivaient et repartaient, davantage de boutiques, de blanchisseries, de saunas et de crémeries, un théâtre flambant neuf – tout était nouveau.

On réparait aussi les grandes artères qui s'enfonçaient dans la ville ; on les élargissait pour qu'elles s'adaptent à la circulation. Tout cela à une allure telle qu'il lui semblait être un vieillard, avait dit un jour Lauri en plaisantant. Son passé était déjà balayé. Des usines poussaient à la place des arbres, là où il allait jouer autrefois. Il s'était plusieurs fois surpris à décrire Helsinki quand il était petit, comme si une cinquantaine d'années s'étaient écoulées depuis lors.

Eeva découvrait de nouvelles rues dans différents quartiers. Magda et elle se promenaient autour de l'université, escaladaient le parvis de la cathédrale et balayaient le paysage urbain d'un regard de propriétaires. Enfin, comme si

Magda en était propriétaire. Tant de luxe blessait les yeux d'Eeva. Elle aurait dû être fière : c'était sa ville, après tout. Mais même Magda, qui était allemande, semblait plus chez elle qu'Eeva. Elle n'était jamais perdue et, d'un ton désinvolte et possessif, donnait à son amie des leçons d'architecture.

« Ce quartier de la ville me rappelle Saint-Pétersbourg, déclara-t-elle un jour. Mais je préfère ce qu'Engel a réalisé ici. L'architecture semble d'une parfaite unité, tu ne trouves pas ? Un magnifique ensemble. Inspiré par la hauteur des idéaux de l'homme, mais à une échelle raisonnable pour ne pas écraser les individus.

— Mon père disait qu'on avait l'impression d'être une fourmi traversant un désert quand on passait par l'une des places de Saint-Pétersbourg.

— Ah vraiment, il disait ça ? Engel était originaire de Berlin, tu sais. »

Magda parlait comme si Engel, Berlin et aussi Helsinki lui appartenaient personnellement.

Eeva se rappela que son père ajoutait toujours, avec un humour macabre : « D'abord on se débrouille pour que les gens aient l'impression d'être des fourmis, et ensuite on les écrase. C'est ce que font les tsars. »

« Un jour, on ira ensemble, si tu veux. À Saint-Pétersbourg.

— Mon père y a vécu pendant plusieurs années. Lauri aussi.

— Ça te plairait. Je suis sûr que tu aimerais.

— Mais est-ce que je pourrais y trouver du travail ? » demanda flegmatiquement Eeva.

Puis elles retournèrent vers cette promenade le long du quai où des femmes déambulaient sur les pavés avec leurs ombrelles. Les hommes se tenaient droits comme des I, ils respiraient profondément et balançaient leurs cannes. Eux aussi se sentaient chez eux. Seule Eeva faisait exception. Pas encore, pas aujourd'hui, peut-être cela viendrait-il un jour. Helsinki n'était plus la ville de ses souvenirs, celle à laquelle elle appartenait sans même jamais prendre la peine d'y penser. Sans doute était-ce lié au fait qu'elle était partie enfant et revenue jeune femme. Les changements étaient tout de même bien réels, comme le disait Lauri. La vie avançait à un rythme accéléré. Les gens et les marchandises semblaient toujours être précipités quelque part. Les roues des chariots et des voitures sillonnaient les rues jusqu'à en faire trembler le pavé. Les tramways cheminaient avec fracas, les chevaux plongeaient dans le trafic et parfois, on entendait un cri terrible quand l'un d'eux chutait et se retrouvait les quatre fers en l'air.

Elle pressait le pas, toujours poussée par un sentiment d'urgence, même si elle ne parvenait pas à se rappeler pourquoi. Les hommes jetaient un coup d'œil rapide sur son visage, puis glissaient furtivement vers son corps. Les vitrines des boutiques regorgeaient de marchandises qu'elle était sûre de n'avoir jamais vues auparavant. Elle les voulait, et en même temps ne les voulait pas. Un ananas perché sur une pile d'oranges ! En cire, sans doute.

Mais elle voyait aussi les mêmes visages que dans son enfance. Les traits creusés des enfants tuberculeux, ou dont les parents l'étaient. Cette peau qui semble tirée au-dessus du vide des joues. Ce long regard qui n'attend plus rien. Magda disait que, malgré l'accroissement de la population, l'émigration augmentait plus vite que jamais.

Magda était la bonté même, la question ne se posait pas. Elle voulait tout savoir de la vie d'Eeva. Elle écoutait attentivement la jeune fille lorsque celle-ci lui confiait des choses qu'elle n'avait jamais dites à personne. Eeva lui décrivit la vie dans la Maison des orphelins – des secrets qu'elle aurait crus enfouis au fond d'elle-même pour toujours. Lorsque la vie vous blesse, vous en éprouvez de la honte, un peu comme si vous l'aviez mérité, d'une façon ou d'une autre.

Humilié, vous ne savez plus où vous mettre, aussi gêné que si vous vous retrouviez nue dans un endroit public et tentiez de vous dérober aux regards.

Elle raconta à Magda comment on comptait les chiffons qu'on donnait aux grandes quand elles avaient leurs règles, et la façon dont elles devaient nettoyer les taches de sang devant tout le monde, au mépris de toute intimité. Et si elles utilisaient trop de chiffons, s'il y avait trop de sang, elles se faisaient disputer, comme si elles étaient sales.

Elle raconta leur faim et leur habitude de se voler les uns aux autres la nourriture. La faim rend mauvais, expliqua-t-elle à son amie, parce que Magda était capable de sensibilité, à défaut de posséder l'expérience des choses. Ne rien posséder ne rend pas généreux. Il fallait voir la façon dont les filles les plus fortes éloignaient les plus faibles de la marmite de soupe.

Et comment elles étaient toutes surveillées, perpétuellement soupçonnées d'« immoralité ». Des petites filles qui ne savaient même pas ce que le mot voulait dire, les yeux tout bouffis de sommeil et qui pleuraient parce qu'on les avait surprises ensemble dans le même lit, en quête d'un peu de chaleur. Au temps pour elles ! Elles voulaient seulement se pelotonner les unes contre les autres à la façon des chiots ou des chatons, pensait Eeva. Les dortoirs étaient vastes et nus, et les petites avaient peur du noir. Des chiots ou des chatons auraient été plus heureux. Mais enfin, si nous n'avions pas appartenu au genre humain, il est probable qu'on nous aurait noyées dans des seaux.

Engelures, panaris, verrues, impétigo, ampoules, furoncles et plaies suppurantes. Oui, le docteur les soignait, quand il venait. Mais il ne savait pas ce qui se passait entre ses visites.

Une fillette avait un morceau de chiffon, tout petit, avec un ourlet, qu'elle frottait contre ses lèvres pour s'endormir.

Elle le cachait, chaque fois dans un endroit différent. Un jour quelqu'un le lui prit et le donna à l'une des grandes qui le jeta dans le poêle. Elle poussa un tel cri qu'on aurait cru que c'était sa propre chair qui brûlait. Elle commença alors à mouiller son lit, et on la voyait passer dans la cour, manipulant d'immenses draps mouillés qu'elle parvenait à peine à soulever, les mains toutes bleues. Sirkka la regardait avec son sourire stupide.

Et comment elles allaient à l'église en rang par deux, le pasteur les regardant avec un air appuyé dès qu'il parlait de péché. Comment on les plaçait ensuite dans des fermes lointaines où on les faisait travailler comme des bêtes, où elles étaient battues ou violées par le paysan quand sa femme était enceinte. Pourtant, une place de domestique, c'était le sommet de la réussite. Anna-Liisa considérait qu'elle avait fait son devoir et que leur vie était assurée. Il n'y avait à rien de plus espérer.

Mais le pire, c'était la façon dont on leur parlait de leurs familles. Elles avaient un devoir de reconnaissance pour tout ce qu'on faisait pour elles, après que leurs pères et leurs mères les avaient abandonnées, soit en mourant, soit en raison de leur pauvreté. Elles venaient de mauvais foyers. Si on ne les tenait pas à l'œil, elles prendraient de mauvaises habitudes.

Magda écoutait. Les yeux écarquillés, elle buvait les paroles d'Eeva, comme si c'était exactement ce qu'elle avait toujours voulu entendre puisque cela la renforçait dans toutes ses convictions. Eeva ressentit un pincement de doute. En avait-elle trop dit ? S'était-elle trahie ? En même temps, parler était un soulagement. Un peu comme confier à quelqu'un les symptômes d'une maladie tenue secrète, osant à peine les reconnaître, en espérant qu'un matin, au réveil, ils auraient disparu.

Magda demanda : « Et ils vous emmenaient à l'église deux fois chaque dimanche ?

— Oui. »

Le sourire de Magda paraissait presque trop entendu.

« C'est curieux comme on parle souvent de prostitution dans la Bible.

— Pourquoi ?

— Je ne sais pas. » Elle haussa les épaules et son sourire s'accentua. « Mais la question les fascine, à l'évidence. Ces saints hommes ne peuvent pas lâcher le sujet. Ils devaient vraiment se régaler avec toutes ces petites orphelines. »

Eeva fronça le sourcil. Elle eut soudain l'impression d'avoir offert son histoire à Magda pour qu'elle puisse l'utiliser.

« Certaines d'entre nous n'étaient pas si petites », répondit-elle, d'un ton assez froid.

Magda différait de toutes les femmes qu'avait connues Eeva. Ce qu'on pensait d'elle lui était tout à fait égal. Elle avait, bien sûr, l'avantage d'être étrangère, parce que les gens ne savaient pas exactement à quoi s'attendre. Elle vivait à Helsinki depuis huit ans. On percevait encore son accent allemand, mais elle était l'une des rares étrangères à maîtriser non seulement le suédois, mais encore le finnois.

Elle avait trente ans mais en paraissait beaucoup moins. Quelque chose dans ses yeux… cette façon dont ils s'ouvraient tout grands comme ceux des enfants ou des très jeunes femmes. Magda avait cessé de travailler à la librairie quelques mois plus tôt, et gagnait désormais sa vie comme journaliste, écrivant des articles surtout pour des journaux allemands. Pas beaucoup d'argent, disait-elle, mais suffisamment. Elle montra à Eeva des articles qu'elle avait rédigés, puis soigneusement découpés et collés dans des cahiers.

Elle devait tout de même assez bien se débrouiller, songeait Eeva. Magda achetait des vêtements neufs, ses bas n'étaient jamais troués, et elle allait régulièrement au café avec des amis. Si la plupart de ses articles paraissaient dans la presse allemande, elle écrivait aussi sur la question finlandaise et elle connaissait Alexandra Kollontaï. Pas très bien, mais elle la connaissait. Lorsqu'elle l'avait dit à Eeva pour la première fois, la jeune fille ignorait totalement qui était Alexandra Kollontaï, mais elle avait eu le bon sens de prendre un air impressionné. Elle se rappelait tout cela depuis l'époque de l'appartement paternel : on prononçait certains noms à voix basse, d'un air entendu, et on témoignait de sa compréhension en répondant d'un hochement de tête tout aussi significatif.

Magda possédait l'assurance physique d'un chat. Le soir, elle retirait tous ses vêtements et se tenait, nue, au milieu de la pièce, bâillant à s'en décrocher la mâchoire. Elle avait un de ces corps robustes, sombres et lisses, qui d'une certaine façon paraissent toujours vêtus. Quand il faisait très chaud, elle ne s'embarrassait pas d'une chemise de nuit. Ses ongles étaient toujours parfaitement manucurés, et elle se brossait quotidiennement les cheveux pendant une éternité. Et pas question de porter un corset.

« À quoi bon ? Je préfère respirer. »

Ses sous-vêtements étaient très simples. Quand j'aurai économisé assez d'argent, se dit Eeva, je m'achèterai un caraco bordé de dentelle. Et jamais plus je ne mettrai sur ma peau des vêtements déjà portés.

Eeva roula sur le côté et se souleva sur un coude. Magda souriait à moitié, peut-être s'était-elle endormie. Mais elle avait dû sentir Eeva remuer.

« Prête à reprendre le chemin de la ville ? demanda-t-elle sans ouvrir les yeux.

— Pas tout à fait.

— Moi non plus. On est tellement bien ici. »

Magda appuya la tête sur ses bras, et sembla se replonger dans son rêve. Mais soudain, elle demanda : « Qu'est-ce que tu penses de Sasha ? »

Eeva réfléchit. Elle ne savait pas vraiment ce qu'elle pensait de lui, mais elle était sûre que la vie aurait été plus belle s'il n'avait pas été là.

« Il y a quelque chose d'étrange chez ce garçon, reprit Magda de sa voix claire et paisible. Je n'arrive pas à le cerner.

— Peut-être… », commença Eeva, pensive, mais elle n'acheva pas sa phrase.

« Oh Eeva, ne fais pas de mystères, pas avec moi.

— Je ne fais pas de mystères. »

Magda ouvrit les yeux. Des yeux magnifiques, si grands qu'un très fin bord blanc apparaissait autour de l'iris. « Excuse-moi, Eeva. Tu as tout à fait le droit d'être prudente, si tu le souhaites. Je veux dire, après tout ce que tu as traversé… »

Et à nouveau Eeva se sentit mal à l'aise d'entendre Magda parler ainsi de sa vie, de la même façon qu'elle déambulait dans Helsinki – comme si elle n'en ignorait aucun secret, presque comme si elle lui appartenait.

« Je ne sais pas, continua Magda. À le voir et à l'entendre, on n'a rien à lui reprocher, et pourtant il y a quelque chose qui cloche.

— Je ne l'aime pas, dit Eeva, en s'apercevant que c'était le cas au moment où elle prononçait ces mots.

— Moi non plus. Peu de gens doivent l'aimer, je suppose, tu ne crois pas ?

— Lauri l'aime.

— Oui, dit Magda, avec un petit geste dédaigneux. Mais je ne parle pas seulement de sentiments personnels. C'est lié à sa façon d'être, tu ne penses pas ?

— Sasha est l'ami de Lauri. » Certes, il l'était, au point qu'il aurait pu être en train de jouer une pièce dans laquelle on lui aurait donné ce rôle. En tout cas, il ne se laissait pas oublier. Pas plus qu'il ne vous laissait oublier cette amitié. Il fallait toujours se rappeler qu'il existait. Et sans cesse, il attendait que vous décampiez pour rester seul avec Lauri.

« Ça, tu peux le dire, renchérit Magda. Je ne sais pas ce que Lauri lui trouve, alors qu'ils sont si différents.

— Comment cela, différents ?

— Oh, tu sais… Sasha n'est pas vraiment ce qu'on peut appeler un intellectuel, mais il appartient tout de même à l'avant-garde de la théorie politique.

— Et pas Lauri ?

— Lui n'en a pas besoin, répondit Magda d'un ton badin. Après tout, lui, c'est un vrai.

— Un vrai quoi ?

— Eh bien, Lauri est vraiment ouvrier, n'est-ce pas ? » Magda semblait gênée, comme si elle avait proféré là une évidence qu'il n'était nul besoin de rappeler.

Donc, Lauri est un ouvrier, et moi, une petite orpheline, nous voilà rangés dans nos cases respectives, pensa Eeva, mais elle ne dit rien.

« Il ne faudrait pas trop nous attarder maintenant. Une longue route nous attend », soupira Magda.

Mais elles ne bougeaient toujours pas. Il n'y aurait plus beaucoup de belles journées comme celle-ci, et elles le savaient jusqu'au creux de leurs os. Leurs corps sentaient le froid approcher. Déjà, l'été se terminait, et la fraîcheur dans l'air s'intensifierait de jour en jour. Le gel ne tarderait pas, et les derniers champignons disparaîtraient sous terre. Le soleil glisserait jusqu'à la ligne d'horizon et il y resterait, rouge et faible, sans plus donner ni lumière ni chaleur.

Mais au moins, cet hiver elle serait à Helsinki, pensa Eeva, et non plus dans le grand silence de la campagne, à regarder les branches ployer sous leur charge de neige, puis se fendre et se casser sans que personne le remarque. Ici, les trottoirs seraient balayés, et les vitrines des boutiques resteraient éclairées. On allumerait des braseros au coin des rues, les tramways rouleraient sur des rails constamment déblayés, l'air sentirait bon le café fraîchement torréfié et le matin, il y aurait des couronnes de pain à la porte des boulangeries.

Oui, elle s'était échappée.

« C'est peut-être parce qu'il est russe, lâcha-t-elle, revenant soudain au sujet de Sasha.

— Non, ce n'est pas ça. » Soudain, Magda se releva sur son séant, et entreprit de faire tomber les débris de feuilles sèches qui lui couvraient les épaules. « Mais fais attention, Eeva. Ce type est capable de tout.

— Que veux-tu dire ?

— J'y suis, c'est cela, c'est exactement ce qui le rend étrange, dit Magda, tout agitée, en frappant de son poing gauche la paume de sa main droite. Je n'arrivais pas à mettre le doigt dessus avant. La plupart des gens, au bout d'un moment, on sait plus ou moins de quoi ils sont capables. Les choses qu'ils ne feront jamais – sans doute plus importantes d'ailleurs que celles qu'ils accepteront de faire. Évidemment on ne peut jamais être sûr à cent pour cent de ce qu'ils feraient – ou seraient forcés de faire – dans une situation extrême. Mais ce n'est pas le cas de Sasha. Je pense qu'il serait plus ou moins capable de tout si l'envie lui en prenait.

— Enfin, Magda, pourquoi dis-tu ça ?

— Il vole, tu le sais ? Et pourtant, il a de l'argent. Il a toujours des tas d'argent. C'est d'ailleurs un autre point qui m'étonne un peu.

— Il vole ? Mais où ça ?

— Une fois, ça s'est produit dans la librairie, quand j'y travaillais encore. Sasha venait souvent acheter des livres. Mais ce jour-là, il en a caché deux sous son manteau. Des ouvrages de prix, sur l'histoire naturelle. Il s'est rendu compte que j'avais repéré son manège. Il s'est contenté de me fixer en souriant. Il n'a même pas essayé de me cacher la vérité. En fait, je suis même sûre qu'il voulait que je le voie à l'œuvre.

— Qu'est-ce que tu as fait ?

— Je lui ai dit : "Sasha, deux livres se sont glissés sous ton manteau. Remets-les sur les étagères avant de partir."

— Parfait. Et il l'a fait ?

— Et comment ! Je l'attendais sur le seuil de la boutique. Il a vu que j'étais sérieuse. Il a haussé les épaules en maugréant : "La propriété, c'est le vol", et il a posé les livres sur une table. Je lui ai dit : "Sasha, tu n'es pas anarchiste. Tu n'es même pas un bon voleur de livres." Il était vraiment furieux.

— Pourquoi crois-tu qu'il avait fait ça ?

— Dieu seul le sait. Plus tard, je me suis dit qu'il voulait me faire perdre mon boulot. À cette époque, j'avais besoin de cet emploi, parce que je n'avais pas écrit encore assez d'articles pour me faire connaître. Si je n'étais pas intervenue, il serait revenu, encore et encore, et chaque fois il aurait volé des livres. Et j'aurais été tenue pour responsable des pertes.

— Tu crois qu'il va réessayer avec moi ?

— Je ne pense pas. Mais méfie-toi quand même. Avec toi, ce sera quelque chose de différent, à quoi tu ne t'attendras pas. Il a beaucoup d'imagination, tu as dû t'en rendre compte.

— Effectivement. Magda… Tu penses qu'il est capable de faire quelque chose de ce genre à Lauri ?

— Oh, Eeva, comment veux-tu que je le sache ? lâcha Magda, non sans irritation. Lauri choisit ses amitiés, il doit en assumer les conséquences.

— Lauri a confiance en lui. Il le connaît depuis longtemps.
— Vraiment ?
— Je crois, oui. Il l'a rencontré à Saint-Pétersbourg.
— Et cela fait combien de temps, ça ? Deux ans ?
— Oui, à peu près.
— Alors ce n'est pas si longtemps.
— Tu as raison. »

Eeva se remit debout. Ce n'était pas une très bonne idée de rester allongée par terre aussi longtemps. Elle était tout ankylosée et ne sentait plus son pied droit. Elle se tint sur une jambe et secoua son autre pied jusqu'à ce qu'il se réveille. Et puis, elle avait froid. Décidément, l'automne approchait à grands pas. De légers nuages blancs voilaient le soleil, encore brûlant une heure auparavant. Mais le panier regorgeait de champignons couleur d'ambre, avec leurs volutes parfumées.

Lauri avait dit un jour que les chanterelles ressemblaient aux vagues de la mer. Elle s'en était toujours souvenue, parce que d'ordinaire, il ne disait pas ce genre de choses. Ses pensées les plus intimes ne s'exprimaient jamais. Non, il ne servait à rien d'établir des ponts de mots entre le passé et le présent. Autrefois, Lauri et elle avaient besoin d'être ensemble, côte à côte. Ils partageaient leurs repas, dormaient dans le même lit, jouaient aux cartes, lisaient l'avenir dans la cire des bougies, rapportaient ensemble d'énormes sacs de pommes de terre du marché, savaient éviter de croiser les adultes les matins de gueule de bois, faisaient toutes ces sortes de choses naturelles lorsqu'on est deux presque tout le temps, comme ils l'étaient.

Mais on ne peut pas revenir à cette époque-là, se dit Eeva. Mon père est mort, celui de Lauri aussi. Nous sommes des adultes aujourd'hui. Nous devons trouver une autre voie. Mais elle savait avec certitude que si la chance leur en était donnée, ils pourraient tisser ensemble une toile solide. Était-ce sa faute ou bien celle de Lauri si, chaque fois, leur enthousiasme à l'idée de se voir se muait en déception ?

Ou bien, pire, peut-être n'était-il même pas déçu. Et s'il était satisfait comme ça, s'il n'attendait rien de plus, ne voulait rien de plus, n'avait jamais espéré rien de plus ? Il avait été content de la revoir en souvenir du bon vieux temps, mais l'enfance était terminée. Ils avaient grandi, et naturellement, le fossé qui les séparait aussi.

23

Un jour, elle ferait poser une pierre pour lui, pensa Eeva. Elle ne savait même pas combien cela pourrait coûter. Il y avait eu des discussions après la mort de son père. Mika avait parlé d'une pierre tombale, mais à l'époque, ce n'était pas matériellement envisageable. Payer pour la tombe, c'était tout ce qu'ils pouvaient faire, et il y avait un écriteau en bois qui donnait les dates de naissance et de décès de son père.

Elle voulait une pierre de granit, au ras du sol. Cela lui aurait plu. Son père n'aurait voulu aucune croix en fer, aucun ornement élaboré. Un bloc de pierre de Finlande, enfoncé dans la terre de son pays, parce que, au bout du compte, il n'en était jamais parti.

L'écriteau en bois semblait déjà usé par le temps. La terre s'était refermée pour couvrir son corps. Il était dessous, juste là, sous ses pieds. Son père qui, si souvent, l'avait portée sur ses épaules.

Elle lui expliqua pourquoi tant de temps s'était écoulé depuis sa dernière visite, et lui raconta tout ce qu'il lui était arrivé dans l'intervalle. Un vent violent et froid soufflait de la mer, les bouleaux et les mélèzes bruissaient. Les feuilles avaient commencé à tomber. Bientôt, il serait temps de se calfeutrer chez soi, de fermer les doubles fenêtres, d'allumer le poêle et de l'entretenir jusqu'au printemps. Peu de gens viendraient au cimetière pendant l'hiver, sauf pour allumer un cierge le jour des Morts. Mais il en avait l'habitude.

« Tu n'as pas gâché ta vie », murmura-t-elle, tout près de la terre.

Autrefois, il l'emmenait souvent à la plage, pas très loin de là. Il lui avait appris à nager à Hietesaari, le dimanche, dans les eaux peu profondes. Avant sa maladie, c'était un homme robuste. Elle adorait le voir avancer dans l'eau sans hésiter, plonger la tête pour s'immerger totalement, puis s'éloigner du rivage à grands mouvements réguliers et puissants, un effort qu'il pouvait poursuivre pendant des heures.

Ils allaient aussi à la pêche. Ce qu'il préférait, c'était pêcher le soir, au beau milieu de l'été, quand la surface de l'eau était lisse et que le petit ponton de bois sur lequel ils se tenaient conservait encore la chaleur de la journée. Il connaissait tous les meilleurs endroits. Comme il aurait aimé posséder une petite barque et voguer en ramant vers le large… mais même s'ils en parlaient souvent, il n'avait jamais pu se l'offrir. Parfois, ils allaient jusqu'à Hietasaari dans celle d'un ami, elle n'arrivait plus à se rappeler qui la leur prêtait. Elle se souvenait seulement de ce qu'elle éprouvait alors, tapie au fond du bateau, à côté du pique-nique et de la cafetière enveloppée dans un chiffon qu'ils avaient emportés…

Le bon temps, avant qu'il ne tombe malade. Elle se rappelait si clairement ces soirs d'été. Peut-être n'y en avait-il pas eu tant que ça, mais ils avaient laissé une marque profonde dans sa mémoire, tel le diamant qui raye le verre. Ils restaient plus nets que des milliers d'autres jours. Il apportait du pain, du fromage, et une bouteille de petit-lait. Parfois, ils faisaient un grand feu.

Elle se rappela soudain un jour particulier, à la fin de l'été ou au début de l'automne. La plage était paisible. Son père lisait, et elle s'ennuyait. Elle lui montra une barque, ancrée assez loin au large, et lui dit qu'elle se sentait capable de nager jusque-là.

« Alors, vas-y », avait-il répondu.

Elle savait bien qu'il lui était impossible de nager aussi loin, mais elle avait trop d'orgueil pour reculer. Elle avança dans la mer, se tourna un instant vers lui puis plongea, enfonçant brièvement la tête sous l'eau. La surface était aussi lisse que de la soie. D'abord elle crut que ce serait facile. Son cœur se gonfla de joie. Elle fendait la mer, et la barque semblait si proche. Elle allait réussir à l'atteindre, c'était certain.

Elle continua à nager. L'eau était plus froide qu'elle ne l'avait pensé, ou bien était-ce la fatigue ? Elle avait le soleil dans les yeux. Elle affermit ses bras dans l'eau et battit des pieds en rythme comme on le lui avait appris. La silhouette noire de la barque dansait devant ses yeux. Combien de chemin lui restait-il à parcourir ? Elle avait l'impression que la distance restait la même depuis le départ.

Sa brasse devenait moins régulière. Est-ce qu'il la voyait de là-bas ? S'était-il approché du bord pour la suivre du regard ? Elle ne se retournerait pas pour s'en assurer. Elle allait atteindre cette barque. Elle continuerait à nager…

Soudain, elle comprit qu'elle n'y parviendrait jamais. Elle avait trop froid. Ses bras et ses jambes n'avaient plus de force quand elle tentait de les agiter. L'eau lui pénétrait dans la bouche et elle toussait, s'étouffait et la recrachait. Elle ne nageait déjà plus vraiment. Elle se maintenait seulement à flot, tentant de garder la tête hors de l'eau. C'était la première chose que lui avait enseignée son père. *Tant que tu peux te maintenir à flot, pas de problème.* Elle ne voyait même plus la barque. Ses yeux étaient rivés sur deux énormes cheminées dans le lointain, mais elles aussi semblaient s'éloigner. Une nouvelle vague lui submergea la bouche, mais cette fois, elle avait compris, et elle garda les lèvres bien serrées.

Il la rejoignit par-derrière. Avant qu'elle ait compris ce qui se passait, il avait mis un bras autour de sa poitrine, sous ses aisselles, et il la tirait vers la surface.

« Accroche-toi, ma petite », dit-il, et en une nage indienne vigoureuse, il entreprit de la ramener vers le bord. « Ne te tortille pas dans tous les sens. »

Il ne leur fallut apparemment que quelques minutes pour regagner la rive. Elle tenait à peine debout. Il la prit dans ses bras, la porta sur le sable, et l'enveloppa dans sa veste.

Elle pensait qu'il allait la gronder, lui dire qu'elle ne devait pas se vanter de pouvoir faire quelque chose avant d'en être vraiment capable, mais au lieu de tout cela, il lui expliqua : « Cette barque est plus loin qu'elle n'en a l'air. C'est un tour que nous joue la lumière.

— Je ne savais pas que tu étais derrière moi.

— Eh non. Tu ne t'es même pas retournée une seule fois, hein ? Tu nageais droit devant. »

Elle sourit, se blottissant dans la veste qui gardait l'odeur de son père. L'été suivant, c'était devenu un jeu de dépasser à la nage toutes les barques ancrées là pour s'avancer jusqu'au large.

« Tu n'as pas gâché ta vie », murmura-t-elle à l'herbe qui recouvrait sa tombe. « À la fin, ça n'était pas facile, mais aujourd'hui, tout est oublié. »

Il n'était plus un vieil homme malade. Plus même le père qu'elle avait connu. Il glissait comme un poisson entre les remous du temps, libre d'aller à sa guise. Il pouvait être un petit garçon, un bébé, ou un gamin de douze ans portant une casquette encore trop grande pour lui, en route vers sa première journée de travail. Et même ce père dont Eeva n'avait évidemment pas le souvenir, celui qui l'avait prise des bras de sa mère et l'avait acceptée comme sienne.

24

Mais mange, imbécile, mange-le ! Thomas examinait la tranche de gâteau aux amandes posée dans son assiette. *Pour l'amour du Ciel, approche-moi ça de ta bouche, et mords dedans !*

Le sourire d'Anna-Liisa se faisait un peu crispé. C'était sa meilleure recette de gâteau aux amandes, riche et léger à la fois, rendu tout moelleux par le beurre et parfumé au zeste de citron. Elle lui avait coupé la première tranche, tout en s'excusant. Il était si frais, expliqua-t-elle, qu'il risquait de s'effriter…

Mais bien sûr, il n'en avait rien été. Elle l'avait posée sur une assiette et lui avait donné une petite fourchette en argent – comme il détestait ces couverts raffinés ! –, puis elle avait attendu, sûre d'elle et triomphante.

Mais qu'allait-il en faire, bon sang ? Plus il attendait, plus il lui semblait impossible de le porter à sa bouche. On aurait pu tout aussi bien lui servir un tampon encreur. Non, il ne pourrait pas, il ne pourrait tout simplement pas l'avaler.

« Je suis désolé, Anna-Liisa. Je dois vous avouer que j'ai l'estomac en piteux état aujourd'hui. Si bien que même votre délicieux gâteau… »

Dans l'instant compatissante, elle lui avait dit de ne pas se forcer, qu'elle savait ce que c'était d'avoir mal à l'estomac ; même vos plats préférés vous donnaient l'impression d'avaler un rat, s'il lui pardonnait l'expression. Il ne devait même pas essayer. Elle allait sonner tout de suite et demander qu'on lui serve une tisane de fenouil. Rien de meilleur pour calmer l'estomac qu'une bonne tisane de fenouil.

Mais il tendit la main comme un aveugle pour l'arrêter. Parce que là, il commençait à se sentir franchement malade. La nausée l'envahissait. Il sentit quelques gouttes de transpiration perler à son front, et un goût de métal dans la bouche l'avertit qu'il était temps de sortir prendre un peu le frais.

Elle le suivit de près quand il s'échappa de la pièce et traversa le long vestibule. La porte… enfin. Un remugle de phénol et de détergent, puis une autre odeur au-dessous, celle des enfants. Oui, voilà ce que c'était. Ces enfants sentaient mauvais parce que personne ne les aimait.

Et peut-être lui aussi portait-il cette odeur, même s'il se lavait tous les jours. Il ouvrit violemment la porte et se retrouva à l'extérieur, dans ce bon air frais parfaitement inodore. Il ferma les yeux, s'adossa au mur et respira profondément. Son cœur battait à se rompre et son corps était glacé.

« Vous vous sentez bien, docteur ? Mon Dieu, vous êtes tout pâle. Je vais chercher de l'aide. »

Il ouvrit les paupières. Elle s'affairait autour de lui, les joues marbrées de rouge.

« Je ne suis pas malade. J'ai seulement besoin d'un peu d'air frais.

— Je vais vous apporter un verre d'eau, et mes sels. Ou du cognac ? Voudriez-vous plutôt un verre de cognac ?

— Non, non, rien que de l'eau. »

Si seulement elle avait pu décamper. Il avait besoin de s'asseoir. Il se laissa glisser le long du mur et se retrouva enfin en sûreté sur la terre tassée et froide. Il prit appui sur une main. La tête lui tournait déjà moins. Longues inspirations. Encore une minute, et il se sentirait mieux.

Il releva les yeux. Mon Dieu, se dit-il, on était en train de l'observer. Le portail s'était ouvert pour laisser passer une ribambelle de petits qui s'étaient arrêtés pour l'examiner. La grande fille qui s'occupait d'eux le fixait aussi du regard. C'étaient des bébés, en fait. Leurs petits visages poncés de vieillards prématurés étaient tournés vers lui, sans surprise.

« C'est le docteur.

— Le docteur.

— Regardez, il est tombé.

— Il est saoul », lâcha un des plus petits.

Ils ne parvenaient pas à détacher leurs yeux du spectacle. Petites silhouettes grises dans leurs capes grises, la peau toute pâle, le regard perçant. Il se dit que s'ils s'approchaient, ils auraient cette odeur de renfermé des oisillons tombés du nid. Et soudain, ils lui firent peur, sans aucune raison, il se sentit effrayé par ces petits qu'il avait toujours aidés de son mieux, comme si chacun d'eux pouvait ramasser une pierre et la lui lancer. Puis une autre pierre, et encore une autre. Des cailloux en fait, petits et légers – sans quoi ils n'auraient pas pu les soulever –, assez tranchants toutefois pour le blesser.

« Que faites-vous là à bayer aux corneilles ? Rentrez tout de suite ! Soila, tu passeras me voir avant le dîner. »

Anna-Liisa, le verre d'eau à la main. Elle l'approcha de ses lèvres. Non, non, il pouvait se débrouiller tout seul. Le verre se mit à trembler. Il ne l'avait jamais entendue parler sur ce ton aux enfants.

« Ils ne font aucun mal, ils ont été surpris de me voir dans cet état, voilà tout.

— Personne ne leur demande d'être surpris. Mais pour qui se prend cette fille ? Je la surveille depuis un certain temps, oh oui, elle ne s'en doute pas, mais je la tiens à l'œil.

— Ce ne sont que des enfants.

— Des enfants !

— Mais oui, quoi d'autre ?

— Ce sont des orphelins. Et vous pouvez me croire, les orphelins ont grand besoin d'être surveillés. »

Peut-être parce qu'il était assis par terre et que, de sa place, il se laissait impressionner par la masse volumineuse de son corps, il se mit à considérer Anna-Liisa sous un jour totalement différent. Elle avait un double menton proéminent, et ses yeux ressemblaient à deux baies de cassis enfoncées dans de la pâte, totalement exempts de gentillesse ou de chaleur. Il n'aurait assurément pas aimé se retrouver en son pouvoir, songea-t-il. Mais très vite, cette idée s'envola. Anna-Liisa avait bon cœur. Elle faisait de son mieux dans des circonstances difficiles. Que pouvait-on lui demander de plus ?

Cependant, l'idée refusait de disparaître. Sa voix hargneuse lui tintait encore aux oreilles. Que dirait-elle à cette Soila quand elle viendrait, à sa demande, dans son petit salon avant le dîner ? Quelle punition lui réservait-elle ?

— Ne soyez pas trop sévère avec elle. »

Il comprit sur l'instant qu'il avait encore aggravé les choses en voyant les traits d'Anna-Liisa se crisper de colère. « Laissez-moi juger de ce qui est le mieux pour elle », rétorqua-t-elle. Elle était plus forte, plus décidée qu'il ne l'avait cru. Jamais plus il n'aurait envie de se retrouver seul à seule avec elle autour d'une tasse de thé.

Mais la semaine suivante, il serait là, comme d'habitude, fidèle au rendez-vous. Le besoin de soins des enfants importait plus que son refus de manger le gâteau d'Anna-Liisa. Il essayait de la persuader de donner du jus d'airelle aux enfants tous les matins en hiver. Elle résistait. Assurément, la bouillie de flocons d'avoine suffisait, non ? En tout cas, il avait en un jour fait reculer la cause du jus de fruits de plusieurs années. Il fallait la cajoler, lui faire croire qu'il l'appréciait, la respectait, comme il le croyait lui-même auparavant. Sinon, elle trouverait une bonne raison de le tenir éloigné de la Maison des orphelins. Elle ne pourrait pas s'en empêcher. Elle-même ne saurait plus pourquoi elle ne voulait plus le voir.

Tout était toujours une question de compromis, se dit-il, dans une bourgade aussi petite. On ne peut choisir ses voisins, il faut s'entendre avec ceux qui se trouvent là, et en tirer le meilleur parti possible. Voilà la réalité. Le reste n'est que ridicules chimères.

Une immense lassitude s'empara de lui à l'idée de tous les efforts et les compromis qui l'attendaient avant…

Avant quoi ?

Avant la fin, évidemment.

Dieu merci, on était vendredi, et ce soir, Matti chaufferait le sauna. Dans la vapeur au moins, quelques-unes de ses pensées les plus noires s'évaporeraient.

Il s'était relevé, il n'avait plus la nausée, son cœur battait régulièrement. S'il n'avait pas été médecin, il aurait craint la crise cardiaque, mais il savait que ce n'en était pas une. Rien qu'un petit moment de faiblesse.

Il ne rentrerait pas directement. La maison lui semblait vide, même si Lotta lui avait déniché une bonne grosse fille bien robuste qui frottait les planchers comme si elle avait le diable aux trousses mais était totalement incapable de faire la cuisine. Il allait passer chez Lotta et lui demanderait de l'inviter à dîner. Elle serait heureuse de le faire, et cela mettrait du baume sur la blessure qui s'était ouverte entre eux.

De fait, elle avait déjà commencé à se refermer. De petites croûtes se formaient à la surface de la chair à vif. Lorsqu'elles se seraient solidifiées, elles provoqueraient des démangeaisons, puis elles tomberaient, faisant place à une nouvelle peau d'un rose brillant, qui avec le temps se ternirait, pour ressembler peu ou prou à l'original.

Les rancunes ne pouvaient durer à la campagne, pensa-t-il, surtout avec l'hiver qui approchait. On avait trop besoin les uns des autres.

« Où est donc Karl ? demanda Thomas.

— À Stockholm. Une exposition de tours à bois. Il y reste quelques semaines.

— Je vois.

— C'est délicieux d'avoir la maison pour moi toute seule », dit Lotta d'un ton vif. Il leva les yeux.

« Pourquoi faire semblant ? reprit Lotta, la voix assurée. Karl est à Stockholm et je m'en réjouis. Les choses sont allées trop loin. Je commence vraiment à me demander s'il a toute sa tête. Suivez-moi », ajouta-t-elle, comme sous le coup d'une décision subite. « J'ai quelque chose à vous montrer. »

Il se leva, posa sa serviette et la suivit. Elle ramassa un châle sur une chaise et s'en enveloppa.

« Vous aurez besoin de votre manteau, Thomas. Attendez, je vais vous le chercher. Je prendrai une lanterne au passage. »

Au-dehors, la température avait légèrement remonté. Après des nuits de gel, on aurait dit qu'il allait se remettre à neiger, se dit-il. Aucune étoile ; l'air était immobile. Toute la journée, le ciel avait été sombre, d'un gris métallique, avec des traînées jaunes. Un ciel lourd, prêt à se délester d'un instant à l'autre.

« Par ici », dit Lotta. Sa lanterne éclairait le chemin, et l'ombre de sa cape se balançait violemment de droite et de gauche. Elle avait le visage fermé.

« Mais, Lotta, objecta-t-il comme ils s'approchaient de l'atelier de Karl, croyez-vous que nous avons le droit d'entrer ici en son absence ? » Tout lieu de travail est privé. Lui-même aurait détesté que quiconque pénètre dans son cabinet, déplace ses objets familiers et lise ses livres.

« Je vous ai dit que je voudrais vous montrer quelque chose », répéta-t-elle en tirant une clef de sa poche et en la glissant dans la serrure. Elle trouva un interrupteur, et la lumière inonda l'atelier.

« Eh oui, soupira-t-elle. Il a tout ici. Il avait installé un générateur avant que nous ayons l'électricité dans la maison. Et puis son lit, son poêle, ses livres et ses tableaux. Tout ce qu'il aime se trouve ici. Attendez une seconde. »

Elle cherchait quelque chose à tâtons derrière un rideau de velours vert. Il savait qu'il n'y avait pas de fenêtre à cet endroit, rien qu'une alcôve.

« Oui, dit-elle, la voix assourdie par le rideau. Elle est encore là. Pendant un moment, j'ai cru qu'il l'avait emportée. Mais même Karl n'est pas assez fou pour cela. Pas encore.

— De quoi parlez-vous ?

— Regardez vous-même. »

Les anneaux en laiton tintèrent quand elle tira le rideau. Elle était là. Une sculpture aux lignes allongées, fines, délicates. D'abord, il ne réussit pas à l'identifier, puis il y reconnut une fille, de quatre-vingts centimètres à peu près. À moins que ce ne soit un garçon ? Le sujet possédait cette grâce extraordinaire propre à certains d'entre eux, à seize ou dix-sept ans, avant que la musculature ne s'affirme. Mais il ne s'agissait pas d'une représentation réaliste. La statue ne ressemblait pas du tout à un vrai corps, plutôt à l'idée d'un corps qui se serait échappée du cerveau d'un homme pour s'incarner dans un morceau de bois. La silhouette était allongée sur le dos, la tête tournée sur le côté, comme plongée dans le sommeil. Le bois était aussi fluide que de l'eau, rendu sombre et tout lisse à force de frottements. Le sculpteur n'avait pas marqué les organes génitaux, et les courbes légères de la poitrine et des hanches restaient androgynes. Étrangement, cela accroissait l'intensité érotique de ce corps. Thomas ne put s'empêcher de tendre la main vers le bois, mais, surprenant l'éclair de colère dans l'œil de Lotta, il la recula aussitôt.

« C'est ce qu'il fait. Tout le temps. Il s'imagine que je n'en sais rien. Il se croit si malin.

— Je ne savais pas que Karl avait autant de talent.

— Quand il veut, il est capable de tout, dit-elle avec amertume. Thomas, je pense qu'il est malade. Je crois vraiment qu'il est fou. Il reste ici pendant des heures à effleurer, à caresser… cette chose. Pour lui, elle est plus réelle que vous ou moi. Il ne veut rien d'autre.

— Pourtant, il ne l'a pas emmenée à Stockholm, dit Thomas, pour tenter d'alléger l'atmosphère.

— Il pense qu'elle est plus en sécurité ici. »

Le ton de sa voix le troubla. « Lotta, vous ne songeriez tout de même pas à…

— Et pourquoi pas ? Qu'est-ce qui m'en empêcherait ? Vous imaginez ce que c'est de vivre à côté d'un homme qui n'a de désir que pour un morceau de bois ?

— Alors, vous devriez le quitter, lâcha soudain Thomas. Vous avez raison. Pourquoi continuer à vivre comme ça ? Vous méritez mieux, Lotta. »

Elle posa les yeux sur lui, et un petit sourire plein de tendresse affleura sur son visage.

Ce sourire a toujours été là, caché au fond d'elle depuis que je la connais, se dit-il. J'ai déjà dû le voir, mais je ne m'en souviens pas.

« Non, Thomas. Je ne le peux pas. C'est mon devoir de rester auprès de Karl. C'est la place que Dieu m'a assignée. Et de plus, je n'en aurais pas le courage. Que deviendrais-je loin d'ici, loin de tous mes amis ?

— Vous pourriez aller vivre auprès d'Erika. Vous savez combien elle vous est attachée.

— Non, non, cela n'irait jamais. Erika m'est attachée précisément parce que nous n'avons jamais vécu ensemble. À notre âge, Thomas, il faut savoir regarder la vérité en face.

— À notre âge, répéta-t-il d'un ton lugubre. Vraiment, Lotta, à vous entendre, on croirait que nous sommes déjà morts. Et puis, tirez ce rideau. Nous avons assez regardé cette chose. »

Lotta n'en fit rien. Elle se contenta de rester là, les yeux rivés sur la sculpture, comme s'il s'agissait d'une énigme qu'elle aurait pu résoudre. « Le plus absurde, murmura-t-elle enfin, c'est que j'envie Karl. Il a quelque chose qui lui tient vraiment à cœur et personne ne peut le lui enlever. Si je détruisais cette statue, il en ferait une autre, tout simplement. Karl a ce qu'il veut.

— Alors que vous ?

— Vous le savez bien, Thomas, dit-elle, à voix encore plus basse. Vous le savez bien. Et on n'y peut rien, ni vous, ni moi, ni personne. Pourquoi le Seigneur nous envoie-t-Il sur terre ? Pour nous mettre à l'épreuve. Tester notre courage. Voir ce que nous pouvons supporter tout en gardant la foi.

— Vous le croyez vraiment ?

— Oui, Il veut voir ce que nous pouvons supporter.

— Je suis désolé, Lotta.

— Grands dieux, Thomas, ce n'est pas votre faute. Votre amitié… Vous savez l'importance qu'a notre amitié pour moi.

— Et pour moi. »

Lotta s'enveloppa de nouveau dans son châle et redressa les épaules. D'un geste vif, elle s'empara du bord du rideau, et le tira pour masquer l'alcôve. Les anneaux métalliques tintèrent vigoureusement.

« Voilà. Ne parlons plus des absurdités de Karl. Je ne sais même pas pourquoi j'ai voulu vous montrer cela. Bah, nous avons tous nos petits moments de faiblesse.

— Certainement. Ma chère Lotta, vous tremblez. Il fait aussi froid que dans un caveau, ici. C'est sans doute très mauvais pour vous. Retournons à la maison. »

De gros flocons de neige avaient commencé à tomber. Ils s'entassaient sur la terre froide, préparée par plusieurs nuits de gel.

« Levez la lanterne, Lotta. »

Elle s'exécuta et ils regardèrent le ciel, comme autrefois quand ils étaient enfants, les yeux perdus dans les spirales tourbillonnantes de la première neige de l'hiver. Les flocons descendaient de plus en plus vite et s'abattaient sur leurs paupières, leurs lèvres, leurs joues. Ils semblaient attirés par la lampe comme autant de phalènes. Oui, enfants, ils couraient en tous sens, les fers de leurs bottes résonnant sur la terre glacée, et façonnaient leurs premières boules de neige qu'ils se lançaient joyeusement.

Demain elle aura tout recouvert, pensa-t-il. Tout sera lisse, mystérieux et baigné de lumière. Ah, ce matin qui suit la première neige ! La lumière crue qui inondait le plafond le réveillait : en délire, il bondissait de son lit pour admirer le jardin qu'aucune trace de pas ne maculait encore. Ce n'était pas seulement de la joie, mais une véritable extase, si forte que son corps pouvait à peine la contenir, il devait courir, foncer, bondir et marteler l'air de ses poings jusqu'à tomber face contre terre dans la neige, tel un ange déployant ses ailes.

Et il était toujours là, la maison était la même, et aussi le jardin, les bois de bouleaux, le torrent, la forêt. Mais tous ceux qui avaient construit sa vie avaient disparu. Imaginez un peu si, petit garçon, quelqu'un lui avait dit : *Un jour, ils seront tous morts, ta mère, ton père, et la vieille Katariina, et même la femme que tu épouseras, qui pour l'instant est encore une petite fille... Un jour, ils seront tous morts et toi, tu seras toujours en vie.*

Dit ainsi, cela semblait incroyable. Mais tout cela s'étant fait peu à peu, il avait pu le supporter. En vérité, c'était tout à fait normal, et la vie est la même chose pour tous. On pleure ses proches, ils vous manquent, puis ils s'effacent tandis que d'autres les remplacent peu à peu. Mais parfois, maintenant, les morts semblaient tout proches, bien réels, plus réels que tout ce qu'il pouvait toucher. Comme s'ils avaient été secrètement présents tout ce temps, attendant la première neige pour se manifester. Il entendait presque les cris et les joyeuses vociférations, le tintement des bottes.

Lotta faisait partie de ces temps révolus et les lui rendrait toujours présents, si bien que, où qu'elle soit, ils resteraient tout proches. Lotta ne laisserait jamais le présent échapper au passé, pas plus qu'elle ne serait capable de faire voler en éclats une assiette en porcelaine du service familial. C'était un don qu'elle possédait. Si Karl ne l'avait toujours pas compris, il s'en rendrait compte quand elle aurait disparu. Il regretterait les dons de Lotta quand elle ne serait plus à ses côtés.

« Chère Lotta, dit-il, si vous ne voulez pas le quitter, partez au moins pour un séjour prolongé chez Erika, afin que Karl se rende compte de ce que serait sa vie si vous n'étiez plus là. »

Elle éclata de rire. « Il trouverait sans doute les choses infiniment plus faciles.

— Alors, il se berce d'illusions. Il n'en sait sans doute rien, mais il a besoin de vous, croyez-moi. Sans vous, Karl serait perdu. Il resterait dans cet atelier jusqu'à mourir de froid.

— Mais vous vouliez me convaincre de le quitter il n'y a pas une minute.

— Pour votre bien, pas pour le sien. Allez, venez. Rentrons. »

25

Sasha avait disparu. On était dimanche aujourd'hui, et il était parti depuis le jeudi matin. Tout au moins, Lauri ne l'avait pas revu depuis.

Quand Lauri était sorti pour aller travailler ce matin-là, Sasha dormait encore. Rien dans ses paroles ne laissait penser qu'il partait, mais le soir, il n'était pas rentré. D'abord, Lauri avait pensé qu'il avait peut-être oublié de lui parler d'une réunion, laquelle s'était prolongée si tard qu'il avait dormi par terre, chez un camarade. Il y avait sans arrêt des réunions. Mais le vendredi après le travail, toujours pas de Sasha. Ils devaient aller au sauna ensemble ; c'était leur habitude, et ensuite, ils filaient au bar boire quelques bières pour se détendre. Il fit le tour de quelques cafés, à sa recherche, mais personne ne l'avait vu.

Sasha était un grand garçon, tout à fait capable de se prendre en charge. Tard dans la soirée du vendredi, Lauri commença cependant à s'inquiéter : et s'il avait été arrêté par la police ? Il alla frapper chez plusieurs voisins, tout en restant discret ; personne n'avait rien vu ni rien entendu. Les voisins, c'est toujours comme ça, songea Lauri. Dès qu'il y a un problème, ils sont toujours les premiers à ne rien savoir.

Lauri rencontra Hannu le lendemain matin, grillant une cigarette au coin de la rue et observant une bande de gamins qui jouaient à chat en poussant de grands cris. On aurait dit qu'il avait envie de se joindre à eux. Il avait un de ces visages de gosse qui restent pareils à eux-mêmes presque jusqu'à trente ans. Lauri s'adossa à un réverbère et regarda un marmot trébucher dans une ornière, tomber de tout son long et rester là à hurler jusqu'à ce qu'un autre vienne le secourir. Ensuite ils partirent ensemble, bras dessus, bras dessous, et allèrent s'asseoir sur un perron.

« Tu n'aurais pas vu Sasha ces jours-ci ? demanda Lauri d'un ton désinvolte.

— Non. Il est allé quelque part ? » Effectivement, Sasha devait toujours se rendre à droite, à gauche.

« Pas la moindre idée. Je ne l'ai pas revu depuis jeudi matin de bonne heure. Il n'aurait pas parlé d'un déplacement, par hasard ?

— Pas à moi, en tout cas.

— À personne, à ce qu'on dirait.

— Tu serais le premier à le savoir, non ? » dit Hannu. Mais soudain, il se fit plus grave. « Tu as l'air inquiet. Tu crois qu'il se serait fait coffrer ?

— Qu'est-ce que tu en penses ?

— Ça se pourrait, mais ça m'étonnerait. Pas notre Sasha. Il est trop… » Hannu esquissa un rapide petit mouvement de la main pour indiquer qu'il en avait dans la tête. « Écoute, Lauri, si j'étais toi, je passerais voir Fedya.

— Bonne idée. J'y vais. »

Ils parlaient sans trop hausser le ton, d'une voix normale, comme des professionnels. L'une des premières choses qu'on apprenait, c'était à ne pas murmurer. Hannu renversa même la tête pour rire aux éclats, comme si Lauri s'était approché pour lui raconter une bonne blague. Peut-être poussait-il un peu loin le bouchon, pensa Lauri. Du plus loin qu'il s'en souvienne, son père, Pekka et les autres ne se comportaient jamais de cette façon, comme des acteurs sur scène.

Fedya ne savait pas où se trouvait Sasha. Il ignorait même qu'il avait disparu, mais il était certain que rien de fâcheux n'était arrivé.

« S'il s'était fait arrêter, on le saurait. Il y a un réseau.

— Un réseau ? »

Fedya fronça le sourcil, gonflé de sa propre importance, ce qui ne plut guère à Lauri. Très bien, se dit-il, donc, tu sais quelque chose et moi pas. Garde-le pour toi si ça te chante.

« Salut, lança-t-il en tournant les talons.

— Lauri !

— Quoi ?

— T'en fais pas. Tu le connais, notre Sasha. Si quelqu'un est capable de s'occuper de lui-même… »

Lauri traversa les rues glaciales à grands pas. D'une certaine façon, ces deux rencontres l'avaient irrité davantage qu'il ne l'aurait cru, Hannu et Fedya se comportant d'ordinaire en vrais camarades. Ils semblaient s'être mis d'accord pour lui jouer un petit numéro et s'amuser à ses dépens.

Le moins qu'on puisse dire, c'était que Sasha lui aussi aimait bien monter de petits numéros. Parfois, il se comportait comme si prétendre être celui qu'on n'était pas ou ne pas être celui qu'on était vraiment constituait la partie la plus importante de l'« éducation politique » dont il parlait sans arrêt.

Lauri pressa le pas. Son agacement se changea soudain en colère, mais elle n'était pas dirigée contre Sasha, Fedya ou Hannu ou aucun autre. Non, celui qui méritait sa colère, c'était lui-même. Quelle espèce d'ami était-il pour nourrir de telles pensées au moment où Sasha s'occupait peut-être d'affaires extrêmement importantes pour le Parti, prenant des risques qu'il ne soupçonnait même pas ? Bel ami, en vérité ! Et quel camarade ! pensa-t-il, prenant presque plaisir à cette indignation qui l'envahissait et semblait effacer tous ses doutes. La loyauté, c'était là l'essentiel. Même quand on ne comprenait pas le pourquoi des événements, il fallait rester loyal.

Le dimanche matin, Sasha n'avait toujours pas reparu. Lauri se réveilla comme d'habitude dans le calme de cette journée de repos et la pénombre de l'hiver. Il avait dormi tard, épuisé par une semaine de dur labeur et quelques bières avalées la veille au soir. Ses bottes traînaient par terre, à l'endroit où il les avait jetées. Si Sasha était rentré, il aurait soigneusement rangé les bottes de Lauri à côté des siennes. Il n'aimait pas le désordre ni la négligence.

Quel silence quand il n'était pas là ! Sasha parlait comme un Russe, pas comme un Finlandais. Toute pensée qui lui traversait l'esprit était bonne à dire. Et c'était bien naturel, puisque, précisément, il était russe. Sasha parlait et Lauri écoutait. S'il lui avait dit qu'il partait pour quelques jours, Lauri était sûr qu'il l'aurait entendu. Il n'avait rien dit, et c'était bien ça qui était étrange. Où pouvait-il être passé ? Personne n'en savait rien.

Sasha n'ignorait rien des connaissances de Lauri, qui peu de temps auparavant s'était rendu compte que l'inverse était loin d'être vrai. Mais cela n'avait pas d'importance. Ils ne vivaient pas collés l'un à l'autre comme des enfants. Qui l'aurait souhaité ? Ils étaient des hommes après tout.

Sasha n'en restait pas moins, et de loin, le meilleur ami que Lauri ait jamais eu. Mais au moment même où il la formulait, l'idée lui sembla sonner faux. Parce qu'il y avait aussi Eeva, qui brillait dans son imagination d'une lumière constante et mystérieuse. Au temps où ils se pelotonnaient ensemble au fond d'un lit, elle n'avait rien de mystérieux. Il la sentait comme une partie de lui, de la même manière que son bras ou sa jambe. Sa présence était un fait acquis. Quel mal y avait-il à ça ? Ne pas pouvoir s'imaginer sans son bras ou sa jambe ne voulait pas dire que vous n'attachiez aucune valeur au membre qui vous permettait de porter une cuiller de soupe à votre bouche, ou grâce auquel vous marchiez.

Elle faisait partie de l'ordinaire, mais durant ces années de séparation, elle était devenue mystérieuse. Aujourd'hui, il la regardait, il ne la quittait même jamais des yeux, et pourtant, il était incapable de prévoir ce qu'elle allait faire, incapable de deviner ses pensées. Pourtant, cette Eeva plus proche de lui que lui-même devait encore se nicher quelque part, à l'intérieur de cette jeune fille à la robe verte. Il devait y croire. À certains moments, il en était sûr.

C'était le mélange de ces deux choses qui élevait une barrière entre eux : son mystère et la tendresse qui se cachait derrière. Il aurait pu affronter ces sensations séparément. Réunies, elles le raidissaient et le réduisaient au silence. Il ne cessait de penser à ce qu'il aurait dû lui dire, immédiatement après que Magda et elle les avaient quittés. Quand le passé refaisait surface, ce qui ne manquait pas d'arriver parfois, il lâchait à la hâte quelque parole maladroite qui ne traduisait pas sa pensée, et il la sentait s'éloigner de lui. Personne ne pouvait l'aider. Magda n'en avait pas la moindre envie, cela sautait aux yeux.

Un soir, il aperçut Eeva de l'autre côté de la rue, descendant du tramway, les yeux baissés pour ne pas glisser. Elle fronçait légèrement les sourcils, soulevant sa robe pour la protéger de la poussière. Cette image sembla lui envahir l'esprit, l'empêchant de penser. Elle ne le vit même pas.

Il valait mieux ne pas y réfléchir. Sasha serait bientôt de retour. Et, d'une certaine façon – dont Lauri n'était pas vraiment fier –, ce n'était pas mal d'avoir un peu d'espace et de pouvoir souffler. Plus il repensait à cette conversation avec Sasha – « le jour où ils avaient parlé de Bobrikov », c'est ainsi qu'il le formulait –, plus elle lui semblait irréelle. « Le jour où ils avaient parlé de Bobrikov ». Cette périphrase permettait de recouvrir d'un voile cette conversation insensée, imaginaire peut-être, sur les bombes, les balles et les parapluies empoisonnés. Tout cela semblait désormais dénué de réalité. Un peu comme un rêve, ou quelque chose qu'il aurait inventé. Il avait presque envie de ramener le sujet « Bobrikov » sur le tapis, rien que pour que Sasha puisse s'esclaffer : « Tu n'as quand même pas avalé cette couleuvre, Lauri ? Lauri, quand auras-tu perdu ta naïveté politique ? Les choses ne se font pas du tout comme ça. »

Tuer un homme, pensait Lauri. Il pouvait s'imaginer le faire sous le coup de la colère. Oui, par exemple, s'il voyait quelqu'un assommer une gamine et lui voler un morceau de pain dans la main, il en serait capable. Ou si quelqu'un voulait faire du mal à Eeva. Mais pas sans colère.

Il se leva et se mit à arpenter la chambre à pas rapides. Il avait chaud, il se sentait agité. Pourtant, Sasha disait toujours qu'il fallait agir sur la base de ce qu'on savait. Surtout, ne pas tout fonder sur les émotions. Analyser la situation objectivement, jusqu'à ce que la réaction correcte s'impose toute seule. En fait, de telles analyses ne relevaient pas de la responsabilité individuelle mais d'une responsabilité collective. Lauri ne put s'empêcher de sourire en songeant au bonheur indicible avec lequel Sasha prononçait des mots comme « analyse objective de la situation » et « responsabilité collective ». Bizarrement, Lauri ne se sentait jamais vraiment capable de les réemployer à son compte. Ils ne lui appartenaient pas, et il se sentait dans la peau d'un faussaire lorsqu'il les énonçait, même si Sasha lui témoignait énergiquement son approbation.

Mais si quelqu'un essayait de faire du mal à Eeva…

Une image lui vint immédiatement à l'esprit. Eeva, reculant contre un mur, son baluchon à la main. Ils étaient venus pour l'emmener. C'était pour son bien, disaient-ils. Une nouvelle vie, une vie meilleure.

Elle était livide. Il avait envie de bondir sur l'homme à la veste garnie de boutons en laiton, mais Eeva avait murmuré : « Ne bouge pas, Lauri, ou ils t'emmèneront toi aussi. » Le père de Lauri était déjà en prison, et le Grand Juha se tenait là, fronçant le sourcil en direction d'Eeva comme s'il l'avait détestée. Lauri savait qu'en fait, c'était l'impuissance qui le faisait grimacer, et qu'il était obligé de les laisser emmener la fille de son meilleur ami. Mais Eeva en était-elle consciente ?

Mon Dieu, pensa-t-il. Elle n'avait jamais revu le Grand Juha. Il était mort peu de temps après. Elle aurait emporté de lui ce dernier souvenir : le sourcil froncé et les lèvres serrées. Avait-elle compris ? Et puis, le père de Lauri aussi était mort, et la plupart des autres s'étaient dispersés.

Il avait chaud. Sans doute la colère qui ne l'avait jamais quitté et qui brûlait en lui. Ils avaient emmené Eeva, et il n'avait rien pu faire pour les en empêcher.

Il lui faudrait imaginer que Bobrikov en personne se cachait derrière ces boutons en laiton. Ça rendrait les choses plus faciles. Impossible de tuer un homme si on ne se le représente pas comme un ennemi. Quand on en arrive aux effusions de sang, l'éducation politique ne suffit pas. Mais il n'était pas question de faire couler le sang, bien sûr que non. Ce n'était pas le rôle de Lauri, Sasha l'avait bien dit. De plus, tout cela n'était peut-être qu'une sorte de jeu. Une façon élaborée de le tester. Mais pourquoi Sasha n'était-il pas là ?

Soudain, il eut une idée. Il irait demander à Magda si elle l'avait vu. Oui, c'était la solution. Joyeusement, il enfila ses bottes et son gros manteau. Il était tout à fait possible que

Magda en sache plus long que lui. Un dimanche matin, les deux jeunes femmes seraient sans doute chez elles.

Tandis qu'il tournait en rond en réfléchissant dans sa chambre, le soleil s'était levé. Quel matin splendide ! Il ne se souvenait pas d'en avoir vu d'aussi beau. Lauri rabattit les oreillettes de sa casquette en poil de lapin et dévala la rue. Les volutes blanches de sa propre respiration l'escortaient. Au cœur de l'hiver, le soleil était bas, s'accrochant à l'horizon comme un enfant à sa mère. Aujourd'hui, il ne se détacherait pas. Pas avant plusieurs semaines. Lauri sourit à cette idée. Mais un jour, il serait assez fort et brave pour s'élancer dans le ciel de l'été en laissant l'horizon derrière lui.

Toutefois, Lauri avait toujours adoré le milieu de l'hiver. Quand on est jeune et fort, que notre sang nous tient chaud, on peut aimer l'hiver. Un goût de givre qui flottait dans l'air le fit monter en lui, cognant dans toutes ses veines.

Le soleil projetait des ombres profondes et bleues derrière les monticules de neige amoncelés au coin des rues. Il en était encore tombé beaucoup la nuit précédente, et elle avait gelé sur place. Une couche éclatante de blancheur avait déjà recouvert les tas anciens et gris. Rien qu'à les regarder, il mesurait l'épaisseur de la couverture de glace sur la poudreuse. Elle ne fondrait pas d'un pouce aujourd'hui. Le soleil était trop faible, le gel trop résistant.

Tout de même, il fallait déblayer. Devant l'une de ces vieilles maisons en bois qu'on n'avait pas encore réussi à abattre, un vieil homme grattait son perron avec un balai de brindilles. Mais il était si vieux, si faible, que le balai ne faisait que griffer la croûte gelée.

Lauri s'arrêta.

« Passez-moi ça, grand-père. Je vais vous le faire. »

Le vieil homme se tourna dans sa en direction. Il avait les yeux décolorés et laiteux. Lauri se demanda s'il n'était pas complètement aveugle.

« Je vais vous le déblayer, ce perron », répéta-t-il, un peu plus fort.

Sans doute le vieillard était-il sourd, en plus d'être à moitié aveugle. Soudain, la lumière se fit : il descendit en chancelant jusqu'au bas des marches, fourra le manche du balai dans la main de Lauri, et remonta péniblement tout en haut pour surveiller les opérations.

« Rentrez donc au chaud », cria Lauri en commençant à balayer, mais le vieil homme secoua la tête. Il craint peut-être que je ne m'enfuie avec son balai, songea Lauri. Ces petits vieux, quand même ! J'espère ne jamais devenir comme ça. S'il avait une pelle en métal, j'en aurais pour une minute à lui nettoyer son perron. Mais il serait sans doute incapable de la soulever…

Il sentit dans tout son corps une montée d'énergie. Il allait lui faire voir. Même avec ce misérable balai qui semblait avoir perdu la moitié de ses brindilles.

De la poudre de neige s'éleva dans l'air et tourbillonna autour de lui lorsqu'il entreprit de cogner les marches pour briser la croûte de gel. Il poussait le balai de droite et de gauche de toutes ses forces : jamais ces marches en bois n'avaient été aussi énergiquement brossées. Quand il en aurait fini, il ne resterait plus la moindre trace de neige.

« Vous avez des cendres, grand-père ? » cria-t-il.

Il leva un sourcil soupçonneux.

« Des cendres ! Je voudrais en verser sur les marches pour vous éviter de glisser ! »

Le vieux visage s'éclaira. Il secoua la tête d'un air triomphant.

« Ah, ah, s'exclama-t-il d'une voix qui raclait les oreilles comme son balai le perron, tu veux quelque chose ! Je savais bien que tu voulais quelque chose. Dès que je t'ai vu, je m'en suis douté. »

Lauri abandonna la partie. D'accord, tombe de tes marches si ça te chante, pensa-t-il. Mais il ne parvenait pas à se mettre en colère. Il faisait si beau, et le vieil homme était si ridicule, agitant son balai en signe de victoire, maintenant qu'il l'avait récupéré, comme s'il avait marqué un point décisif contre Lauri.

« Je te connais, je te connais ! » chantonnait-il.

Lauri, lui, ne deviendrait jamais comme ça. Non, il le jurait devant Dieu, s'il se sentait prendre cette direction, il irait se jeter dans le port, les bottes aux pieds.

« D'accord, d'accord, tu l'as, maintenant, ton balai. Va le ranger en lieu sûr. »

Il ne pouvait s'empêcher de rire. Et soudain, le vieillard se mit à s'esclaffer lui aussi, sans perdre pour autant son air soupçonneux.

« T'es pas un méchant garçon, gloussa-t-il. T'es pas méchant, je te connais. »

Quand il parvint au coin de la rue, Lauri se retourna ; le vieil homme était toujours perché en haut de ses marches, agitant dans sa direction le balai qu'il tenait bien serré entre ses mains. Mais une vieille femme minuscule était sortie à son tour, emmitouflée dans ses châles. Elle n'arrivait même pas à la hauteur de son épaule. Elle avait posé la main sur son bras et lui disait quelque chose en le regardant bien en face. Il cessa de brandir le balai et fixa des yeux ce visage de la taille d'une grosse noix, un visage de vieille femme sur un corps d'enfant.

Donc, le bonhomme avait quelqu'un pour prendre soin de lui, au moins. Il avait plus de chance qu'il n'y paraissait d'abord. Pour une étrange raison, Lauri se sentit encore plus gai. Même ce vieil homme, tout ratatiné et misérable, avait quelqu'un pour s'occuper de lui. Mais bien sûr, Lauri ne deviendrait jamais comme ça. Il n'arrivait pas à croire que cette vieille femme toute ridée, enveloppée dans ses châles, puisse un jour avoir été aussi jeune et fraîche qu'Eeva, ou être descendue d'un tramway avec la même aisance et la même adresse pour s'avancer dans le flot de sa vie.

Il se sentait capable de déblayer cent perrons s'il le voulait. De traverser Helsinki en courant s'il le fallait. Le gel faisait pétiller son sang comme cette poudre de neige. Et penser qu'il devrait un jour ramper le long des rues glaciales comme un crabe, en assurant chaque pas de peur de tomber à la renverse et de se fracturer les os. Qu'il devrait s'appuyer sur une canne, et scruter chaque chose avant de pouvoir même discerner de quoi il s'agissait. Non, ce n'était pas possible. Ça ne pouvait pas lui arriver, et ça ne lui arriverait pas. Un jour comme celui-ci, on se sentait éternel. À moins de mourir tout de suite, sans douleur, et surtout sans vieillir.

« Eeva ?

— Lauri !

— Magda est là ?

— Magda ?

— Oui, je voulais… enfin, je voulais lui demander si elle n'avait pas vu Sasha.

— Pourquoi ? Il lui est arrivé quelque chose ?

— J'en sais rien. Personne n'a l'air de savoir. Moi, je ne l'ai pas revu depuis jeudi matin.

— Il t'a dit où il allait ?

— Il n'a pas parlé d'aller où que ce soit.

— En tout cas, Magda n'est pas là non plus. Elle ne rentrera pas avant demain.

— Alors, il n'y a que toi à la maison ?

— Je suis restée parce que j'avais du raccommodage. Désolée de te voir si déçu.

— Ne sois pas comme ça, Eeva. Je voulais seulement parler à Magda à cause de Sasha. »

Elle souriait. Son visage rayonnait de vie, comme si la même étincelle de neige courait dans ses veines. Ses yeux brillaient. Il prit une profonde inspiration. Eeva était trop forte. Aussi forte que le soleil en été quand il bondissait bien au-dessus de lui. Mais en même temps, certainement…

« Eevi ! » dit-il, usant du diminutif qu'utilisait son père.

Elle était silencieuse, immobile.

« Tu sais bien que ce n'est pas pour Magda que je viens ici, reprit-il.

— Non, je n'en sais rien, répondit-elle avec une grande douceur. Il va falloir que tu me l'expliques. »

Soudain, il sentit que tout cela était absurde. Elle n'était pas le soleil qui bondissait dans le ciel. Elle n'avait rien d'étrange. Quelque chose de mystérieux, peut-être, mais elle était aussi plus proche de lui que jamais, même au temps où ils dormaient l'un contre l'autre comme des chiots dans le même lit.

« Je ne suis pas sûre de comprendre, dit-elle. Dis-moi, Lauri, si ce n'est pas à cause de Magda, pourquoi viens-tu ? »

Elle le regarda comme si elle cherchait quelque chose caché au fond de lui. Elle portait une vieille robe grise et s'était enveloppé les épaules dans un châle de Magda. Un châle russe, en laine sombre et épaisse, avec des roses cramoisies brodées dessus. Les roses chatoyaient et les yeux verts d'Eeva luisaient. Se moquait-elle de lui ?

« Donc, tu ne sais même pas me dire pourquoi tu viens », insista-t-elle devant son absence de réponse. Elle ne lui avait jamais parlé comme ça. Pas comme à un ami, un frère ou son camarade. Même pas comme à lui, Lauri, mais comme à un homme.

Et c'était bien ce qu'il était. Un homme qui avait marché jusqu'à sa porte, qui certes avait fait semblant de chercher quelqu'un d'autre mais qui en fait ne voulait qu'elle. Elle le savait maintenant, sans aucun doute possible, elle en était convaincue. Son cœur se mit à battre plus vite. C'était elle qu'il venait chercher, ni Magda ni Sasha. Mais l'avait-il déjà compris ?

Elle avala une rapide gorgée d'air. Elle avait des fourmis dans les doigts. Elle ne pouvait plus croiser Lauri presque tous les jours sans jamais aller plus loin. *Salut, Eeva.* Et puis ensuite ? Ensuite quoi ? se demanda-t-elle en regardant son visage, avant de détourner rapidement les yeux comme si cette image la piquait. Tu n'as rien d'autre à dire ? Il ne va rien y avoir d'autre entre nous ? Mais ce n'est pas juste, pas juste pour nous, nous méritons davantage. Si tu me fais refermer cette porte sur toi aujourd'hui, je jure que je ne te l'ouvrirai plus. Tu auras eu ta dernière chance.

« Je sais pourquoi je suis venu, articula Lauri.

— Ah oui ?

— Oui.

— Alors dis-le-moi.

— Non, non, Eevi. » Il secoua la tête. « Ces choses-là, ça ne se dit pas. Il faut seulement... » Il étendit la main, caressa l'une des roses qui fleurissaient sur son châle et dessina le contour des pétales du bout du doigt. Il arriva à la tige, et la rigidité de ce contact se communiqua au bout de ses doigts et le fit frissonner. Elle continua de le regarder fixement, et il vit les pupilles noires se dilater jusqu'à ce que le cercle vert des iris ait presque complètement disparu.

« Magda n'est pas là, murmura-t-elle doucement, remuant à peine les lèvres.

— Elle est peut-être avec Sasha », répondit-il sans réfléchir, effleurant une autre rose dont les pétales brodés étaient tout proches du cou d'Eeva.

Elle secoua la tête. « Non. Que feraient-ils ensemble, ces deux-là ? C'est à peine s'ils s'apprécient. Ils ne sont pas… Ils…

— Ils ne s'aiment pas comme nous on s'aime, lâcha-t-il, s'étonnant lui-même de son audace.

— Non, répéta Eeva. Ils ne s'aiment pas comme nous on s'aime. » Elle sourit, les lèvres ouvertes, et il découvrit l'intérieur délicat de sa bouche.

« En tout cas, ils ne sont pas là.

— Rien que toi ?

— Oui, rien que moi.

— Je peux entrer ?

— Oui, tu peux entrer. »

Le jour s'était enfoncé dans les ténèbres habituelles de l'hiver. C'est à peine s'il la distinguait encore. Mais il n'aurait pas voulu davantage de lumière. Le corps doux et chaud d'Eeva était entouré des vêtements qu'ils avaient repoussés. Il se dit qu'elle devait dormir.

« Eeva ? »

Elle ne lui répondit pas. Oui, elle dormait profondément. Elle avait confiance en lui. Jamais il n'aurait rien fait qui puisse lui nuire.

« Et si je me retrouve enceinte ? avait-elle demandé.

— Mais non, mais non », avait-il grommelé. Il mourrait si elle le faisait attendre une seconde de plus.

« Ça pourrait arriver.

— Mais non… Je prendrai soin de toi. »

Elle était le dernier obstacle. L'instant d'après, il était en elle. Il avait grogné encore parce qu'il ne savait plus ce qu'il faisait, ni où il était.

« Tu m'as fait mal », lui dit sa voix, d'un ton très calme. Donc, elle ne dormait pas.

« Pas exprès.

— Bien sûr. Ça n'a d'ailleurs aucune importance. » Elle soupira et roula sur elle-même. « J'ai l'impression que nous ne sommes plus nulle part, pas toi ? Comme si tous les murs s'étaient effondrés.

— Tu ne dois pas t'inquiéter d'avoir un bébé », dit-il, et il sentit, plus qu'il ne l'entendit, le jaillissement de son rire.

« Elle est bien bonne, celle-là ! Mais que venons-nous de faire, à ton avis ? Est-ce que tu sais comment on fabrique les bébés ?

— Eh bien, répondit-il, réfléchissant à haute voix, discutant avec lui-même autant qu'avec elle, si on avait effectivement fait un bébé, ça ne serait pas vraiment la fin du monde, pas vrai ? On n'a pas d'autre charge. Moi, je prendrais soin de toi.

— Et Sasha ?

— Sasha ! Mais qu'est-ce que Sasha a à voir avec tout ça ?

— Essaie un peu de le lui demander. » L'âpreté de cette remarque se perdit dans un bâillement. « J'ai tellement sommeil. Je ne sens plus mes jambes. J'ai l'impression de m'être perdue. Quel jour crois-tu que nous sommes ?

— Mais non, tu ne t'es pas perdue. » Elle devinait son sourire dans le noir. « Ton esprit s'était seulement fourvoyé. »

Elle était surprise, ébahie, presque, d'entendre Lauri employer un tel mot et avec une telle exactitude.

« Et où s'était-il fourvoyé, à ton avis ?

— En compagnie du mien. »

Comment avait-il appris à s'exprimer ainsi ? Autrefois, c'était elle qui possédait les mots, pas lui. Semblant deviner ses pensées, il dit : « J'ai vécu, tu sais, depuis ton départ. Eevi, il faut que tu saches. Je ne suis plus tout à fait celui que j'étais...

— Je ne veux pas tout savoir », s'empressa-t-elle de rétorquer, craignant qu'il ne se lance dans un récit de ses conquêtes féminines.

« Comme tu veux, répondit-il après un silence. Ça vaut peut-être mieux. »

Aussitôt, elle fut dévorée par l'envie de savoir ce qu'il s'apprêtait à lui dire. Mais il avait raison. Il valait mieux changer de sujet.

« Je me demande ce qui a pu arriver à Sasha », poursuivit-elle d'un ton songeur. Cela lui déplut. Il n'avait pas envie d'inviter Sasha dans ce lit.

« Eevi, murmura-t-il. Ee-vi. » Elle se rapprochait de lui. Son corps chaud se pressa contre le sien, d'abord légèrement, puis avec plus de confiance. Il se tourna vers elle et la prit dans ses bras. Elle donnait toujours l'impression de s'apprêter à disparaître, même quand il l'étreignait. Si chaude, si fluide et si douce, comme si elle pouvait lui filer entre les doigts. Pourtant, elle était solide. Il respira sa peau et ses cheveux, et lui embrassa le cou.

« Je ne sais pas si ça se fait de recommencer aussitôt après, demanda-t-elle.

— Je n'en sais rien.

— Personne ne vous apprend ces choses, pas vrai ?

— Eevi ! » répéta-t-il. Son prénom lui emplit la gorge et il n'y eut bientôt plus de place pour aucun autre mot.

Ils pouvaient faire ce que bon leur semblait. Sans autre souci qu'eux-mêmes. Le jour se mit à décliner. Une nuit froide, très froide, se préparait. On le sentait malgré le poêle. Il empila sur elle tout ce qu'il put trouver et lui apporta du thé pendant qu'il buvait un verre de vodka.

Ils étaient étendus côte à côte. Une chandelle brûlait. Parfois la flamme fléchissait et son ombre dansait sur les murs, puis elle se redressait. La courbe de sa joue était aussi pure qu'un coquillage, pensa-t-il. Ces coquillages qu'il ramassait à l'automne, après les premiers orages, quand le ciel et l'eau étaient du même gris métallique. Les souvenirs de leur enfance affluaient. Ce qu'ils faisaient, où ils allaient. Les choses n'étaient pas faciles à l'époque, mais Eeva et lui étaient libres. Le monde des discussions sérieuses, de la politique et de l'action leur passait au-dessus de la tête. Ils savaient qu'il existait, et que, d'une certaine façon, ils lui appartenaient. Ils étaient l'avenir auquel leurs pères travaillaient, mais ils n'en dépendaient pas.

Cet univers qui paraissait autrefois si solide avait disparu. Le père d'Eeva, le sien, les hommes qui ne faisaient que passer, le Grand Juha, ils étaient tous morts ou partis.

La mort venait si vite, et tout ce qui devait durer se dissolvait, sans raison. Rien ne durait. Eeva avait raison, les murs s'étaient effondrés.

Il avait envie de s'enfuir avec elle, de construire une vie où ils seraient ensemble et n'auraient rien à craindre. Il lui construirait une maison dans la forêt, et il travaillerait pour elle. La nuit, ils fermeraient la porte. L'idée de cette maison semblait tout droit sortie d'une vieille chanson qui remontait à sa mémoire, pleine de nostalgie :

Pour mon amour j'ai bâti une maison
Dans les bois les plus profonds,
À notre porte les cerfs viennent bondir
Et un drap de neige nous ensevelir.

Mais il avait aussi la voix de Sasha dans la tête. *Une chanson finlandaise typique, pleine de mort et de fatalisme. Je n'aurais pas cru cela de toi, Lauri. Tu es un garçon de la ville, bon Dieu de merde, un ouvrier.*

Est-ce que tu ne comprends pas que c'est comme ça que le système fonctionne ? Ils t'agitent un rêve sous le nez, comme un hochet. Une femme, des petits et un toit sur vos têtes, ton journal et ton verre de vodka, pourvu que tu sois bien sage, que tu fasses ce qu'on te dit et que tu acceptes ce que le destin te réserve. Le destin ! Elle est bien bonne, celle-là !

Mais le rêve ne reste là que tant que ça les arrange. Ensuite, ils te le font oublier à coups de pied. Plus de boulot, plus de toit, et te voilà à la rue, dans la neige, et tu te retrouves dans la neige à pousser la chansonnette. Pour eux, tu es moins que rien. Tu le sais. Une paire de bras et des mains qui savent faire quelque chose. Un maillon dans la chaîne de la production. Le rêve est là pour que tu te tiennes tranquille jusqu'à ce qu'on n'ait plus besoin de toi.

« Qu'est-ce qui t'arrive ? demanda Eeva.

— Rien.

— Tu étais tout tendu. » Elle crispa les muscles pour lui montrer ce qu'elle voulait dire.

« Non, non, rien de spécial. Je pensais à l'avenir. Écoute, Eevi. Tu connais Sasha ?

— Ça, tu peux le dire.

— Il y a des choses que tu ne sais pas. Des choses qu'il fait.

— Rien de ce qu'a pu faire Sasha ne pourrait me surprendre. Si tu me disais qu'il a tué dix personnes à la hache, je le croirais. »

À son silence, elle comprit qu'elle avait vu juste.

« C'est un meurtrier.

— Non ! Enfin, je veux dire…

— Il a tué quelqu'un ?

— Pas encore.

— *Pas encore ?*

— Écoute, Eeva. Ce n'est pas ce que tu crois. Il y a une raison.

— Un indicateur ? »

Est-ce qu'elle se rappelait ? Était-elle réveillée, ce soir-là, quand Eero et le Grand Juha avait emmené ce type ?

« Non, c'est plus sérieux. » Il s'aperçut qu'il chuchotait et s'éclaircit la gorge. « Il s'agit de quelqu'un de haut placé. De très haut placé. Ils sont en train de préparer… » Il voulait utiliser les termes que Sasha avait employés. *Assassinat politique.* Mais ces deux mots ne semblaient pas vouloir sortir de sa bouche. « Ils ont prévu de le tuer. »

Pendant de longues minutes, elle ne répondit rien, puis elle demanda : « Et pourquoi ?

— Quand il sera mort, les choses iront mieux.

— Comment ça ? Que fait cet homme ?

— C'est le représentant du tsar.

— Mais alors, si on le tue, les conséquences risquent d'être terribles.

— Non, c'est sans doute vrai à court terme, mais si on regarde un peu plus loin, les gens s'organiseront contre l'oppression, ils se soulèveront. Tuer un homme comme celui-là n'est pas un but en soi, ce n'est qu'une étape pour avancer vers l'objectif final.

— Tu veux dire qu'on ne le tue pas pour ce qu'il est ?

— D'une certaine façon, si. Mais c'est aussi plus que ça.

— Je ne vois pas bien comment. Qui sont les gens, c'est surtout ça qui compte, non ?

— Mais Eeva, pas seulement. Tu es bien… bien naïve, je trouve. »

Elle s'était assise sur son séant.

« Donc, c'est Sasha qui s'en charge, et tout seul ? Il ne te fait pas exécuter la sale besogne ?

— On est tous ensemble dans ce projet.

— Je vais te dire quelque chose, Lauri. Tu me juges naïve, mais moi, je ne serais pas assez bête pour me laisser duper. Laisse Sasha devenir un assassin, si bon lui semble. C'est dans sa nature, ça se voit tout de suite. Mais pas dans la tienne. »

Comment en étaient-ils venus à se quereller ? En lui passant par-dessus, elle se glissa hors du lit, aussi vive qu'un poisson. Elle ramassa sa robe sur le plancher et s'en enveloppa. « Il est dangereux, Lauri. C'est le genre de type qui te conduit dans un marais et t'explique que tu ne cours aucun risque tant que tu le suis pas à pas. Et puis soudain, il se met à filer si vite que tu n'as même pas le temps de voir où il a posé les pieds, et tu t'enlises, mais il a disparu. Il est en sûreté, et toi tu t'enfonces, tu as déjà de la vase plein la bouche. »

Il se demanda si quelque chose de ce genre lui était arrivé, pendant les années dont il ne savait presque rien. Un jour, il lui demanderait qu'elle lui raconte tout.

« Laisse-le se débrouiller, Lauri. Pour un type comme Sasha, il n'y a pas de problème, parce qu'il n'est pas du genre à devenir fou après, quand il se rendra compte de ce qu'il a fait. Il ne te ressemble pas du tout.

— N'en parlons plus.

— Je comprends que tu préfères ne plus en parler », dit Eeva, et elle serra contre elle l'étoffe de sa robe. Mais il avait vu son corps, l'avait touché, pénétré, qu'avait-elle désormais à lui cacher ?

« Ce que j'essaie de dire, reprit-elle, ce n'est pas pour te mettre en colère. L'homme dont tu parles, en ce moment, il vit sa vie. À cet instant précis, il fait tout ce que nous faisons. Il est peut-être même avec une fille. Il ne sait pas que vous vous apprêtez à le tuer. Tu ne te rends pas compte que c'est terrible qu'il n'en sache rien ?

— Il est trop vieux pour avoir une fille avec lui.

— C'est pour Sasha que tu le fais. Et Sasha te manipule pour que tu deviennes le genre de personne qu'il veut. Quelqu'un qui lui ressemble. »

26

Sasha réapparut deux jours plus tard. Il était assis sur le lit, tête baissée, lorsque Lauri rentra du travail. Il pensa immédiatement que son ami s'était fait tabasser. Il avait l'air meurtri, mais aucune trace de coup ne marquait son visage.

« Ah, te voilà ! » fit Sasha, une nuance de reproche dans la voix, comme si c'était Lauri qui s'était évanoui dans la nature.

« Mais où tu étais-tu passé ? Que t'est-il arrivé ? On croyait tous que tu t'étais fait embarquer.

— Il ne s'est rien passé », dit Sasha d'une voix neutre. Il aurait pu être en train de lire des mots qu'un autre aurait écrits. « Il ne s'est rien passé et il ne se passera rien. Tout est annulé.

— Quoi donc ? » Mais il avait tout de suite deviné. Le projet Bobrikov était à l'eau. Plus question de « parler de Bobrikov ». Leur victime échappait à son sort.

« Ce salopard de Suédois a fait machine arrière », poursuivit Sasha, du même ton monocorde. Il examinait soigneusement ses ongles et entreprit de repousser les petites peaux. Sasha avait toujours des mains impeccables.

« Pourquoi ?

— Dieu seul le sait. Évidemment, il nous a débité ses raisons. Son père est en train de mourir, et donc il doit prendre soin de sa vieille maman. Que ferait-elle sans lui ? Et puis le domaine lui appartient désormais. Un héritage comme celui-là tend à vous faire changer d'avis. Sa vie est toute tracée maintenant. Sa vieille mère, la chasse, la pêche, vendre son bois… et puis il se mariera avec une vieille amie de la famille et le cycle recommencera. Encore quelques années, et il parlera avec tendresse de ses folles années de jeunesse.

— Je suppose que quand on a tout comme ça, servi sur un plateau…

— Exactement. Mais est-ce que notre Suédois se serait montré à la hauteur, même sans la mort de papa, qui tombe à point nommé ? En fait, en pensant au moment crucial, il n'aimait pas beaucoup l'idée de voir couler le sang de Bobrikov. Il préfère tirer des coqs de bruyère. »

Le sang de Bobrikov. C'était reparti. Sasha parlait de ce sang comme s'il avait déjà été versé. Il n'appartenait plus à Bobrikov mais à Sasha, ou à Lauri – à quiconque s'y intéressait. Bobrikov n'était plus son propre maître désormais. Il n'existait plus que comme « ce Bobrikov qui va bientôt être abattu ». Si on le tuait, il baignerait dans son sang, désarmé, livré à tous les regards. C'était ce que Sasha voulait et comptait mener à bien.

« On pourrait appeler ça une crise de conscience », ajouta Sasha, avec une nuance de mépris sur le dernier mot. « Ne te fais pas tant de souci, Lauri. On trouvera bien quelqu'un d'autre.

— Ça, j'en suis sûr, ce n'est pas ce qui m'inquiète. Mais lui, le Suédois – Lauri était toujours gêné par cette absence généralisée de noms –, il sait tout, pas vrai. Et si…

— Non, il ne le fera pas. On s'en est assurés. Et on va trouver quelqu'un d'autre. Mais ce ne sera pas facile. Tu aurais vu comment il avait tiré en plein cœur de la cible. Un magnifique coup de fusil. Je ne crois pas en avoir jamais vu d'aussi beau. Tout de même, on peut dire que je me suis trompé sur son compte, n'est-ce pas ? » Son ton s'était fait plus intime, il réfléchissait à haute voix. « C'est ça le problème, avec les idéalistes. Ça les fait bander comme des cerfs de parler d'action, mais une fois au lit, il n'y a plus personne. La réalité n'est jamais tout à fait assez belle pour eux.

— Ne le prends pas si mal, Sasha. » Il aurait fait n'importe quoi pour son ami à cet instant. Promis tout ce qu'il voulait. Son soulagement était si grand, il avait l'impression de revenir à la vie. Il aurait voulu le prendre dans ses bras, le serrer fort, lui faire faire le tour de la pièce en dansant.

— Je suis un raté ! s'exclama Sasha, s'apitoyant soudain sur lui-même. Tout ce que je touche va de travers.

— Tu débloques, et tu le sais. Retire tes bottes et allonge-toi. Tu es crevé, voilà ce qui se passe. Je vais nous chercher de la vodka.

— Non, non, ne me laisse pas. Tu es mon ami, hein, Lauri ? Tu crois en moi, pas vrai ? »

Pas besoin de courir chercher cette vodka, Sasha avait déjà dû en boire pas mal. Soudain, il lui parut complètement ivre, ce qui donnait une tout autre dimension à ce qu'il venait de dire. Ce Suédois existait-il vraiment ? Toute l'histoire pouvait très bien n'être qu'un de ces jeux élaborés que Sasha affectionnait, se dit soudain Lauri. Non, non, l'idée était si déloyale qu'il la repoussa. Mais Sasha semblait attendre quelque chose. Il n'avait pas répondu à sa question, voilà tout.

« Bien sûr que oui.

— On est potes, pas vrai ? Camarades ?

— Exact. »

Mais le mot « potes » sonnait toujours faux dans la bouche de Sasha. Ce n'était pas son langage. Il était allé au lycée, il l'avait raconté à Lauri. Il avait même étudié le latin.

« Il ne faut jamais baisser les bras », s'exclama Sasha et il rit aux éclats. Ses yeux brillaient. « Il y a toujours une seconde chance. Ce n'est pas parce qu'on a échoué dans les grandes largeurs qu'il ne faut pas réessayer.

— Tu as raison », dit Lauri. Sans doute Sasha n'était-il pas dupe de sa déception affichée. *Ça ne se produirait jamais.* Bobrikov resterait à l'abri des *assassinats politiques.* Quoi qu'il soit en train de faire en ce moment, s'essuyer le cul ou éponger le front de sa vieille veuve de mère, s'il en avait une, il pouvait continuer paisiblement. Mais il n'avait probablement plus de mère, il était trop vieux. Et Lauri ne se réveillerait plus au beau milieu de la nuit, ses idées noires lui broyant le cerveau comme d'immenses meules. Le Suédois avait retiré ses billes.

Il avait envie de se saouler. Ou plutôt d'être déjà ivre, là, maintenant, tout de suite. « Je vais nous chercher cette vodka. »

Sasha mit moins d'une journée à comprendre ce qui se passait entre Eeva et Lauri. Il avait peut-être parlé à Magda, à moins que Lauri n'ait lâché une allusion, mais Eeva n'en croyait rien. Magda n'avait aucune confiance en Sasha, et ce n'était pas à lui qu'elle serait allée raconter quelque chose d'aussi personnel. Quant à Lauri, il voulait sans doute la même chose qu'Eeva, c'est-à-dire ne pas voir les gens fourrer leur nez dans leurs affaires avant même qu'ils aient pris la moindre décision.

Sasha passa à la librairie le matin suivant sa réapparition. Il s'empara d'un volume de Runeberg, le feuilleta comme pour retrouver un passage qu'il affectionnait, puis se plongea dans sa lecture, l'épaule appuyée aux rayonnages.

Toutefois, il ne pouvait pas être vraiment concentré, il parlait à peine suédois.

Pourquoi sa présence l'irritait-elle autant ? Il n'avait aucune raison de ne pas rester là, à lire tranquillement. Les étudiants désargentés venaient jour après jour jusqu'à finir les ouvrages commencés. Des jeunes gens d'allure miteuse, dont les yeux dévoraient les livres comme de la nourriture. Qu'ils passent des heures à les feuilleter ne la dérangeait nullement. Ils achèteraient plus tard, quand ils auraient l'argent nécessaire.

« Si vous permettez, j'aimerais vous montrer un poème que j'ai écrit… »

Sasha prétendait faire partie de ces étudiants, mais le texte qu'il tenait à la main ne signifiait rien pour lui, et pas seulement parce qu'il parlait mal le suédois. Il se tenait là, tel un acteur auquel son metteur en scène a commandé de prendre un air absorbé dans sa lecture. Il aurait peut-être convaincu un parterre de spectateurs – mais pas elle.

Il attendit qu'elle ait servi cinq ou six clients et, pendant une accalmie, il s'approcha.

« Alors… comment vas-tu ? » demanda-t-il d'un ton de compassion intime, comme si elle était atteinte d'une de ces maladies dont les gens ne parlent pas.

« À merveille.

— Parfait. Quelle bonne nouvelle ! Il te faut la santé pour tenir tous tes engagements !

— Il est certain que je ne manque pas d'occupations, répondit-elle vivement. Ces livres doivent être placés sur les rayonnages et nous préparons un inventaire.

— En tout cas, je me suis laissé dire que *vous* aviez eu fort à faire, Lauri et toi. Je suis venu te présenter mes félicitations. »

Un vrai démon. Que Lauri ne s'en rende pas compte était un mystère pour elle. Elle avait commencé par donner à Sasha le bénéfice du doute, s'efforçant d'aimer l'ami de Lauri. Mais elle avait vite compris que celui-ci ne voulait même pas qu'elle l'aime. Seulement qu'elle se sente obligé de faire comme si, qu'elle le supporte parce qu'elle n'avait pas le choix. Mais là, Sasha se trouvait sur son territoire.

« Tu as l'imagination fertile, Sasha. Ça ne m'étonne pas que tu aimes tellement les livres. Pourquoi ne pas fouiller un peu dans tes poches et t'offrir celui-ci ?

— Lauri est au septième ciel. Il m'a dit qu'il ne parvenait pas à croire combien tu étais "bien disposée".

— Va-t'en.

— Tu as vraiment de la chance. Il t'apprécie beaucoup. Je me suis senti envieux rien qu'à écouter ses descriptions. »

Eeva posa une pile de livres.

« Tu te trompes complètement, martela-t-elle.

— Que veux-tu dire ? Lauri m'a confié des choses très claires.

— Tu te trompes complètement si tu crois que tu peux me parler comme ça te chante. Tu te fourvoies. Personne ne se comportera plus jamais comme ça avec moi. J'entends qu'on me témoigne un minimum de respect. »

Un feu couvait en elle, et Eeva ne réussissait qu'à grand-peine à le contenir, à l'empêcher de jaillir hors de ses lèvres et de brûler sa pile de livres. Elle était revenue au temps de la Maison des orphelins, son balai cognant contre les rangées de lits où gisaient les enfants malades. Elle regardait Anna-Liisa croiser les doigts d'une petite mourante, pour donner à la scène un air policé. Elle se retrouvait dans la cuisine du docteur, et Mme Eriksson lavait la porcelaine sans quitter son chapeau, montrant à Eeva comment procéder mais ne lui faisant pas assez confiance pour la laisser prendre sa place. Ils marchaient sur le chemin de l'église, en rang par deux, sous les yeux de tous les habitants de la bourgade. *Voilà les orphelins.* Les enfants qui par chance ne l'étaient pas paradaient dans leurs habits du dimanche et les regardaient avec morgue, à l'abri derrière leurs parents.

« Tu te trompes complètement, répéta-t-elle à Sasha. Tant de complots, de projets, et pourtant tu ne sais rien. Tu viens ici voler des livres, non parce que tu as faim et que tu voudrais les revendre, mais parce que ça t'excite. Rien de plus. C'est d'ailleurs ta seule motivation en toutes choses. Tu recherches le frisson. Tu réussis à te faire plaisir, et ensuite, tu habilles tout ça de mots pour te donner le beau rôle. *Camarade.* Quelle rigolade ! De qui crois-tu être le camarade ? D'où viens-tu ? Ta bouche n'est même pas digne de prononcer ce mot. Maintenant, fiche-moi la paix, et fiche-lui la paix. »

Elle se planta face à lui, les yeux droit dans les siens. Elle avait parlé à voix basse pour que les clients ne l'entendent pas. Elle voulait conserver son emploi, et elle voulait se débarrasser de Sasha. Pas question de lui tourner le dos. Très lentement, il déposa le livre de poèmes sur le présentoir.

« Je pensais que nous étions amis, Eeva », dit-il. Elle s'aperçut qu'il avait les yeux pleins de larmes, et qu'il pouvait se mettre à pleurer d'une seconde à l'autre. Il était capable de feindre n'importe quelle émotion, songea-t-elle, chaque fois que la situation l'exigeait. Déjà, il s'apitoyait sur son sort. Il était doué, un vrai acteur. Un serpent aux mille peaux.

« Tu ne m'as jamais laissé la moindre chance, n'est-ce pas ? poursuivit-il, comme si elle avait soudain été élevée à la fonction de juge suprême.

« Personne ne donne de chance à personne. Chacun doit se construire la sienne. »

Il découvrit ses dents sur un faux sourire. « Attends une seconde, mademoiselle la libraire-éducatrice. Je n'ai aucun besoin de tes précieux conseils. Tu n'as rien à m'apprendre, en matière de chance à se construire. » L'apitoiement avait disparu. Il était redevenu lui-même, arrogant et mystérieux. Sasha l'initiateur. « Je suis un homme d'action, je ne me paie pas de mots », se vanta-t-il.

Un homme d'action. Ce qu'il insinuait la frappa avec la force d'un coup de poing. Elle jeta un coup d'œil alentour pour vérifier que personne ne les écoutait.

« Je sais parfaitement de quoi tu parles, répondit-elle, toujours maîtresse de sa colère. Tu crois que ce n'est pas le cas, mais tu te trompes. Ton genre d'"action" me sort par les yeux. Tu veux entraîner Lauri dans ton sillage, pour qu'il finisse par te ressembler. Mais Lauri n'a rien à voir avec un type comme toi, jamais il ne te ressemblera.

— Il t'a tout raconté ?

— Oui.

— Grossière erreur. »

Tous deux chuchotaient maintenant. Tout près l'un de l'autre. Elle n'aurait jamais dû reposer sa pile de livres. Sasha avançait toujours ; au point qu'elle sentait son odeur.

Soudain, elle se rendit compte de la présence d'un étudiant qui venait presque tous les jours. Il ne lisait pas, il les observait. Un de ceux qui lui montraient leurs poèmes. Il l'aimait bien. Il examinait Sasha, prenant la mesure de la situation, manifestement contrarié. C'était un jeune homme tout maigre, d'un tempérament doux, mais on sentait qu'il se préparait. D'une seconde à l'autre, il allait s'approcher et lui demander si tout allait bien.

« Tu ferais mieux de dégager, murmura-t-elle. Les gens te regardent. »

Elle avait gagné. Elle l'avait forcé à quitter son magasin. La colère l'avait échauffée. À présent, elle frissonnait de froid. Elle n'aurait pas cru qu'il pourrait lui faire aussi peur.

Cet homme était un serpent. Mais il la laisserait tranquille désormais, elle en était presque sûre. Il n'oserait jamais l'attaquer de face, et jamais elle ne lui tournerait le dos. Elle le brûlerait avec des mots auxquels il ne s'attendait pas, exactement comme elle venait de le faire, jusqu'à ce qu'il recule. Pourquoi donc Lauri s'était-il choisi un tel ami ? Que lui trouvait-il ? Assurément, ça ne durerait pas. Lauri verrait bientôt clair dans le jeu de Sasha.

« Il y a une réunion ce soir », annonça Sasha, en arrivant à la hauteur de Lauri qui rentrait du travail et qui ne s'attendait pas à le voir.

« Pourquoi tu ne me l'as pas dit plus tôt ? Je vois Eeva ce soir.

— Elle comprendra. Il s'est passé quelque chose. »

Il s'est passé quelque chose. Lauri connaissait bien cette phrase, après deux ans auprès de Sasha. Un changement de lieu de rencontre, un paquet de tracts sous un manteau, un rouleau de billets de banque, un nouveau site pour une imprimerie clandestine, un inconnu qui dormait sur leur plancher et s'évanouissait aux premières lueurs du jour, un renversement de tactique, une politique décidée au plus haut niveau…

Toutes ces choses étaient toujours présentées de la même façon. Laconique, efficace, un ton de conspirateur. C'était le style qu'affectionnait Sasha.

« Il s'est passé quelque chose. Il est essentiel que tu sois à la réunion. C'est lié à l'histoire du Suédois.

— Mais tu avais dit que tout était annulé ?

— Momentanément. Pas définitivement. Il y a des gens qui ont besoin de te rencontrer. » Lauri ne put s'empêcher de se sentir flatté. Il était devenu quelqu'un d'un peu plus important, alors, si des gens avaient besoin de le rencontrer.

« Où se tient la réunion ?

— Je t'emmène, mais il faut qu'on se dépêche. » Sasha jeta un coup d'œil à sa montre. « Nous avons exactement vingt-cinq minutes devant nous. On va y arriver. Il y a des camarades de Saint-Pétersbourg qui nous attendent. Ensuite, ils devront s'en aller.

— Mais Eeva compte sur moi.

— Bon Dieu, Lauri ! Eeva sait ce que c'est. Elle est des nôtres. » Sasha se montrait bien concis ce soir-là. Un homme d'action, pas de paroles.

« Combien de temps ça va durer ?

— Pas plus d'une heure. Je leur ai parlé de toi, mais ça ne suffit pas. Ils veulent te voir en chair et en os. »

Eeva allait l'attendre. Elle préparait une soupe au bœuf et à l'orge, avec des boulettes de pâte. De plus, après dîner, Magda devait sortir.

Alors ils auraient enfin le logement pour eux seuls. Son corps était endolori. Il avait envie d'un poêle, d'un bon dîner, d'eau chaude pour se débarrasser de toute la crasse d'une journée de travail. Envie de s'asseoir à table, de se laisser bercer par la chaleur et la bonne odeur du repas, et, les bras posés sur les accoudoirs, de regarder Eeva. Le dos tourné, elle touillerait la soupe. Il observerait sa nuque, ses omoplates, sa taille fine et bien prise. La vapeur lui empourprerait les joues et elle aurait l'air soucieuse tant que tout ne serait pas parfait.

Un vent incisif se faufilait entre les bâtiments telle une lame glacée. Les ruelles secondaires étaient déjà presque vides à cette heure tardive. Tout le monde était déjà rentré, les gens avaient retiré leurs bottes et se réchauffaient les pieds, aussi près du poêle que possible.

« Bon, d'accord, allons-y », acquiesça Lauri. L'image d'Eeva penchée sur son fourneau rapetissa au fond de son cerveau, mais demeura aussi vive qu'une lampe. Un enfant traversa devant eux la rue glacée, chargé d'une brassée de brindilles, et cogna à une porte avec vigueur. Elle s'ouvrit, et une raie de lumière chaude s'allongea sur la neige, et disparut quand le battant se referma. Lauri remonta son col, descendit les rabats de sa casquette et allongea le pas. Ils marchaient face au vent qui lui piquait les yeux, et il baissa la tête pour les protéger. Pendant quelques minutes les rues devinrent floues, il ne voyait pratiquement plus rien, mais Sasha, à son côté, lui indiquait le chemin.

« Tu es bonne cuisinière », dit Magda, en regardant Eeva préparer le dîner. Son petit couteau dansait dans sa main, découpant de fines rondelles d'égale épaisseur.

« Bien obligée.

— Regarde, j'ai acheté ça. » Magda ouvrit son sac et lui montra quatre mandarines.

« Elles t'ont coûté cher ?

— Pas pour ce qu'elles sont.

— Pas pour ce qu'elles sont ? Combien les as-tu payées ?

— Je ne sais plus. Je les ai achetées avec d'autres choses.

— Quelles autres choses ?

— Vraiment, Eeva, quelle importance ? J'ai acheté des noix.

— Des noix ?

— Regarde ! Tu ne les trouves pas magnifiques ?

— Mais, Magda, comment allons-nous réussir à tenir notre budget si tu continues comme ça ?

— J'ai placé un autre article, annonça Magda en retirant ses gants.

— Très bien. Mais tout de même, il faut tenir notre budget. Sinon…

— Ne prends pas un air si tragique, Eeva. Nous n'allons pas finir à l'hospice. » Magda rougit comme une pivoine. Manifestement, elle venait de se rappeler la Maison des orphelins. Elle se souvient puis elle oublie, pensa Eeva. Rien de plus normal. Ce n'est pas à elle que c'est arrivé.

« Si tu achètes des choses qui ne sont pas dans mes moyens, alors je ne paie plus ma part.

— Oh, pour l'amour du Ciel, Eeva ! Ce ne sont que quelques petites gâteries. Ça ne veut pas dire que tu ne paies pas ta part. »

Les carottes étaient toutes coupées. Eeva les rassembla sur la planche. « Si moi j'avais vu ces mandarines, j'aurais seulement calculé combien de pommes de terre j'aurais pu acheter avec cet argent.

— Mais les pommes de terre ne font pas autant plaisir que les mandarines.

— C'est vrai, tu as raison, ce n'est pas du plaisir que donnent les pommes de terre. Tout de même, heureusement que c'est moi qui fais le marché le plus souvent. Voilà, ça, c'est prêt. Remue un peu s'il te plaît, Magda, l'orge a tendance à coller au fond de la marmite. »

Magda souleva le couvercle et un fumet riche et savoureux se répandit dans toute la pièce. C'était une bonne soupe au bœuf qu'Eeva avait préparée avec du bouillon d'os à moelle, des oignons, une poignée de champignons séchés et du paprika. Quand Lauri arriverait, elle ajouterait les boulettes au persil qui attendaient sur une assiette blanche, et les rondelles de carotte. Puis, quand les boulettes seraient bien gonflées, toutes légères, et qu'elles remonteraient à la surface de la soupe, ils pourraient se mettre à table.

« Lauri est en retard, n'est-ce pas ?

— Il doit venir à sept heures. » Son ton restait calme mais elle sentit ses nerfs se crisper.

« Il est déjà sept heures passées. »

Eeva entreprit de repriser ses bas, tandis que Magda relisait le premier jet de son article. Elle écrivait bien, tout le monde en convenait. Eeva aurait aimé pouvoir lire l'original en allemand, mais même en traduction, les mots étaient clairs et précis et tintaient comme des clochettes. Elles étaient assises toutes les deux autour de la table. La lampe était suspendue à sa chaîne, juste au-dessus, et donnait une belle lumière, même si le reste de la pièce était noyé dans l'ombre. Elle était grande, beaucoup plus vaste que ce qu'Eeva aurait pu s'offrir toute seule. Magda payait la plus grosse part du loyer. Elle ne s'en souciait pas, elle en parlait à peine. Elle insistait sur leur égalité.

Magda semblait perdue dans ses pensées ce soir, levant les yeux de ses pages toutes gribouillées pour plonger le regard dans le vide, le crayon à la main. De temps à autre, elle faisait une marque dans la marge d'un trait vif et épais. Elle avait travaillé toute la journée à ce brouillon, et, fidèle à elle-même, ne s'était probablement pas interrompue pour déjeuner. Il commençait vraiment à se faire tard. La nervosité d'Eeva s'était transformée en une persistante brûlure à l'estomac. Il n'était plus possible d'attendre Lauri.

« Je vais faire cuire tes boulettes, dit-elle en se levant.

— Ça ne me dérange pas d'attendre.

— Mais si tu ne manges pas, tu n'auras plus le temps avant de sortir. »

Elle versa les rondelles de carottes dans la marmite, puis posa soigneusement sur une cuiller quelques boulettes qui disparurent aussitôt dans la soupe. D'ordinaire, faire la cuisine l'apaisait, mais ce soir, sa cuiller racla le métal. Où était passé Lauri ? Elle comptait les minutes à voix basse, mesurant le temps de cuisson des boulettes de Magda. La part de Lauri et la sienne restaient dans l'assiette. Elle les ferait cuire au dernier moment, quand il arriverait.

« Voilà, Magda.

— Oh ! C'est déjà prêt ?

— Pousse un peu tes papiers.

— Et toi, tu ne manges pas ?

— Je n'ai pas encore faim. Je vais attendre.

— Est-ce que Sasha a donné des explications à Lauri sur sa mystérieuse absence ? demanda Magda.

— Je ne crois pas.

— Rien de grave, je suppose. Sasha adore qu'on fasse des spéculations, surtout sur son compte. »

Pouvait-elle confier à Magda ce que Sasha mijotait ? Devait-elle le lui dire tout de suite ? Le visage de son amie paraissait sombre. Elle était encore dans son article. Elle porta la cuiller à sa bouche, mais Eeva se rendit compte qu'elle n'appréciait pas vraiment ce qu'elle goûtait. Préparer de bons petits plats pour Magda, c'était perdre son temps. Lauri, lui…

« C'est un drôle d'oiseau, reprit-elle enfin.

— Qui ?

— Sasha, bien sûr. »

Un drôle d'oiseau ! Sasha était bien pire que ça, et Magda le savait. Dans la forêt, ce jour-là, elle l'avait clairement laissé entendre. Alors pourquoi prétendre qu'il s'agissait « seulement de Sasha », un problème que personne n'avait besoin de résoudre. Elle devait peut-être parler franchement à Magda, lui raconter ce qui s'était passé dans la boutique…

« Tu veux que je reste avec toi ? demanda soudain celle-ci. Ce n'est qu'un concert, après tout. Ça m'est égal de le manquer.

— Mais non, Magda, vas-y. Je vais bien. Lauri sera bientôt là.

— J'en suis sûre. » Magda lui sourit affectueusement. « Cette soupe est délicieuse, Eeva. Je ne sais pas ce que tu mets dedans. Quand je fais de la soupe, elle n'a jamais aussi bon goût.

— Dépêche-toi, tu vas manquer l'ouverture. »

Malgré les mandarines et les noix, comme elle prenait plaisir à bavarder ainsi avec Magda ! Et voilà qu'elle était partie pour son concert, où elle se tiendrait toute la soirée immobile et bien droite sur son fauteuil, attentive à la musique. Magda ne doutait pas une seconde que c'était pour elle qu'on jouait, tout autant que pour tous les autres. Qu'elle soit assise aux places les moins chères n'avait aucune importance. D'ailleurs, ayant des amis parmi les musiciens et les critiques, elle parvenait souvent à les échanger pour de bien meilleurs fauteuils.

La première fois qu'Eeva était allée au concert avec Magda, elle avait ressenti une certaine nervosité, mais il n'y avait vraiment pas de quoi. Personne ne les regardait comme des intruses. Aucun préposé en uniforme ne s'était approché, affectant le respect pour ne déranger personne : « Excusez-moi, mademoiselle. Voudriez-vous bien vous déplacer ? Ce fauteuil est réservé. » Eeva se tenait à côté de Magda, à l'égal de tous ces spectateurs calmes et sérieux, à l'écoute quasi professionnelle. Telle était sa vie, désormais, la vie qu'elle avait réussi à gagner. Ces murs, la chaleur de ce poêle, la soupe qu'elle avait préparée, les livres qu'elle manipulait toute la journée, et le concert auquel Magda s'apprêtait à se rendre : c'était cela, la vie d'Eeva. Parfois, elle avait encore peine à le croire. Elle se surprenait en train de prêter l'oreille à des voix furieuses : *Eeva, où étais-tu passée ? Pourquoi ce plancher n'a-t-il pas été balayé ?*

À peine la porte refermée sur Magda, Eeva sentit la peur l'envahir. Impossible de se remettre à repriser. Elle fit la vaisselle, lava les assiettes soigneusement et passa un coup de balai. Elle cira ses chaussures pour le lendemain, attentive à ne pas oublier un pouce de cuir et à le frotter jusqu'à ce qu'il brille. L'une des deux aurait bientôt besoin d'un ressemelage. Elle calcula rapidement et se dit que oui, elle pourrait se l'offrir la semaine suivante. Mais les semelles s'usaient si rapidement. Ils auraient tout de même pu inventer un moyen de les faire durer un peu plus, non ? Toutes ces chaussures, et tous ces trous. Des rangées et des rangées de chaussures à l'orphelinat. De gros croquenots qui vous entamaient les chairs. Les fers à la pointe et au talon faisaient jaillir des étincelles sur les trottoirs.

Maintenant, ses chaussures brillaient. Elle ne pouvait pas les cirer davantage. Elle parcourut la pièce du regard, mais il ne lui restait plus rien à faire, à part son ravaudage.

Ou alors, si, il restait quelque chose. Magda avait acheté d'occasion une longueur de velours marron. L'étoffe était usée par endroits, mais on pouvait découper les parties défraîchies. Elles avaient l'intention de confectionner des rideaux pour isoler le lit d'Eeva et lui donner un semblant d'intimité. Celui de Magda se trouvait dans une alcôve, pratiquement une minuscule pièce indépendante, et elle avait depuis longtemps confectionné des rideaux pour se protéger. Ou plutôt les avait fait faire, parce que Magda ne savait pas coudre. D'abord, Eeva avait cru que c'était une exagération. Elle voyait mal comment une fille pouvait avoir grandi sans cet apprentissage. Mais Magda lui avait expliqué que sa mère non plus ne savait pas tenir une aiguille. Elle était une fervente adepte de l'instruction des filles. Elle avait voulu que Magda apprenne le grec et l'hébreu, en plus du latin, même si la demoiselle préférait la philosophie. Par ailleurs, elles avaient une domestique qui se chargeait de la couture, une de ces Bavaroises douées pour la broderie.

« Eh bien, je vais commencer ces rideaux », déclara Eeva à haute voix, comme pour se convaincre que tout était normal ce soir-là. Mais elle ne bougea pas. Elle resta plantée au milieu de la pièce, les mains sur les hanches, sans rien faire. Tout était tellement silencieux. Où pouvait bien être

Lauri ? Elle se prit à imaginer le visage de Sasha qui lui souriait. Elle l'entendait lui dire : « Je suis un homme d'action », et elle vit à nouveau la jubilation et la malveillance lui courir sous la peau. Tout son visage semblait ridé par cette malignité, comme la peau d'un lapin mort grouille de mouches et de vers. Peut-être se passait-il quelque chose de plus. Peut-être Lauri ne lui avait-il pas tout dit. Sasha serait ravi qu'il lui ait caché quelque chose. *Je sais quelque chose que tu ne sais pas, que tu ne sais pas que tu ne sais pas…*

Neuf heures et Lauri n'était toujours pas arrivé.

27

La pièce était glaciale. Ils étaient tous assis autour de la table avec leurs manteaux et leurs chapeaux, environnés de nuages de buée. Une lourde table en pin, nue, avec des encoches et des marques de couteaux, tout incrustée de saleté. La seule lumière émanait d'une chandelle posée dessus. Toute la pièce empestait la cire fondue. Une odeur aigre et crasseuse, comme si la maison avait été inoccupée depuis plusieurs années.

Sasha et lui avaient marché longtemps pour atteindre ces lieux. Plus de vingt-cinq minutes, pour sûr. Récemment, ce quartier devait être un village avec sa propre vie, indépendant de la grande ville. Quand Lauri était enfant, c'était sans doute encore l'un de ces endroits jusqu'auxquels on marchait les soirs d'été pour faire une belle promenade. Il avait probablement traîné ses pieds nus dans la poussière chaude de l'allée qui zigzaguait entre les maisons. Il ne s'en souvenait pas. Mais Helsinki, telle une ogresse, avait déjà commencé à avaler toutes ces habitations en bois. Bientôt il n'en resterait plus aucune trace.

Quelques chandelles brûlaient aux fenêtres, mais la plupart étaient vides et noires. Sans doute la terre avait-elle déjà été achetée par des promoteurs, et les maisons attendaient d'être démolies et remplacées par des immeubles en pierre. Heureusement que la lune brillait, parce qu'il n'y avait aucun réverbère. Son reflet était bleu sur le sol couvert de neige. Sasha et lui se frayèrent un chemin à travers des jardins potagers abandonnés. Ils durent se baisser pour passer sous des cordes à linge où on avait dû étendre des lessives, autrefois. Un morceau de tissu était encore accroché à l'une d'elles – rien qu'un chiffon –, il était tout raidi par la glace. La terre aussi avait durci, et nul n'avait songé à balayer la neige des allées et des chemins.

La maison se trouvait tout au bout du village. Une belle bâtisse avec une petite véranda. Aucune lumière aux fenêtres, mais Sasha semblait certain que c'était bien là. Une enseigne pendait encore, annonçant qu'elle avait autrefois appartenu à un bourrelier. Pourquoi n'avait-il pas emporté son enseigne ? Il était peut-être mort, songea Lauri.

La porte d'entrée était grande ouverte mais ils s'avancèrent dans l'obscurité. Il flottait dans l'air une odeur humide de renfermé.

« Tu es sûr que c'est ici, Sasha ?

— Ils doivent être à l'étage. »

Ils longèrent le mur à tâtons en direction de l'escalier. Soudain une porte s'ouvrit, au premier, et de la lumière se répandit sur le palier. Pas grand-chose, mais après l'obscurité absolue, cela suffisait. L'escalier leur faisait face. La rampe avait été arrachée, et Lauri testa prudemment chaque marche avant de poser le pied dessus, au cas où le bois aurait été pourri. Sasha le suivit, le pas plus assuré. Il connaissait sans doute déjà les lieux.

Ils entrèrent dans la pièce du premier étage. Pourquoi le poêle n'était-il pas allumé ? Un bon poêle, pourtant, avec des bûches empilées à côté. Lauri remarqua qu'elles étaient fraîchement coupées, et avaient été rentrées récemment, peut-être même ce soir-là. Alors pourquoi ne pas les brûler ?

Sans doute ces gens ne voulaient-ils pas que de la fumée s'élève par la cheminée. Ils ne souhaitaient pas que quelqu'un, en touchant le poêle, se rende compte à sa chaleur que des gens étaient passés par là peu de temps auparavant. Mais en tout cas, pourquoi venir jusqu'ici ? Il ne manquait pas de chambres de camarades assez grandes pour y tenir une réunion dans un endroit convivial et bien chauffé.

Quelque chose clochait. Rien ne lui semblait normal. Il ne connaissait aucun de ces hommes. Trois d'entre eux étaient russes, les « camarades de Saint-Pétersbourg » dont Sasha avait parlé, sans doute. Il y avait aussi un Suédois, tout pâle, avec un nez si fin qu'il semblait avoir été repassé. Il hocha la tête dans leur direction, les observa pendant quelques minutes, puis quitta la pièce et ne réapparut pas. Lauri écouta son pas s'éloigner dans l'escalier, mais ne parvint pas entendre si la porte d'entrée s'était ouverte ou non. Il y avait peut-être une autre pièce au rez-de-chaussée, avec des gens qui attendaient, assis autour d'une autre table ronde. Il n'aimait pas beaucoup cette idée.

L'un des Russes se tenait seul, à l'écart près du poêle froid, balançant les bras et se battant les flancs pour se réchauffer.

Sasha et Lauri prirent place sur les chaises qu'on leur avait réservées. Sasha semblait s'être débrouillé pour se séparer de lui. Il ne le présenta pas. Il parut se fondre dans le groupe de Russes comme s'il en faisait partie. Comme s'il avait seulement amené Lauri et n'avait désormais plus aucun lien avec lui. Bon, c'était tout à fait normal qu'il ait envie de passer un peu de temps avec les Russes, se raisonna Lauri. C'étaient ses compatriotes, après tout.

Ces chaises n'étaient vraiment pas confortables. Trop basses pour la table, voilà le problème. Non, en fait, elles étaient toutes de tailles différentes, et celle sur laquelle

Lauri se trouvait assis était trop petite. Elles n'étaient pas destinées à cette table, on avait dû les apporter en même temps que les bûches. Cet endroit était donc peut-être souvent utilisé comme salle de réunion. Non, sans doute pas. Il devait encore y avoir quelques vieillards qui s'accrochaient à leurs maisons jusqu'à ce que la construction commence, et les vieux, exactement comme les gosses, remarquaient tout.

Ses pensées semblaient partir dans toutes les directions, incapables de se fixer. Ressaisis-toi, se dit-il. Quelle importance de savoir qui vit ici et qui n'y vit plus ? Mais il ne parvenait pas à se défaire de la conscience désagréable de toutes ces maisons vides, ces potagers où plus rien ne pousserait jamais, ces arbres fruitiers qui attendraient en vain d'être taillés.

Un des hommes assis autour de la table sortit furtivement une cigarette de sa poche, comme si les autres risquaient de lui en réclamer s'ils apercevaient le paquet. Il fuma dans son poing fermé sans retirer son gant, ne laissant jamais la cigarette lui toucher les lèvres. Une épaisse fumée bleue s'en échappa et envahit la pièce.

« Voici l'homme dont je vous ai parlé », dit enfin Sasha, en russe, désignant Lauri. L'un après l'autre, tous les visages se tournèrent vers lui, mais il ne put en discerner aucun dans la pénombre. La flamme vacillait ; leurs yeux restaient cachés sous le rebord de leurs chapeaux et leurs bouches dissimulées par leurs cols relevés. Il trouvait irritant de ne connaître aucun de leurs noms, mais il n'allait certainement pas demander. Il lui semblait que la moindre des choses aurait été qu'ils se présentent.

« Il n'y a pas une autre bougie ? »

Sans un mot, un des hommes se leva, fouilla dans ses poches et en tira plusieurs chandelles de cire. Il en alluma une à la flamme de celle qui était sur le point de s'éteindre, et la planta dans la flaque de cire fondue.

Pourquoi ne pas avoir allumé de bonnes bougies depuis le début puisqu'on en avait ? Tout cela était dément, pervers, même. Du bois qui ne vous chauffait pas, et des bougies qui ne vous éclairaient pas.

L'homme aux bougies portait un manteau magnifique, parfaitement visible quand il se leva. Une belle laine épaisse, le genre qui tient à distance l'humidité aussi bien que le froid. Poignets et col de fourrure. Du renard, comme sa toque.

« Aleksandr Kirillovich, comme nous le disions, dit le plus petit des Russes d'une voix tranchante et irritable, nous ne connaissons pas cet homme.

— Ses références sont impeccables, répondit doucement l'intéressé. Impeccables. Je lui ai déjà parlé de Bobrikov.

— Que lui as-tu dit de Bobrikov ? » demanda l'homme à la toque de renard. Une fourrure de qualité, très coûteuse, sans aucun doute, Lauri s'en était rendu compte immédiatement. Le poil luisait à la lumière des bougies. L'homme semblait appartenir à un tout autre monde. Il n'avait naturellement pas sa place dans une maison telle que celle-ci.

« Que le Suédois a fait machine arrière, répondit Sasha. Il est parfaitement au courant, pas vrai, Lauri ? »

Lauri hocha la tête. Il avait l'impression d'être un taureau conduit à la foire aux bestiaux, livré à l'examen d'éventuels acheteurs. Mais pas question de défiler de long en large à leur demande. Tout allait trop vite pour lui. Tout le ramenait à Bobrikov. Bobrikov, Bobrikov, Bobrikov. Prêt à mourir. Puis en sursis. Impossible d'échapper à cet homme.

« Nous trouverons un autre Suédois, dit l'homme à la toque de fourrure. On ne manque jamais de Suédois de ce genre. »

Il y eut quelques grognements joyeux. Lauri connaissait les rires de ce genre. Ils définissaient les choses, qui vous étiez et qui vous n'étiez pas, scellaient votre appartenance au groupe. Mais cette fois, Lauri ne s'esclaffa pas avec les autres. Il ne savait pas très bien qui étaient ces hommes, mais il ne se sentait pas des leurs.

Mais à quoi pensait-il donc ? Il jugeait toujours trop vite les gens. Sasha était son ami.

« Et ton ami sera toujours disposé quand nous aurons trouvé le prochain Suédois ? »

Soudain, Lauri en eut assez. Il parlait russe, non ? Peut-être pas très bien, sans doute, comme l'étranger qu'il était, mais enfin, il pouvait parfaitement se faire comprendre.

« Je pourrais sans doute être "disposé", si je savais à quoi. » Il avait posé les poings sur la table et tous les regards convergeaient vers lui. Si seulement leurs visages n'avaient pas été plongés dans l'ombre. Les yeux et les bouches vous disent ce que vous voulez savoir.

« Disposé à faire ce qui est nécessaire, dit l'homme à la toque de renard.

— Nécessaire », répéta Lauri. Chaque mot lui parut soudain aussi lourd qu'une arme. « Mais qui décide de ce qui est nécessaire ?

— La décision a déjà été prise.

— Sans doute. Mais, vous voyez, on ne m'en a rien dit.

— La décision a été prise selon la procédure et après les discussions d'usage », dit l'homme à la toque de renard, avec un indéniable accent d'autorité. « Il est temps maintenant d'avancer.

— D'avancer… », reprit lentement Lauri, les poings crispés. Il se sentait en colère, oui, en colère. Mais il ne devait pas le montrer. Il avait beau se dire qu'il se trouvait au beau milieu d'un groupe d'amis, son corps savait la vérité. Il était méfiant, attentif, vigilant, prêt à se défendre. Son corps en savait plus qu'il n'avait autorisé sa tête à en savoir, se dit-il en regardant ses poings serrés. Il devait rester sur ses gardes. Sasha, détaché, détournait le regard, comme s'il n'avait plus rien à voir avec Lauri.

« Tu n'es pas d'accord ? » demanda le petit Russe, en avançant le visage dans la lumière de la bougie. À la grande surprise de Lauri, il était passé au finnois, qu'il parlait couramment, sans accent, mieux même que Sasha. « Tu n'es pas d'accord, reprit-il de sa voix théâtrale au débit très rapide, pour dire que c'est nécessaire ? À l'évidence, le bien-fondé de la disparition de cet individu a été établi, non ?

— Rien que celui-là ? demanda Lauri. Rien que celui-là et ça suffira ? »

Le petit homme daigna sourire.

« Aucun homme n'est aussi important, pas même Bobrikov », répondit-il en caressant ce nom lorsqu'il passa sur sa langue. « Ne nous berçons pas d'illusions, il reste beaucoup de travail à accomplir.

— Et donc, après Bobrikov, il y en aura d'autres. C'est ce que tu veux dire ? »

L'homme à la toque de fourrure fit claquer sa langue impatiemment. Le petit Russe étendit la main en un geste d'apaisement. « Ne nous berçons pas d'illusions », répéta-t-il, en fixant Lauri droit dans les yeux. Il avait dans la voix des inflexions que Lauri n'avait pas remarquées auparavant. « Supprimer un individu, c'est une chose. Utiliser la terreur avec discernement, une autre. Il faut choisir le moment et l'acte opportuns. La terreur doit comporter un élément de hasard pour être efficace, j'entends par là qu'il ne faut pas qu'elle devienne prévisible. Pourtant, la terreur doit aussi être instructive.

— Que veux-tu dire par "instructive" ?

— L'application réussie de la terreur politique doit enseigner à ceux qui ont le pouvoir qu'ils ne sont jamais en sécurité. Elle montre aussi à ceux qui ne l'ont pas que le système qui les opprime n'est pas invulnérable. Plus important, elle leur enseigne que *nous* ne sommes pas comme *eux*. Notre conduite n'obéit pas à leurs règles. Moins nous les appliquons, plus nous sommes forts. Et donc, idéalement, nous choisirions d'éliminer Bobrikov nu dans son bain. Mais dans le cas présent, des raisons stratégiques nous obligent à opter pour une autre solution. »

Nu dans son bain. Lauri ne put s'empêcher d'imaginer Bobrikov dans un sauna, la peau luisante de sueur, les fesses écrasant les lattes de bois. Nul ne devait jamais être dérangé au sauna.

« Pourquoi dans son bain ? Pourquoi pas dans la rue ?

— Tu préférerais ? Et sans doute l'autoriserais-tu à choisir son arme, pour rendre les choses équitables, le réprimanda le petit Russe. Non, non, non et non. Ce n'est plus comme ça aujourd'hui. Le monde a changé, mon ami. Nous avons évolué. Écoute un peu. Imagine que notre homme – ne l'appelons plus Bobrikov, donnons-lui un autre nom, juste le temps de cette conversation. Aleksandr, par exemple.

» Donc, Aleksandr traverse une forêt à cheval. Il est allé à la chasse, entouré de ses compagnons habituels, ses prétendus gardes du corps et autres individus douteux. Les chevaux sont fourbus et ils trottent lentement, en file indienne, parce que le chemin est étroit à cet endroit. Soudain, une jeune femme apparaît au bord du sentier et s'écrie : « Votre Honneur, Excellence, Petit Père ! » Elle porte un bébé dans les bras : un futur citoyen beau et gras. Comme elle est belle, l'ensemble du tableau est enchanteur et même notre ami Aleksandr ne peut y résister. Il ralentit immédiatement. C'est alors que la belle jeune femme tire un pistolet des langes du bébé et lui tire une balle dans la tête.

— Une jeune mère ne ferait jamais une chose pareille !

— Tu ne comprends donc pas que tout repose justement là-dessus. Elle ne *ferait* jamais une chose pareille, mais elle le *fait* bel et bien. Ou alors, elle jette une bombe ; le bébé et elles sont tués par la déflagration, mais notre ami Aleksandr aussi, et ses deux inutiles gardes du corps. »

Lauri secoua lentement la tête. « Des choses pareilles, ça n'arrive jamais. »

Tout en parlant, il s'imaginait la jeune mère telle que le Russe l'avait dépeinte. Mais son visage était celui d'Eeva, et le bébé qu'elle tenait dans les bras, caché dans les plis de son châle, était son propre fils.

« Aucune mère n'accepterait une telle monstruosité.

— Ha, ha ! Tu ne comprends toujours pas. C'est précisément pour cette raison que la terreur fonctionne : elle se compose d'événements qui ne se produisent pas et qui ne devraient absolument pas se produire. Voilà bien la raison pour laquelle les actions les plus efficaces ne peuvent être anticipées. »

Un long silence s'ensuivit. Le petit Russe se rencogna à nouveau au fond de sa chaise. Il joignit les mains en une sorte de dôme et y appuya le menton tout en observant attentivement Lauri derrière la broussaille de ses sourcils. Tous les yeux étaient fixés sur lui. Ils voulaient une réponse : c'était la raison pour laquelle on l'avait amené. Ils tenaient à savoir s'il acceptait de participer à cette mission. Pourquoi donc était-ce si important ? Il n'était qu'un personnage secondaire destiné à créer une diversion dans la rue. Pousser des cris en agitant un bâton, c'est ce que Sasha lui avait dit. À moins qu'il n'y ait quelque chose d'autre. Oui, c'était ça. Ils voulaient lui en demander plus. Sinon, ils ne l'auraient jamais fait venir, ne lui en auraient jamais laissé écouter tant. Il devait y avoir quelque chose d'autre.

Sasha se pencha en avant. Enfin, il voyait son visage. Il semblait détendu, malgré la transpiration qui lui marquait le front. Pourtant la pièce était froide, glaciale même. Si Lauri s'autorisait le moindre frisson, il se mettrait à trembler et ne pourrait plus s'arrêter. Mais il n'avait aucune intention de se laisser aller.

« D'accord, Lauri ? » demanda doucement Sasha, comme s'ils avaient été seuls. Lauri ne répondit pas. Comment s'était-il retrouvé dans cette pièce ? Il connaissait Helsinki comme sa poche mais cette fois, il avait pris un virage de trop. La femme avec son bébé ? Non, ce n'était pas possible. Sasha devait bien voir que c'était impossible. Ils tueraient Bobrikov, mais ça ne s'arrêterait pas là. Le gouverneur ne serait que la première étape. Si la terreur devait être « instructive », comme l'avait souligné le petit Russe, alors où s'arrêterait la leçon ?

Oui, il avait froid. Pas seulement en raison de la température de la pièce, mais aussi de sa peur. *Ne perds jamais ton temps à te demander pourquoi tu ressens de la peur*, lui avait enseigné son père des années auparavant, *sers-t'en. La peur est là pour quelque chose, sauf si tu es un lâche, et je sais que tu n'en es pas un.*

La peur était bel et bien là. Tous l'observaient, guettant sa réaction. Ils avaient constitué un groupe solide dont Sasha faisait partie. Quelle chance aurait-il de s'échapper indemne de ce traquenard s'il tentait une sortie ? Quelle chance de rentrer paisiblement à travers les jardins potagers, s'il ne leur inspirait pas une confiance totale ? Exactement comme il l'avait prévu, l'homme à la toque en renard s'était levé et se déplaçait lentement vers la porte, la main droite dans sa poche.

« Je marche, dit Lauri, s'il n'y a pas d'autre solution.

— “S’il n’y a pas d’autre solution”, répéta le petit Russe. *S’il n’y a pas d’autre solution.* Que veux-tu dire par là ?

— Exactement ce que j’ai dit. » Lauri ne cédait pas un pouce du terrain. Il était essentiel de ne pas paraître céder d’un seul coup ; ils ne le croiraient pas.

L’homme à la toque de fourrure siffla en sourdine et regarda Sasha. « Oh, mon Dieu, mon Dieu ! » s’exclama-t-il. Mais le petit Russe bondit et frappa un grand coup de sa paume gantée sur la table. Au moment même où il s’exécutait, Lauri se dit que cela sonnait faux. Théâtral, comme s’il ne croyait pas lui-même à sa propre colère.

« C’est impossible ! » dit l’homme rapidement, en bégayant un peu. Plus aucune trace de sérénité dans sa voix. Il s’exprimait en russe maintenant. « Il est absolument impossible et hors de question d’avoir encore ce genre de conversation. Nous devons nous débarrasser de Bobrikov, cela a déjà été décidé, pas besoin d’y revenir. Nous en sommes déjà passés par là. Je me trompe ? Est-ce que je me trompe ?

— Absolument pas, répondit Sasha.

— Alors pourquoi perdre notre temps en palabres ? »

Perdre notre temps. Était-il vraiment furieux ? Non, se dit Lauri, il joue la colère. C’est la même chose que de dire : « La terreur doit être instructive. » Rien de tout cela n’est vrai.

Lauri se rendait toutefois compte que même si sa colère était feinte, l’homme n’en continuerait pas moins à la manifester. Lauri prit une profonde inspiration. Tout son corps bourdonnait de la vie qu’il voulait conserver, cette vie qui lui appartenait en propre. Il sortirait de cette maison de la mort, de ce faubourg à l’agonie. Il retournerait vers Eeva. Il ferait en sorte de leur donner confiance en lui, de leur laisser croire qu’il était des leurs, puis il s’enfuirait.

« Je vois », prononça lentement Lauri. Des mots qu'il avait entendus lors d'autres réunions lui vinrent aux lèvres. « C'est ce que l'histoire attend de nous. Et c'est notre… notre rôle », poursuivit-il, retrouvant les mots justes, comme si un ange s'était posé sur sa langue. « Oui, je reconnais que chacun de nous doit prendre ses responsabilités en apportant les réponses que l'histoire attend de lui. »

Le petit Russe hocha la tête avec enthousiasme, tel un bon professeur dont l'élève a finalement trouvé la bonne réponse. « Exactement. Exactement. Mais au moment propice, et dans les meilleures conditions. Nous ne pouvons plus accepter le moindre amateur. » Sa voix était râpeuse, comme un poing qui racle le bois.

« Je ne suis pas un amateur, dit Lauri. Je suis un vrai camarade. Demandez à Sasha. » Il hocha la tête et sourit à l'adresse de son ami d'une façon qu'il jugea aussi fausse que tout ce qu'il avait vu et entendu dans cette pièce.

Mais le petit Russe se laissa abuser. Son visage se détendit, et, comme s'il en avait donné le signal, toute tension disparut de l'assemblée. Sasha se pencha vers Lauri, le reconnaissant comme son ami, et il lui assena une tape dans le dos. Lauri sentit le vieil alcool suintant de la peau.

« C'est un vrai camarade, je le confirme », dit Sasha. Puis il avança le pouce et l'index, appuya sur une détente imaginaire et gonfla les joues. « *Bang* ! fit-il. *Bang, bang* ! Ils sont morts. »

L'homme à la toque de fourrure secoua la tête avec agacement. « Vraiment, Aleksandr Kirillovich !

— C'est bien à ça que tout nous ramène ! » Le visage de Sasha rayonnait de joie. Il retira son gant et avança un doigt dans la flamme d'une bougie. Une trace de carbone apparut instantanément sur la peau. Sasha l'examina avec attention, approcha le doigt de son nez et souffla sur les poils brûlés.

Puis il approcha de nouveau son doigt de la flamme, lentement, lentement, le déplaçant de gauche et de droite. Un petit grognement monta de sa gorge.

« Sasha, pour l'amour du Ciel !

— Un petit *bang* et tout est dit. Tout le monde est content ? »

Il renfila son gant et se leva. L'odeur nauséabonde de la peau brûlée assaillit les narines de Lauri. Sasha chancela un peu, sous l'effet de la brûlure ou de l'alcool. Il se remit d'aplomb en s'agrippant au dossier de la chaise. « Bonne nuit, messieurs. À vous revoir bientôt. Viens, Lauri, il est temps de partir.

— Je me débrouillerai tout seul, répondit Lauri, peu désireux prononcer le nom d'Eeva devant ces étrangers. J'ai un rendez-vous.

— C'est moi qui t'ai amené, tu te rappelles ? Tu n'aurais jamais trouvé cet endroit tout seul.

— Fais-moi confiance.

— À ta guise. Débrouille-toi sans moi. Tu verras bien où ça te mènera. » Et, sans attendre, Sasha se précipita hors de la pièce. Les Russes se regardèrent, mesurant sans doute ce qui venait de se passer. L'ombre de leurs têtes dodelina sur le mur. Comme ils paraissaient petits, se dit Lauri, tapis sous leurs propres ombres. Malgré le froid, l'atmosphère semblait étouffante, lourde d'air vicié, de sueur et de peur. Il fallait qu'il s'en aille. Il ne pouvait respirer ces miasmes une seconde de plus.

28

Elle pensa d'abord que c'était Magda qui rentrait, mais c'était enfin lui. Elle bondit vers la porte pour l'ouvrir. Lauri entra en traînant les pieds, la tête basse, le regard vide, épuisé.

« Que s'est-il passé ? Où étais-tu ? Qu'est-ce qui ne va pas ?

— Ça va. J'ai froid, c'est tout. »

Il avait le visage cireux et violacé. Elle lui toucha la joue. « Donne-moi tes mains. Mais Lauri, tu es gelé ! Non, non, ne t'approche pas du poêle, c'est mauvais quand on a tellement froid. Viens ici, assieds-toi sur le lit. »

Il se laissa tomber lourdement au bord du matelas. Elle s'agenouilla et entreprit lui retirer ses bottes.

« Je t'attends depuis des heures.

— Je ne trouvais pas mon chemin.

— Tu ne trouvais pas ton chemin... », répéta-t-elle, s'efforçant de comprendre. Lauri n'avait pas pu se perdre dans sa propre ville par une nuit aussi claire. Il n'avait même pas bu. Mais le froid l'avait rendu hagard, comme s'il avait erré dans les rues pendant plusieurs heures.

Elle lui retira ses bottes et ses chaussettes de laine et entreprit de lui masser les pieds. En plus, ses chaussettes étaient trouées. « Tu auras de la chance si tes orteils ne gèlent pas. Mais où avais-tu la tête ?

— Je suis allé à une réunion, articula-t-il péniblement. Une de ces réunions, tu sais, où on ne te dit pas où elle doit se tenir avant de t'y conduire. »

Elle hocha la tête. Elle connaissait bien cela, en effet, et commençait à éprouver à ce sujet un sentiment qui n'était pas vraiment de la méfiance ou de l'aversion, mais plutôt une immense lassitude, comme si elle avait attendu toute sa vie quelque chose qui ne s'était jamais vraiment produit. Elle gardait le pied droit de Lauri entre ses mains. Il avait de grands pieds et toujours du mal à se chausser. Elle se rappelait le désespoir de Mika lorsqu'il constatait que les orteils de son fils avaient encore percé une paire de bottes quand ils étaient petits. Mais elle en avait profité : elle avait eu toute une série de chaussures de Lauri qui l'attendaient.

D'un geste plus doux, elle lui frotta aussi les orteils.

« Ensuite, après la réunion, j'ai eu l'impression de m'enfoncer dans un labyrinthe complètement inconnu », poursuivit Lauri. Elle ne voyait pas son visage. « Comme si je n'avais jamais vu ces rues. Quand j'ai pris conscience de l'endroit où je me trouvais, j'étais à des kilomètres d'ici.

— Tu étais avec lui ? Je veux dire, avec Sasha ?

— Il était à la réunion. »

Il avait la voix pâteuse, comme si sa langue était trop grande pour sa bouche.

« Je le savais. Ce Sasha ! » siffla-t-elle. Elle lui frotta les pieds avec plus de vigueur. « C'est lui qui t'a conduit là-bas !

— Ah, ce froid ! On dirait qu'il m'a pénétré jusqu'aux os.

— Ouvre ton manteau, laisse entrer la chaleur. »

Mais il tripota sans succès les boutons et elle dut l'aider à les ouvrir, à écarter les pans lourds.

« Voilà qui est mieux. Comment vont tes pieds, maintenant ? demanda-t-elle en se remettant à les masser. Si tu veux, je descends chercher un peu de neige pour les frotter avec.

— Ne t'inquiète pas. Ils ne sont pas vraiment gelés. » Il avait posé les mains sur ses cuisses et pesait dessus de tout son poids. « Toutes les sensations reviennent peu à peu. »

Comme un fourmillement, un picotement cuisant, la vie se réinstallait dans tout son corps. Il déplaça un pied, puis l'autre.

« Ça va, maintenant ?

— Ça me brûle.

— Parfait. C'est le sang qui recommence à circuler. Et tes mains ?

— Pas de problème. Attends une minute, Eeva, arrête de frotter. »

La chaleur de la pièce l'atteignait par vagues successives. C'était agréable, un peu comme l'alcool qui vous fait peu à peu tourner la tête, mais ses pieds lui causaient une douleur cuisante, et il fut obligé de se relever pour marcher en martelant le plancher. Voilà, ça commençait à aller mieux. Il revint s'affaler sur le lit. Elle n'avait pas bougé. Toujours agenouillée là comme si elle priait au chevet d'un mort. Il remarqua la ligne pâle de la raie de ses cheveux. Elle releva la tête et lui sourit.

« Tu te sens mieux ?

— Oui. »

Elle avait un sourire si jeune, si plein de force et de chaleur. Quelle folie de penser, une seconde plus tôt, qu'elle pleurait !

« Tu pourrais te glisser sous les couvertures, dit-elle. Mais Magda va rentrer d'une minute à l'autre. »

Il soupira tristement. C'était exactement ce qu'il aurait voulu faire. S'allonger auprès d'Eeva. Sentir leurs corps se réchauffer l'un l'autre. S'assoupir, dormir, se réveiller, se frôler... Il n'avait même pas l'énergie de la caresser maintenant, mais au milieu de la nuit, il émergerait, vigoureux, plein de désir pour elle.

« Je voudrais tellement qu'on ait un lieu à nous, dit-il.

— Je sais.

— Une chambre où personne d'autre ne viendrait.

— Oui.

— Où on pourrait fermer la porte à clef », ajouta-t-il, y pensant avec une telle intensité qu'il pouvait presque voir sa propre clef jouer à la perfection dans la serrure de leur chambre. Il n'avait jamais éprouvé pareille aversion à l'idée de rentrer dans celle qu'il partageait avec Sasha. Comment supporter l'odeur de ce corps dans son lit ? Son poids contre lui dans le creux du matelas ?

« Il faut que je me trouve une chambre à moi.

— Tu pourras te la payer ? »

Il eut un pâle sourire et secoua la tête. Ensemble, on pourrait, songea-t-il. Ensemble, avec nos deux salaires, ce serait possible. Mais ce genre de proposition était prématuré. Eeva prétendait qu'il était trop attaché à Sasha. Peut-être y avait-il du vrai là-dedans. Et puis, Magda était son amie... Elle avait fait tellement de choses pour Eeva. Pourquoi cette idée faisait-elle naître en lui plus de rancœur que de gratitude ? Cela créait trop de problèmes à la fois pour l'instant. Tout ce qu'il voulait, c'était rester allongé et s'endormir...

« Je nous avais préparé à dîner, dit-elle en se relevant. Je peux réchauffer le bouillon maintenant et faire cuire les boulettes. Ce sera encore très bon.

— Non, attends. » Il lui prit la main et la força gentiment à se rasseoir à côté de lui. « Reste là. On est bien comme ça, non ? »

Bien. Elle sentait le propre. Elle s'était lavé les cheveux et de petites mèches rebelles s'échappaient du chignon et chatouillaient le cou de Lauri. Il sentit un frisson lui parcourir le corps. Peut-être n'était-il pas aussi épuisé qu'il le croyait.

« Tu n'as même pas complètement retiré ton manteau.

— Je te l'ai déjà dit. Je manque de bonnes manières.

— Enlève-le tout de même. Il a une drôle d'odeur. On dirait que tu es allé t'asseoir dans un cimetière. »

Il se leva et laissa tomber son manteau sur le plancher. « La réunion avait lieu dans une maison abandonnée. Pas de chauffage, et une odeur de pourriture dans tous les coins, comme si quelque chose se décomposait lentement. Peut-être un chat qui se serait laissé enfermer dans une des pièces.

— Qui y avait-il ?

— Surtout des types venus de Saint-Pétersbourg. Un Suédois, aussi, mais il n'est pas resté longtemps. Je ne sais pas très bien ce qu'il fabriquait là. Tu aurais vu sa tête ! Il aurait pu couper du bois avec son nez ! »

Elle écoutait le trouble qui lui altérait la voix. « Est-ce que cette réunion concernait ce dont tu m'as parlé la dernière fois ? »

Il comprit qu'elle ne voulait pas prononcer le nom de Bobrikov. Il se rassit sur le lit et lui passa un bras autour des épaules.

« Oui.

— Tu n'as pas accepté, au moins ?

— J'ai dit ce qu'il fallait, parce qu'ils étaient cinq et moi, j'étais tout seul.

— Alors, tu as accepté de participer ?

— Non, pas aussi clairement que ça, en tout cas. » Il remua les pieds en frappant doucement le plancher, d'abord le droit, puis le gauche.

Elle s'était raidie sous l'étreinte de son bras. « Ils ne te laisseront jamais reculer maintenant. Si tu essaies, ils trouveront un moyen de t'en dissuader.

— Je le sais aussi bien que toi. Je les ai vus. Je sais comment ils *opèrent*, ajouta-t-il, employant volontairement l'un des mots favoris de Sasha.

— Mais que vont-ils faire ?

— Je n'en sais rien. Je dois réfléchir. En vérité, Eeva, je n'ai pas donné mon accord. Pas quand on me l'a expressément demandé.

— Tu ne sais pas de quoi ces gens-là sont capables », déclara-t-elle tranquillement.

L'image d'un trou pratiqué dans la glace de la Baltique lui vint subitement à l'esprit. Deux hommes traînent un corps qui rebondit sur la surface irrégulière. Un troisième larron donne des coups de piolet dans la glace toute fraîche qui a recouvert le trou. Si loin de la rive, ils ne seront pas plus que des points dans le lointain pour quiconque les apercevra en regardant vers le large. Ils doivent avoir l'air d'un groupe de pêcheurs. S'ils glissent un cadavre sous la couche de glace, on ne le retrouvera pas avant le printemps.

« De toute façon, c'est totalement ma faute, dit-il, comme à lui-même. C'est moi qui me suis fourré tout seul dans la gueule du loup. Mais je ne comprends pas comment on en est arrivés là ; enfin, je veux dire, jusqu'alors, j'étais d'accord avec tout. Éduquer les masses, s'organiser, on savait qu'on n'irait nulle part sans solidarité. Et puis, la nécessité de prendre des risques. Ce n'est pas une partie de campagne, après tout ! » s'exclama-t-il, juste avant de se rappeler qu'il s'agissait d'une des expressions favorites de Sasha. Il n'en utiliserait désormais plus aucune. Même si ses mots à lui étaient moins percutants, ils restaient préférables, d'une certaine façon. « Oui, il faut prendre des risques. Perdre son boulot, se retrouver sur une liste noire, et même peut-être en prison, se faire tabasser par les flics… Tout ça en fait partie. On le sait tous. On a grandi avec.

» Mais tout change si vite. Tu pars d'*ici*, poursuivit-il en enfonçant un doigt dans sa cuisse, pour aller *là*, et il piqua l'autre. Ça te donne l'impression d'avoir volé d'un point à un autre parce que tu ne te rappelles aucune des étapes du voyage. Ils parlaient de l'assassiner dans sa baignoire. Tout nu. Ce serait tellement mieux. Et puis de femmes qui feraient exploser leurs propres bébés. Et moi je me demandais, mais comment en est-on arrivés là ? Je n'ai jamais pu donner mon accord à tout ça. Sasha appellerait sans doute ça de la naïveté politique.

— Enfin, il le dirait en détachant chaque syllabe : de la na-ï-ve-té po-li-ti-que, répliqua Eeva avec aigreur. Comme j'aurais préféré que tu ne le rencontres jamais ! »

Il ne répondit rien.

« Alors, c'est décidé. Tu vas te tenir à l'écart de tout ça ?

— J'ai décidé… mais est-ce que je le peux vraiment, Eeva ? C'est bien là le problème. Est-ce qu'il me reste encore une marge de décision ? Sasha et les autres, ils pensent que je me suis engagé.

— C'est ce que tu veux ? »

Il repensa à la maison qui avait autrefois appartenu au bourrelier. Elle était sans doute remplie d'outils et de l'odeur du cuir, de gens qui allaient et venaient en demandant qu'on leur répare un harnais, qu'on leur refasse une couture sur une selle. Un homme comme ça devait avoir tous les habitants du coin comme clients, sans parler des fermes à des kilomètres à la ronde. Mais le bourrelier était parti et sa maison restait vide. Ces hommes – les amis de Sasha – s'y réunissaient comme une assemblée de fantômes.

Je sais tout de ce qu'ils veulent détruire, songea Lauri. Mais je ne sais pas ce qu'ils veulent mettre à la place.

« Alors, pour eux, tu es toujours partie prenante ? » demanda Eeva.

Il haussa les épaules. « Je suppose que oui. Je ne connais pas les détails. Rien de précis n'a été évoqué. Sauf qu'on doit… se débarrasser de lui. Le Suédois qui devait tirer, il a retiré ses billes, mais ils en trouveront un autre. Ils l'ont sans doute même déjà trouvé.

— Au moins, ils n'ont pas l'intention de t'apprendre à manier une arme », dit-elle. Et ils ne purent s'empêcher d'éclater de rire au même moment.

« Ça prendrait trop de temps, répondit-il. Mais ils ont quand même l'intention de me confier un *rôle* plus important qu'avant, j'en suis sûr », ajouta-t-il en insistant sur ce mot, lui aussi du vocabulaire de Sasha.

« Est-ce que Sasha est au courant, tu crois ? »

Il haussa encore les épaules. « Ça me dépasse. Je n'arrive pas à comprendre. Je ne suis même pas sûr qu'ils…

— Sûr qu'ils quoi ?

— Qu'ils aient confiance en lui. » Il ne voulait pas lui parler de la façon dont Sasha s'était volontairement brûlé, et de l'odeur qui s'était répandue dans toute la pièce, de l'homme à la toque de renard qui avait froncé le nez en faisant le délicat, comme si Sasha avait pété au beau milieu d'un dîner élégant.

Elle réfléchit durant quelques minutes et dit enfin : « Le problème, c'est que tu en as déjà trop entendu. Et tu les as tous vus ? Leurs visages, et tout et tout ?

— Oui.

— Ce n'étaient pas des gens que nous connaissons.

— Aucun. Le seul que j'avais déjà vu, c'est Sasha.

— Tu as entendu leurs noms ?

— Personne n'a prononcé le moindre nom. » Effectivement. Il l'avait remarqué sur l'instant, et ça ne lui avait pas plu du tout. Même les Russes, malgré la coutume, ne s'adressaient pas les uns aux autres en employant leur patronyme ou leur prénom. L'homme à la toque de fourrure et le petit Russe avaient appelé Sasha « Aleksandr Kirillovich ». Mais bien sûr, Lauri connaissait déjà l'identité complète de son ami. Le Suédois était sorti sans prononcer un mot.

« Alors, c'étaient tous des personnages importants. » Elle réfléchit un instant. « Tu ne trouves pas bizarre que les choses se passent invariablement comme ça ? Chaque organisation a ses gros bonnets, ses propres règles, même si au départ il n'y en avait pas. Je suppose que c'est inévitable.

— Ils remontent à la surface comme de la crème », renchérit Lauri, pensant au Russe dans son élégant manteau de laine avec des poignets et son col de fourrure. « Une couche de crème vient en remplacer une autre.

— Non, s'exclama-t-elle, avec une passion qui le surprit. Ce n'est pas vrai. La crème remonte parce que c'est dans sa nature. Pour les gens, ça ne se fait pas tout seul. Ils se hissent jusqu'au sommet en rampant, puis ils écrasent ceux qui sont restés au-dessous. Certains seraient même capables de passer sur des cadavres. »

Ils restèrent silencieux quelques instants. Il finit par dire : « Tu as sans doute raison. Mais j'ai quand même l'impression de les abandonner alors qu'ils comptaient sur moi.

— Qui ?

— Oh, pas *ceux-là*. Pas ceux qui étaient à la réunion. Mais tous mes copains. Des gens comme Hannu, Eero, Fedya, et tous les autres. Ceux qui accèdent à la conscience politique et qui distribuent des tracts dans les usines tout en sachant qu'ils se feront virer si on les surprend. Ceux qui mettent la main à la poche pour les malades et les chômeurs. Ils se voient comme une partie d'un tout. Et c'est bien ce qu'il faut faire, non ? C'est à tous ceux-là que je pense.

» Je ne suis plus sûr de rien, Eeva, je te le dis sincèrement. Crois-tu que je les laisse tomber ? Parce que au fond, il a peut-être raison, ce petit Russe, et moi tort. Je n'aime pas ce qu'il a dit, mais il n'y a sans doute pas d'autre moyen. Il faut... » – il serra les dents sur un sourire de rage – « ... il faut *casser des œufs.* Parce que si on ne le fait pas, tout continuera de rouler pour toujours sur les mêmes rails. La souffrance. Les injustices. Ce qui t'est arrivé à toi, Eeva. La façon dont ils t'ont enlevée. Tu ne crois pas qu'il est de notre devoir de les combattre ? On ne peut pas fermer la porte et vivre derrière à l'abri. Même si nous avions une chambre et une porte bien à nous. »

Elle fronça le sourcil, concentrée. Son expression lui rappela celle qu'elle arborait lorsqu'elle lisait et étudiait à la lueur de la chandelle, si longtemps auparavant. Elle installait sa petite table de jeu et se mettait au travail, et tout le monde respectait son isolement. Il y avait de la force en elle, elle en avait toujours eu. Les hommes qui rendaient visite à son père s'arrêtaient derrière sa chaise, et parfois, ils lui posaient la main sur l'épaule. « Tu as raison, continue comme ça. C'est une vraie savante, ta petite Eeva, pas vrai ? » lançaient-ils à l'adresse de Pekka.

« C'est vrai, dit Eeva. On ne peut pas fermer la porte, en tout cas, pas si ça veut dire refuser de voir les choses comme elles sont. Tu n'es pas obligé... d'abandonner la lutte », poursuivit-elle, consciente d'utiliser l'un de ces mots qui lui donnaient l'impression d'avoir une boule de tissu dans la bouche. « Je ne te demande pas de faire une chose pareille. Mais il faut aussi que tu apprennes à te préserver.

— Tu veux dire, à sauver ma peau. À me faire passer, avec ma belle conscience, avant tout le reste, rétorqua-t-il avec amertume.

— Non, ce n'est pas comme ça que je l'entends. *Te préserver*, c'est-à-dire rester fidèle à toi-même. Parce que si tu n'es plus toi-même, si tu n'es plus Lauri, alors à quoi et à qui peux-tu bien être utile ? À quoi servirait le nouveau monde que tu souhaites voir apparaître ? Regarde Sasha. Tu ne vas pas me dire que c'est un modèle, ce garçon. Il n'y a rien de vrai en lui. Au fond de son cœur, il ne fait qu'observer et se moquer de tout ce qui bouge. Tu ne le sens pas ?

— Peut-être, concéda-t-il avec réticence.

— Personne ne t'oblige à me donner raison. Je sais que c'est ton ami.

— Oui. »

Il resta quelque temps plongé dans ses pensées.

« Peut-être nos vies ne sont-elles pas celles qui comptent, reprit-il enfin. Nous nous enfonçons peu à peu dans la boue. Nous nous trahissons au point de nous dépouiller de toute chair. Mais peut-être tout cela a-t-il un sens. Que nous nous enfoncions dans la boue pour permettre aux générations futures de construire. Peut-être sommes-nous comme… comme des fondations.

— Tu n'as pas le droit de penser comme ça. » Elle s'approcha et l'odeur de sa peau et de ses cheveux envahit tous ses sens. « Tu ne peux pas te dire que nous ne comptons pas, alors que nous n'avons qu'une vie.

— Sans doute…

— Et alors que tu es tout ce qui… »

— Ce qui ? »

Il s'était retourné pour lui faire face et plongea avec avidité le regard dans ses prunelles sombres et pourtant pleines de lumière.

« Tout ce qui compte pour moi.

— Eevi…

— C'est la vérité. »

Ses yeux lui piquèrent, lui brûlèrent même, exactement comme ses pieds quand le sang y avait afflué. L'écho des mots d'Eeva se réverbéra dans sa tête. *Une seule vie. Une seule vie.* Oui, c'était bien cela. Il était là, auprès d'Eevi, et il vivait sa seule vie.

Il se pencha vers elle et lui effleura les lèvres des siennes. À peine un mouvement, à peine un baiser. Comme elles étaient douces et pleines, un peu sèches à cause de l'hiver. Elle avait fermé les yeux.

Ni l'un ni l'autre ne bougea. Ils semblaient avoir grandi ainsi réunis, comme si leurs lèvres jointes parlaient pour tout le reste de leurs corps. Il ne sut jamais combien de temps avait pu s'écouler ainsi.

Elle remua et s'écarta de lui, lissant ses cheveux de ses deux mains.

« Je crois, dit-elle, que j'ai trouvé ce qui ne va pas chez Sasha. Tu te rappelles le jour où nous avons parlé de nos pères ? Ils travaillaient dans un certain but, comme tu l'as dit. Éduquer les gens, leur apprendre à s'organiser, à améliorer leurs conditions de travail – c'est ce que nous avons toujours entendu depuis notre plus tendre enfance.

— Ils ne faisaient pas exactement que ça. Tout n'était pas aussi rose.

— Je le sais. Mais ce que j'essaie de dire, c'est que pour eux, l'activisme politique n'était qu'un moyen orienté vers une fin. Pour Sasha, c'est un objectif en soi. Il veut assister au renversement des choses, à leur disparition. Voilà ce qu'il aime, ce dont il a besoin. Que tout s'écroule.

— Mais est-ce qu'il ne faut pas d'abord que l'édifice s'écroule pour qu'on le reconstruise autrement ?

— Peut-être, peut-être. Je n'en sais rien. Je ne parviens pas à m'expliquer très clairement. Ce que je veux dire, c'est que pour Sasha, cet effondrement est une fin en soi. Il ne veut rien d'autre, c'est ce qu'il appelle de ses vœux. La reconstruction ne l'intéresse pas, même s'il est obligé de prétendre l'inverse.

— Tu te le représentes comme un anarchiste, et c'est faux.

— Au fond, il n'est rien, tu ne le comprends donc pas ? Il ne veut que le chaos. C'est pour cette raison qu'il vole. Il n'en a nul besoin. Pourquoi est-ce que *toi*, tu ne voles pas ? Pourquoi est-ce que moi, je ne vole pas ? Dieu sait que nous avons été dans le besoin et que certaines choses nous ont manqué. Et qu'on en a eu drôlement envie.

— C'est que nous, nous avons peur d'être pris.

— Pas seulement. Je te vois très mal entrer dans notre boutique, glisser un livre sous ton manteau et sortir avec. Je n'arrive pas à me l'imaginer.

— Je trouverais ça beaucoup trop compliqué.

— D'accord. Mais ce que je crains, c'est que pour Sasha, tuer soit exactement comme voler. Il trouvera toujours une bonne raison de le faire, une raison très importante. Il est toujours si convaincant. Il réussira presque à se faire croire que, quelle que soit la victime, on n'avait pas le choix. Tu l'as sans doute entendu parler des chirurgiens qui doivent retirer une tumeur d'un corps malade. En vérité, les assassinats dans lesquels sera impliqué Sasha n'ont rien à voir ni avec le cancer, ni avec les chirurgiens. Ils seront commis parce que *Sasha aura voulu les commettre.* Et c'est ce qu'il veut t'amener à faire, toi aussi.

— N'en parlons plus, tu veux, Eevi ? »

Elle se leva, ramassa le manteau de Lauri, resté sur le plancher, et le brossa du plat de la main.

« J'aimerais que tu aies un manteau plus chaud que ça.

— Celui-ci n'est pas si mal.

— Je peux te coudre une doublure plus épaisse. Regarde comme la bourre est devenue fine par endroits. Elle est tout usée.

— Tu as assez à faire comme ça. Laisse tomber.

— Ça me ferait plaisir. »

Elle sourit et serra le manteau contre elle. « J'ai toujours aimé coudre. À la Maison des orphelins, je confectionnais des tabliers pour les plus petites. Tu comprends, pendant qu'on cousait, on était assise, et en plus, près du poêle, parce qu'il faut garder les doigts bien chauds pour coudre vite. Sinon, ils deviennent tout gourds, et on ralentit. Anna-Liisa l'avait compris. Elle avait l'esprit très pratique pour ce genre de choses. Quand je suis arrivée, une des filles m'a expliqué : "Dis vite que tu sais coudre."

» Mais, Lauri, tu n'as rien mangé. Je vais faire réchauffer la soupe.

— Et toi, tu as mangé ?

— Pas encore. »

Elle déplia la petite table que Magda et elle utilisaient pour prendre le café. Elle ressemblait exactement à celle sur laquelle elle étudiait des années auparavant.

« Est-ce que cette table te vient de ton père ? »

Elle eut l'air surpris. « Non, je n'ai rien qui lui ait appartenu, excepté quelques livres. Tout ce qui se trouve ici est à Magda. Elle m'a même donné une paire de draps.

— Tu t'entends bien avec elle, pas vrai ? demanda-t-il d'un ton sombre.

— Parfois, je ne suis pas tout à fait sûre de l'apprécier vraiment. Mais cela n'a pas d'importance. C'est le genre de personnes qu'on aime plus qu'on ne les apprécie. »

Il resta silencieux, étonné de cette confidence. En fait, il ne l'avait même jamais entendue dire qu'elle aimait son propre père.

« Prends ce soir, par exemple, reprit Eeva. Il est beaucoup plus tard que l'heure à laquelle elle aurait dû rentrer après le concert. Elle est sans doute allée dormir quelque part chez une amie, parce qu'elle sait que tu viens. Elle est très jalouse de toi, de façon assez étrange. Je ne sais pas pourquoi.

— Comme Sasha.

— Non, pas comme Sasha. Justement, pas comme Sasha, et ça fait toute la différence. Magda est un peu jalouse, nous le savons toutes les deux, mais demain, elle prétendra avoir rencontré par hasard une vieille amie qu'elle n'avait pas revue depuis longtemps, elle me racontera qu'elles ne pouvaient plus s'arrêter de parler et qu'elles sont allées chez cette amie pour prendre un café ou autre chose. Elle ajoutera même qu'elle espère ne pas m'avoir trop inquiétée. Tout ça pour ne pas me donner l'impression de s'être sacrifiée pour moi.

— Tu parles d'un sacrifice ! Passer la nuit chez une vieille amie.

— Sans doute pas. Les femmes que connaît Magda sont riches, au moins certaines, et elles ont des chambres d'amis, et tout et tout. Je ne prétends pas qu'elle est parfaite. Mais elle est bonne, Lauri, elle est vraiment généreuse. Pour toutes ces choses, c'est pareil. Les meubles, et tout le reste. On ne dirait vraiment pas que ça lui appartient. Elle pense vraiment que les draps, les tables et les tasses sont à ceux qui en ont besoin. Non, ce n'est pas exactement ça. Plutôt, il ne lui vient même pas à l'idée de se demander à qui ces choses appartiennent.

— C'est plutôt sympathique, effectivement », fit Lauri. Eeva éclata de rire.

« Je sais ce qui se passe, maintenant c'est toi qui es jaloux.

— Moi, jaloux ? Mais de quoi ?

— Je ne dis pas que tu as de bonnes raisons, je dis seulement que tu l'es. Ces boulettes doivent être cuites, maintenant. »

Le bouillon de bœuf s'était épaissi, il était devenu meilleur, plus onctueux. Les légumes s'y étaient presque dissous. Mais elle lui avait fait cuire ses boulettes à la dernière minute, et c'étaient les meilleures qu'il ait jamais mangées, lui dit-il. Tellement légères.

« J'y ai mis beaucoup de persil. »

Oui, maintenant, il reconnaissait ce goût. Un parfum presque acide et vert. Il trempa la dernière de ses boulettes dans la sauce et l'avala. Elle bondit immédiatement sur ses pieds pour le resservir.

« Tu ne veux pas en garder un peu pour demain ?

— Non. » Elle racla la marmite et la vida dans son assiette. « Magda a dîné avant de sortir, donc on n'a plus besoin de lui en laisser.

— Mais toi ?

— Je mange très bien. Regarde-moi.

— C'est vrai. Tu as l'air en pleine forme.

— On fait la cuisine tous les jours. Nous nous asseyons à table toutes les deux pour parler et manger. La nourriture profite quand on mange avec plaisir. Je pouvais manger tout ce que je voulais chez le docteur, mais je prenais toujours mes repas toute seule. On perd l'appétit lorsqu'on n'a pas de compagnie.

— J'aime manger avec toi », répondit-il.

Elle rougit un peu et dit vivement : « On ne fait pas toujours aussi bien que de la soupe au bœuf et aux boulettes.

— Tu sais bien que ce n'est pas ce que je voulais dire. Je voulais dire être avec toi. Manger avec toi en face de moi à cette table. »

Elle baissa les yeux. Ils retrouvaient leur timidité l'un avec l'autre, comme s'ils n'avaient jamais été nus ensemble au lit. Lauri croyait qu'avec une fille, quand on avait fait un pas en avant, c'était acquis pour toujours, mais manifestement il n'en était rien. Parfois, on se retrouvait là où on en était avant, avec une envie folle de la caresser, mais persuadé qu'on n'en avait pas le droit. Il se pencha au-dessus de son assiette et la vida jusqu'à la dernière goutte avant de la saucer avec un morceau de pain.

« Il est bien tard, dit-elle d'une voix neutre.

— Oui, sans doute. »

Comprenait-elle qu'il ne supportait pas l'idée de devoir ressortir ? De quitter ce cercle de chaleur et de lumière, d'enfiler ses chaussettes et ses bottes, toutes ces couches de vêtements pour tenter de se protéger du froid. Mais de toute façon, le froid se faufilait et réussissait à vous glacer. Comment s'éloigner de chez elle le long de ces rues désertes pour rejoindre la chambre qu'il partageait avec Sasha ?

« Magda ne rentrera plus maintenant. Il est trop tard », dit-elle.

Il lui prit la main gauche qu'elle avait posée sur la table. La manche de sa robe était retroussée, parce qu'elle avait fait la cuisine. Doucement, il lui retourna la main. La peau de son poignet était si belle.

« Si je te retrouvais dans vingt ans et si je ne voyais que cette partie de toi, déclara-t-il en écartant un peu les doigts, je te reconnaîtrais immédiatement. »

Elle frissonna. « Ne dis pas ça.

— Pourquoi ? C'est vrai. Je te reconnaîtrais.

— Je n'aime pas y penser. »

Il lui caressa la peau là où les veines bleues affleuraient à la surface.

« Je ne pourrais pas vivre sans toi », murmura-t-il, si bas qu'elle l'entendit à peine, certaine, néanmoins, d'avoir compris le sens de ses paroles.

Leur avenir s'étendait devant eux. C'était comme, au sortir d'une forêt, s'avancer sur la rive d'un lac immense. Ils se tenaient là, clignant un peu des yeux dans la lumière si soudaine, avec tous ces jours qui les attendaient.

« Oui », dit-elle, et elle lui prit la main, l'approcha de son visage et lui mordilla gentiment la jointure des doigts. Soudain, elle pensa au docteur marchant seul, tête baissée, perdu dans ses pensées, les épaules un peu courbées. Mais quand il l'aperçut, son visage se fendit d'un sourire qui la fit se sentir plus vieille que lui. Un sourire désarmé et timide, qui lui changeait complètement le visage. À ce moment-là, il n'était plus le maître.

Le front d'Eeva se plissa. Elle ferma les paupières. Non, elle n'allait pas penser au docteur. Il avait eu sa vie, lui aussi.

« Que se passe-t-il ?

— Rien. Lauri, n'en parle pas à Sasha.

— Ne lui parle pas de quoi ?

— De ce que tu m'as confié. Que tu comptes laisser tomber.

— Il faudra pourtant bien qu'il l'apprenne un jour.

— Pas encore. Il est capable de tout. Les autres ne doivent surtout pas savoir. »

Ils se tinrent silencieux, perdus dans leurs pensées. Étrangement, Lauri ne parvenait à s'imaginer Sasha que riant aux éclats. Les yeux brillants comme du caramel, les lèvres humides, la pointe de ses dents toute luisante.

« Chut ! dit vivement Eeva. Tu as entendu quelque chose ? »

Il tendit l'oreille et perçut un léger bruit de pas sur le palier.

« Là, tu entends ?

— Ça pourrait être Magda qui rentre ?

— Je ne sais pas. »

Elle gardait l'oreille aux aguets, la main appuyée sur le dossier de la chaise.

« Tu ne vas pas ouvrir ?

— Magda a sa clef. » Elle chuchotait. « Elle ne resterait pas plantée comme ça devant la porte. Lauri, je ne crois pas que ce soit elle.

— Qui d'autre, à une heure pareille ?

— Je ne sais pas.

— Entendu. Je vais voir.

— Non, non, s'il te plaît, Lauri. Ils ne doivent pas savoir que tu es là. »

Il sentit les poils de sa nuque se hérisser. « Je vais ouvrir cette porte. Si quelqu'un se cache derrière, il va en prendre pour son grade.

— *Non !* » Elle le saisit par la manche et l'empêcha d'avancer. « Tu ne sais pas qui ça peut être. Attends. Écoute. »

Plus aucun bruit. Le silence absolu, comme si l'inconnu caché derrière la porte avait décidé d'attendre et d'écouter, lui aussi. Puis Lauri fut certain d'entendre des pas feutrés s'éloigner de la porte, comme si l'homme avait retiré ses bottes avant de traverser le palier et de redescendre l'escalier.

« Lauri. Non ! »

Mais il avait déjà traversé la chambre et ouvert la porte d'un geste brusque. Le palier était sombre et vide. Les marches s'enfonçaient dans l'obscurité de la cage d'escalier. Il entendit en contrebas le son assourdi de la porte de l'immeuble qui se refermait. Il regagna la chambre.

« Tu avais raison, dit-il calmement. Quelqu'un était planqué là, mais il est parti maintenant. Ne t'inquiète pas, ce n'était rien. »

Elle ne répondit pas. Ses mains étaient tendues comme des serres, prêtes à s'enfoncer dans l'ombre. Cela lui était déjà arrivé ; il se souvenait lui aussi dans les moindres détails du jour où ils avaient arrêté son père et emmené Eeva.

« Ce n'était rien, répéta-t-il. Allez, viens, retournons nous coucher.

— S'ils revenaient me chercher, jamais je ne les laisserais m'emmener de nouveau, quoi qu'il advienne. J'aurais dû me battre. À la Maison des orphelins, couchée dans mon lit, je pensais sans arrêt : *J'aurais dû me battre.*

— Alors, j'aurais dû me battre aussi. Mais on n'était pas assez forts.

— Je n'ai même pas essayé. J'aurais dû me servir de mes dents, de mes ongles. Je n'étais pas si faible que ça. Mais j'en étais incapable. Comme pétrifiée. Je les ai laissés m'emmener.

— Pour l'amour du Ciel, Eeva, ça n'était pas ta fautc.

— On laisse les choses nous arriver sans réagir. Mais plus jamais. Quoi qu'il arrive. Jamais, jamais plus. »

29

Cher Docteur Eklund,
Je vous écris dans l'espoir que vous pourrez m'aider. Je sais qu'il n'y a aucune a raison pour que vous vouliez le faire, mais je m'adresse quand même à vous parce que vous êtes la seule personne importante que je connais.

Il avait reconnu son écriture dès qu'il avait saisi l'enveloppe. Cette écriture assurée de femme instruite, tellement plus énergique que celle de Minna.

J'ai un emploi, maintenant, et un logement. Ne croyez surtout pas que je vous écris pour vous demander de l'argent. Je m'adresse à vous parce que mon ami a été arrêté.
Il n'a rien fait de mal. Vous pouvez en être sûr. Il n'a commis aucun délit. Mais les choses étant ce qu'elles sont aujourd'hui, on peut se faire arrêter pour moins que rien. Vous comprendrez que je ne puisse pas en dire plus par écrit.
Serait-il possible que vous veniez à Helsinki afin que je vous explique tout de vive voix ? Croyez-moi, je me rends parfaitement compte que je n'ai nullement le droit

de vous demander une chose pareille. Je n'ai rien à vous offrir en échange.

Elle avait signé de son prénom. Puis, d'une écriture plus petite, elle avait ajouté :

Je dois vous demander de n'en parler à personne, pas même à vos amis les plus proches.

Elle pensait à Lotta, bien sûr. À qui d'autre risquait-il d'en parler ? Sous le post-scriptum, elle avait copié son adresse. Seul ce désordre donnait une idée de son état d'esprit. Le reste de la lettre paraissait aussi réservé qu'elle l'avait toujours été. *Je n'ai rien à vous offrir en échange.* Pour quelle sorte d'homme le prenait-elle ?

Il relut l'adresse, mais ne reconnut pas le nom de la rue. Sans doute habitait-elle un quartier d'Helsingfors qu'il ne connaissait pas, mais il n'aurait aucun mal à trouver. D'ailleurs, la ville ne lui était pas si familière que cela – il n'était rien qu'un pauvre lourdaud de campagnard tout juste capable de se repérer dans Kruununhaka. Sorti de là, il était perdu. Elle avait cependant raison, il connaissait pas mal de monde. Restait à mesurer si c'était le genre de relations dont elle avait besoin, tous ces professeurs et ces médecins aux cabinets florissants, ses amis de jeunesse. Il était loin d'en être persuadé.

Pourtant, une relation pouvait en amener une autre. Le vieux Magnus Bergström, par exemple, qui avait abandonné l'exercice de la médecine des années auparavant au profit d'une activité infiniment plus noble au sein de la fonction publique, ne manquait jamais de mentionner qu'il connaissait « intimement » tous les gens qui « comptaient », y compris dans les plus hautes sphères. Cela vaudrait sans doute la peine de lui rendre une petite visite dès son arrivée.

Il avait sans hésiter décidé de répondre à l'appel. Rien ne pourrait l'arrêter. Il tenait entre les mains sa lettre, ce lien précieux, avec son écriture. Il s'était peu à peu persuadé qu'il ne la reverrait jamais, qu'il ne lui parlerait plus, et pourtant, voici qu'elle réapparaissait. Aussi rapide qu'un souffle, le souvenir lui revint instantanément : sa façon d'évoluer dans la maison, son silence tandis qu'elle lui servait son assiette de soupe, le claquement de ses talons. La courbe de sa joue et la façon dont elle accrochait sans cesse sa mèche rebelle derrière son oreille. Son image immobile, près du poêle.

Étrangement, ces visions d'elle dans la cuisine étaient plus réelles que le voyage qu'ils avaient entrepris ensemble. Oui, la vraie Eeva restait là, dans sa maison, auprès de lui.

Se pourrait-il un jour que cela soit de nouveau vrai ? Réussirait-il à la faire revenir ? Elle avait pris la décision de lui écrire. Dans ce sens, au moins, il était encore présent dans sa mémoire. Appeler à l'aide, c'est un geste intime, se répétait-il.

Il n'allait pas perdre de temps à lui répondre. Non. Le temps que sa lettre lui parvienne, il l'aurait déjà rejointe. Mentalement, il fit le tour de ses patients. Aucun cas n'était désespéré au point qu'ils ne puissent se passer de lui pendant deux ou trois jours. Il se mettrait en route immédiatement, dès qu'il aurait envoyé un mot au vieil Anders Holmberg pour lui confier ses malades jusqu'à son retour. Anders allait maugréer, mais au fond, il serait ravi d'avoir quelque chose à faire. La retraite ne lui convenait guère. Ensuite, je vais jeter quelques affaires dans un sac, se dit-il, et demander à Matti de préparer les chevaux. La gare n'est pas tout près, il fera nuit avant que nous arrivions. Je dois lui rappeler de vérifier les lanternes. Puis nous dénicherons un endroit où passer la nuit.

Au milieu de ce tourbillon, ses pensées s'arrêtèrent soudain. Il toucha le papier qu'Eeva avait touché. Elle avait posé la main dessus, comme ça, pour l'immobiliser tandis qu'elle écrivait. Elle avait rédigé une ligne ou deux, avant de lever les yeux pour réfléchir à la suite. Il savait exactement à quoi ils devaient ressembler à cet instant. Grands ouverts, vagues et lumineux. Il s'approcha de la fenêtre et regarda les bois sous leur linceul de glace et de neige. Il n'y avait aucun vent, les arbres étaient totalement immobiles. La forêt semblait plongée dans son sommeil hivernal, pourtant il savait toute la vie qui s'y dissimulait. La couche de neige immaculée sous sa fenêtre portait quelques empreintes d'oiseaux, déjà en partie effacées par une giboulée récente. Un renard s'était approché puis s'était détourné.

Quel spectacle magnifique. Déjà, les jours rallongeaient. Février, et un hiver de plus toucherait à sa fin. Il lui semblait qu'une vie entière ne suffirait pas pour regarder à loisir par la fenêtre, contempler ces traces de pattes et de griffes enfoncées dans la neige, puis congelées, bleutées et comme vernies dans les creux qu'elles avaient laissés.

Pourquoi se sentait-il si heureux ? Aucune raison à cette joie profonde. Elle montait en lui et refusait de se laisser apprivoiser, comme si cette émotion ne lui appartenait pas, qu'elle ne fût qu'une invitée de passage. Eeva pourrait bien ne jamais accepter de revenir. Il était presque certain que jamais elle ne le ferait. Mais pour quelque étrange raison, ces traces de pattes lui remémoraient Eeva avec une telle force qu'il avait soudain l'impression d'entendre son pas.

Sans s'en rendre compte, il avait froissé la lettre entre ses mains. Il la déplia et lissa soigneusement le papier. Les mots d'Eeva étaient là, sous ses yeux, mais la transpiration de ses mains avait un peu pâli l'encre.

Eeva ne tenait pas en place. Au travail, elle avait constamment besoin de se déplacer. Elle faisait sans arrêt l'aller-retour entre magasin et arrière-boutique, vérifiant les commandes, empilant les livres, avant de retourner vers le magasin pour demander aux clients si elle ne pouvait pas les aider à trouver ce qu'ils cherchaient. Incapable de s'asseoir, même pour boire son café. Elle était même allée travailler à pied au lieu de prendre le tramway. Seul ce mouvement constant lui permettait de calmer les pensées qui lui envahissaient l'esprit. Elle avait la bouche sèche. Elle devait sans cesse s'humecter les lèvres, et à leurs commissures la peau était toute fendillée.

En ce moment même, il était en prison. *Tandis que moi, je lève la main comme ça. Tandis que moi, je mange ce beignet.* Maintenant. Alors qu'elle prenait son café, il était peut-être à demi mort de soif sur sa paillasse. À cet instant précis, ils pouvaient être en train de l'interroger. Elle connaissait leurs méthodes. Ils posaient et reposaient les mêmes questions, à la recherche de contradictions dans les récits. Ils prétendaient avoir obtenu des renseignements de la bouche d'autres prisonniers.

« Inutile d'essayer de nous cacher quelque chose. On sait déjà tout sur toi. Tes copains ont chanté comme des serins. »

Tout le monde était au courant des méthodes de l'Okhrana. Les policiers voulaient des aveux, des confessions, des preuves. Ils voulaient tout écrire noir sur blanc, et ils travaillaient vite. En quelques semaines, un homme pouvait être arrêté, interrogé, accusé et pendu. Une femme aussi, d'ailleurs. Regardez un peu ce qui était arrivé à Sofia Perovskaïa après l'assassinat d'Alexandre II : à peine cinq semaines entre son arrestation et sa pendaison.

Ceux qui mouraient ainsi n'étaient pas des inconnus. C'étaient des gens qu'on connaissait bien. Le père d'Eeva avait un jour rencontré Sofia Perovskaïa, longtemps auparavant en Russie. Ils étaient tous très jeunes alors. Quelqu'un l'avait amené dans l'appartement qu'elle partageait avec Zhelyabov. Il n'était pas d'accord avec toutes les idées qu'elle défendait, mais elle inspirait néanmoins le respect. Et elle avait un joli sourire. Il l'avait raconté à Eeva. Ils l'avaient pendue à un gibet, avec Zhelyabov et les autres.

Pour l'instant, personne n'est mort, se dit-elle. Il n'y a pas eu d'assassinats. Seulement des mots. Comment pourraient-ils faire le lien avec Lauri ? Mais cette façon de se rassurer sonnait faux. Pour être coupable, il suffisait d'avoir conspiré. Ce qui incluait toute forme de rassemblement et de discussion. Pas besoin qu'il se passe quoi que ce soit pour qu'on parle de complot, il fallait être stupide pour prétendre l'inverse.

Même le degré d'implication n'avait pas grande importance. Ce que vous pouviez dire en tout cas n'en revêtait aucune. Le traitement infligé à ceux qu'on arrêtait n'avait que très peu à voir avec ce qu'ils avaient pu faire. En prison, il n'y avait pas d'innocents. Chaque arrestation en entraînait une autre comme si tous ces hommes étaient enchaînés et se noyaient ensemble.

Pourquoi l'Okhrana se serait-elle intéressée à la vérité ? Ce n'était pas son affaire. Pas la question. L'essentiel, c'était d'obtenir des aveux, et plus ces aveux permettaient d'arrêter de monde, mieux c'était. Le boulot avançait gentiment. Plus ils ratissaient large, plus ils avaient de chances de tomber sur quelqu'un qui effectivement détenait des informations précieuses. Mais les autres aussi pouvaient se révéler utiles : ceux qui suppliaient, juraient et protestaient de leur innocence, et ne donnaient aucun renseignement parce qu'ils n'en possédaient aucun.

Elle savait tout cela. Et depuis si longtemps que ce savoir n'habitait pas son cerveau mais lui coulait dans les veines.

C'était cette réalité qui se cachait derrière chaque réunion, chaque tract, chaque discours, car il se pouvait toujours qu'un agent de l'Okhrana se dissimule dans les parages.

Il en était ainsi depuis des dizaines et des dizaines d'années en Russie, son père le lui avait expliqué, et ces derniers temps, le tsar et le gouverneur général avaient montré leur vrai visage en Finlande. L'Empire devait se soumettre. La Finlande en faisait partie. Elle devait elle aussi se mettre à genoux.

Tout ce qu'il leur fallait, c'était des aveux. Peut-être Lauri avait-il faim ou soif. Peut-être l'avaient-ils battu et jeté par terre sans couverture ? Les gens devenaient fous à force d'être abandonnés seuls dans le noir, à boire de l'eau salée, on ne leur laissait rien d'autre pour étancher leur soif. On disait à leurs familles qu'ils étaient atteints de troubles mentaux depuis le début.

L'Okhrana commettait ses exactions en toute impunité, et quantité d'autres horreurs qui lui passaient par la tête. Devant la menace du terrorisme, tout se justifiait. Lorsque la sécurité de l'État, du tsar et de l'Empire était en cause, la fin justifiait indubitablement les moyens. L'Okhrana luttait en première ligne pour assurer leur défense. Ses agents devaient des comptes au tsar. Ce genre de travail attirait certaines personnes comme de la glu. Les mêmes que celles qui détenaient Lauri en ce moment même.

Elles l'avaient arraché à sa vie, sans un mot. Ce genre de disparition brutale faisait partie de leurs méthodes. Elle n'avait pas la moindre idée de ce dont on l'accusait, et ignorait même si la moindre charge pesait déjà contre lui. « Emmené pour interrogatoire. »

Il avait été arrêté à quatre heures du matin. Typique de l'Okhrana, à n'en pas douter. Il se trouvait probablement dans les locaux de la police secrète à l'heure qu'il était.

Sasha n'avait pas dormi là cette nuit-là. Il était parti pour deux jours à une réunion qui devait se tenir à Turku. À son retour, un des voisins s'était approché pour lui dire ce qui s'était passé. Trois hommes en vêtements ordinaires. La police.

Tout cela avait donc été rapporté à Eeva de seconde main. Elle n'avait même pas encore parlé à Sasha. Il allait pourtant falloir qu'elle le fasse, mais ils s'évitaient. Dès qu'elle quittait son travail, elle courait en tous sens pour essayer d'obtenir de l'aide, des conseils, des renseignements, n'importe quoi.

Magda lui dit : « Reste calme. Attends. N'attire pas l'attention. C'est dur, mais c'est la seule façon de traverser cette épreuve. Le plus probable est qu'il sera relâché d'ici quelques jours. »

Il fallait qu'elle voie Sasha. Elle savait que refuser de le rencontrer était une faiblesse de sa part, mais elle repoussait toujours l'échéance. Elle avait peur. Elle ne craignait pas un acte, ni même une parole. C'était le genre d'appréhension qu'on éprouve au moment de soulever le couvercle d'une marmite dans laquelle un ragoût a stagné trop longtemps en plein été, dans un endroit chaud. On redoute la puanteur et le grouillement des mouches.

Que penserait Lauri s'il apprenait qu'elle avait écrit au docteur pour lui demander de l'aide, alors qu'elle n'avait pas encore vu Sasha ?

Elle devait proposer à Magda de quitter son logement. Étant donné ses liens avec Lauri, elle courait peut-être des risques, à l'héberger.

L'idée même de partir effrayait Eeva. Comme si cela marquait la fin de sa vie. Sa nouvelle existence à Helsinki lui avait parfois semblé trop belle pour être vraie. Aujourd'hui, il semblait qu'elle ne s'était pas trompée. Et si l'Okhrana l'arrêtait, elle aussi ?

Je deviendrais folle, se dit Eeva. La porte de ma cellule à peine refermée, je commencerais à perdre la raison. Ils n'auraient même pas besoin de me toucher. Mais peut-être tout le monde pense-t-il cela, et trouve-t-on ensuite la force de résister. On lui avait raconté l'histoire d'un camarade qui avait demandé à être enfermé dans un placard, où il ne tenait même pas assis, pour s'entraîner à vaincre sa peur.

Si on l'arrêtait, elle perdrait son travail. Eeva ne pensait pas que le libraire la garderait après ça. Ce serait dur de dénicher un autre emploi. Pas de travail, pas d'appartement. Pas de Magda.

Si seulement on avait un endroit à nous.

Oui. Elle et Lauri. Loin de tout et ensemble. Il ne s'agissait pas d'un stupide désir de fuite romantique, mais de leur seule chance de salut. Ceux qui parlent des révolutionnaires comme d'êtres dépourvus d'intérêts personnels, de liens, de sentiments, ce sont eux qui ne voient pas la réalité en face. « Il a coupé tous les ponts avec l'ordre social et l'ensemble du monde civilisé[1]. » Ce sont ces mots qui bouleversent une foule et font bouillir le sang dans ses veines. Oui, mais après ? Il est impossible de « couper tous les ponts », de devenir un « ennemi impitoyable », et tout le reste. Dans le calme de l'intimité, ces paroles sonnent creux. Personne ne peut vivre ainsi, et personne ne le fait, songea Eeva, à moins que seule la mort ne vous intéresse. Et même dans ce cas, la mort n'en fait qu'à sa tête.

« Quand on meurt, on est toujours seul, lui avait dit son père un jour. Même si on vous attache tous en rang d'oignons, on meurt seul. La mort est toujours une affaire privée. »

---

1. L'auteur cite ici une phrase du nihiliste Serge Netchaïev extraite de son *Catéchisme du révolutionnaire. (N.d.T.)*

Il le savait. Il s'y préparait. Malgré tout, quand l'heure de la mort avait sonné, il s'était battu. Elle lui avait humidifié les lèvres et fait sa toilette, elle l'avait veillé, mais elle n'avait pas pu poser la tête sur son oreiller ou mourir à sa place.

Un endroit bien à nous, loin de tout.

Lauri est repéré, maintenant. Même s'ils le laissent sortir, ils le tiendront à l'œil.

Pourquoi avoir envoyé cette lettre ? Sans doute le docteur ne viendrait-il pas. Quelle raison aurait-il de se mêler à cette sombre histoire ?

30

Thomas se tenait au milieu de la pièce. Assez vaste, plutôt joliment meublée. Un lit dans un coin. Des couleurs, partout, qui lui donnaient de la vie. L'éclair rouge du tapis, les carreaux de faïence bleu et blanc du poêle. Un vase de feuilles de hêtre séchées sur la table, et une assiette emplie de pommes. Des dessins encadrés au mur. Une belle chambre.

C'était donc ici que vivait Eeva. Une seule et unique pièce, supposa-t-il. Planté là, il promenait son regard alentour parce qu'il n'osait pas poser les yeux sur elle.

« Je vais prendre votre manteau. »

Il déboutonna son pardessus de ses doigts maladroits. Avant qu'il ait pu l'ôter, elle s'était approchée pour l'aider, faisant glisser les manches de ses bras. Elle plia soigneusement le vêtement, comme s'il était précieux, et le posa sur le lit, près du mur du fond.

« Asseyez-vous, je vous en prie. Je vais vous faire du café. » Il se risqua à la dévisager tandis qu'elle prenait la cafetière sur l'étagère et se mettait à préparer le breuvage. Un coup d'œil rapide, avant de détourner le regard, comme si son image le brûlait. Elle portait une robe en laine ajustée et elle semblait plus mûre, totalement différente.

Non. Sois honnête, se dit-il. Ce qui a changé, c'est qu'elle n'est plus à ton service. Tu es chez elle, pas chez toi. Tu ne sais pas d'où lui viennent les vêtements qu'elle porte, où et comment elle les a achetés. Cela change tout.

Elle ressemblait à une jeune élève institutrice. Pauvre, mais cela n'avait aucune importance parce que, autour d'elle, tout le monde l'était sans doute. Pour ces gens, l'argent ne comptait pas. Ils étaient jeunes, leur vie s'étendait à perte de vue devant eux, comme des nuages au lever du soleil. Ils avaient tout sacrifié pour pouvoir se payer des études, la tête pleine de livres, d'idées nouvelles et de rêves. L'aiguillon de l'envie le transperça tandis qu'il se l'imaginait entourée d'amis de son âge qui s'entassaient dans sa chambre, buvaient du café, dévoraient des beignets et riaient de plaisanteries qu'un étranger à leur groupe n'aurait pas pu trouver drôles. Entre eux, aucune barrière, aucune gêne. Ils étaient à leur place ensemble.

Cela lui rappelait sa propre jeunesse d'étudiant. Même si, bien sûr, lui n'avait jamais été pauvre. Juste un peu inconsidéré parfois, jetant par les fenêtres l'argent qu'il n'avait pas.

« Alors, vous avez réussi à trouver ma maison, dit-elle, toujours affairée et lui tournant le dos.

— Oui, très facilement. Mais on a construit dans tous les sens, ces derniers temps ! Je n'étais pas venu à Helsinki depuis à peu près cinq ans, et partout de nouveaux immeubles ont poussé comme des champignons. Cette ville ressemble à un gigantesque chantier.

— Oui, il va même y avoir une nouvelle gare.

— C'est cela le progrès, je suppose. »

Pourquoi échangeaient-ils toutes ces banalités ? Qu'il y ait ou non une nouvelle gare ne l'intéressait absolument pas.

« Je vous en prie, prenez une tranche de pain au café.

— Comment ?

— Là, sur la table. Goûtez-y. »

Il ne l'avait même pas remarquée. Une miche de pain tressé à la cardamome, à la surface collante de sucre pilé. Elle l'avait déjà découpée.

« Merci. Cela m'a l'air délicieux.

— Ce n'est pas moi qui l'ai fait, si c'est ce que vous voulez dire, il vient de la boulangerie. »

Mais oui, songea-t-il, bien sûr, tout a changé. Tu as mieux à faire que me préparer du pain au café, et tu tiens à ce que je le sache. Eh bien, c'est exactement ce que ferait une élève institutrice. Elle courrait à la boulangerie du coin et reviendrait avec le sac en papier chaud et tout gras entre ses bras.

« C'est une bien jolie chambre », observa-t-il. Elle s'approcha de la table, versa le café, les yeux baissés, puis les releva soudain en souriant. Ce fut à son tour de baisser les siens.

« J'ai eu beaucoup de chance. Je partage ce logement avec mon amie Magda. Vous ferez sa connaissance, je suppose, si vous restez quelque temps à Helsinki.

Elles vivaient donc à deux dans cette pièce. On n'aurait pas cru que c'était assez grand. Il n'y avait qu'un seul lit. Chez lui, Eeva avait sa propre chambre. Cette intimité lui manquait-elle ?

« Le lit de Magda est là-bas, dans l'alcôve, derrière le rideau. Elle est si grande, cette chambre, on remarque à peine les lits. Tous nos amis nous l'envient, et en plus, le loyer est très raisonnable.

— Tu mérites d'être heureuse », murmura-t-il.

C'était la première remarque personnelle qu'il formulait depuis son arrivée, et il la sentit se raidir comme un chat.

« Je me suis réjoui de recevoir ta lettre. Je serai heureux de faire tout ce qui est en mon pouvoir pour t'aider…

— Mais ?

— Eeva, s'il te plaît. Je veux seulement dire que je dois savoir de quelle aide tu as besoin. Tu m'expliques que ton ami s'est fait arrêter. Sais-tu pourquoi ? »

Elle reposa sa tasse. Elle avait soudain terriblement pâli, et il remarqua sa peau gercée autour de la bouche. Elle avait les yeux rougis de fatigue et une tache sur le côté du nez. Ses cheveux, tirés en arrière, paraissaient ternes. Il enregistra l'un après l'autre chacun de ces détails, mais ils ne parvenaient pas à l'enlaidir à ses yeux.

« Sans raison. Ils n'ont aucune raison. »

Il se pencha en avant. « Écoute, Eeva. Tu ne penses pas que tu peux me faire confiance ? Si je dois t'aider, il me faut en savoir davantage. »

Les doigts de la jeune femme, posés à plat sur la table, tremblaient.

« J'ai apporté un peu de schnaps. » Il se leva pour aller prendre la petite flasque dans la poche intérieure de son manteau. « Tu as un verre ? Non, non, s'il te plaît, ne te lève pas. Dis-moi seulement où ça se trouve.

— Dans le placard, à gauche du poêle », murmura-t-elle. Elle semblait plus pâle que jamais, et des gouttes de sueur lui perlaient au front. Il versa un peu de schnaps dans le verre et le lui tendit.

« Bois. Cela te fera du bien. »

Elle plissa les paupières et avala d'un trait. Quelques secondes plus tard, les couleurs lui revenaient.

« Tu te sens mieux ? »

Elle hocha la tête.

« Quand as-tu mangé pour la dernière fois ?

— Je ne sais pas... je...

— Goûte un peu de ce pain. »

Elle en prit une bouchée. Il vit sa gorge se contracter et elle déglutit.

« Encore un petit peu. »

Elle eut bientôt mangé toute sa tranche. Surprise, elle posa les yeux sur lui. « Je me sens vraiment mieux. J'avais un bourdonnement dans la tête, mais c'est fini maintenant.

— C'est la faiblesse. Il ne faut pas te laisser aller de cette façon, Eeva. Tu as des devoirs envers toi-même et… et les autres.

— Ils l'ont emmené. Je ne sais pas où il est.

— Tu n'as aucun ami qui puisse se renseigner pour toi ? » demanda-t-il, supposant qu'il existait tout un réseau de têtes brûlées, tous ces jeunes fous qui croyaient sans doute pouvoir proclamer l'indépendance de la Finlande avant la fin de la semaine prochaine.

« Tu n'as pas de… comment dit-on déjà ? De contacts ?

— Si, si. Je suppose. Je connais des gens. » Elle marqua une pause, soupira. « C'est l'Okhrana qui l'a arrêté.

— Je m'en étais douté en recevant ta lettre. » Il avait immédiatement compris qu'Eeva n'aurait jamais frayé avec de misérables criminels de droit commun. Les pièces du puzzle se mettaient en place : qui elle était, son éducation, ses lectures, ce qu'elle disait parfois…

« Donc, c'est une affaire politique, dit-il.

— Tout est politique à leurs yeux. Même être en vie devient une affaire politique.

— Ils doivent tout de même avoir une raison. Un prétexte, au moins. Les gens ne se font pas arrêter pour rien. »

Elle le regarda de l'autre côté de la table. « Vous croyez ça ?

— Eh bien, malgré tout, je pense qu'il existe des lois pour protéger les innocents. »

Mais au moment même où il prononçait ces mots, il était moins sûr de leur vérité. Ici, à Helsinki, dans la chambre d'Eeva, il se sentait dépassé et vieilli, comme un homme qu'on aurait enterré de longues années dans la forêt. La vie avançait à grands pas, et lui était resté sur place. Tous ces nouveaux édifices, ces nouveaux visages.

« Pour vous, il existe peut-être une protection. Pour un homme dans votre position. Vous ne risquez pas de faire chavirer le navire, alors ils vous fichent la paix.

— Ton ami, lui, a menacé l'équilibre du bateau ?

— Eux le croient.

— Y a-t-il une part de vérité dans ce qu'ils croient ? Est-il un… activiste ? »

Elle faillit sourire à la façon prudente dont il avait lâché le mot. « Il n'a rien fait de mal, répondit-elle enfin.

— Encore un peu de schnaps ?

— Non, je me sens mieux, merci.

— Eeva, ne crains rien. Si ton ami n'a rien fait de mal, ils le relâcheront. Peut-être pas immédiatement. Mais s'ils n'ont aucune preuve contre lui, alors tout finira par s'arranger.

— Mais ils forcent les gens à leur faire des aveux, chuchota-t-elle, après une longue pause. Qui ils connaissent et où ils se rencontrent. »

Un frisson de peur le parcourut soudain. Jusque-là, il s'était dit que l'affaire ne la touchait que par procuration. Maintenant, il se rendait compte que le danger menaçait Eeva elle-même.

« Tu penses qu'il pourrait donner ton nom ? T'accuser ?

— Oh non, fit-elle vivement. Non. Pas Lauri. Ce n'est pas ça qui m'inquiète. De plus, s'ils ont un dossier sur lui, ils doivent déjà tout savoir de moi.

— Dans ce cas, tu ne peux pas rester ici. »

Elle haussa les épaules. « Pourquoi pas ?

— Mais, ma chère enfant, tu ne comprends donc pas que tu pourrais te faire arrêter toi aussi ?

— Déménager n'y changerait rien. Et de toute façon, je n'en ai pas les moyens.

— Écoute-moi, Eeva. Ce n'est pas la seule autre possibilité. Non, je t'en prie, laisse-moi parler. L'affaire semble trop sérieuse pour être prise à la légère. Si on t'arrêtait et si on t'emmenait, je ne pourrais plus rien faire pour t'aider. »

Il la vit hésiter, même si elle essayait de n'en rien laisser paraître. Eeva avait sûrement très peur d'être emmenée. Il avait trouvé les mots justes. Il devait pousser son avantage, se montrer impitoyable, utiliser sa propre peur pour l'amener à se protéger d'elle-même.

« Tu peux venir t'installer chez moi. Jamais ils ne viendront t'y chercher. Qui s'intéresse à un vieux médecin qui vit au fond des bois ? C'est seulement ici, à Helsinki, si tu te mets sur leur chemin, qu'il peut leur venir l'idée d'entreprendre quelque chose contre toi. Les gens font cela sans arrêt, non, ils se réfugient à la campagne en attendant de se faire oublier ? »

Elle avait le visage fermé, obstiné, mais quelque chose le persuadait qu'elle l'écoutait. Il inspira profondément pour se calmer. Il ne fallait surtout pas la supplier, elle perdrait tout respect pour lui.

« Rien que pour quelque temps, Eeva. Jusqu'à ce que les choses s'apaisent. Je ne te demande pas dans quel groupe s'est engagé ton ami. J'ignore qui peuvent être ses comparses et je ne tiens pas à le savoir.

» Toutefois, à mon avis, ils ont tort. Ils commettent une erreur terrible, criminelle, même s'ils sont animés par la meilleure volonté qui soit. On ne peut pas mettre le monde sens dessus dessous sans déchaîner des forces incontrôlables. Quand on est jeune, on croit qu'en changeant le monde on fera aussi changer les gens. C'est faux. Les gens ne changent pas comme ça. Cela demande du temps. C'est comme la cicatrisation d'une blessure : impossible de l'accélérer. Peu à peu, avec de la patience, des médicaments, des soins et de la chance, elle se consolide… Tout dépend du degré de gravité. C'est pareil pour notre pays. Pour la société tout entière. Nous sommes blessés, bien sûr. Mais on ne soigne pas une plaie en y enfonçant un couteau ou en tirant une balle dedans. C'est impossible et inutile. »

Une image lui vint à l'esprit. Celle d'un jeune homme, des années auparavant, qui travaillait à la scierie des Nordström, du temps du père de l'actuel propriétaire. Il avait glissé et s'était ouvert la cuisse, pratiquement jusqu'à l'os.

Quel travail ç'avait été ! Pendant longtemps, il avait secrètement redouté d'être obligé d'en passer par une amputation. Mais il n'avait rien dit et défendu à quiconque de prononcer le mot. Il avait flanqué la frousse du siècle au vieux Nordström et s'était assuré que le gamin avait des draps propres, un bon matelas, qu'on lui servait du bouillon bien chaud et de l'eau claire autant qu'il pouvait en boire. Le processus avait duré, duré… La blessure se fermait, puis se rouvrait. Il n'avait pas oublié le regard du gamin, les yeux traversés de douleur. Il n'avait aucune famille.

Mais ils avaient finalement réussi à le tirer de là. Émile, c'était son nom. Le jeune Émile. Il se souvenait parfaitement de la patience désespérée de son regard.

« Tu comprends, Eeva, vouloir faire les choses lentement n'est pas nécessairement de la faiblesse.

— Mais là, elles vont si lentement qu'on fait presque du surplace.

— Presque. Presque. Mais pas tout à fait, Eeva. Je sais qu'il est facile pour moi de dire cela, parce que j'ai eu une vie facile. Mais regarde un peu combien la tienne a changé. Tu ne peux pas jeter tout cela au feu d'un seul coup. Il faut que tu me laisses t'aider. Je ne te demande pas de revenir en arrière et de redevenir une domestique. Tout serait complètement différent, cette fois. »

Il s'arrêta. La seule idée de cet avenir entrevu, avec Eeva dans sa maison, lui serrait la poitrine. Eeva, assise au coin du feu, dans une robe semblable à celle qu'elle portait en ce moment, lisant, étudiant, et levant les yeux à son approche. Ils pourraient parler de ses patients. Avec son intelligence et son intuition, elle saurait aller droit au cœur des problèmes. Peut-être voudrait-elle apprendre le piano ?

Elle jouerait bien, il en était sûr. Certaines sonates de Mozart lui montaient presque déjà aux oreilles, courant sous les doigts d'Eeva. Les épais rideaux seraient tirés, mais avant de monter à l'étage, il les ouvrirait, ainsi que les volets, pour admirer les arbres dans le clair de lune. Ce clair de lune d'hiver qui sentait la neige et faisait venir les loups des steppes du nord-est. Elle se tiendrait à côté de lui, il entendrait sa respiration légère. Avant de monter à l'étage…

« Tu pourrais redécorer les pièces. Changer les tapisseries murales. Tout serait fait selon ton désir. »

Elle le regarda d'un air ébahi.

« Tu vois, je suis en train de te demander de m'épouser. »

Elle se leva de sa chaise, la poussa sous la table et se tint appuyée contre le dossier. Elle avait les poings serrés le long de ses hanches.

« De vous épouser ?

— Oui.

— Mais alors, vous m'aimez ? »

Sa voix avait soudain grondé. Elle semblait pâle et effrayée, mais il crut discerner un éclair de triomphe sur son visage. Elle n'avait jamais cru en lui auparavant. Elle pensait qu'il voulait seulement profiter d'elle.

« Oui. Je t'aime. »

Au moment où il lâchait ces mots, il comprit qu'il était déjà trop tard. Elle s'éloignait de lui. Un peu comme la nuit qui tombe soudain : on regarde la forêt, on discerne chaque tronc, chaque branche, et brusquement, l'instant d'après, tout se noie dans l'épaisseur des ténèbres. Elle était avec lui, liée à lui, et puis soudain, elle ne l'était plus. Elle l'avait déjà quitté. Il l'entendit reprendre son souffle, mais elle ne dit rien. Elle mesurait chaque mot, réfléchissait à ce qu'il fallait répondre. »

« Maintenant, c'est à Lauri que je dois penser », finit-elle par dire avec d'infinies précautions, comme si elle voulait apprendre à un enfant à partager son jouet.

Il versa un peu de schnaps dans le verre qu'elle avait vidé, regarda la surface tremblante et légèrement huileuse d'un air absent pendant quelques secondes, puis l'avala. Déjà, il se sentait mieux.

Tout était fini. Plus la peine d'y penser. Étrangement, il éprouva une sensation de légèreté, de liberté. Il se resservit une goutte de schnaps. Face à lui, le visage d'Eeva semblait creusé par l'angoisse et la lassitude. Maintenant elle était inquiète pour lui autant que pour ce garçon.

« Ne t'en fais pas, ma chère Eeva. » Sa langue lui parut soudain comme déliée. « Oublions tout cela. Faisons comme si rien de grave n'avait été dit.

» Maintenant il nous faut réfléchir à ce que je peux faire pour aider ton ami. Je ne connais pas beaucoup de monde à Helsingfors, mais je vais essayer. J'ai un vieil ami qui est proche d'un proche du tsar.

— Proche d'un proche du tsar ?

— Il connaît Bobrikov. Pas vraiment de quoi être fier, à mon avis.

— Bobrikov !

— Oui, notre gouverneur général, tu sais. Le noble représentant de notre Grande Voisine.

— Je sais qui est Bobrikov.

— Je n'en doute pas, Eeva. Et je ne me vante pas de cette connaissance par personne interposée, crois-moi. Je ne peux rien te promettre. Mon vieil ami se révélera sans doute n'être qu'un insignifiant petit personnage qui a fait l'important devant un médecin de province ignorant. Mais c'est la seule possibilité que j'entrevois. Au moins, je peux essayer d'apprendre ce qui s'est passé. Tu vas me confier tout ce que tu sais, n'est-ce pas ? Tu vas me faire confiance ?

— Oui.

— En tout cas, se hâta-t-il d'ajouter, cela m'étonnerait qu'ils songent à m'arrêter, moi. Un vieux médecin de campagne, aux bottes toutes crottées, plaisanta-t-il pour essayer d'alléger l'humeur de la jeune femme.

— C'est vraiment généreux de votre part », dit-elle, et, malgré sa voix blanche, il fut persuadé qu'elle le pensait sincèrement. C'était généreux de sa part, et la générosité était tout ce qu'il lui restait.

Il avait l'intention de se rendre à son hôtel et de monter directement dans sa chambre. Là, il se laisserait tomber sur son lit et s'endormirait immédiatement. Pas question de dîner, de prendre un bain ou même de se déshabiller. Il sentait les ténèbres qui l'attendaient, juste derrière ses paupières. S'il ne parvenait pas à trouver le sommeil, au moins il resterait étendu tranquillement, sans bouger ni parler, jusqu'au matin. Le temps passerait, c'est ce que le temps ne manquait jamais de faire, incapable qu'il était d'agir autrement. Quoi qu'il arrive, le matin finissait par revenir. Il se raserait, se doucherait et enfilerait des vêtements propres avant de descendre. Demain aurait avant toute chose l'avantage de n'être pas aujourd'hui.

Il devait reparler de ce garçon avec Eeva. Il enregistrerait paisiblement tous les détails, comme autant de symptômes susceptible de le mener à un diagnostic. Puis le lendemain, et le surlendemain, et tous les jours nécessaires, il s'efforcerait de découvrir ce qui se passait vraiment. Il ferait tout son possible pour aider Eeva, et il aurait sa conscience pour lui.

« Eeva », dit-il en plongeant pour la première fois les yeux dans les siens.

Ils étaient aussi grands et lumineux qu'il se les était rappelés, mais ils n'avaient rien de vague. Elle le regardait, et ils étaient pleins de larmes.

31

Eeva frappa à la porte de Sasha mais n'obtint aucune réponse. Que pouvait-elle faire maintenant ? Tout avait lentement mené à ce moment.

« Tu veux vraiment y aller ? avait demandé Magda.

— Oui.

— Apparemment, il se terre dans sa chambre sans voir personne depuis qu'il est rentré de Turku. Hannu est passé chez lui et il ne lui a même pas répondu. Pourtant, il est sûr que Sasha était là.

— Comment ?

— Une intuition, c'est tout.

— Est-ce qu'il a essayé d'ouvrir la porte ?

— Il ne me l'a pas dit. »

Une idée loufoque venait de pénétrer dans la tête d'Eeva. Lauri n'avait pas été arrêté. C'était un mensonge. Il était là, dans cette chambre. Sasha lui avait fait quelque chose. *Terré dans sa chambre.* Un frisson d'horreur la parcourut tout entière.

Mais non, ça n'était pas possible. Un camarade avec des contacts dans les bureaux de l'Okhrana avait confirmé l'arrestation de Lauri. Elle ne devait pas divaguer de cette façon. Elle devait garder son contrôle, quoi qu'il advienne, sinon elle perdrait le sens de ce qui était réel et de ce qui ne l'était pas.

« Écoute, Eeva. Je vais venir avec toi.

— Ce n'est vraiment pas la peine.

— Je ne pense vraiment pas que tu doives y aller toute seule.

— Que veux-tu qu'il m'arrive ? De plus…

— Oui ?

— Il parlera peut-être plus librement s'il n'y a que moi. »

Magda fronça les sourcils. Elle voulait vraiment accompagner son amie. Pour la protéger, pensait-elle. Eeva était si vulnérable. Mais il existait un autre facteur que Magda avait grand-peine à s'avouer. Elle n'aimait pas les couples, et même si elle se le dissimulait en se montrant généreuse, ou en laissant le champ libre à Lauri et Eeva pour qu'ils puissent « développer leur amitié », comme elle le disait elle-même, elle se sentait animée d'une excitation étrange depuis que Lauri avait déserté la scène.

En compensation de cette secrète trahison, elle nourrissait l'intention chevaleresque de se mettre à son service.

« Si tu ne reviens pas d'ici une heure, je pars à ta recherche, déclara fermement Magda.

— Ça ne me prendra pas aussi longtemps. »

Magda rassembla ses papiers.

« Eeva, tu sais comment est Sasha. Ou plutôt, tu ne le sais pas. Personne n'en sait rien. Cet homme est tout et son contraire.

— Comme j'aimerais que Lauri ne l'ait jamais rencontré !

— Sans doute, mais le mal est fait. Sasha aimait effectivement beaucoup Lauri, c'était sincère. Jamais ils ne seraient devenus des amis aussi proches sans ça, parce que Lauri était loin d'être idiot.

— Magda, je t'en prie, ne parle pas de lui comme ça, comme si tout était fini.

— Oh, Eeva, je suis désolée, je t'ai fait pleurer. »

Magda bondit de sa chaise, renversant tous ses papiers par terre, et courut serrer Eeva entre ses bras. La jeune femme restait raide et gauche.

« Voilà, c'est tout, c'est tout. Je suis désolée. Écoute, je suis sûre que tout va s'arranger. »

C'était ce que Magda ne disait pas qui comptait le plus. Magda ne mentait jamais. Et elle n'avait pas dit que Lauri allait revenir.

« Ça va être *jamfedora*, mon chou, tu vas voir, dit Magda, en continuant à bercer Eeva entre ses bras.

— *Jamfedora* ?

— Ne t'inquiète pas, ça ne veut rien dire. C'est un truc que ma mère disait pour nous consoler quand on était tristes. Ce n'est même pas de l'allemand, c'est absurde. Un mot magique qu'on répétait chez nous.

— Je trouve ça joli.

— Je pensais autrefois que quand j'aurais des enfants, toutes les choses que ma mère disait reviendraient à la vie. C'est la marche du monde, n'est-ce pas ?

— Magda, est-ce que tu aimerais avoir des enfants ?

— Oh non, répondit-elle vivement, pas maintenant !

— Pourquoi ?

— À mon avis, ce monde n'est pas fait pour accueillir des enfants. » Elle libéra Eeva de son étreinte et recula d'un pas. Comme toujours, elle se tenait très droite. « Mais je serais heureuse d'apprendre que tu n'es pas d'accord, en ce qui te concerne. Je pense que tu ferais de très beaux enfants. » Elle s'empressa de sourire, et Eeva se dit que ses sourires étaient toujours les mêmes. Magda souriait sans doute de cette façon à sa meilleure amie quand elles étaient encore des fillettes avec des nattes et qu'elle la retrouvait au coin de la rue pour partir à l'école ensemble. C'était beaucoup plus facile d'imaginer Magda petite fille que de se la représenter avec des enfants à elle.

« Pour moi, poursuivit Magda, à ce stade de l'histoire, nous traversons le temps plutôt que nous ne l'habitons vraiment, si tu vois ce que je veux dire. Nous ne pensons pas à ce que nous avons sous les yeux mais aux changements qui vont survenir. Nous mettons nos propres vies entre parenthèses. L'avenir sera meilleur, mais nous ne le connaîtrons sans doute pas.

— C'est une décision très importante, de ne pas avoir d'enfants. »

Magda fronça les sourcils, puis lui décocha un sourire encore plus radieux. « Peut-être. Mais de toute façon, je ne suis plus toute jeune. Tu vois. » Elle pencha la tête et lui montra la racine de ses cheveux. « Tu vois tous ces cheveux gris ? Je les arrache sans arrêt, mais ils reviennent. »

C'était vrai. Quelques fils d'acier se perdaient dans la masse. De loin, on ne les voyait pas.

« Mais tu es encore jeune !

— Pas si jeune que ça. En fait, plus vraiment jeune du tout ! » dit Magda. Contrairement à l'habitude, son visage n'était pas animé, et Eeva comprit que son amie avait raison. Elle était en train de vieillir. « Toi, tu es jeune. Eeva, regarde-toi. Non, pas avec cette tête-là. Tu n'as pas le droit d'avoir de la peine pour moi. Je suis beaucoup plus heureuse que la plupart des gens que je connais. J'aime mon travail, mes amis, le théâtre, la musique. Mais des enfants, pas question.

— Magda, tu sais, c'est comme dans un mauvais rêve ; en plein milieu, les choses paraissent normales, comme si tu t'étais réveillée, mais une part de toi ne perd pas de vue que le cauchemar n'est pas fini et a envie de crier et d'avertir l'autre moitié. Et tu ne réussis même pas à murmurer.

— Oui.

— Eh bien, ce qui m'arrive est exactement pareil. Je vais au travail, je me retrouve face à un client qui se plaint qu'une commande n'a pas été livrée à temps… je consulte le livre de comptes, je présente nos excuses, j'explique ce qui s'est passé… mais pendant tout ce temps, il y a comme un mugissement dans mes oreilles, on dirait un vent noir, si violent que j'entends à peine ce que me dit le client.

— Il faut manger. Tu ne réussiras pas à dormir si tu n'avales rien.

— Je n'y arrive pas. J'ai la gorge trop serrée. » Elle pensa au docteur et à la façon dont il l'avait poussée à manger le pain au café. Il est vrai qu'elle s'était sentie mieux. Le schnaps lui avait fait du bien aussi. En ce moment précis, il était peut-être en train de parler à l'un de ses amis. Les gens influents se connaissaient tous entre eux, exactement comme son père connaissait tout le monde, à Saint-Pétersbourg, Helsinki ou Berlin. C'étaient des camarades, rien d'autre ne comptait.

Il avait ouvert son carnet avec la petite bande élastique tout autour, pour noter ce qu'elle lui disait de Lauri. Eeva avait dû lui expliquer que c'était une folie de tout écrire comme ça.

C'était le carnet qu'il utilisait lors de ses visites à ses patients. Il remplissait leurs dossiers plus tard à son bureau. Elle le reconnut immédiatement. Le Dr Eklund était un bon médecin, tout le monde le disait. À ce titre, le carnet était sécurisant. Mais bien sûr, dès qu'elle lui avait dit que ça présentait un danger, il n'y avait plus consigné le moindre mot…

« On va essayer un peu de soupe ce soir, dit Magda. De la soupe aux carottes et au fenouil, c'est bon pour l'estomac. Je vais te la passer pour qu'elle soit plus facile à avaler. »

Eeva ne put s'empêcher de sourire. Magda faisait sa soupe avec de gros morceaux de pomme de terre et de navet qui dansaient dans l'eau bouillante pendant des heures sans lui donner vraiment de goût.

« Magda, je ne sais pas ce que je ferais sans toi. Je crois que je deviendrais folle.

— Mais non. Ce n'est pas ton genre. Tout va bientôt s'arranger. S'ils veulent accuser Lauri, nous découvrirons quelles sont les charges retenues contre lui. Mais je ne pense pas qu'ils le poursuivent », dit Magda, rayonnante d'abnégation – elle était en train de rendre Lauri à Eeva. « Ils l'interrogeront pendant quelques jours, et ce ne sera sûrement pas une partie de plaisir, mais ensuite, ils le relâcheront. Excuse-moi, Eeva, de te dire les choses comme elles sont, mais Lauri n'est pas assez important pour eux. Parfois, des gens se font arrêter non pour ce qu'ils sont ou ce qu'ils ont fait, mais parce que ça fait partie d'un jeu auquel personne ne comprend rien. »

Eeva ne répondit pas. Elle ne pouvait ni accepter les raisons de se rassurer que lui donnait Magda, ni lui expliquer que Lauri était peut-être plus important qu'elle ne le croyait.

« Il ne nous reste plus qu'à attendre, dit Magda, comme s'il y avait là matière à réconfort.

— Où puises-tu ta belle assurance ? Tu es comme une maison avec un toit qui ne fuit pas, des fenêtres parfaitement ajustées, et un poêle qui donne de la chaleur par tous les temps.

— Eh bien, répondit brusquement la jeune femme, je ne sais pas vraiment. » Mais elle avait légèrement rougi. « Quand j'expliquais tout à l'heure que nous passions à côté de notre vie, je ne voulais pas dire que cela rendait nos actions plus futiles. À quoi bon vivre, si on ne s'occupe pas les uns des autres ? Les militants égoïstes, ou même cruels dans leur vie privée, j'en ai connu un nombre incalculable.

Mais moi, je ne veux pas leur ressembler. En fait, je refuse que la sphère privée soit étanche aux règles que nous appliquons au raisonnement politique. Cela ne fait qu'un. Nos actes sont là. Nous avons des comptes à rendre sur ce que nous faisons, pas sur ce que nous avons l'intention de faire.

— Tu penses à Sasha ?

— Pas seulement. Mais je ne lui fais pas complètement confiance. Tu épluches une couche de Sasha et il y en a une autre au-dessous, puis une autre, et elles présentent toutes des visages différents.

— Je sais ce que tu veux dire. Mais ne sommes-nous pas tous comme ça ? » Elle songeait à Anna-Liisa, et à son visage tout rayonnant quand le docteur venait en visite. Elle avait même une voix particulière dans ces moments-là. Mais dans ses yeux, on pouvait lire des éclairs de menace, et tous les orphelins le savaient. Il faudrait payer plus tard le moindre faux pas.

« Peut-être, répondit Magda, la gorge serrée. Mon Dieu, Eeva, toi et moi serions capable de continuer à deviser comme ça jusqu'aux portes de la mort. Il faut que tu partes. »

À nouveau, Eeva leva la main et frappa sur le bois brut jusqu'à ce que la jointure de ses doigts lui fasse mal. Elle était sûre d'avoir perçu un petit mouvement derrière la porte. Elle marqua une pause et tendit l'oreille. Oui, elle était convaincue qu'il se cachait là.

« Sasha ! Ouvre cette porte. »

Une seconde plus tard, sans que rien l'ait pu laisser prévoir, le battant s'ouvrit et elle faillit perdre l'équilibre. Déjà, Sasha lui avait tourné le dos et reprenait le chemin de son lit. Il s'y laissa lourdement tomber puis s'allongea en fermant les paupières.

« Sasha !

— Referme cette porte. »

Elle obtempéra et s'approcha de lui. La lumière était grise et froide. Elle avait oublié combien cette chambre restait sombre en pleine journée, parce que la fenêtre donnait sur le mur de la cour. Le lit était en bataille, et les draps sentaient le sommeil et la maladie. L'idée que Lauri ait pu dormir là la faisait frémir.

Un seau en émail avec une éponge au fond se trouvait près du lit. À côté, une bouteille de vodka débouchée. Pas de verre. Il avait dû boire au goulot, et il n'en restait que quelques doigts.

Elle promena le regard alentour. Des vêtements et des livres jonchaient le plancher. Sur la table, une boîte renversée avait laissé échapper des papiers qui avaient glissé jusqu'à une assiette de flocons d'avoine. Le miroir en bronze accroché au mur était de guingois. Le verre en était fendu. Toute la pièce semblait avoir été mise à mal. Près du mur, cependant, quatre paires de bottes immaculées, toutes cirées de frais, étincelaient sur un présentoir. Aucune n'appartenait à Lauri.

« Réveille-toi, Sasha. Ouvre les yeux. Il faut que je te parle. »

Sasha était plongé dans l'étuve de son lit. Si elle ne l'avait pas vu lui ouvrir la porte, elle aurait pu facilement croire qu'il n'avait pas bougé de là depuis plusieurs jours.

« Ne t'approche pas. J'ai la grippe.

— Tu as bu ! »

Ses yeux s'ouvrirent enfin et se posèrent sur elle. Aucune lumière ne vint éclairer son visage.

« Ne reste pas si près. Je ne te conseille pas d'attraper cette saloperie ! »

Il avait le teint terriblement cireux. Ses traits semblaient dilatés, comme si rien ne réussissait à les maintenir en place.

« Pas question de partir, dit-elle. Je veux te parler de Lauri.

— Lauri, répéta-t-il mécaniquement, en tournant la tête sur l'oreiller. Tu es venue pour parler de Lauri.

— Pour quoi d'autre sinon ?

— Pour voir si j'avais besoin de quelque chose, par exemple. »

Ses yeux étaient tout petits et ternes. Il la regardait avec reproche. Peut-être était-il vraiment malade et avait-il voulu se réfugier loin de tous avec sa fièvre. Son visage semblait étrange, comme si toute vie l'avait déserté. Elle éprouvait l'impression bizarre de se trouver face à un Sasha totalement inconnu, qu'elle ne parviendrait à approcher qu'au prix d'efforts incommensurables.

« Lauri », répéta-t-il encore, en roulant le *r* à la façon finlandaise, comme s'il imitait quelqu'un, « Lau…ri ».

Soudain, d'un mouvement rapide de félin, il s'accroupit d'un saut sur le lit. À quatre pattes sur ses mains et ses genoux, tout son corps oscillait et son visage cireux était tendu vers elle.

« Je ne te permets pas de venir me parler de Lauri comme si sa place était dans ton sac à main », gronda-t-il, la voix tremblant de rage.

Pas question de céder d'un pouce. Elle saurait le tenir à distance. Il n'allait certainement pas se lever de ce lit et se rapprocher d'elle. Sinon, elle l'écraserait à plates coutures, comme elle l'avait déjà fait dans la librairie.

« Est-ce que tu as quelque chose à voir avec son arrestation ? demanda-t-elle.

— Moi ? s'exclama-t-il avec emphase. Moi ? Mais rien. Rien du tout. Rien, rien et rien. Pourquoi me regardes-tu comme ça ? Tu ne me crois pas ?

— Il ne s'agit pas de te croire ou de ne pas te croire. Ce que je pense n'a d'ailleurs aucune importance. Tout ce que je veux, c'est savoir ce qui s'est passé.

— Lauri est mon ami. » Sa voix devenait plus pâteuse. Il se laissait aller, s'enfonçant dans l'alcool. Quel fabuleux paravent, pensa-t-elle. On peut cacher tout ce qu'on veut en se réfugiant derrière l'alcool. « Mon ami. Un vrai camarade. Les femmes n'y comprennent rien. Mon camarade. Pour lui, je ferais n'importe quoi.

— Là, tu as raison, rétorqua-t-elle sèchement. Je n'y connais rien. Je voudrais bien que tu m'en parles. »

Il faisait très chaud dans la chambre. Elle transpirait sous son manteau. Il était en train de s'effondrer, elle voyait cette menace se préciser de seconde en seconde. La force qui le maintenait encore intact cédait peu à peu. Cela faisait sans doute plusieurs jours qu'il buvait. Peut-être avait-il décidé de se détruire tout seul à petit feu.

« Tu te sens tellement forte, railla-t-il soudain. Je suppose que tu te regardes dans le miroir cent vingt fois par jour. *Oh, c'est moi ! Quelle merveille, c'est moi !* Eh bien, c'est ce que tu crois !

— Pourquoi me dis-tu des choses pareilles ?

— Aucune raison. Non, non, aucune raison. Ça m'a seulement traversé la tête. »

Il semblait jouer avec les mots, dans sa bouche, comme un enfant qui suçote ses jouets.

« Tu ne peux pas te lever un peu ? Tu dis que Lauri est ton ami, mais tu restes là affalé à te saouler alors qu'on l'a arrêté. Quel bien ça peut-il lui faire ? Tu n'as aucune envie de l'aider.

— Y a rien à faire, grommela Sasha.

— Tu dis ?

— Je dis que ça change rien que je fasse quelque chose ou pas », répondit-il, la voix soudain redevenue claire et pleine de défi. « Est-ce que tu crois que ça va l'aider que tu coures dans tous les sens en reniflant les traces de l'Okhrana, pauvre idiote ? Tu crois que je suis capable de faire des miracles ? La seule chose qui puisse avoir la moindre influence, c'est ce dont ils se trouvent avoir besoin à ce moment historique précis. » En chantonnant sur un ton moqueur, il fit défiler un chapelet de mots : « Interrogatoire, confession, accusation, arrestation, jugement, condamnation… ou bien, rien de tout ça. Qu'en dis-tu ? *Et si on jetait cette tête brûlée en cellule pour lui rafraîchir un peu les esprits ?* Et tra la la la la. Ce qui compte, c'est ce dont ils ont besoin. Non, ce n'est pas tout à fait ça. Pas ce dont ils ont besoin, ce qu'ils veulent. Et tra la la, la la !

— Pourquoi dis-tu des choses pareilles ? Ce n'est pas un jeu. Je te parle de Lauri. Ton ami.

— Moi aussi je parle de Lauri. Mais tu ne m'écoutes pas. Parce que tu as la tête pleine de foutaises qui n'ont plus aucun sens aujourd'hui. Tu penses encore que les choses arrivent *pour une certaine raison.* Je me trompe ? A conduit à B, et B à C, et tra la la lala.

— Arrête un peu. Ils ne l'ont pas emmené en prison pour rien, quand même !

— Bobrikov est en vie. Il ne lui est rien arrivé du tout. Tu as entendu parler de ce bon vieux Bobrikov ? Non seulement il est vivant, mais il se porte comme un charme, occupé à signer des décrets et des proclamations et à russifier la Finlande aussi vite qu'il le peut. Débarrassons-nous de la ridicule petite armée finlandaise, et débarrassons-nous des ridicules petits timbres finlandais avec leurs lions dessus, et, pour l'amour du Ciel, débarrassons-nous de tous les fauteurs de troubles. Les manufactures russes sont beaucoup plus fiables, tu ne trouves pas ? Les affaires continuent comme par le passé pour Bobrikov, et le tsar est heureux comme un poisson dans l'eau.

— Alors pourquoi ont-ils arrêté Lauri ?

— Il a peut-être fait un faux pas.

— *Un faux pas.* Qu'est-ce que tu veux dire par là ?

— À toi de me l'apprendre », répondit Sasha. Il se laissa retomber sur le lit, où il s'affala grossièrement, toutes ses bonnes manières disparues. Elle jeta un nouveau coup d'œil alentour. Il y avait une autre bouteille de vodka sur l'évier, à demi pleine. Elle s'en empara, s'approcha de Sasha, et lentement, délibérément, se mit à en déverser le contenu sur le plancher.

« Qu'est-ce que tu fabriques, espèce de garce ? C'est ma vodka !

— Ça l'était. »

Il roula jusqu'à l'autre côté du lit, mais le mouvement brusque lui donna le vertige et il retomba sur l'oreiller.

« J'en ai d'autre, de toute façon, grommela-t-il.

— Je mets le feu à cette vodka et à toutes tes autres bouteilles si tu ne te lèves pas immédiatement. C'est à toi qu'il faudrait mettre le feu, Sasha. Alors tu te secouerais peut-être. Tu vas te lever, te laver, t'habiller, sortir, et tu ne reviendras pas avant d'avoir parlé à tous ceux que tu connais et découvert ce qu'ils savent. Tous ces contacts magnifiques dont tu te vantes sans arrêt. Pour une fois, ils vont pouvoir se rendre utiles.

— Qu'est-ce que tu sais de tout ça ? vitupéra Sasha, comme s'il se parlait à lui-même. Tu crois que les choses sont aussi simples? Dans ta petite bonbonnière avec Magda, tu te sens à l'abri. Les amis sont solidaires, l'amour véritable dure toujours, les camarades sont loyaux, les ennemis portent des cornes sur la tête, et le travail acharné amène son lot de récompenses. Mais toute médaille a aussi son revers, tu ne le savais pas ? Quand on aime quelqu'un, on le hait aussi. Quand quelque chose est vrai, c'est aussi un mensonge. Alors pourquoi ne pas regarder tout ça en face ? »

Il grommelait maintenant, perdu dans les méandres de ses propres pensées. « Pourquoi faire semblant ? Des lâches, des hypocrites, voilà ce qu'ils sont tous. *L'amour.* Il faudrait leur faire avaler du poison pour qu'ils réussissent à digérer leurs propres mensonges. La trahison est déjà générale, tu ne le comprends donc pas ?

— Générale ? »

Il plongea sur elle un regard incisif. « Je suis ton ami, Eeva. C'est pour ça que je te raconte tout. Je ne veux pas te mentir. Mais si je te tuais maintenant, ça ne changerait rien pour personne. Ils se diraient que tu as été arrêtée, comme Lauri, et quand ils découvriraient que ce n'est pas vrai, tu aurais déjà quitté ce monde depuis longtemps. »

Un goût de fer lui envahit la bouche. Elle agrippa fermement la bouteille de vodka. Tout cela s'était déjà produit une fois. L'homme qui avait disparu de la maison de son père. Ils l'avaient fait boire et emmené, et on ne l'avait jamais revu. Un indicateur, qui travaillait sans doute pour l'Okhrana. Évanoui dans la nature. Il n'était même jamais venu dans cet appartement, tous auraient pu en témoigner. Ils s'étaient tous ligués, comme les rouages d'une machine, pour le faire disparaître. Mais Sasha n'était pas aussi habile. Il serait incapable de mener un tel plan à exécution.

« Non, dit-elle. Tu ne vas pas me tuer. Tu ne poseras même pas la main sur moi. »

Du regard, il jaugea sa détermination. Elle savait qu'il était capable de se déplacer à la vitesse de l'éclair, mais elle saurait se montrer encore plus rapide. Elle l'assommerait avec la bouteille. Mais cela ne suffisait pas. Il fallait qu'elle lui flanque la frousse.

« Ne sois pas stupide, Eeva, dit-il enfin. Repose cette bouteille, pour l'amour du Ciel. C'était juste une hy-pothèse-de-tra-vail.

— Magda sait que je suis ici. Je lui ai dit que je voulais te parler de Lauri. Si elle ne me voit pas revenir à l'heure convenue, elle rappliquera. Elle n'a aucune confiance en toi. Et donc, tu vois, personne ne croira que je me suis fait arrêter. »

Elle vit le corps de Sasha se relâcher. Il ne tenterait plus rien maintenant, elle en était sûre. Il n'avait pas la trempe nécessaire. Elle décida tout de même de ne pas lâcher la bouteille.

« Que vous êtes solidaires entre vous, les filles ! dit-il d'un ton léger.

— Est-ce que c'est toi ? » demanda-t-elle. Soudain, toutes les pièces du puzzle trouvaient leur place. Cet homme qui prétendait être un camarade. Qui riait et buvait avec son père et les autres, tandis que tous le surveillaient. Il était franchement mauvais. Ses talents de comédien n'étaient pas à la hauteur et il posait trop de questions. Sasha, lui, était un très bon acteur.

« Dis-le-moi, Sasha.

— Mais de quoi tu parles ?

— Est-ce que c'est toi ? Toi ? Est-ce que c'est ce que tu voulais dire en affirmant que chaque médaille a son revers ? Tu as dit que la trahison était générale. Alors dis-moi, qui a trahi ? Tu étais l'ami de Lauri, mais en même temps… » Elle déglutit.

Sa main fouetta l'air avec irritation.

« Tout cela est stupide, Eeva. Parfois, les choses arrivent, c'est tout… et on ne sait pas pourquoi.

— Non, les choses n'arrivent pas comme ça, toutes seules, Sasha. Quelqu'un se charge de les faire arriver. »

Il ne la quittait pas des yeux. Son expression changea. Une surprise naïve et enfantine se peignit sur son visage, comme si le petit Sasha de six ans était revenu et se trouvait prisonnier d'un adulte empestant la vodka, l'urine et la sueur. Il s'était montré si malin depuis si longtemps. Il les avait tous bernés. Cela aurait dû durer toujours, et maintenant, c'était fini.

Peut-être que là, il ne joue plus la comédie, songea Eeva. Peut-être qu'on est arrivés à la dernière couche, et qu'il ne reste plus rien de Sasha à découvrir.

« Ils relâcheront Lauri, dit-elle. J'en suis sûre. Quoi que tu aies fait, et quelle qu'en soit la raison, je ne veux plus le savoir. Ça n'a aucune importance. Lauri reviendra, et il ne te devra en rien cette libération. Il n'aura plus jamais affaire à toi. »

Mais il continuait à la regarder avec son air enfantin de clown ébahi.

« Sasha ne pouvait pas faire autrement », dit un autre lui-même, à travers le tunnel que la vodka et Dieu sait quoi d'autre avaient creusé en lui. La voix était très jeune, pas plus de six ans. Ses pupilles semblaient dilatées, comme si elles avaient englouti l'homme adulte. C'était ce visage qui faisait face à Eeva.

« Pourquoi ? »

Elle ne reçut aucune réponse.

Et voilà qu'elle se retrouvait dans la Maison des orphelins. Après la tombée de la nuit, les petits murmuraient dans leurs cauchemars, tandis qu'elle veillait une enfant malade. Elle tenait une cuiller à la main, et un gobelet d'eau dans laquelle on avait dissous du sucre et du sel. Le docteur avait demandé à Anna-Liisa de la laisser au chevet de la petite pour la nourrir. Parfois, elle s'endormait presque. Elle ne pouvait s'en empêcher. Sa tête retombait sur sa poitrine, ses yeux devenaient vagues, puis, dans un sursaut, elle revenait à elle. Un gémissement de douleur montait du lit, et la petite fille balbutiait quelques mots, trop rapides pour qu'on puisse saisir ses propos.

« Tout ira bien, bois-moi ça. » Elle avait dû prononcer ces paroles une centaine de fois quand le jour s'était enfin levé.

Sasha se pétrissait le visage de son poing qu'il s'enfonça dans la bouche, comme pour se forcer au silence. Tout était immobile.

Dans la Maison des orphelins, il fallait se mettre en rang. Pour aller à l'église, la file devait être parfaite. Les petits trébuchaient parfois et rompaient l'alignement parce qu'ils avaient froid ou qu'ils étaient épuisés, mais ils apprenaient vite à ne plus le faire.

Et puis, le rideau retomba. Le visage de Sasha reprit son expression habituelle, enjouée et moqueuse. « Tu m'as cru, n'est-ce pas ? railla-t-il. Je t'ai bien eue. Vous, les filles, vous êtes trop tendres pour survivre. Mon père l'avait parfaitement compris. Il disait qu'à la façon dont ma mère m'élevait, je serais toujours trop tendre pour survivre. Mon père voulait mon bien, tu comprends ? Il a fait de moi un homme. Mais cela ne lui suffisait pas. Comme tous les pères, il avait de l'ambition. J'étais son seul fils, et il formait pour moi de vastes desseins.

» Il ne s'est pas contenté de faire de moi un homme. Il en a fait deux. Eeva, ma petite chérie, il en a fait deux. Deux hommes pour le prix d'un. N'est-ce pas là l'un des miracles divins les plus sacrés ? comme disait ma mère. Mais elle était faible, elle ne valait rien.

— Je ne sais pas ce que tu veux dire », répondit-elle, impassible. En fait, elle avait compris. Il pensait pouvoir lui agiter sous le nez quelque chose d'inaccessible. La titiller avec un secret qu'il éloignerait au moment où elle penserait pouvoir s'en emparer. Mais elle en savait plus qu'il ne le croyait. Il s'imaginait jouer la comédie, mais il disait la vérité, et maintenant elle l'avait percé à jour, strate après strate. Elle ne voulait plus en voir davantage. Elle voulait rentrer chez elle.

« Non, tu ne sais pas, tu ne sais rien, poursuivit-il, redevenu arrogant et sûr de lui. Pauvre petit Sasha, c'est cela que tu pensais ? Tu étais tout attendrie, pas vrai, je t'ai vue ! »

Elle le regarda sans dire un mot. Magda avait raison. Un masque tombait pour en dévoiler un autre, et ainsi de suite… mais on n'arrivait jamais au vrai visage. Et pourquoi même tenter d'y parvenir, puisque tout cela ne servirait à rien ?

« Tu ne dis rien, Eeva ? »

Maintenant, elle pouvait lui tourner le dos. Elle marcha résolument vers la porte.

32

Bobrikov

Très lentement, il balança les pieds hors du lit et les glissa dans ses pantoufles. Un moment de pause pour se remettre. Pas de honte à cela. Le corps se raidit durant le sommeil et doit revenir peu à peu à la vie. Il était essentiel de suivre les ordres du médecin. *Il faut prendre votre temps, monsieur. Laissez votre circulation se rétablir, sinon cette jambe risque de se dérober à nouveau. Nous ne voulons pas risquer une autre chute, n'est-ce pas ?*

Les médecins s'exprimaient ainsi, comme si votre corps leur appartenait. Celui-ci était un blanc-bec, mais tout de même, il connaissait son affaire. Ce n'était pas un boucher, comme la majorité de ses confrères.

Mais cela n'avait aucun sens de parler de prudence et de lenteur. Un homme ne pouvait se permettre de se laisser aller dans son grand âge. Bobrikov était soldat et fier de l'être. Il n'avait pas traité son corps avec plus d'égards qu'une boule de billard ou qu'une cantine qu'on emporte en campagne. C'était ce satané problème de prostate qui l'avait encore réveillé. Combien de fois ce mal l'avait-il tiré de la chaleur du lit pour aller uriner interminablement, un mince filet peinant à se frayer un chemin.

Pourtant, il n'était pas peu fier de son jet quand il était jeune ! Contre le mur ou derrière un buisson dans le petit matin glacé. Une magnifique giclée qui fumait avec panache en retombant sur la neige. Il était comme ça. Même son urine portait sa signature. Bo-bri-kov.

À présent, il était lent et ankylosé. Il avait des jambes de vieillard, la peau marbrée et une grosse bedaine. Les mollets sillonnés de varices noueuses. Bien sûr, il fallait s'y attendre. Son corps avait fourni le travail pour lequel il avait été forgé. Un vieux cheval encore plein de bonne volonté, mais qu'il ne pouvait plus vraiment pousser. S'il n'y prenait pas garde, il s'arrêterait pour de bon, la tête basse, les sabots écartés, hors d'haleine. Alors aurait sonné l'heure de le conduire à l'abattoir…

Pas encore. Pas en ce moment où tout ce qui nous est cher est menacé, songea Bobrikov. Où il reste un travail essentiel à accomplir.

Il y avait plusieurs façons d'aider le vieux cheval. Une canne de marche, un peu plus de cire aux extrémités de la moustache pour empêcher les poils de retomber piteusement, une redingote militaire qui le forçait à se redresser, les épaules bien droites. Une paire de besicles et il y voyait clair, assez clair en tout cas pour lire les journaux ou évaluer un vis-à-vis. Il avait toujours été excellent juge en matière de personnalité.

Ah, que c'est long ! Comme il est triste d'être un vieillard qui va pisser !

Mais tout de même, les jeunes ne savent pas tout, se dit Bobrikov. Ce n'est pas rien d'avoir donné toute sa vie au service du tsar. Travailler, peiner, sans jamais attendre de récompense… non, non, pas même toute cette batterie de médailles, malgré leur importance. Ce n'est pas ce qui compte, au fond. Faire son devoir envers Dieu et le tsar, c'est là l'essentiel. La confiance du tsar. Il ne doute pas que je ferai toujours ce qu'il faut. Sans question, sans détour. Avec joie.

Un rude chemin, mais c'est ainsi. Les dissidents, les activistes et les malfrats sont partout, et même s'il est indispensable de les traiter avec la plus grande fermeté, il faut aussi se rappeler qu'ils sont comme des gosses. Ils ne se rendent pas compte, ils en sont incapables, de la bienveillance du tsar à l'égard de son peuple. Ils nous jettent à la face leurs petits meneurs sans comprendre qu'être un chef ne signifie pas donner au peuple ce qu'il croit vouloir.

Pétitions ! Harangues ! *La volonté du peuple !* Oui, ils sont comme des enfants dans une nursery, pensa Bobrikov, en secouant son pénis flasque pour faire tomber les dernières gouttes. Des enfants dangereux. Et en tant que tels, il faut les traiter avec rigueur, pour leur propre bien, pour qu'une seule brebis galeuse ne contamine pas tout le troupeau. Les éléments séditieux qui menacent l'unité impériale de la Grande Russie doivent en être écartés. Relégués en Mandchourie, en Asie centrale, en Perse, ici, au grand-duché de Finlande, les dangers sont exactement les mêmes, sous des formes différentes. Et la solution doit être identique. Comme des enfants, ils doivent apprendre que tout défi à l'autorité entraîne une punition. En bon père qu'il est, le tsar doit les châtier.

Tous ceux qui bravent la volonté du représentant de Dieu sur terre, songea Bobrikov, en laissant retomber les pans de sa chemise de nuit sur ses cuisses, bravent la volonté de Dieu Lui-même.

Et maintenant, au lit une fois encore. Peut-être plus pour dormir, mais pour rester paisiblement étendu sous la chaleur des couvertures en songeant à la journée à venir. Voilà encore quelque chose qu'ils ignorent, ces jeunes qui croient que jamais ils ne boiteront, qu'ils échapperont aux articulations enflammées, aux cheveux gris, aux yeux chassieux, et aux pavillons acoustiques. Ils ne se doutent pas qu'on aime autant la vie. Au fond de soi, on ne change jamais. Un plat de perdrix rôties est tout aussi alléchant – et même davantage –, et l'amour plus fort. Parce que l'amour est un principe, pas une émotion. Pas une petite chose légère qui s'envole au premier souffle. L'amour a la dureté du métal. Ils ne le savent pas encore.

Il regagna son lit à tâtons. Il connaissait son chemin dans le noir, il avait toujours su. Un vieux truc de soldat. Il fallait savoir où on se trouvait, même endormi, et être capable de s'orienter instantanément dès le réveil.

Il se rallongea, grognant de douleur quand il étendit les jambes. Et cette satanée crampe qui lui montait dans toute la cuisse. Toujours la même. Il serra les dents et siffla à travers ses incisives, comme pour apaiser un cheval récalcitrant. La crampe atteignit son intensité maximale avant de s'atténuer peu à peu, comme il l'avait prévu.

Février. La fin de l'hiver ne tarderait plus. Même si les années défilent à toute allure, les hivers paraissent de plus en plus longs. Le printemps ! Voilà ce qu'il attendait. Une promenade sous le soleil de juin sur la place du Sénat, quelques minutes de repos arrachées à une journée de travail qui commence à six heures du matin et ne finit pas avant le crépuscule. Un regard jeté vers la pureté bleue du ciel, un autre sur sa montre, et il est déjà temps d'y retourner. On vous attend au bureau des Finances.

Encore une bouffée de ce délicieux air de fin de matinée, sachant que vous l'avez méritée, que vous avez fait votre devoir, que vous avez su garder les yeux ouverts.

Thomas prit le pouls d'Ida Runeberg.

« Je ne vois pas pourquoi vous faites ça, l'interrompit-elle. Je ne suis pas malade.

— Tu permets ? »

Il connaissait Ida depuis qu'elle était bébé, même s'il ne l'avait pas mise au monde en personne. Il n'avait pas encore fini ses études. Elle avait toujours été une enfant robuste qui courait les bois avec son frère aîné, mort d'une méningite à l'âge de douze ans. Il avait presque oublié son nom : Bo, c'était ça. Et pourtant, tout le monde en avait eu une telle peine à l'époque ! « Une terrible tragédie pour cette famille », avait dit Johanna en attirant Minna à elle et en la serrant si fort que la fillette s'était débattue et avait protesté : « Mais, maman, tu m'étouffes. Je veux descendre. »

Il les revoyait maintenant aussi nettement que si elles étaient sous ses yeux. Johanna, Minna. Tant d'années plus tard, l'air semblait encore vibrer de l'impatience de la fillette.

« Tout va bien, Ida, mais c'est mon devoir d'être vigilant. » Il sourit. « Même si c'est un peu agaçant. »

Elle faillit lui rendre son sourire, mais elle fut soudain distraite par quelque chose, et son visage s'assombrit. Elle plaça les mains sur son ventre et roula de côté sur le lit en remontant les genoux. Puis, dans un mouvement convulsif, elle se mit à quatre pattes, les genoux écartés, agrippant ses cuisses. Elle respirait par petits à-coups rapides et elle lâcha un grognement. C'était fini.

« Les douleurs sont de plus en plus fortes, déclara-t-elle, d'un ton de reproche.

— Normal. Tout à fait naturel. Tu te débrouilles très bien. »

Son mari, Nils, avait demandé à Thomas de s'occuper de l'accouchement d'Ida dès qu'il avait su qu'elle était enceinte.

« Vous voyez… c'est une femme fragile. »

Thomas n'était pas d'accord. Ida était aussi résistante qu'un poney, et aurait très bien pu se contenter d'une sage-femme. Mais cela ne lui aurait rien valu d'avoir auprès d'elle un mari miné par l'angoisse pendant neuf mois.

« Tu devrais sans doute t'allonger, lui suggéra-t-il avec douceur. Nils va entrer pour te tenir la main.

— Je n'arrive pas à rester couchée, ça me fait trop mal. Tout ce poids sur ma colonne vertébrale !

— Où exactement ? Montre-moi.

— Là. »

Il l'examina avec attention. Comme auparavant, le fœtus était en position normale et longitudinale. La tête était déjà engagée. Thomas sortit son stéthoscope et mesura les battements de cœur. Tout allait bien.

« J'ai besoin de me lever », gronda sauvagement Ida. Une autre contraction approchait. Elle s'efforça avec maladresse de quitter son lit.

« Ma chère petite ! Tu risques de tomber, tu vas te faire mal…

— *Ne me touchez pas !* »

Elle se pencha en avant, agrippant la colonne du lit. Sa longue chemise de nuit blanche collait à son corps en sueur. Soudain, il pensa à sa mère traversant le petit bois de bouleaux, prête à accoucher. Elle n'avait laissé personne s'approcher, à part Katariina.

Et puis, quand le moment est venu, tu t'es glissé à l'air libre, comme un poisson.

« Allez chercher Nils, siffla Ida. Je le veux ici, dites-lui de venir. »

Thomas marcha vers la porte. Comme il le supposait, Nils attendait derrière le battant, le visage blême.

« Pourquoi n'êtes-vous pas entré, mon vieux ?

— Est-ce qu'elle… est-ce qu'elle va très mal ? »

Le pire, crois-moi, c'est le sale caractère de ta femme, pensa Thomas, mais il dit : « C'est un accouchement on ne peut plus normal. Les choses progressent de façon admirable. »

Nils jeta un coup d'œil timide en direction de sa femme et découvrit ses traits crispés, son visage baigné de sueur. Son expression se glaça instantanément.

« Mais elle souffre ! Il faut l'aider. Faites quelque chose pour elle !

— Nils ! Ne fais pas… l'enfant ! » haleta Ida. La contraction était en train de passer. Elle se redressa et s'épongea le front.

« Il y en a pour combien de temps ? demanda Nils, horrifié.

— C'est difficile à dire, répondit Thomas. Peut-être trois heures, peut-être quatre. Ses contractions sont régulières et fréquentes maintenant. Pour le premier bébé, tout est toujours un peu plus long. Mais, Ida, tu es sûre de ne pas vouloir t'allonger ?

— Non, je ne veux pas. »

Ida tendit la main vers sa table de chevet, prit le verre d'eau qui s'y trouvait et but un peu. Ses lèvres lui faisaient mal. Elles étaient toutes fendillées. Elle avala encore une gorgée d'eau. Les deux hommes la regardaient.

Inutile, semblait leur dire son visage. Aucun de vous deux ne peut m'aider. Ce serait plus confortable pour vous si j'acceptais de m'allonger et de cacher ma souffrance sous les draps. Mais il n'en est pas question.

« Laisse-moi t'aider à enfiler ton peignoir, proposa Nils.

— Il fait trop chaud !

— Tout de même », dit Nils en marchant vers elle, le peignoir de soie bleue entre les mains. Il voulait échapper au spectacle, sans même s'en rendre compte.

« Non », dit-elle, en étendant les mains pour le repousser, avant de s'emparer de la boule ronde qui surplombait la colonne de lit. « Ne me touche pas, ne me touche pas, ça revient », grommela-t-elle, comme si elle se parlait à elle-même. Son ventre se tendait et se soulevait. Elle posa les mains sur la chair rebondie et sentit tout son abdomen se soulever tandis que la douleur la submergeait.

Dès que la contraction fut passée, Ida s'éloigna du lit et se dirigea vers la fenêtre. Elle se reposa là un instant, appuyée contre la lourde tenture en velours, puis, au prix d'un gros effort, elle ouvrit d'un coup voilages et rideaux pour découvrir l'espace obscur de la nuit.

Mais déjà il ne faisait plus complètement noir. L'aube ne tarderait plus, se dit Thomas en jetant un coup d'œil à sa montre.

« Il neige encore », fit Ida. Maintenant qu'elle le disait, ils se rendaient compte qu'effectivement la neige balayait la fenêtre par rafales avant de battre en retraite.

« Le vent est à l'est », dit Thomas.

Nils s'approcha de sa femme. Côte à côte, ils regardaient ensemble par la vitre. Elle s'appuyait contre lui, prenant un peu de repos, et il avait passé le bras autour de ses épaules. La respiration de la jeune femme semblait emplir la chambre.

À la contraction suivante, Ida s'éloigna de la fenêtre.

« Ça me fait mal », articula-t-elle péniblement, entortillant les doigts dans les plis de sa chemise de nuit. « Enlevez-moi ça, c'est trop lourd. »

Même la fine batiste lui pesait. Elle ne pouvait supporter la gêne occasionnée par l'étoffe. Thomas entendit le tissu se déchirer, et la protestation de Nils : « Ida ! Ida, ne fais pas ça ! »

Il avait peur de voir son corps nu. Pourtant, c'était ce corps nu qui avait fait ce bébé, songea Thomas. Comme les gens étaient bizarres ! Que leurs vies lui semblaient bizarres ! Ida cessa de lutter contre sa chemise de nuit. Elle et Nils se faisaient face maintenant, comme deux amants. Il la soutenait, prenant sur lui son poids pendant qu'elle luttait contre la douleur. La masse de l'enfant entre eux rendait l'entreprise maladroite, mais tout de même, le spectacle de toute cette tendresse fit monter les larmes aux yeux de Thomas qui détourna le visage. Dès le lendemain, ils formeraient une famille. Que Dieu les aide, pensa-t-il. Une famille de plus. Et tout le cycle recommencerait.

Elle entoura le cou de Nils de ses bras. Il avait les pieds écartés et fermement plantés dans le sol : il était prêt à soutenir son poids. Il commençait à avoir l'air d'un homme, Nils, au lieu de ce jeune garçon tombé amoureux de l'impérieuse Ida parce qu'il n'avait pas le choix. Elle avait jeté son dévolu sur lui, la messe était dite.

Une fois de plus, Ida se libéra de son étreinte pour arpenter la pièce, tournant toujours au même endroit, comme si elle était seule à voir une ligne tracée sur le plancher.

Il avait eu tort de demander à Ida de s'allonger. Elle semblait moins souffrir debout que quand elle se tortillait sur le lit, alors que le travail avait beaucoup avancé. Il faudrait qu'il s'en souvienne.

Il n'avait qu'un unique souci à son propos. Thomas s'intéressait toujours à l'historique précis des accouchements de la famille, et il était apparu que la mère d'Ida avait abondamment saigné entre la naissance et l'expulsion du placenta. Elle avait survécu, mais il lui avait fallu plus d'un an pour recouvrer la santé. Il n'y avait pas eu d'autres enfants. Ida le savait parfaitement ; il supposait que mères et filles parlaient souvent de ces choses, même s'il avait peine à imaginer Johanna et Minna s'entretenant de tels sujets. Mais enfin, si Minna s'était retrouvée enceinte du vivant de sa mère, tout aurait peut-être été différent. Minna, enceinte. Peut-être cela arriverait-il un jour. Pour la première fois, récemment, elle avait dit : « Si jamais je devais avoir des enfants, non que ce soit très probable, mais… »

Il n'avait pas osé répondre ; n'avait même pas osé la laisser penser qu'il avait entendu ce qu'elle avait dit. Mais son visage l'avait sans doute trahi. Elle avait rougi et baissé les yeux. « Un enfant, Minna ! avait-il dit, mais en son for intérieur. Cela serait-il possible ? »

L'hémorragie était ce qu'il redoutait le plus. L'accouchement se transformait alors en champ de bataille, manches relevées, le lit transformé en mare de sang. Il avait ordonné qu'on prépare des sacs de glace, sans préciser à quoi ils pourraient servir. Ida était forte, mais dotée d'une imagination certaine, et il savait d'expérience que la peur était la plus grande ennemie d'un accouchement réussi. Mais le plus probable était que tout se passerait bien. Physiquement, Ida tenait plus de la famille de son père que de celle de sa mère. Elle ressemblait beaucoup à sa tante Birgit, qui avait mis six enfants au monde assistée seulement de sa vieille gouvernante. Comme sa mère à lui. Que les morts semblaient proches, parfois, comme si leur planète passait tout près de la Terre.

Il avait fait son devoir. Tout ce qui était possible. Il pouvait affronter le regard de sa mère, si les morts ont des yeux pour voir et des bras pour étreindre ceux qu'ils ont aimés autrefois. Il en doutait sérieusement. Il avait fait ce qu'il pouvait pour Eeva, pour ce garçon. Il avait offert au vieux Magnus Bergström un bon dîner, écouté patiemment des heures et des heures les fanfaronnades de « l'intime d'entre les intimes », ainsi qu'il l'appelait désormais pour lui-même. Le vieux Magnus avait sérieusement froncé le sourcil lorque Thomas avait finalement « abordé le sujet ». Magnus avait instantanément changé, devenant d'un coup attentif mais distant. Vraiment, il ne pouvait pratiquement rien lui dire :

« La discrétion, la discrétion, tu comprends, mon cher Thomas. Environné comme tu l'es dans tes bois de paix et de sérénité, tu dois avoir du mal à imaginer la pression dans laquelle nous vivons ici, à Helsingfors. La discrétion doit être notre maître mot. Mais je peux sans faillir à cette règle te révéler qu'il y a eu un certain nombre d'arrestations – appelons-les préventives, ou fondées sur des hypothèses – dont il est peu probable qu'elles déboucheront sur des condamnations significatives. Du menu fretin, mon cher Thomas, du menu fretin. Et tu te rappelles sans doute, toi qui étais pêcheur, ce qu'on fait du menu fretin. On évalue le temps qu'il lui faudra pour venir à maturité, et on le rejette dans le lac. Bref, il s'agit purement et simplement d'aiguiser le couteau. Une fois aiguisé, on peut le ranger dans le tiroir.

— Menu fretin ? Aiguiser le couteau ?

— Je te demande d'utiliser un peu ton imagination, mon cher Thomas. Le couteau est une figure de style. »

Et le vieux Magnus s'était plongé dans ses pensées, l'air si paisible et si solennellement satisfait de son mélange de métaphores que Thomas eut soudain envie de lui envoyer une boulette de pain dans l'œil.

Mais il avait fait ce qu'il pouvait. Il avait tenu sa promesse à Eeva. Il ne l'avait pas revue, il ne s'en sentait pas le courage, après cela. Il lui avait envoyé une courte lettre, concrète, aussi discrète que la sienne, et il avait quitté Helsingfors aussi vite que possible. Heureusement, le bébé d'Ida avait annoncé son arrivée imminente presque immédiatement.

Mon Dieu, songea-t-il, si je suis encore vivant et capable d'exercer, il n'est pas impossible que j'aide à venir au monde le petit-fils ou la petite-fille d'Ida.

La science aura sûrement avancé d'ici là, se dit-il tandis qu'une nouvelle et violente contraction arrachait un cri à la parturiente. D'ici que le bébé d'Ida soit grand, nous en aurons suffisamment appris pour que cela se passe un peu mieux, non ?

Lauri

À Helsinki, la neige avait cessé de tomber depuis plusieurs heures, et la nouvelle couche était recouverte d'une épaisse croûte de glace. La lumière commençait à filtrer du haut du ciel, même si le lever du soleil ne devait avoir lieu qu'une demi-heure plus tard. Mais on était déjà à la mi-février, la période la plus sombre de l'année était passée. Le soleil lutterait pour atteindre la ligne d'horizon peu après huit heures, mais avec ce manteau de nuages épais et bas, on ne l'apercevrait sans doute pas de toute la journée. Tête baissée, les gens se précipitaient au travail, tout emmitouflés, quittant à regret la chaleur des maisons. Les tramways se mettaient bruyamment en branle et dans le lointain, le sifflet d'un contrôleur déchirait l'air immobile.

Tout semblait normal. Les enfants filaient vers leur école, les boutiques ouvraient, l'arôme du café torréfié embaumait les rues, et la vitrine d'un boulanger répandait une lumière jaune.

Lauri ralentit. De temps en temps, il s'arrêtait pour reprendre son souffle. Même sans argent, on avait le droit de jeter un coup d'œil à la vitrine du boulanger. Une jeune fille aux bras maculés de farine installait les miches sur un plateau de bois. Des miches toutes fraîches d'un bon pain noir, sucré et collant. Il se sentit saliver.

Il lui fallait reprendre sa marche. Rejoindre Eeva. Mais la lumière jaune de la vitrine du boulanger l'éblouissait. Il savait ce qu'il fallait faire. Baisser la tête, respirer profondément. Se reprendre. Mais le vertige ne fit que s'accentuer. Son cœur cognait dans sa poitrine. De la faiblesse, voilà tout. Il allait se reprendre.

« Vous vous sentez bien ? »

La petite boulangère était sortie. Il la distinguait à peine. Elle dansait devant ses yeux et l'éblouissait, elle aussi, tantôt éclairée, tantôt dans l'obscurité. Sa voix résonnait comme une cloche : *Vous vous sentez bien… bien… bien ?*

« Il est en train de s'évanouir », dit une autre voix. Quelqu'un lui prit le bras droit, quelqu'un d'autre le gauche. On le fit entrer dans la boutique. Il s'appuyait sur eux, il ne pouvait s'en empêcher, alors même qu'il aurait voulu leur épargner ce poids. Ses jambes se dérobaient sous lui.

« Là, asseyez-vous sur ce tabouret. Baissez la tête. »

Deux voix, une jeune et une vieille. Une main lui tendit un gobelet d'eau, il tenta de boire mais n'y parvint pas. Il tremblait de tous ses membres, incapable de se contrôler.

« Il a froid.

— Va dans l'arrière-boutique, fais-lui chauffer une goutte de lait et mets-y du sucre », dit la voix la plus mûre.

Tout demeurait obscur. Il savait seulement qu'il essayait de se rendre quelque part.

« Couvre-lui les épaules avec un de ces sacs à farine. »

Une tasse bleue apparut au bord de ses lèvres.

« Buvez tout, vous vous sentirez mieux. »

Il prit une lampée du lait chaud et sucré mais sa gorge se contracta.

« Doucement, doucement. »

Une autre gorgée. Puis une autre encore. Le bon goût du lait lui inondait la langue, la chaleur se répandait dans tout son corps et lui rendait ses forces. Il prit encore une gorgée, et fut bientôt capable de boire normalement. Il tendit la main et s'empara de la tasse. Il avait mal à la bouche, mais il parvenait à avaler le précieux liquide. Il voyait des carreaux bleus et blancs onduler devant ses yeux. La jeune fille qui approchait la tasse de ses lèvres portait un tablier de ces deux couleurs.

« Merci, articula-t-il.

— Qu'est-ce qu'il a dit ? »

Lauri se racla la gorge. Il n'avait pas sa voix normale. Son cou était distendu là où un policier le lui avait coincé au creux de son bras, et il avait perdu ses dents du haut. Il tenta de sourire à la jeune fille, mais cela n'eut pas l'effet que son sourire avait toujours produit. Elle le regarda d'un air consterné, examinant longuement son visage meurtri et boursouflé, et les traces de sang séché à la commissure des lèvres.

« Tu reviens de la guerre, pas vrai ? dit la vieille femme. Mets un peu de pain noir dans ce lait, Kirsti ; je pense qu'il va réussir à le mastiquer. »

Elle croyait sans doute qu'il s'était saoulé et battu, et que quelqu'un lui avait infligé une sévère correction.

« Je n'ai pas bu, dit Lauri. Je ne sens même pas l'alcool.

— Je le sais bien, répondit la vieille femme. Tu crois que je t'aurais amené ici si tu étais un sale ivrogne ? Ne gaspille pas tes forces à parler. Avale ce pain et ce lait, maintenant que c'est bon et bien ramolli, ensuite, tu pourras filer. Tu as un endroit où aller ?

— Oui. Il faut que j'aille retrouver ma petite amie.

— Alors tu es verni. Mais ça va lui faire un sacré choc quand elle va voir ta tête. Personne n'aurait envie de faire ton portrait, crois-moi.

— Je pense pas que ça la dérange beaucoup. »

La vieille femme sourit.

« Alors t'es deux fois verni. »

Il ne parvenait pas à comprendre pourquoi ils l'avaient relâché. Tout semblait être le fruit du hasard. On vous tapait dessus, on vous hurlait dans les oreilles, on vous enfermait dans le noir, ou bien on vous donnait un bol de soupe, puis un homme à la voix douce qui semblait être entré dans la police par erreur conduisait votre interrogatoire. Impossible d'établir des rapports de cause à effet. Un instant, ils semblaient ne rien savoir et n'avoir aucune raison de vous arrêter, l'instant d'après ils vous beuglaient dans les oreilles que vous conspiriez contre le tsar, que vous étiez un assassin lié à l'internationale terroriste. Mais personne ne prononça jamais le nom de Bobrikov. Durant tout ce temps, Lauri avait l'impression qu'ils se forçaient, que cette frénésie n'était pas sincère et qu'ils ne croyaient pas eux-mêmes à leurs accusations. Une étrange pièce de théâtre. Et pourtant les coups de pied étaient bien réels. Ses dents gisaient pour de bon dans la paille. Le bourdonnement dans ses oreilles n'était pas imaginaire.

Peut-être jouaient-ils au chat et à la souris. Il faisait partie d'un grand jeu dont il ignorait les règles. Ils l'avaient relâché pour voir où il les conduirait et découvrir ce qui se tramait pour la suite.

Il n'y aurait pas de suite, il en était sûr maintenant. Pas pour lui, en tout cas. Il ne comprenait pas comment on pouvait accepter de devenir un martyr, mais une chose était certaine, lui n'avait pas cette ferveur. Ils lui avaient montré des photographies d'une rangée d'hommes pendus. En y regardant de plus près, on voyait aussi des femmes. Leurs jupes étaient attachées aux chevilles, pour préserver la décence.

Il s'enfuirait avec Eeva. Rien ne les obligeait à rester. Il n'avait jamais pensé qu'un jour il quitterait son pays pour toujours, mais il n'avait jamais non plus été dans cet état d'esprit. Il lui semblait que le soleil avait cessé de briller ici. Il vivait dans une éclipse. S'il restait, ne l'attendaient qu'une immense lassitude, de graves dangers, et de longs tâtonnements dans les ténèbres vers un but qu'il n'était même pas sûr de vouloir atteindre.

Des milliers et des milliers de gens étaient déjà partis sur les bateaux de l'émigration pour commencer de nouvelles vies dont les échos merveilleux revenaient régulièrement au pays. *Nous avons fini de construire notre maison. Olli a acheté six belles vaches laitières à la foire du mois dernier.*

Ce ne serait pas vraiment le paradis, il le savait. Ceux qui n'envoyaient pas de lettres avaient sans doute leur lot de difficultés et de déceptions. Mais en tout état de cause, ils avaient échappé à tout ça. Pas de tsar en Amérique, même le bras de l'Okhrana n'était pas assez long pour traverser l'Atlantique. Là-bas, il ne serait plus qu'un homme comme les autres.

Pourquoi attendre, pourquoi essayer de prendre part à un jeu dont les règles avaient été établies bien avant sa naissance ? Il n'avait jamais choisi de le faire. Si on le pendait haut et court, il mourrait comme un idiot, sans savoir vraiment pourquoi il mourait. Assurément, ses cartes étaient marquées. Ils essaieraient peut-être de l'empêcher de s'enfuir, mais il trouverait un moyen, par la Suède, ou même l'Allemagne. Si Eeva acceptait de l'accompagner, rien d'autre n'avait d'importance.

Et si elle refusait, alors il n'y avait plus rien à faire, plus rien ne valait la peine de se battre. Il resterait et se résignerait à son sort.

Mais sûrement, elle accepterait. Il existait sûrement un endroit perdu, dans le monde, où ils pourraient aller se construire une vie bien à eux.

Il avala la dernière bouchée de pain noir trempé dans le lait. Il sentait ses forces lui revenir. La jeune fille s'était remise au travail. Elle empilait les miches derrière le comptoir tandis que les clients allaient et venaient. Certains lui jetaient des regards curieux.

Il tendit le bol vide à la vieille femme.

« Attends une minute », dit-elle. D'une main sèche, rendue rugueuse par le travail, elle lui releva le menton. Dans l'autre, elle tenait un chiffon doux et propre, humecté d'eau. Avec des mouvements fermes et précis, elle fit disparaître les traces de sang séché de son visage.

« Voilà ! Tu as l'air beaucoup plus respectable. Dépêche-toi de rentrer. Ne va pas te fourrer dans un pétrin encore plus sérieux. »

Elle avait tout compris. Il lisait sur sa figure qu'elle savait tout.

« Au train où vont les choses aujourd'hui, poursuivit-elle, tu peux te faire arrêter rien que parce que tu as l'air trop joyeux quand ils ont décidé qu'il fallait paraître triste. Dépêche-toi d'aller retrouver ta petite. »

Il posa la main sur les siennes. « Merci », murmura-t-il. Il se leva de son tabouret et traversa la boutique. Sur le seuil, il jeta un coup d'œil à droite et à gauche. Personne en vue, rien que des gens ordinaires, vaquant à leurs occupations. Il sortit et se mêla à la foule.

Sasha

Sasha avait pensé à mettre son pardessus mais pas ses bottes fourrées. À la place, il portait les chaussures légères et bien cirées qu'il gardait pour les grandes occasions. « Les chaussures de bal de Sasha », disait Lauri.

Le problème, c'était que les semelles de cuir lisse dérapaient sur la neige et la glace. Il en avait pourtant rayé la surface avec un couteau, plusieurs mois auparavant, un soir où il allait effectivement danser. Mais sur ces chemins glacés, il aurait tout aussi bien pu porter des pantoufles de verre.

Il avait d'abord songé au chemin de fer. Ayant entendu le sifflement du train, il avait pendant un certain temps marché dans cette direction pour tenter de trouver les rails. Mais il n'avait pas maintenu le cap, s'était peu à peu éloigné des rues et des maisons, et il se retrouvait maintenant loin de tout, parmi les arbres gelés et les champs de neige.

Il ne savait plus très bien où il était. À perte de vue, il distinguait des troncs noirs, des branches et des rochers couverts de neige. Il était peut-être dans un parc. Un de ces paradis de verdure où les gens venaient se prélasser sur les pelouses l'été venu. À moins qu'il n'ait marché plus loin qu'il ne le croyait, et qu'il ne soit déjà loin d'Helsinki, aux abords de la forêt. Ou encore qu'il n'ait marché sur la mer glacée et qu'il se trouve sur une petite île au beau milieu de la Baltique... Mais il savait que ce n'était guère possible. Comment aurait-il pu marcher si loin avec ces chaussures ? S'il n'avait pas bu, il aurait su se repérer.

Le jour commençait à poindre. Personne nulle part. Il avançait si lentement qu'il ne semblait plus progresser du tout. Pendant un certain temps, il avait vaguement pensé à trouver la ligne de chemin de fer et à poser la tête sur les rails. Mais ça n'aurait pas été aussi simple. Le métal, glacé, lui aurait fait mal. De plus, il aurait peut-être dû attendre de longues heures avant qu'un train ne passe.

Il était tout à fait incapable de comprendre de près ou de loin comment il s'était retrouvé là, mais de toute façon, impossible de revenir sur ses pas. Il y avait beaucoup de choses auxquelles il ne pouvait se permettre de penser, tapies au fond de lui, aussi instables que des ombres. Il ne les laisserait pas remonter à la surface.

Il devait les maintenir au fond. Il allait réciter un poème. Cela devrait l'aider à y parvenir. Il savait par cœur de nombreux poèmes. Une connaissance dont il n'avait pas vu l'utilité ces derniers temps, et même depuis de longues années.

Abandonné en terre étrangère
Avec l'ennui pour seule compagnie

Protège-moi, illusion bénie,
Étoile de la mer

Non, ce n'était pas exactement ça. Sa mémoire était fichue, comme tout le reste. Mais il se rappelait tout de même la fin.

Aucun souvenir, non, non aucun, pour assainir de son sel
les blessures qui m'ont percé le cœur.

Étaient-ce les mots exacts ?

Adieu, espoir…

Sasha se mit à rire. *Adieu, espoir.* Si seulement c'était aussi simple ! Voilà bien le problème avec les humains : ils ne cessaient jamais d'espérer une vie meilleure. Comme ils étaient naïfs !

Adieu, espoir, sommeil, désir…

Ça, ça pouvait encore passer. Là, il savait de quoi il parlait. Ne pas dormir était pis que tout. On prenait un verre, puis un autre, et on sombrait comme une masse, mais seulement pour se réveiller une demi-heure plus tard, avec toute cette longue nuit noire devant vous, le cerveau grouillant d'idées sombres.

Les blessures…

Quelles blessures ? Pourquoi en faire toute une histoire ? Tout le monde a des blessures. Déshabillez n'importe qui, et vous les trouverez. Il ne faut pas y penser. Il ne faut pas laisser les lèvres de ces blessures se rouvrir et vous parler de nouveau.

Soudain, il reconnut l'endroit où il se trouvait. Il avait marché jusqu'au parc de Kaivopuisto. Pas étonnant que tout soit si calme. Rien que des arbres et des rochers, des arbres et des rochers. Triste comme la mort en plein cœur de l'hiver. L'eau était glacée. Les îles gelées elles aussi, qui formaient comme des grumeaux à la surface de la mer prise par les glaces. Il avait dû traverser Puistokatu sans s'en rendre compte. Le temps faisait sans arrêt des bonds. Il est anormal de passer d'un endroit à l'autre sans savoir comment. Sasha devait garder le contrôle du temps. Il se sentirait mieux, s'il trouvait quelque chose à boire.

En fait, il savait parfaitement comment il s'était retrouvé là. Il connaissait chaque détour du chemin. Il voyait parfaitement la trace de ses pas, dans un sens puis dans l'autre, revenant sur eux-mêmes. Il avait remis les pieds dans ses propres traces.

Il n'aurait jamais dû venir dans cette maudite ville. Un petit village bouseux, comparé à Saint-Pétersbourg. Il aurait dû rester en Russie. Aujourd'hui, il n'y avait plus rien pour lui, ni ici, ni là-bas. Il avait voulu jouer au plus fin, comme on dit. Si malin qu'il n'était plus de la moindre utilité pour personne. Et quand on ne sert plus à rien, qu'est-ce qui vous arrive ? On se débarrasse de vous, tout simplement. On se débarrasse de vous, et personne ne vous regrette. Mais attendre que ça se produise n'a rien de très agréable.

« Tu veux que je te raconte une histoire d'espions ? demanda Sasha à un arbre.

— D'accord, vas-y.

— Le premier espion dit au second : “Tu es agent secret, toi ?” L’autre répond : “Non, je suis un agent double. Toi aussi ? — Non, dit le premier. Moi je suis un agent triple. — Agent triple ? Très bien, dans ce cas, je dois t’informer que je suis agent quadruple, dit le second. — Eh bien, puisque nous en sommes à échanger des confidences, je dois t’avouer que je suis agent quintuple, rétorque le premier. — Je n’ai jamais entendu parler d’agents quintuples. — Je ne te le fais pas dire. Nos couvertures sont tellement bonnes que personne ne sait que nous existons. — Sans doute, mais comme tu sais, un vrai agent secret ne révèle jamais qu’il en est un.” »

L’arbre se mit à rire. Sasha aussi.

La lumière était de plus en plus forte. Sasha n’aimait guère l’allure que prenaient les choses. Heureusement, les buissons tout proches étaient tellement recouverts de neige qu’ils s’étaient transformés en une sorte de petite tente. Il rampa à l’intérieur. Moins de lumière là-dessous. En fait, c’était même assez confortable. Les rameaux et les branchages s’entrecroisaient au-dessus de sa tête pour le protéger.

Il s’assit et entreprit de retirer ses chaussures de bal, puis les chaussettes en soie noire qui allaient avec. Il avait les pieds d’une bien étrange couleur. Il les mit dans la neige et décida qu’ils avaient exactement la même teinte que des saucisses de bœuf.

Si seulement il avait déniché la voie de chemin de fer ! Elle l’aurait emporté comme un long serpent d’argent. En huit heures il serait rentré à Saint-Pétersbourg. Mais bien sûr, il ne voulait pas y retourner. Et puis, les trains faisaient un vacarme qu’il ne supportait pas. *Ta-ta-tam, ta-ta-tam, ta-ta-tam.*

Sasha quitta son pardessus et le plia soigneusement. Il ferait un excellent oreiller. La vodka est le meilleur des manteaux, et les manteaux font les meilleurs oreillers. Penser qu'il lui avait fallu tellement de temps pour découvrir des choses aussi utiles et qu'il n'avait personne à qui les confier aujourd'hui !

Maintenant, il allait s'allonger. Il avait pensé retirer tous ses vêtements, mais il trouva finalement que ça n'en valait pas la peine. Le manteau était chaud. De petites empreintes pointues d'oiseau marquaient la neige.

Il ne faisait pas vraiment froid. Ses pieds s'étaient engourdis. Une petite maison, sa confortable petite maison, l'entourait. La lumière du jour naissant nimbait la neige de rose. Au loin, il distinguait le tumulte de la ville, comme le sang qui circule en cognant dans les veines.

QUELQUES NOTES SUR LE CONTEXTE HISTORIQUE

La Maisons des orphelins a pour cadre ce que l'on appelait autrefois le grand-duché de Finlande, et le récit se déroule entre la fin de l'hiver 1902 et la fin de l'hiver 1904. Depuis 1809, la Finlande faisait partie de l'Empire russe mais avait jusque-là joui d'une relative autonomie. Le pays conservait sa monnaie, sa police, ses services douaniers, par exemple. Toutefois, au moment où se situe le roman, vient d'être mise en place ce que l'on appelle une politique de « russification », visant à intégrer plus radicalement la Finlande à l'Empire. Le « Manifeste de février », signé de la main de Nicolas II, consacre la volonté du souverain d'étendre l'autocratie russe à la Finlande, en violation de la Constitution finlandaise. Ce manifeste souleva une tempête de protestations violente et rencontra une résistance sans précédent. En moins d'un mois, un demi-million de Finlandais avaient signé une pétition adressée au tsar pour obtenir le maintien de leur constitution. Le souverain refusa tout net.

Le gouverneur général de Finlande était à cette époque Nikolaï Bobrikov, ancien soldat et homme politique unanimement détesté dans le grand-duché. Chargé de mener à bien la politique de russification, il fut assassiné le 17 juin 1904 dans les locaux du Conseil d'État à Helsinki, par un Finlandais suédois, Eugen Schauman, qui se suicida immédiatement après.

On dit qu'Eugen Schauman aurait agi seul. *La Maison des orphelins* met précisément en scène les forces qui poussèrent de jeunes gens à accomplir ce que d'aucuns qualifiaient d'héroïques sacrifices et d'actes de bravoure, tandis que d'autres les décrivaient comme des attentats terroristes. On y voit également les activités de groupes révolutionnaires, en Finlande et en Russie, et les efforts déployés par l'Okhrana, la police secrète du tsar, pour les infiltrer en y introduisant des agents doubles.

Dans l'année qui suivit l'assassinat de Bobrikov, l'agitation politique et l'issue funeste de la guerre russo-japonaise provoquèrent toute une vague de grèves dans l'Empire russe et amenèrent le pays au bord de la révolution. Cette tourmente, jointe à la grève nationale menée en Finlande à l'automne 1905, força le tsar à d'importantes concessions. Entre autres, l'établissement dans le pays d'un parlement à chambre unique et du suffrage universel.

La Finlande fut néanmoins le théâtre de terribles et sanglants affrontements au cours de la guerre civile qui opposa les forces des Rouges et des Blancs en 1918, juste après la révolution bolchevique de 1917. Environ 30 000 Finlandais, soit un pour cent de la population, trouvèrent la mort dans les combats, victimes des exécutions sommaires, ou encore dans les camps d'emprisonnement.

On ne saurait sous-estimer l'influence sur la Finlande de sa Grande Voisine. Le trait le plus saillant de l'histoire finlandaise est d'ailleurs moins l'oppression dont le pays fut victime que les libertés qu'il sut conquérir.

Achevé d'imprimer sur les presses de

BUSSIÈRE

GROUPE CPI

à Saint-Amand-Montrond (Cher)
en août 2007

Composé par Nord Compo
à Villeneuve-d'Ascq

N° d'édition : 4263. — N° d'impression : 072518/1.
Dépôt légal : septembre 2007.

Imprimé en France